ullstein

CHRISTINA RENTZING, Jahrgang 1984, ist Radiojournalistin und Autorin zahlreicher Romane. Herzen stiehlt sie ausschließlich mit ihren Romanen - ansonsten wohnt sie mit Hund, Kindern und Mann in einer gemütlichen Kleinstadt in Nordrhein-Westfalen. Nachdem sie mit *Aszendent zum Happy End* (2023) den Sternen folgte, ist *Achtsam Herzen stehlen* ihr zweiter Roman bei Ullstein.

CHRISTINA RENTZING

ACHTSAM HERZEN STEHLEN

Roman

Ullstein

Besuchen Sie uns im Internet:

www.ullstein.de

Originalausgabe im Ullstein Taschenbuch

1. Auflage Januar 2025

© Ullstein Buchverlage GmbH, Berlin 2025

Wir behalten uns die Nutzung unserer Inhalte für Text und Data Mining
im Sinne von § 44b UrhG ausdrücklich vor.

Titelabbildung: © Tond Van Graphcraft/ shutterstock (Frau); ©
pikolorante/ shutterstock (Mann); © Merfin/ shutterstock (Blumen); ©
Android Boss/ shutterstock (Herzen)

Umschlaggestaltung: Sabine Kwauka, München

Gesetzt aus der Albertina powered by *pepyrus*

Druck und Bindearbeiten: ScandBook, Litauen

ISBN 978-3-548-06905-0

EINS

Liebe Frau Seibert,

da ich Sie telefonisch nicht erreichen konnte, versuche ich es jetzt ein letztes Mal per Mail. Morgen werden wir einen längeren Artikel über die Geschehnisse im Hause Andlau veröffentlichen. Dazu würden wir gerne Ihre Sicht der Dinge hören.

Im Moment heißt der Artikel »Die unachtsame Achtsamkeitstrainerin«. Wie Sie sich bestimmt denken können, sind Sie damit gemeint. Bitte melden Sie sich bei mir für ein Statement. Es ist Ihre Chance, sich zu erklären.

Mit freundlichen Grüßen
Werner Schonmann
Altenhauener Tageszeitung

Vier Wochen zuvor

»Hast du das Helium im Auto?«, begrüßte mich Bahar mit großen Augen, kaum dass ich meinen Fuß in unser gemeinsames Achtsamkeitsstudio gesetzt hatte.

Morgensonne flutete durch die geöffneten Fenster und badete die gemütlichen Sitzkissen am Boden, das helle Laminat und die gestapelten Yogamatten in goldenes Licht. Ich liebte diese Stimmung. Dank der hohen Fenster mit Ausblick in den Stadtpark war das Haus geradezu prädestiniert dafür gewesen, ein Ort der Ruhe zu werden.

Aber auch hier drinnen sah es schön aus. An einem schweißtreibenden Wochenende hatten wir die Wände sandfarben gestrichen, luftige helle Vorhänge aufgehängt und in einer halsbrecherischen Aktion Lampionketten quer durch den Raum gespannt. Es sah wunderschön und gemütlich aus.

Bei Bahars Frage verging mir die gute Laune jedoch sofort. »Mein Papa wollte das Helium gestern Abend vorbeibringen«, erwiderte ich mit einem stärker werdenden **Bauchgrimmen**.

Augenblicklich schossen Bahars dunkle Augenbrauen in die Höhe. »Hat er es vielleicht vergessen?«

Freundlicherweise ließ sie das »schon wieder« ungesagt im Raum stehen, während ich bereits mein Handy aus der Hosentasche riss und prompt eine Nachricht von meinem Vater auf dem Display entdeckte.

Verdammt. Ich hatte es heute Morgen auf stumm geschaltet, um einen Moment der Ruhe genießen zu können, bevor mich der Trubel des Tages einholen würde. Danach hatte ich vergessen, es auf laut zu stellen.

Papa: Könntest du heute den Laden in der Innenstadt übernehmen? Paul hat sich krankgemeldet.

Fassungslos starrte ich die Nachricht an, las sie gleich noch einmal. Aber nein. Der Inhalt blieb gleich. Leider. Bevor ich eine empörte Nachricht eintippte, die alles schlimmer machen würde, atmete ich tief durch. Überlegte.

Heute war ein großer Tag. Um genau zu sein: DER große Tag. Der Tag, auf den wir seit Wochen hingearbeitet und hingefiebert hatten. Denn endlich eröffneten wir unser Entspannungsstudio. Wir. Das waren meine Freundinnen Bahar, die Yogalehrerin, und Ella, die sich auf Meditation spezialisiert hatte. Und ich. Die Achtsamkeitstrainerin.

Ein großer Tag. Nur hatte mein Vater das offenbar vergessen.

Besser keine Nachricht. Die konnte Papa falsch verstehen. Was das anging, war er ein wahrer Meister. Stattdessen rief ich ihn direkt an und ließ es so lange klingeln, bis selbst er rangehen musste.

»Merle, Schatz. Gut, dass du zurückrufst. Wir sind wirklich hoffnungslos unterbesetzt. Könntest du –«

»Papa!«, unterbrach ich seine atemlosen Worte. »Wir eröffnen heute unser Achtsamkeitszentrum. Die Ruheoase. Schon vergessen?«

»Achja, stimmt …«

Allein die Art, wie er diesen Satz betonte, gab mir einen Stich direkt in den Magen. Es klang so gelangweilt. So genervt und desinteressiert. Als wäre meine Selbstständigkeit die unnötigste Zeitverschwendung der ganzen Welt.

Bevor ich explodierte, schloss ich die Augen und konzentrierte mich auf meine Atmung. Bemühte mich um innere Balance und Ruhe. Vergebens, da Papa in der Sekunde sagte: »Das geht erst heute Nachmittag los, oder? Könntest du nicht zumindest heute Morgen hier übernehmen? Wir hängen echt in der Luft.«

»Mann, Papa!«, explodierte ich jetzt doch. »Du wolltest eigentlich hier helfen und nicht umgekehrt. Wo ist das Helium, das du herbringen wolltest?«

»Welches Heli … Oh! Ich erinnere mich. Entschuldige, kleine Maus. Das hab ich irgendwie verschwitzt. Pustet die Ballons einfach normal auf. Funktioniert auch und ist viel billiger.«

Mein Vater. Der Pragmatiker für die simplen Lösungen, solange es nicht sein eigenes Problem war. Kein Wunder, dass ich Achtsamkeitstrainerin geworden war. Sonst hätte ich ihn vermutlich längst gelyncht.

»Ich kann heute nicht«, sagte ich entschieden.

»In dem Fall muss deine Mama aushelfen. Eigentlich hatte sie heute was anderes vor.«

»Ja, genau. Sie wollte hier helfen.«

»Oh.«

Das »Oh« sagte alles. Die meisten Leute hätten jetzt gesagt, dass sie für das fehlende Personal eine andere Lösung suchen oder das Helium noch schnell holen würden. Mein Vater nicht. Der sagte lediglich: »Viel Erfolg, mein Schatz. Das wird bestimmt ganz toll.« Und legte auf.

Er legte verdammt noch mal auf!

Bahar nahm mir behutsam das sich in Lebensgefahr befindende Telefon aus meinen wutzitternden Händen und drückte mir stattdessen einen Schokoriegel hinein. Den hielt sie stets griffbereit, sobald es um meine Familie ging. Schokolade war das Einzige, das mich in solchen Fällen retten konnte. Da half auch keine Meditation mehr.

»Ganz ruhig, Merle. Ich rufe Ella an. Sie ist eh im Baumarkt. Vielleicht haben die das Zeug vorrätig.«

»Zu spät. Bin schon zurück!«

Ella polterte mit hochrotem Kopf herein. Ihre hellblonden Locken standen ihr wild vom Kopf ab, und zwischen ihre vielen Sommersprossen mischte sich vor Anstrengung eine dunkle Röte. In den Händen trug sie eine riesige Flasche, die sie mit einem leisen

Ächzen an die Wand wuchtete. »Was sollte ich mitbringen?« Schwer atmend richtete sie sich auf.

»Helium«, sagten Bahar und ich unisono, woraufhin Ella breit zu grinsen begann und auf das Mitbringsel neben sich klopfte. Das ging ihr bis über die Hüften, was zum einen daran lag, dass meine Freundin recht klein war, zum anderen an der gigantischen Größe der Flasche.

»Längst erledigt.« Als sie unsere erstaunten Blicke bemerkte, verdrehte sie die Augen. »Ich kenne deinen Vater mittlerweile wirklich gut, Merle. Um nichts auf der Welt werde ich mich an unserem großen Tag auf etwas verlassen, das er versprochen hat.«

Andere Menschen wären vermutlich eingeschnappt gewesen, denn den Vater der besten Freundin zu beleidigen, war nicht gerade nett. Ich hingegen trat vor und nahm Ella fest in die Arme.

»Du Lebensretterin«, hauchte ich.

»Na, wegen ein paar nicht aufgehängter Ballons würde keiner sterben, aber ich gebe zu, dass es schon hübscher aussieht, wenn sie fröhlich gen Himmel zeigen, als traurig die Köpfe hängen zu lassen. Wollen wir?« Vergnügt klatschte sie in die Hände, kaum dass ich sie losgelassen hatte. Ella war von Natur aus ein Energiebündel. Dass ausgerechnet sie Meditationstrainerin sein sollte, war für viele kaum vorstellbar, dabei war sie eine der besten, die ich kannte. Sie war der wandelnde Beweis dafür, wie wichtig und wirkungsvoll Meditation war, um zur Ruhe zu kommen. Ella konnte ohne ihre täglichen Übungen kein Auge zutun.

Deutlich entspannter gingen wir ans Werk. Ich war es gewohnt, von meiner Familie enttäuscht zu werden. Mit hoher Wahrscheinlichkeit würde sich Mama erst sehr spät hier blicken lassen. Sie konnte Papa nie etwas abschlagen und traute sich gleichzeitig nicht, bei ihren Kindern abzusagen. Stattdessen verdrängte sie das Problem durch Schweigen.

Tatsächlich verging der Morgen wie im Flug. Wir pusteten unzählige pastellfarbene Luftballons in Zartrosa, Beige und Weiß auf, um sie als Kette über den Eingang zu hängen. Auch in den drei kleinen Räumen platzierten wir welche, wobei wir das Augenmerk auf die zwei schönen Zimmer legten. Das dritte hatten wir eher spartanisch für den Notfall eingerichtet. Vermutlich würden wir es selten benutzen. Es fühlte sich noch nicht vollständig an. Als würde etwas fehlen.

Besonders liebevoll schmückten wir den Eingangsbereich, wo wir Sekt, Häppchen und Visitenkarten verteilen wollten. Unser Plan war simpel und gleichzeitig genial: Zu dritt wollten wir unseren Kunden das volle Programm bieten, um zur Ruhe zu kommen, Stress abzubauen und sich selbst zu finden.

Dass wir gemeinsam ein Studio eröffneten, hatten wir von langer Hand geplant. Wir gaben alle seit Jahren Unterricht, nur bislang in verschiedenen Fitnessstudios und Physiotherapiepraxen. Ich war als Einzige schon länger selbstständig unterwegs und hatte mir einen kleinen Kundenstamm aufgebaut. Leider waren es zu wenige, um davon leben zu können, sodass ich nebenbei bei meinem Vater hatte jobben müssen. Der zahlte zwar schlecht und oftmals auch gar nicht, aber es war besser als nichts.

Mit der Eröffnung unseres gemeinsamen Studios sollte sich das ändern. Wir erhofften uns Synergieeffekte, durch die wir zu dritt endlich genug verdienen würden, um unseren Traum wahr werden zu lassen.

Über Jahre hatten wir nach der richtigen Lokation gesucht. Als Ella das kleine Studio in einem Mehrfamilienhaus am Rand des Stadtparks entdeckt hatte, war es um uns geschehen gewesen. Ich hatte mich direkt verliebt. Von hier konnte ich Enten auf dem kleinen See vor sich hin paddeln sehen. Ein Hund tollte unter den herabhängenden Ästen einer Trauerweide umher. Der perfekte Anblick, um abzuschalten und den Geist entspannen zu lassen.

Zwar war die Miete recht hoch, doch die Räume waren perfekt für unsere Zwecke. Lange hatten wir gerechnet und es letztlich gewagt.

Anders als Bahar und Ella hatte ich kein finanzielles Polster, auf das ich zurückgreifen konnte. Ella war lange Zeit Managerin in einer börsendotierten Firma gewesen und hatte über Monate Geld zur Seite gelegt. Wer sie nur kurz kannte, hielt sie zunächst für einen Wildfang, der nie stillstand und sein Leben nach dem Wind richtete. In Wirklichkeit hatte sie stets den Überblick und arbeitete fleißig daran, ihre Träume zu verwirklichen – und wenn sie dafür BWL studieren musste, damit sie später ihren Traum als Yogalehrerin leben konnte. Bahar hatte von ihrer Großmutter ein kleines Vermögen geerbt und dadurch einen guten Kredit ergattern können. So sparsam, wie sie lebte, würde das Geld noch für lange Zeit reichen.

Und ich?

Seit Jahren hielt ich mich gerade so mit meinen Achtsamkeitsstunden über Wasser. Um meinen Anteil aufzubringen, hatte ich wirklich alles zusammengekratzt. Sogar meine Wohnung hatte ich aufgegeben. Seit zwei Jahren wohnte ich mit meiner Schwester in einer kleinen WG. Das Auto hatte ich abgegeben, meine Sparbücher geplündert und buchstäblich mein letztes feines Hemd auf dem Trödelmarkt verscherbelt. Trotzdem hatte es nicht für einen wirklich guten Kredit gereicht. Die Raten waren so hoch, dass ich allein beim Gedanken an die Zahlungen Schweißausbrüche bekam. Ohne Kunden konnten wir einpacken, vor allem ich.

Kein Wunder, dass ich seit Wochen ein echtes Nervenbündel war. Unter Yoga und Meditation konnten sich die Leute etwas vorstellen. Es war klar, was in diesen Kursen gelehrt wurde. Bahars Stunden waren in den Abendstunden bereits ausgebucht.

Bei Achtsamkeit sah das anders aus. Die Menschen lasen zwar gerne Bücher darüber und nahmen sich vor, bestimmte Dinge umzusetzen, doch viele scheuten sich, Kurse zu belegen. Natürlich waren Yoga und Meditation auch ein Teil der Achtsamkeitslehre, und zur Not konnte ich ebenfalls Kurse in die Richtung geben, aber eigentlich wollte ich das vermeiden. Ich war Achtsamkeitstrainerin, und als solche wollte ich auch wahrgenommen werden.

Wenn es meine Eltern schon nicht taten, dann hoffentlich meine Kundschaft.

Entschlossen schob ich meine Sorgen fort. Arbeiten statt grübeln war die Devise. Die ersten Gäste trudelten wie geplant um kurz vor sechzehn Uhr ein. Wir hatten zu einem lockeren Plausch eingeladen, sodass die meisten Anwesenden Freunde, Bekannte und Nachbarn waren. Erst um achtzehn Uhr würden die Probestunden beginnen.

Siebzehn Uhr. Ich wurde immer nervöser, denn die Teilnehmerlisten von Bahar und Ella füllten sich, während meine recht übersichtlich blieb. Fünf Anmeldungen. Da lohnte sich nicht mal ein Kurs. Womöglich lag es an meinem Flyer? War er nicht informativ genug? Zu langweilig? Oder wurde nicht klar, was …

»Schwesterherz! Ihr habt echt gezaubert!« Völlig unerwartet wurde ich von der Seite stürmisch umarmt. Meine kleine Schwester. Wobei klein relativ war. Anders als ich hatte Maya Papas Wuchs mitbekommen und überragte mich um beinahe einen Kopf. Sie war auch genauso schlank wie er. Damit hörte die Ähnlichkeit schon auf. Die dunklen Augen und das herzförmige Gesicht hatte sie von Mama, genauso wie die langen rotbraunen Haare, die sie stets offen trug und die mich prompt an der Nase kitzelten. Ich musste niesen. Das hielt sie nicht davon ab, mir rechts und links ein Küsschen auf die Wange zu drücken. »Ich freue mich so für euch, liebe Merle.«

Ihre Energie färbte auf mich ab, sodass es mir innerhalb von Sekunden besser ging. Mayas Gabe. Sobald sie einen Raum betrat, ging die Sonne auf. Die Menschen unterhielten sich gerne mit ihr, weil sie so lustig und lebensfroh war. Eine Traumtänzerin, wie Papa stets naserümpfend sagte. Maya nahm das Leben, wie es kam, und schlug dabei grundsätzlich den einfachen Weg ein. Deshalb jobbte sie auch mit wenig Begeisterung in Papas Modelleisenbahngeschäften und lebte von einem Moment in den nächsten. Als Achtsamkeitstrainerin fand ich diese Gabe durchaus bewundernswert.

Erst jetzt bemerkte ich einen gewaltigen schwarz-gelben Riesenhund an ihrer Seite, der nun wild auf mich zuschnüffelte. Immerhin wedelte er mit dem Schwanz.

Ich quiekte und sprang zurück. »Was ist das für ein Hund?«

»Der ist von Nancy.«

»Wer ist Nancy?«

»Nancy. Die Aushilfe bei Papa.« Sie sagte das in einem Tonfall, der deutlich machte, dass ich das eigentlich hätte wissen müssen. Da Papa die unangenehme Angewohnheit hatte, die nichtfamiliären Aushilfen aus fadenscheinigen Gründen zu feuern, merkte ich mir deren Namen schon lange nicht mehr. »Sie hat eine neue Wohnung, und da sind Tiere nicht erlaubt.«

»Äh … in unserer Wohnung sind Hunde auch nicht erlaubt! Steht sogar im Mietvertrag.«

Meine Schwester winkte lässig ab. »Entspann dich, Merle. Der fällt gar nicht auf.«

»Maya! Das Vieh geht mir bis zur Hüfte. Was ist das überhaupt für eine Rasse?«

»Ein Greyhound-Podenco-Mix, der besonders groß geraten ist. Dafür ist er gertenschlank und echt genügsam.«

Der Hund bestand tatsächlich hauptsächlich aus Brustkorb, langen Beinen und riesigen Augen, die mich traurig von oben bis unten musterten. Er duckte sich sofort. Anscheinend spürte er meine ablehnende Haltung.

Um das wieder wettzumachen, streichelte ich sein seidenweiches Köpfchen, das im Verhältnis zum Rest des länglichen Körpers geradezu winzig wirkte. »Der ist wirklich lieb, aber er kann nicht bei uns bleiben«, sagte ich streng.

»Ist nur für ein paar Tage, bis Nancy was anderes für ihn gefunden hat. Der arme Kerl hat schon so viel durchgemacht. War in einer Tötungsstation in … äh … Portugal oder so? Jedenfalls ein Straßenhund, der unsere Hilfe braucht.«

»Wenn wir den bei uns aufnehmen, ist er bald wieder ein Straßenhund – inklusive uns zweien.«

»Ach, Merle. Du siehst wie immer schwarz.« Maya verdrehte die Augen und sah sich im Raum um. »Oh! Ihr habt sogar Häppchen. Ich sterbe vor Hunger.« Sie hüpfte kurz weg, um sich drei kleine Brote mit Käse und Schinken plus Pizzastangen mit Basilikum vom Tablett zu schnappen. Kauend kam sie zu mir zurück und verdrehte genießerisch die Augen. »Bin ich froh, dass ihr nicht nur so ultrahippen und megagesunden Kram anbietet. Oder lauern hier doch noch das berühmte Gurkenwasser und der grüne Smoothie auf mich?«

Nur mit Mühe unterdrückte ich ein Seufzen. Meine Familie neigte dazu, meinen Beruf mit Klischees zu kommentieren und sich darüber zu amüsieren. Normalerweise machte Maya da als Einzige nicht mit, aber ab und zu färbte Papas Denkweise auf sie ab. Vermutlich hatte er heute im Laden über Gurkenwasser und Spinat-Drinks philosophiert.

Weil mir keine passende Antwort einfiel, sagte ich lieber nichts dazu. Auch das Thema mit dem Hund ließ ich fallen. Heute würde ich feiern und mich morgen mit Maya und dem Greyhound herumplagen. »Schön, dass wenigstens du gekommen bist«, sagte ich in einem möglichst neutralen Tonfall. Meine Schwester kannte mich jedoch zu gut.

»Mama und Papa tauchen bestimmt noch auf. Immer positiv denken, Merle.« Aufmunternd stupste sie mich in die Seite und gab dem Hund eine Scheibe Schinken ab. Der kaute so laut, dass sich mehrere Leute zu ihm umdrehten.

»Sicher? Offenbar gab es Schwierigkeiten mit dem Personal. Zum Aufbau haben sie mich jedenfalls versetzt.«

Auch Maya war nicht gekommen, allerdings hatte sie das schon im Vorfeld kundgetan. Ihr Chef hatte ihr nicht freigegeben. Ihr Chef. Mein Papa.

Als ich sah, dass Maya ihr Handy zückte, schüttelte ich hastig den Kopf. »Jetzt schreck sie nicht auf. Entweder kommen sie freiwillig oder gar nicht. Ich möchte keinen schlecht gelaunten Papa hier haben, der alles kritisiert.«

»Mama fehlt dir definitiv. Der mach ich jetzt so was von Beine.« Verzweifelt versuchte ich, Maya ihr Handy zu entreißen, doch sie drehte sich seitlich weg und redete bereits los. »Mama? Wo steckst du? Wir vermissen dich auf der Eröffnungsfeier. Also schwing dich hierher. Ja, ich weiß, dass ihr unterbesetzt seid. Schließ den Laden einfach. Kommt eh keiner vorbei.«

Ach, herrje. Das hatte sie wirklich laut gesagt? Es war zwar die Wahrheit, aber solche Dinge sollte man lieber feinfühliger kundtun. Mamas Antwort hörte ich natürlich nicht, jedoch Mayas Reaktion darauf. »Ihr habt noch zwei Stunden. Keine Ausrede. Komm wenigstens du. Bis gleich!«

Sie legte auf und steckte ihr Handy in die Hosentasche, als sei nichts passiert. Parallel stopfte sie sich ein komplettes Häppchen in den Mund.

»Sie schafft es nicht«, stellte ich trocken fest.

»Doch«, nuschelte meine Schwester zwischen den Brotkrumen hervor, wobei sie von dem offenbar völlig ausgehungerten Hund beobachtet wurde. Endlich schluckte sie, sodass ich sie besser verstehen konnte. »Sie braucht nur einen klitzekleinen Moment.«

Dieser klitzekleine Moment stellte sich als eine Stunde und fünfundvierzig Minuten heraus. Zum Glück, denn dadurch verpasste Mama meine Schmach. Bahars und Ellas Kurse waren gerammelt voll. Ich kratzte mir die Leute aus den plaudernden Gruppen zusammen und verdonnerte sie zu einer Runde Crashkurs in Sachen Achtsamkeit. Das Problem war, dass gerade bei Achtsamkeit der eigene Antrieb wichtig war, um zur Ruhe kommen zu können.

Erfreulicherweise wirkten die Leute nach meiner Teststunde trotzdem überzeugt. Zwei schrieben sich in den nächsten Kurs ein, drei wollten es sich überlegen. Der Rest zerstreute sich wieder. So langsam leerte es sich um uns herum.

»Ich bin zufrieden«, stellte Bahar fest und knallte eine große Schampusflasche vor uns auf den Tresen. Dabei strahlte sie übers ganze Gesicht, sodass ihre ohnehin ständig geröteten Wangen noch runder erschienen. Ihr Freund Nils stellte die Gläser bereit, und Maya sammelte die restlichen Häppchen zusammen, um uns das passende Mahl zu kredenzen. »Ihr auch?«

Ella bekam schon seit der Ankunft unserer Gäste ihr Dauergrinsen nicht mehr aus dem Gesicht. Da sie einen großen Freundeskreis hatte, war die Mehrzahl der Gäste mit ihr verbandelt. Sie war so gefragt gewesen, dass sie kaum zum Luftholen gekommen war.

Auch ich bemühte mich, fröhlich zu sein, doch so richtig bekam ich meine innere Unruhe und meine Selbstzweifel nicht in den Griff. Es stand viel auf dem Spiel. Mein Geld, mein Stolz und vor allem mein Ansehen. Da meine Eltern von Anfang an skeptisch gewesen waren, was meine Selbstständigkeit anging, musste ich ihnen unbedingt das Gegenteil beweisen.

Scheitern war einfach nicht drin.

Bahar füllte schwungvoll die Gläser und verteilte sie dabei. Als sie mir meins in die Hände drückte, wurde sie ein klein wenig ernster. Ihre dunklen Augen wurden noch eine Nuance eindringlicher. »Schieb die Zweifel zur Seite. Die Leute lieben dich und werden dir bald die Bude einrennen. Jeder, der das Gegenteil behauptet, darf sich gerne mit mir anlegen.«

»Dann hast du jetzt die Gelegenheit«, mischte sich Maya ins Gespräch. »Da kommen unsere Eltern.«

Bevor ich mich umdrehte, nahm ich hastig einen großen Schluck vom Schampus. Meine Mama strahlte ungefähr genauso begeistert wie Bahar, breitete schon die Arme aus und legte sie voller Enthusiasmus um meine Schwester und mich, um uns an ihre Brust zu ziehen. Mama war in den letzten Jahren etwas in die Breite gegangen. Frustessen nannte sie das. Ich fand, dass es ihr gut stand, da ihre Rundungen besser zur Geltung kamen.

Weil sie deutlich kleiner war als wir, musste sie sich für die ungewohnt herzliche Umarmung auf die Zehenspitzen stellen. Dass sie dabei mit Champagner besprenkelt wurde, störte sie nicht. Den Hund bemerkte sie nicht einmal. Typisch Mama. Sie konnte sich nie auf mehrere Sachen gleichzeitig konzentrieren.

»Es sieht so toll aus«, rief sie, wobei ihre dunkelblauen Augen tatsächlich vor Freude blitzten. Das war selten. In letzter Zeit hatte sie meist müde und erschöpft ausgesehen. »Herzlichen Glückwunsch, meine Süße.« Küsschen knallten mir um die Ohren. Gleich darauf ließ Mama mich los und begrüßte Bahar und Ella auf die gleiche Weise. Wenigstens hatten meine Freundinnen noch Zeit, schnell die Gläser abzustellen. Ich hingegen hielt mich an meinem fest und wappnete mich innerlich.

Papas Blick war bezeichnend. »Bisschen wenig los für 'ne Eröffnung«, posaunte er laut heraus. Er überragte uns alle und dominierte ganz automatisch das Geschehen, sodass sich alle zu ihm herumdrehten.

»Bisschen spät dran, Herr Seibert«, antwortete Bahar mit so viel Schärfe in der Stimme, wie ich es bei ihr noch nie gehört hatte. Ihr Strahlen war mit einem Schlag verflogen.

»Je später der Abend, desto besser die Gäste«, entgegnete mein Vater ungerührt. »Na, Maus? Hat alles auch ohne mich reibungslos geklappt?« Er nahm mich in die Arme, und ich ließ es zu, weil Papa einfach nicht aus seiner Haut konnte. Er merkte nicht einmal, dass er eine Spitze nach der anderen verteilte. Sein hellblonder Vollbart kratzte mir kurz quer übers Gesicht, als er Anstalten machte, mir ein Küsschen zu geben, und es letztlich doch bleiben ließ. Wir lösten uns hastig voneinander. So viel Nähe war für uns beide ungewohnt.

»Ja, wir haben Helium organisieren können.«

»Ach, wenn das das einzige Problem war …« Er trat zurück und sah sich prüfend um. Als er zum ersten Kursraum lief, folgte ich ihm hastig. Bislang hatte er die einzelnen Zimmer nur im Rohzustand gesehen. Ursprünglich hatte er bei den Renovierungsarbeiten helfen wollen, doch dann waren ihm seine drei Läden dazwischengekommen. Wie immer.

»Es ist sehr hübsch geworden«, meinte er mit einem Hauch von Anerkennung. Die Stressfalte auf seiner Stirn glättete sich einen Hauch, vertiefte sich aber sofort wieder. »Beim nächsten Mal solltet ihr beim Abkleben sorgfältiger sein, dann sind die Ränder nicht so verwaschen. Einfach das Tape noch mal fest andrücken. Aber fürs erste Mal Streichen ganz solide.«

Ich verkniff mir die Anmerkung, dass ich nicht zum ersten Mal allein gestrichen hatte und es hoffentlich nicht so schnell ein nächstes Mal geben würde. Mit Papa zu diskutieren brachte nichts.

»Wow. Die Lampe muss ja ein Vermögen gekostet haben. Verdient man mit dem Yogakram wirklich so viel Geld?«, brach es aus ihm heraus.

»Wir haben zusammengelegt, weil die Lampe perfekt zum Ambiente passt.«

»Ja. Sehr om-mäßig. Das stimmt.« Er wanderte weiter durch den Raum, zog beim Anblick der Yogakissen die Augenbrauen zusammen und nickte, sobald er zwei Klangschalen und die Räucherstäbchen entdeckte. Offenbar fühlte er sich in seinen Klischees bestätigt. Plötzlich richtete er sich auf und sah sich um, als wollte er sich vergewissern, dass wir wirklich allein waren.

Waren wir. Bahar und Ella mieden seine Gesellschaft, wann immer es ging, und auch Mama und Merle waren vermutlich froh, die Häppchen ohne Kommentare genießen zu können.

»Deine Einladung passt mir ganz gut. Ich muss da etwas mit dir besprechen.«

Sofort versteifte ich mich. Innerlich und äußerlich. Solch eine Aussage aus dem Mund meines Vaters war immer ein Grund zur Besorgnis. »Nein, Papa, ich übernehme die drei Läden wirklich nicht«, kam ich ihm zuvor. Für ihn musste meine Weigerung wie ein Verrat an der Familie klingen. Den ältesten Laden für Modelleisenbahnen hatte er von seinem Vater übernommen und ihn vergrößert, danach hatte er zwei neue Läden eröffnet. All seine Zeit, sein Geld und seine Leidenschaft waren in dieses Unternehmen geflossen. Für ihn gab es nichts anderes außer Eisenbahnen. Auch Mama arbeitete in den Läden, seit die beiden sich damals verlobt hatten.

Papa verdrehte die Augen, als hätte ich etwas völlig Albernes von mir gegeben. Dabei war die Nachfolgefrage das Dauerthema bei uns. »Das ist mir natürlich klar«, sagte er im Gönnertonfall. »Aber jetzt, wo du selbst ein Geschäft führst, wirst du meine Sorgen viel besser verstehen. Weil du dauerhaft ausfällst, fehlt uns eine Arbeitskraft.«

Na, wenigstens ließ er das Wort »billig« weg. Oft hatte ich nämlich umsonst arbeiten müssen. Im Namen des Familienfriedens. Ich brummte unbestimmt ein »Aha«.

»Ich konnte jemanden einstellen, nur ist der deutlich teurer. Ein Mann, der Ahnung vom Business hat. Sich auskennt. Er ist eine echte Hilfe.«

»War ich das etwa nicht?«

Papa kam eine Millisekunde aus dem Takt, dann fing er sich wieder. »Du weißt, wie ich das meine«, wischte er meinen Einwand zur Seite. »Jedenfalls … wenn du dir so eine teure Lampe leisten kannst, scheint der Laden ja gut anzulaufen. Du hast doch kürzlich einen Kredit aufgenommen, nicht wahr?«

»Äh. Ja?«

»Ich habe mit deinem Bankberater gesprochen. Er sagt, du könntest ihn noch ein wenig aufstocken.«

»Du hast was getan?«, rief ich schockiert. »Wieso redet der überhaupt mit dir über meine finanziellen Angelegenheiten?«

»Ich spiele mit ihm Skat«, sagte Papa, als würde das alles erklären. »Jedenfalls müsstest du das tun.«

»Ich muss was tun?« Verwirrt versuchte ich zu ergründen, was zur Hölle mein Vater eigentlich von mir wollte.

»Den Kredit aufstocken. Sonst muss ich einen der Läden zumachen. Alle drei über Wasser zu halten, ist momentan nicht möglich. Ich brauche jetzt sofort 25.000 Euro auf meinem Konto.«

»Warum stockst du nicht selbst deine Kredite auf?«

»Ich bin momentan nicht so kreditwürdig wie bisher. Du müsstest deinen Kredit nur ein wenig erhöhen. Keine große Sache. Bei mir wäre das ein Akt.« Er machte eine Pause, um mich ernst anzublicken. »Wir zahlen es dir auch zurück.« Wir. Wann immer Papa bemerkte, dass ich ihm gegenüber in eine Abwehrhaltung ging, wechselte er das Personalpronomen. Ihm konnte ich was abschlagen. Der gesamten Familie aber nicht. Auch Mamas Existenz hing daran, genau wie Mayas Job.

»Mir fehlt das Geld, um einen höheren Kredit abzustottern«, protestierte ich. »Wie soll das gehen?«

»Ich zahle dir das Geld monatlich zurück, noch bevor die Bank abbucht. Ein fließender Vorgang. Du bemerkst das nicht mal. Außerdem verdienst du jetzt prächtig, denn Achtsamkeit ist total in. Das predigst du uns schon seit Jahren. Bald wirst du dich vor Aufträgen kaum retten können. Endlich hat der familiäre Geschäftssinn auch auf dich abgefärbt. Glaub an dich und an deinen Erfolg.«

Mein Vater lobte mich. Er lobte mich! Ein Teil meines Herzens jubilierte. Der Rest von mir geriet in Panik, weil diese Situation so dermaßen ungewohnt war, und außerdem … In meinem Verstand läuteten sämtliche Alarmglocken. Lobte mein Vater mich nur, um an Geld zu kommen?

Nein! So tief konnte selbst er nicht sinken!

Wie aus weiter Ferne, als wäre ich nicht mehr Herrin meiner Sinne, hörte ich mich sagen: »Ja, okay. Dann machen wir das so.«

ZWEI

Sehr geehrter Herr Schonmann,

ich habe nichts zu »den Geschehnissen im Hause Andlau« zu sagen und bin schockiert über den Titel Ihres Artikels. Wie es scheint, haben Sie mich längst vorverurteilt.
Bitte sehen Sie von weiteren Kontaktanfragen ab.

Mit freundlichen Grüßen
Merle Seibert
Achtsamkeitstrainerin

Vier Wochen zuvor

»Du hast WAS getan?«, schrie Bahar entsetzt und ließ beinahe ihr Champagnerglas fallen. Nils fing es gerade noch auf.

»Ist doch nichts dabei«, rechtfertigte ich mich. »Papa braucht meine Hilfe. Wie könnte ich ihm die abschlagen?«

»Alles, was mit deinem Papa zu tun hat, solltest du abschlagen. Du bist ihm nichts schuldig. Echt nicht.«

»Bahar«, ging Ella dazwischen. »Beruhig dich. Du redest da über Merles Vater.«

»Ja, genau. Über den reden wir. Hast du zugehört? Merle gibt ihm einen Kredit, den sie anschließend abstottern muss. Hat er wenigstens Danke gesagt?«

Ich blinzelte und fühlte mich plötzlich ganz klein. »Er hat anerkennend genickt«, brachte ich schwach hervor.

»Genickt? Verdammt, Merle! Der Kerl manipuliert dich wie immer.«

»Schluss jetzt, Bahar.« Ellas warnender Blick aus ihren graublauen Augen wurde eindringlicher. »Wenn dein Papa angerufen hätte, um nach einem Kredit fürs Familienunternehmen zu fragen, hättest du dasselbe getan.«

»Bloß würde der mich niemals vor solch eine Entscheidung stellen. Er würde eher sein Unternehmen verkaufen, als mich mit Schulden zu belasten.« Bahars rundes Gesicht war mittlerweile ganz rot geworden, so sehr regte sie sich auf.

Ich liebte sie dafür gleich viel mehr. Ich hatte keine Energie übrig, um mich über Papa aufzuregen. Das erledigte sie zum Glück für mich.

»Aus der Nummer komme ich nicht mehr raus«, stellte ich klar. »Im Gegensatz zu meinem Vater halte ich meine Versprechen. Ich kläre das mit der Bank. Ihr könnt mir allerdings helfen, indem wir gemeinsam mehr Teilnehmer für meine Kurse organisieren. Bekommen wir das hin?«

Das holte Bahar aus ihrem Wuttaumel heraus. Sie nickte knapp, und Ella nahm mich in die Arme. Wortlos teilten wir uns Bahars Friedensgeschenk in Form eines Schokoriegels, und ich atmete tief durch. Gleich darauf schnappte ich mir die Champagnerflasche und hielt sie in die Höhe. »Lasst uns unseren großen Tag nicht mit Ärger über meinen Papa vergeuden. Stattdessen sollten wir feiern. Unsere Ruheoase ist endlich eröffnet!«

Meine beiden Freundinnen gingen nur zu gerne auf mein Ablenkungsmanöver ein. Bahar kreischte schrecklich laut und warf sich in Ellas und meine Umarmung. Gemeinsam hüpften wir im Kreis herum wie kleine Kinder. Nils brachte hastig die Gläser in Sicherheit. Danach schlang er seine langen Arme um uns alle. »Gratulation!«, rief er. »Diesen Glücksmoment habt ihr euch verdient.«

Ja. Genau. Diesen Glücksmoment hatte ich mir verdient. Und ich würde ihn mir nicht von meinem Papa vermiesen lassen!

✦ ✦ ✦

Der Freudentaumel hielt bis zum nächsten Morgen an und verpuffte, als ich mit meinem Bankberater telefonierte. Die Raten stiegen durch die Anhebung des Kredits in Bereiche, die mir wirklich Bauchschmerzen bereiteten. Trotzdem sagte ich zu und verabredete mich mit ihm, um die Unterschrift hinter mich zu bringen.

»Lass dir von deinem Papa aber schriftlich geben, dass er das monatlich abbezahlt«, erinnerte mich Bahar, die mein Telefonat gehört hatte. Wir waren gerade dabei, die letzten Reste unserer Einweihungsfeier wegzuräumen, um den ersten offiziellen Arbeitstag anzugehen.

Weil ich nicht recht wusste, was ich auf Bahars Ermahnung sagen sollte, schwieg ich und schrubbte nur noch wilder den Boden. Für irgendwas musste mein angestauter Frust ja gut sein.

Ich hörte erst mit meiner Putzwut auf, als die ersten Kundinnen hereinkamen. Bahar begann mit den Kursen. Für mich würde es erst in drei Stunden losgehen. Angemeldet hatten sich mittlerweile fünf Frauen und ein Mann. Das war für den Start ein guter Schnitt, wie ich fand. Dazu kam mein Online-Kurs, den ich noch aus meiner Zeit als Solo-Selbstständige weiterführte. Auch zukünftig wollte ich zweigleisig fahren, um Kunden von außerhalb betreuen zu können. So groß war die Achtsamkeits-Community nicht. Vor allem nicht in einer kleinen Stadt wie Altenhauen in der Eifel.

»Hat irgendwer eigentlich den Ersatzschlüssel eingesteckt?«, riss mich Bahar aus den Gedanken. »Ich suche ihn schon seit zwei Tagen.« Für Bahar, die sonst nie etwas verlegte, war das vermutlich der absolute Super-GAU.

»Nein. Ich hab ihn in die Schublade zurückgelegt«, antwortete ich.

»Da liegt er nicht mehr. Seltsam … Dann muss ich noch mal bei mir zu Hause nachschauen. Zuletzt hatte ich ihn bei der Eröffnungsfeier.«

»Der findet sich bestimmt schnell wieder«, beruhigte ich Bahar. Schusseligkeit passte nicht zu meiner Freundin. »Und du bist nicht allein mit dem Problem. Ich hab heute meine Geldbörse verlegt. Hoffentlich ist sie zu Hause.«

Bahar wirkte genervt. »In letzter Zeit war wirklich viel los. Hoffentlich läuft bald wieder alles geregelter. Sonst suchen wir uns noch tot.«

»Merle, du hast übrigens eine etwas schräge Anfrage über die Homepage bekommen. Liegt im Posteingang«, sagte Ella, die gerade am Computer stand und unsere Nachrichten checkte.

Neugierig warf ich den Putzlappen in den Wassereimer, rieb mir die klammen Hände an meiner alten Jeans ab und trat neben sie. Ella klickte die Mail auf und ging zur Seite, damit ich besser lesen konnte.

Liebe Frau Seibert,

lange habe ich online nach einer Achtsamkeitstrainerin gesucht, die mir auf Anhieb sympathisch erscheint und der ich zutraue, meinen recht schwierigen Auftrag auszuführen. Bei Ihnen trifft genau das zu. Dass Sie in unserer Stadt wohnen, ist natürlich ein weiterer Pluspunkt.

Kurz zu mir: Mein Name ist Hannelore Andlau. Vor vier Jahren habe ich meinen Ehemann verloren. Jetzt mache ich mir große Sorgen um meinen Sohn. Meine kleine Familie steht am Abgrund, nur will Patrick das nicht einsehen.

Könnten Sie sich bitte mit mir in Verbindung setzen? Es geht um Leben und Tod.

Mit freundlichen Grüßen
Hannelore Andlau

Darunter standen so viele Kontaktmöglichkeiten, dass ich ganz fasziniert war. Die Frau war wirklich gut vernetzt.

»Das ist ja seltsam«, brachte ich schließlich hervor. »Ob sie überlesen hat, dass ich keine Kinder unterrichte?«

»Hannelore klingt nicht nach einer jungen Frau. Ich schätze mal, die Dame fragt für ihren erwachsenen Sohn an.«

»Was es noch seltsamer macht.« Ich überlegte kurz. »Rätseln hilft nicht. Da werde ich wohl anrufen müssen.«

Leicht nervös nahm ich den Hörer von unserem Festnetztelefon zur Hand. Mich mit Neukunden auseinanderzusetzen, überforderte mich weiterhin. Ich hasste das Gefühl, nicht genau zu wissen, was auf mich zukam, und womöglich Versprechungen machen zu müssen, die ich nicht halten konnte. Auf Fremde zuzugehen, fiel mir schwerer, als es sollte. Vor allem in Anbetracht meines Berufes.

Trotzdem tippte ich die oberste Nummer ein und lauschte danach mit angehaltenem Atem.

»T&T Cyberprotection, Sie sprechen mit Emma Nier. Was kann ich für Sie tun?«, wurde ich von einer geschäftsmäßigen Dame begrüßt.

Sofort kam ich ins Schwimmen. »Äh … Ich wollte Hannelore Andlau sprechen. Oder habe ich mich verwählt?«

»Haben Sie einen Termin mit Frau Andlau?«

»Ich glaube ja.«

Die Frau schwieg einen langen Moment. »Frau Andlau ist an Werbeanrufen nicht interessiert«, sagte sie nun deutlich weniger zugewandt.

»Frau Andlau hat mir gerade eine Mail geschrieben, in der sie um Rückruf gebeten hat«, antwortete ich ebenfalls leicht schnippisch. Gleichzeitig beschleunigte sich mein Herzschlag. Herrje. T&T Cyberprotection. Klang ja wild. Was wollten die von mir?

»Einen Moment. Ich erkundige mich. Wen darf ich anmelden?«

Ich nannte ihr meinen Namen und wurde umgehend in die Warteschleife geworfen. Daraufhin öffnete ich rasch die Suchmaschine auf dem Computer und tippte den Namen der Firma plus den meiner mysteriösen potenziellen Neukundin ein.

Ach, du Sch …!

Das war hoffentlich ein Scherz. Jetzt wusste ich endlich, weshalb mir der Name bekannt vorkam. Hannelore Andlau. Sie war die Schirmherrin von so ziemlich jedem sportlichen Event im Umkreis und engagierte sich für soziale Projekte, Gleichberechtigung, Kindergarten-Finanzierungen, Jugendzentren und Altenheime. Die Frau hatte überall ihre Finger mit drin, wo Spendengelder flossen. Sie war eine Heilige – und finanzierte ihre guten Taten aus dem Familienvermögen. Die Andlaus waren eine der reichsten Familien in der Region, womöglich sogar in ganz Deutschland.

Aber was wollte so jemand ausgerechnet von mir, dem kleinsten aller kleinen Fische im Teich des Achtsamkeitstrainings?

Bevor ich mich in diesen Gedanken hineinsteigern konnte, klackte es in der Leitung, und eine andere Dame begrüßte mich. »Dr. Andlau hat in wenigen Minuten Zeit für Sie. Soll ich Sie zurückrufen, oder möchten Sie in der Leitung warten?«

Allein die Frage überforderte mich. »Ich bleib in der Leitung?«, piepste ich fragend. Gleich darauf begrüßte mich wieder die Dudelmusik.

»Das ist noch schräger als gedacht«, flüsterte ich Ella zu, die sich neben mir mit Papierkram beschäftigte. »Meine Kundin ist Hannelore Andlau. DIE Hannelore Andlau!« Ich tippte hektisch auf den Computerbildschirm, wo ich ihre Vita aufgerufen hatte.

Ella las mit großen Augen. Anders als ich wirkte sie nicht schockiert, sondern freudig aufgekratzt. »Das ist genial!«, flüsterte sie. »Versau das ja nicht! Denk an den Kredit. An deinen halb leeren Trainingsplan. Diese Frau könnte deine Rettung sein, genau wie du für sie.«

Nur kein Druck, dachte ich und kam zu keiner Antwort, denn es knackte erneut in der Leitung. Die Frau, die sich meldete, klang locker fünfzig Jahre älter als die Empfangsdame.

»Frau Seibert. Wie schön, dass Sie sich so schnell bei mir melden. Dann hat meine Mail Sie also erreicht.«

»Durchaus«, sagte ich steif, woraufhin mich Ella in die Seite knuffte.

»Das ist keine Königin aus dem Mittelalter«, raunte mir meine Freundin augenrollend zu und lachte leise in sich hinein.

Ich drehte mich von ihr weg, um mich besser konzentrieren zu können.

»Was genau kann ich denn für Sie tun?«, stellte ich die Frage aller Fragen und scrollte gleichzeitig verzweifelt durch den Artikel auf der Suche nach einem Hinweis auf ihren ominösen Sohn.

Als ich ein Foto von ihm fand, erstarrte ich.

Verdammt, sah der Kerl gut aus! Nein. Nicht nur gut. Wahnsinnig gut. Modelmäßig gut.

Scharfe Gesichtszüge mit einer markanten Nase, die perfekt zu seiner Ausstrahlung passte. Freundlich, nahbar und zugleich zielgerichtet. Der Blick aus den warmen braunen Augen wirkte zugewandt. Als könnte man sich auf ihn verlassen. Gleichzeitig schien er zu sagen: Sprich mich an. Ich höre zu.

Die Augenbrauen waren ausgeprägt und harmonierten mit der leicht zerstrubbelten Frisur. Seine Haare hatten offenbar die richtige Welle, um frech nach oben zu stehen. Vielleicht hatte auch ein Stylist drei Stunden dran gesessen, um diesen natürlichen und zugleich verwegenen Look zu erzeugen. Darauf war auch sein Dreitagebart abgestimmt. Gepflegt, aber nicht aalglatt. Normalerweise stand ich nicht auf Männer mit Bärten, aber bei ihm …

Etwas fassungslos starrte ich den schönsten Typen an, den ich je gesehen hatte, während seine Mutter mir endlich verriet, was eigentlich los war.

»Es geht um meinen Sohn Patrick«, sagte sie mit leicht kratziger Stimme, während in meinem Hirn sämtliche Alarmglocken losgingen. Mit dem Kerl konnte ich nicht arbeiten. Der war zu schön! Den wollte ich mir einlaminieren und in meine Wohnung hängen, damit ich ihn auf ewig anstarren konnte.

»Patrick hat den Job als CEO in unserer Firma geerbt, nachdem sein Vater unerwartet verstorben ist. Seitdem hat er sich verändert. Früher war er zugewandt. Freundlich. Er hatte immer ein offenes Ohr für seine vielen Freunde und seine Familie. Jetzt hetzt er durch den Tag, isst im Stehen oder beim Arbeiten, schläft kaum, hat keine Zeit für seine Freunde und ist unruhiger, als ich ihn je erlebt habe. Ich erkenne meinen Sohn kaum wieder und mache mir große Sorgen um ihn. Wissen Sie, woran sein Vater gestorben ist?«

Die Frage überrumpelte mich. Bevor ich zu einer Antwort ansetzen konnte, sprach Frau Andlau bereits weiter. Offenbar war die Frage rhetorisch gewesen. Zum Glück. Den Test hätte ich nämlich vergeigt.

»Er starb an einem Herzinfarkt. Mitten in einem Meeting, nachdem er zwei Nachtschichten wegen eines ach so schwerwiegenden Fehlers bei einem Großkunden hinter sich hatte. Schon Jahre zuvor hatte er einen Infarkt, und eigentlich hatte er mir versprochen kürzerzutreten. Nur hat er das leider nicht getan. Der Preis war zu hoch. Wir haben einen Vater und einen Ehemann verloren – und Patrick auch noch seine Lebensfreude. Frau Seibert! Sie müssen uns helfen! Ich habe Angst, dass mein Sohn das gleiche Schicksal erleidet wie mein Mann. Das müssen wir verhindern.«

»Ich … bin keine Spezialistin für Herzinfarkte«, gab ich verwirrt zurück. »Mein Gebiet ist Achtsamkeit.«

»Ganz genau. Deshalb möchte ich Sie ja auch engagieren. Sie sollen ihm Ruhe und Gelassenheit beibringen, bevor er seinen ersten Herzinfarkt erleidet.«

Mein Hirn war mit einem Schlag wie leer gefegt. Und zwar gründlich leer gefegt.

»Der Verlust Ihres Mannes tut mir von Herzen leid«, stotterte ich schließlich. »Und auch, dass es Ihrem Sohn so schlecht geht. Es ist ein spannender Ansatz, den Sie sich da überlegt haben. Mit Achtsamkeit gegen Burn-out und berufliche Überlastung vorzugehen ist ein mittlerweile anerkannter Weg. Allerdings muss dafür der Kunde auch mitziehen. Weiß Ihr Sohn denn Bescheid? Rufen Sie in seinem Namen an?«

»Er ist mein Sohn«, erwiderte Hannelore Andlau ein wenig unterkühlt. »Als seine Mutter weiß ich genau, was das Beste für ihn ist. Aber nein. Er weiß nichts von seinem Glück. Das sollten wir bald ändern. Hätten Sie heute Nachmittag Zeit? Ich denke, es ist Eile geboten. Soeben habe ich einen Termin für ihn und mich geblockt und auf *urgent* gestellt. Doppelt rot markiert und mit Ausrufezeichen. Den wird nichts und niemand mehr löschen, nicht mal sein übermotivierter Assistent. Um sechzehn Uhr bei uns in der Villa? Meine Sekretärin wird Ihnen die Details zuschicken.«

»Äh …«

»Das freut mich. Ich dachte mir bereits, dass Sie eine Frau der Tat sind. Wie schön, dass ich mich nicht getäuscht habe.«

»Äh?«

»Dann bis später. Sie bekommen gleich eine Mail von mir.«

Klack! Die Leitung war tot, und lediglich ein unfreundliches Tuten untermalte meine Fassungslosigkeit. Fast zeitgleich ploppte eine Mail auf dem Computerbildschirm auf. Die Bestätigung des Termins mit Familie Andlau. Inklusive Adresse und der dringenden Bitte um strenge Geheimhaltung.

In der Sekunde wurde mir klar, dass ich ohnehin nicht absagen konnte. Ich kannte die steinreiche Familie Andlau nur aus der Zeitung. Sie verkehrte in komplett anderen Kreisen als ich. Aber ich hatte genug Telenovelas gesehen, um zu wissen: Das Angebot einer solchen Familie schlug man nicht aus. Schon gar nicht als verzweifelte Achtsamkeitstrainerin mit zu vielen Schulden am Hals.

DREI

Vier Wochen zuvor

Mit Bus und Bahn zur Villa der Andlau-Familie zu gelangen war
ein Abenteuer. Zum Glück hatte ich mittlerweile meine Geldbörse
wiedergefunden. Bei einem kurzen Abstecher zu Hause hatte ich
sie auf meinem Schreibtisch entdeckt. So konnte ich wenigstens
die Busfahrt bezahlen, selbst wenn ich fünfmal umsteigen musste.
Solche Anwesen waren einfach nicht dafür gemacht, mit öffent-
lichen Verkehrsmitteln erreichbar zu sein. Leider hatte ich mein

Auto und mein Rad verscherbeln müssen, um genug Grundlage für den Kredit anzusammeln.

Ich brauche dringend ein Fahrrad, dachte ich grummelig, während ich bei Nieselregen durch eine Pappelallee stapfte. Rechts von mir erstreckte sich ein endlos erscheinender weißer Lattenzaun, natürlich so glänzend wie frisch gestrichen. Selbst die Wildwiese neben mir wirkte akkurat angelegt. Als hätte jemand sehr sorgfältig das Unkraut ausgewählt: Gelbe Astern sorgten für Farbtupfer in einem Meer aus Klee, grünem Gras und Inseln mit zart blühender Heide. Mannomann. Solch eine verkrautete Idylle hinzubekommen war schon eine Kunst für sich.

Da ich meinen Regenschirm verlegt hatte, war ich längst komplett durchweicht. Meine Haare lagen klatschnass an meiner Kopfhaut an, und meine Jacke war so alt, dass sie von wasserabweisend sehr weit entfernt war. Die Kapuze hatte ich vor Urzeiten mal abgemacht und verlegt. Jetzt rächte sich das. Wenn ich mich nicht irrte, sickerte langsam das erste Wasser bis zu meinem Pullover. Ganz zu schweigen von meinen Socken. Meine Sneaker waren für derartige Wanderungen nicht gemacht. Selbstverständlich war der Weg ordentlich gekiest. Pfützen gab es nicht. Dafür eine ganze Menge Wasser von oben.

Ich bemühte mich, die positiven Aspekte daran zu finden. Bewegung tat gut, erst recht an der frischen Luft. Es duftete nach Herbstlaub und frischem Gras, und die regenbenetzten Blumen glitzerten geheimnisvoll.

Doch um ehrlich zu sein, war alles in erster Linie nass und ätzend.

Als ich hinter einem riesigen Tor in der Ferne nun auch das Herrenhaus erkennen konnte, blieb ich sofort stehen.

Von Architektur hatte ich wenig Ahnung, aber von Opulenz schon. Wer in so vielen windigen Mietshäusern wie ich gewohnt hatte, wusste so was zu schätzen. Das Gebäude war beeindruckend. Weiß getüncht, mit vielen kleinen Kastenfenstern. Rechts und links vom Hauptgebäude gab es zwei zarte Turmbauten, auf deren Spitzen sich jeweils ein Wetterhahn drehte. Die schwarzen Dachschindeln glänzten wie neu. Zur riesigen Flügeltür im Mittelteil des Hauses führte eine gerundete Treppe aus schneeweißem Naturstein.

Eine Weile starrte ich das Monstrum von Haus an, bis sich die ersten Regentropfen ihren Weg in meinen Nacken suchten. Das war ein prima Weckruf.

Entschlossen stapfte ich wieder los, bis ich hinter mir das Geräusch von Reifen auf Kies vernahm. Ein schwarzer Tesla näherte sich in Schrittgeschwindigkeit beinahe lautlos. Ich trat zur Seite in das nasse Gras, um Platz zu machen, und schauderte. Jetzt war es um meine Sneaker komplett geschehen.

Zu meiner Überraschung hielt der Wagen direkt neben mir an, und das Beifahrerfenster glitt sanft nach unten, sodass ich ins Innere sehen konnte.

Natürlich erkannte ich ihn sofort. Dieses männliche Model, dessen Antlitz ich heute Morgen schon eine ganze Weile angestarrt hatte. Ihn nun vor mir zu sehen, traf mich trotzdem recht unerwartet. Klar, wir hatten einen Termin, aber eigentlich hatte ich mir vorgestellt, dass er mich neben seiner granteligen Mutter in einem schlichten Hochglanzbüro empfing und nicht pudelnass im Nieselregen auf einer Einfahrt.

»Kann ich Ihnen helfen?«, fragte er freundlich mit solch männlicher, tiefer Stimme, dass er damit irgendetwas Animalisches tief in mir ansprach. Zumindest war das die einzige Erklärung, warum ganz plötzlich tausend Schmetterlinge in meinem Bauch herumflatterten.

»Glaub nicht«, antwortete ich, weil mir auf die Schnelle nichts anderes einfiel.

»Wo wollen Sie denn hin? Da vorne hört die Straße am Tor auf. Das Problem mit Privatwegen. Für einen Spaziergang ist es auch ganz schön nass.«

Wem sagte er das? Weil ich mich vorbeugen musste, um mich unterhalten zu können, suchte sich der Regen seinen Weg quer über meine Wange und tropfte wie im schlechten Film von meiner Nase runter.

»Ich bin mit Ihrer Mutter verabredet«, wagte ich mich schließlich aus der Deckung. »Sie sind doch Patrick Andlau, oder?«

Der Regen wurde schlimmer und prasselte nun so laut aufs Autodach, dass ich fast schreien musste.

»Der bin ich. Und Sie sind?« Bevor ich antworten konnte, schüttelte er vehement den Kopf, lehnte sich quer über den Beifahrersitz und öffnete die Tür. »Steigen Sie erst mal ein.«

Erschrocken tat ich einen Schritt zurück und wurde dabei vom Holzzaun aufgehalten. »Auf keinen Fall. Ich bin tropfnass.« Wie zur Bestätigung musste ich zweimal heftig niesen.

»Das sehe ich.« Ein amüsiertes Funkeln trat in seine hübschen braunen Augen. »Meine Sitze werden das überleben. Bei Ihnen bin ich mir da nicht sicher.«

»So schlimm?«

Er zögerte kurz mit der Antwort. »Ich fürchte, ja«, antwortete er schließlich. »Jetzt steigen Sie endlich ein! Der Sitz ist so oder so längst nass.«

Da gab ich mir einen Ruck und kletterte ins Auto. Für die weißen Ledersitze tat es mir leid. Trotzdem war ich unendlich froh, aus dem Regen raus zu sein. Hastig zog ich die Tür hinter mir zu und klammerte mich an meinen kleinen Sportbeutel, den ich nun auf meinem Schoß balancierte.

»Danke«, sagte ich schlicht und bemühte mich, Patrick Andlau nicht allzu sehr anzustarren. Der drückte gerade einen Anruf auf seinem Handy weg, der durch wildes Blinken auf einem riesigen Bildschirm auf der Mittelkonsole angezeigt wurde. Dabei seufzte er leise. Offenbar ging ihm der Anrufer gewaltig auf die Nerven.

Er sah deutlich müder aus als auf den Bildern, die ich mir online angesehen hatte. Dunkle Ringe unter den Augen, die entweder früher nicht da gewesen oder vom Fotografen wegretuschiert worden waren. Statt sommerlicher Bräune zeigte seine Haut eine leichte Blässe. Ansonsten sah er exakt so attraktiv aus wie auf Social Media. Selbst der Bart war perfekt gestutzt. Als hätte er gleich noch einen Fototermin.

Und ich?

Meine rotblonden Haare waren durch den Regen ganz dunkel und klebten überall da, wo sie nicht kleben sollten. Hastig warf ich einen kurzen Blick in den Rückspiegel. Jap. Meine Wimperntusche war hochgradig verschmiert. Für teures Zeug, das da blieb, wo es bleiben sollte, hatte ich leider kein Geld. Ich sah aus wie ein abgesoffener Biber mit Augenringen. Meine dunkelblauen Augen, auf die ich sonst so stolz war, wirkten dadurch seltsam düster, beinahe traurig. Auf meiner schmalen Nase tanzte ein vorwitziger Wassertropfen, den ich genervt fortwischte.

Langsam breitete sich ein unangenehmer Geruch nach klammen Klamotten im Wagen aus.

»Sie wollen wirklich zu meiner Mutter?«, nahm er das Gespräch wieder auf, als wäre nicht soeben eine tropfnasse Horrorgestalt neben ihn ins Auto gekrochen. »Wurden Sie für sechzehn Uhr einbestellt?«

»Ja«, bestätigte ich nach wie vor möglichst knapp. Bloß nicht verplappern.

»Aha! Dann wissen Sie bestimmt, worum es geht?«

Waaaaah! Auf keinen Fall würde ich dem ahnungslosen CEO eines milliardenschweren Unternehmens erklären, dass seine hyperbesorgte Mutter im Namen seiner körperlichen und seelischen Gesundheit eine Achtsamkeitstrainerin engagiert hatte. Das konnte sie mal schön selbst kundtun.

»Nicht im Detail«, wich ich daher aus.

Dass Patrick Andlau noch immer keine Anstalten machte, den Motor zu starten und loszufahren, beunruhigte mich. Offenbar wollte er Antworten von mir, um auf die Begegnung mit seiner Mutter vorbereitet zu sein.

Erneut blinkte das Display auf. Ein weiterer Anruf.

»Entschuldigen Sie kurz«, sagte er zu mir und nahm diesmal den Anruf an. »Was gibt es?«, fragte er. Mit einem Schlag klang er gereizt und überhaupt nicht mehr freundlich.

»Herr Andlau, wo sind Sie?« Der Ton des Anrufers war vorwurfsvoll. Patrick Andlau versteifte sich beinahe unmerklich neben mir. Als bereitete er sich auf eine Konfrontation vor. »Auf dem Weg zu meiner Mutter«, erklärte er harsch.

»Ich dachte, das Treffen wäre bei uns im Haus. Wie wollen Sie rechtzeitig um achtzehn Uhr beim Meeting mit …«

»Das hab ich alles auf dem Schirm. Keine Sorge. Ich verpasse Ihr Meeting nicht. Wenn es sonst nichts Wichtiges gibt, würde ich weiterfahren.« Er drückte den Anrufer weg, ohne auf eine Antwort zu warten.

Wow. Das war mehr als ruppig gewesen. Verunsichert blinzelte ich den nun wieder dunklen Bildschirm an und musterte danach den Mann neben mir mit anderen Augen.

Da war eine neue Härte in seinem Blick. Seine gesamte Haltung hatte sich verändert. Als müsste er sich gegen die ganze Welt wehren. Angespannte Schulterpartie. Fest zusammengebissener Kiefer. Zur Faust geballte Finger.

Einen langen Moment schwiegen wir, bis er tief ein- und ausatmete und mir unerwartet die Hand hinhielt. Weil es recht eng im

Auto war, musste er sich dabei etwas verdrehen. »Wie Sie bereits festgestellt haben, bin ich Patrick Andlau. Und wer sind Sie?« Er hatte sich gefangen, in seiner Stimme lag nur noch ein Hauch Ungeduld.

»Merle Seibert«, erklärte ich so selbstbewusst, als müsste ihm der Name etwas sagen. Ich nahm seine Hand in meine und drückte sie möglichst kräftig. »Freut mich, Sie endlich kennenzulernen.« Ha! Das »Endlich« war gut. Ich an seiner Stelle wäre augenblicklich verstummt und weitergefahren, um in Ruhe über die mysteriöse Person neben mir nachzudenken, die mich kannte.

Nur war Patrick Andlau leider nicht ich. »Jetzt lassen Sie sich nicht alles aus der Nase ziehen. Wer genau sind Sie, und was plant meine Mutter? Wenn sie so geheimnisvoll tut, ist was im Busch. Sind Sie Stylistin?« Er musterte mich herausfordernd.

»Meinen Sie das ernst?«, entgegnete ich so trocken, wie mein Zustand es erlaubte. »Sehe ich so aus?«

Er bemühte sich redlich um eine ernste Miene, doch seine Mundwinkel zuckten verräterisch. »Das wage ich nicht zu beurteilen«, erklärte er mit einem hörbaren Schmunzeln in der Stimme.

»Raten Sie doch mal, was ich mache.«

Von ihm gemustert zu werden war wie ein Streicheln auf der Haut. Ernsthaft. Bei einem anderen hätte ich mich unwohl gefühlt. Doch unter seinem warmen Blick wurde mir ganz anders. Nichts daran war anzüglich. Sondern neugierig und zugewandt.

Trotzdem spürte ich, wie sich die Röte in meine Wangen schlich. Mir wurde heiß, und ein seltsames Gefühl setzte tief in meinem Magen ein. Ein Flimmern. Kribbeln.

»Falls meine Mutter Ihnen gleich erzählen sollte, dass ich viel zu lange Single bin und dringend eine Frau in meinem Leben brauche, tun Sie uns beiden bitte einen Gefallen: Rennen Sie«, sagte er schließlich.

Sofort verwandelte sich meine Verlegenheit in pure Empörung. »Sehe ich etwa aus wie ein Callgirl?«, rief ich fassungslos.

»Himmel, nein! Im Gegenteil.«

Ich starrte ihn an. Wartete. Zog eine Augenbraue in die Höhe, weil er nicht weitersprach. »Autsch! «, sagte ich schließlich. »Das macht es nicht sehr viel besser.«

Daraufhin kam endlich Bewegung in meinen Retter, und er startete den Motor. Den Kopf schüttelnd, lachte er leise in sich hinein. Ich hingegen fand das gar nicht komisch. »Was genau ist denn das Gegenteil von einem Callgirl?«, bohrte ich nach. Ich wollte mich nicht Tage und Wochen mit der Frage quälen, was zur Hölle an meinem Aussehen nicht stimmte.

Der Tesla setzte sich lautlos in Bewegung und glitt Richtung Tor. Mein Fahrer tat so, als müsste er sich konzentrieren, knickte dann aber ein. »Da hab ich mich in was reingeritten.« Sein entschuldigender Blick in meine Richtung besänftigte meinen glühenden Zorn ein wenig. »Bitte verzeihen Sie meine unglückliche Wortwahl. Das war nur so dahingesagt.«

»Und warum soll ich rennen, wenn Ihre Mutter von Ihrem Single-Dasein spricht? Ich bin nicht hier, um Sie zu verführen. Das wollen wir mal klarstellen.«

»Aha. Nun kommen wir der Sache näher. Weswegen sind Sie denn hier?«

Das Tor öffnete sich wie von Geisterhand, und wir schwebten hindurch. Zumindest fühlte es sich so an. Ein perfekt gepflegter Garten begrüßte uns. Zu Kugeln geschnittene Büsche. Rund getrimmte Bonsais, niedliche Blumenbeete mit im Spätherbst tapfer blühenden Pflanzen und die obligatorische Heide. Alles sehr schick und schön.

Ich blieb Patrick Andlau die Antwort schuldig und bestaunte den Garten. Offenbar akzeptierte er das, denn er hakte nicht nach, sondern parkte direkt vor dem Treppenaufgang und schnallte sich ab. »Plant meine Mutter wieder etwas, das mir ganz und gar nicht gefallen wird?«, fragte er mich und sah mich dabei gequält an. Tatsächlich hatte er kleine, noch dunklere Einsprengsel in seinen Iriden. Ausgesprochen faszinierend.

»Ich fürchte, ja«, gab ich zu, woraufhin er die Augen verdrehte und ausstieg. Ich brauchte einen Moment, um in diesem futuristischen Auto den Türöffner zu finden, und schauderte, als ich ausstieg. Jetzt, wo mich der Wind wieder voll erwischte, fühlte sich meine Kleidung noch nasser an.

Patrick Andlau wartete auf der zur Treppe gewandten Seite des Wagens auf mich. Kurz bevor ich einen Fuß auf den weißen Stein setzen konnte, berührte er mich am Arm. Kaum merklich, doch die Berührung stoppte mich sofort.

»Ich wollte Sie nicht brüskieren. Falls ich den Eindruck erweckt haben sollte, mich über Sie lustig zu machen, tut mir das wirklich leid. Es ist nur so, dass meine Mutter schon seit Jahren auf der Suche für mich ist und dabei ausgesprochen seltsame Methoden anwendet.«

»Auf der Suche?«, fragte ich irritiert.

»Nach einer Ehefrau.«

Mir klappte die Kinnlade nach unten. »Sind wir hier im Mittelalter?«, fragte ich schockiert.

»Ihre fassungslose Reaktion beruhigt mich. Offenbar scheint es heute um etwas anderes zu gehen.«

»JA!«

»Sehr gut. Ich war nur misstrauisch, weil Sie genau mein Typ sind und meine Mutter das weiß«, erklärte er so locker, als würden wir übers Wetter philosophieren.

Ich kam ins Stolpern und erklomm die Treppenstufen eher unelegant. »Sie stehen auf ersoffene Biber?«, fragte ich atemlos, nachdem ich mein Gleichgewicht wiedergefunden hatte.

Er stockte und lachte dann laut auf. »Sie sind von einem nassen Biber weit entfernt«, versicherte er mir und hätte vermutlich etwas hinzugefügt, wenn nicht in der Sekunde die Flügeltür aufgeschwungen und eine ältere Dame in einem dunkelroten Kostüm aufgetaucht wäre.

»Patrick! Da bist du ja«, rief sie erfreut und blieb abrupt stehen, als ihr Blick auf mich fiel. Ganz kurz wirkte sie irritiert, bis sie begriff, wer ich sein musste. »Frau Seibert! Was ist Ihnen denn passiert?«

»Es regnet«, stellte ich überflüssigerweise fest und eilte ihrem langbeinigen Sohn hinterher. Der begrüßte sie mit Küsschen rechts, Küsschen links und schob sie sanft nach hinten in eine Art Halle, die der Größe nach zu einem Bahnhof zu gehören schien. Gleichzeitig winkte er mich rein.

Sekunden später stand ich tropfend in der schneeweißen Empfangshalle und fragte mich, wie zur Hölle ich hier gelandet war. Ich fiel mit meinen nassen Sneakern, der Blue Jeans und meiner abgewetzten Jacke so auf wie ein Papagei in einem Schwarm weißer Tauben. Vor allem, weil Patrick Andlau, wie ich erst jetzt bemerkte, einen perfekt sitzenden Nadelstreifenanzug trug. Sogar mit Einstecktuch. Hilfe!

Frau Dr. Andlau hingegen war so ganz anders, als ich erwartet hatte. Ja, auch sie trug ein Kostüm, das vermutlich so teuer gewesen war wie alle Klamotten zusammen, die ich in meinem ganzen Leben gekauft hatte. Doch ihr fehlten die strenge Haltung und der eisige Blick, auf die ich mich innerlich vorbereitet hatte.

Stattdessen strahlte sie mich an, als wäre ich eine gute, wenn auch patschnasse Freundin. »Wie schön«, flötete sie vergnügt. »Ihr habt euch bereits kennengelernt.«

»Ja, Ihr Sohn war so freundlich, mich mitzunehmen, bevor ich vollständig durchweiche«, erklärte ich kraftlos und wischte dabei möglichst unauffällig die Pfütze zu meinen Füßen breit, um sie zu kaschieren.

Hannelore Andlau hatte sie trotzdem entdeckt. »Ich hole mal Handtücher und was zum Umziehen.«

»Ich bezweifle, dass Frau Seibert in deine Kostümchen passt, Mama«, protestierte ihr Sohn. Tatsächlich war die Dame vor mir unfassbar zierlich und reichte mir gerade mal bis zu den Schultern. Ihre silbernen Haare trug sie raspelkurz, was sie verwegen und frech aussehen ließ. So kantig das Gesicht ihres Sohnes war, so sanft waren ihre Züge. Stupsnase, riesige Augen, geschwungene Wangenknochen. Einzig das Funkeln ihrer Augen erinnerte mich an Patrick Andlau. »Hast du noch was von Melanie hier? Du hast die Sachen doch in Kartons verfrachtet, aber nie weggeschickt«, fragte der in dieser Sekunde.

»Natürlich. Gebt mir einen Moment. Ich hole die Sachen. Geh du schon mal mit Frau Seibert ins Kaminzimmer. Da kann sie sich ein wenig aufwärmen.«

Wenig später fand ich mich vor einem Monstrum von Kamin wieder, der in jedem Fantasyroman als Kulisse hätte vorkommen können. Es war warm und behaglich, was man vom Rest der Inneneinrichtung nicht unbedingt sagen konnte.

Ich beäugte gerade einen ziemlich toten Sechzehnender über dem Kamin, dessen blicklose Knopfaugen mich vorwurfsvoll anstarrten, als mir Patrick Andlau von hinten eine kuschelige Decke über die Schultern legte. »Bis meine Mama wieder da ist«, erklärte er.

Ich drehte mich hastig zu ihm um und erwischte ihn dabei, wie er mich eine Sekunde zu lange musterte. Ich schaute prüfend an mir herab und bemerkte erst jetzt, dass mein Shirt unter der Jacke komplett durchsichtig geworden war. Mann!

»Die Situation wird immer schräger«, murmelte ich erschöpft.

»Inwiefern?«

»Erst retten Sie mich wie der Ritter in der goldenen Rüstung, nur ist Ihr weißes Pferd ein schwarzer Tesla. Und jetzt stehe ich hier frierend vor Ihnen mit halb durchsichtiger Kleidung wie eine Jungfrau in Nöten. Vermutlich fragen Sie mich gleich, ob Sie mich mit Ihrem stahlharten Körper erwärmen sollen. Würde zu dem schlechten Plot hier sehr gut passen.«

»Eigentlich wollte ich Sie fragen, ob Sie Tee haben möchten.«

»Oh. Den nehme ich tatsächlich gerne.«

Wir starrten uns etwa drei Sekunden lang an und mussten schließlich zeitgleich lachen.

Fast erwartete ich, dass Patrick Andlau mit einer kleinen Glocke bimmeln würde, um einen Diener zu rufen. Stattdessen verschwand er durch eine gewaltige Flügeltür und kehrte gleich darauf mit drei Tassen auf einem Tablett zurück.

»Das Wasser braucht noch etwas. Ist Ihnen ein wenig wärmer geworden?«

»Ja, danke.« Ehrlich gesagt fror ich wie ein Schneider und hoffte, dass er das wilde Klappern meiner Zähne überhörte. Trotzdem entging mir nicht, wie er beiläufig auf seine Uhr schaute. »Im Stress?«, rutschte es mir heraus.

»Ich hasse diese Uhr. Sie ist ganz neu, und seit ich sie habe, sehe ich meine Mails, wenn ich nur mal kurz auf die Zeit schaue. Also ja. Im Stress. Sie haben den Anruf gerade gehört. Das war mein Assistent oder wie ich ihn nenne: mein persönlicher Sklaventreiber. Er sorgt dafür, dass ich nichts Wichtiges verpasse, und nimmt sich dabei selbst enorm wichtig.« Patrick Andlau knallte das Tablett etwas zu heftig auf den edlen Mahagonitisch, der die Mitte des ansonsten karg möblierten Raumes einnahm. Ein Kronleuchter baumelte darüber, und acht Designerstühle scharten sich drum herum. Vor dem Kamin standen zwei dunkelbraune Ledersessel und luden zu gemütlichen Lesestunden ein. Nur gab es hier leider weit und breit keine Bücher. Einzig weiße Wände mit wirklich gruseligen Bildern. Ein Jäger, der einen Hirsch erschoss. Ein Jagdhund mit einem toten Hasen im Maul. Ein Eber, der an den Beinen aufgehängt sein Blut vergoss. Ein Stapel ziemlich erschossener Gänse.

»Ich bin Vegetarierin«, merkte ich an, weil Patrick Andlau meinen skeptischen Blick eindeutig registriert hatte.

»Dann willkommen im Gruselkabinett meines Vaters.« Er deutete auf zwei ausgestopfte Füchse, die spielerisch von einem Ast in der Ecke zur Zimmerdecke hinaufzuhüpfen schienen. »Mein Vater war leidenschaftlicher Jäger und hat die Tiere selbst ausgestopft. Kann man schön finden. Muss man aber nicht.«

»Sehr diplomatisch.« Ich zog mir schaudernd die Decke fester um die Schultern. Mit leisem Bedauern verließ ich meinen Posten am Kamin und ging zu Patrick Andlau hinüber, der gerade die Teetassen mit Untertellern auf den Tisch stellte. Das sah so … normalsterblich aus. Hatten Millionäre für so etwas keine Angestellten? Oder war das nur ein Vorurteil?

»Möchten Sie Zucker in den Tee? Wir trinken meistens ohne, dennoch finde ich bestimmt die Zuckerdose.«

»Bitte keine Umstände. Falls Sie Kekse haben, bin ich dabei. Frieren macht hungrig.«

»Wie die Dame wünscht.« Als er zur Tür lief, hinter der sich die Küche verbergen musste, folgte ich ihm einfach. Ich war zu neugierig, um mich zu gedulden.

Tatsächlich war diese Küche definitiv einen Blick wert. Sie war so viel liebevoller eingerichtet als das Gruselkabinett: weißer Landhausstil mit dezenten Blumenkacheln. Rot-weiß karierte Handtücher sorgten für Farbtupfer, genau wie der süße kleine rot lackierte Tisch direkt vor dem Fenster. Von hier aus konnte ich einen Teich erspähen. Ein himmlischer Duft lag in der Luft.

»Meine Mutter backt, wenn sie gestresst ist. Da sie das momentan eigentlich immer ist, finde ich bestimmt Kekse.« Patrick Andlau öffnete wahllos ein paar Schränke, und sofort entspannte ich mich. Die waren genauso chaotisch, wie sich mein gesamtes Leben gestaltete. Ich fühlte mich direkt heimisch.

»Suchst du was?« Frau Andlau war aufgetaucht. In ihren Armen stapelten sich ein dunkler Pullover, eine wild geringelte Leggins und etwas, das nach einem Rüschenunterhemd aussah.

»Kekse.« Dass Patrick Andlau das Wort genau wie das Krümelmonster aussprach, war gewiss kein Zufall. Ich lachte leise und wurde mit seinem charmanten Lächeln belohnt.

»Krokant-Baiser findest du rechts in der kleinen Schatulle. Weiche Amaretti mit Orangen sind links und gemischte Macarons und friesische Mandelblätter oben im Schrank. Die Schnoorkuller sind nicht so schön geworden, doch die Honigwaffeln dürften munden. Stell gerne eine Auswahl zusammen.«

»Ach, Mama«, merkte Patrick an, während er wahllos eine Keksdose nach der anderen hervorzauberte, »du musst dich beruhigen. Alles wird gut.«

»Da gebe ich dir recht – und Frau Seibert wird uns helfen.« Vehement hielt sie mir den Kleidungsstapel hin, sodass ich ihn einfach nehmen musste. »Ziehen Sie sich erst mal um, danach reden wir. Im Nähzimmer nebenan sollten Sie ungestört sein.«

Eines konnte ich mir nicht verkneifen, bevor ich verschwand: »Bitte Schnoorkuller auf den Teller packen. Ich hab keine Ahnung, was das ist, aber ich möchte es unbedingt probieren.«

VIER

Sehr geehrte Frau Seibert,

aufgrund des heutigen Artikels in der Altenhauener Tageszeitung machen wir Sie dringend auf die Verschwiegenheitsklausel aufmerksam, die Sie unterschrieben haben, und auf die drohenden Vertragsstrafen bei Verstößen. Sehen Sie unbedingt von Interviews mit der Presse ab. Sollten Sie Anfragen von Journalisten erhalten, leiten Sie uns diese unverzüglich zu. Wir übernehmen alles Weitere.

Mit freundlichen Grüßen
Annabell Pestori
Pressereferat T&T Cyberprotection

Vier Wochen zuvor

Das Nähzimmer, das sich direkt neben der Küche befand, war der Traum jedes kleinen Mädchens. Hier standen verschiedene Nähmaschinen, sogar ein alter Webstuhl, drei halb angezogene Schneiderpuppen und so viele Stoffbahnen, dass man einen Laden hätte eröffnen können. Von elegant bis verspielt war alles dabei.

Eine Weile sah ich mich staunend um, bis es mir zu kalt wurde und ich hastig Pullover und Hose auszog. Erst dann faltete ich die Mitbringsel meiner Gastgeberin auseinander. Die geringelte Leggins war eindeutig für die Weihnachtszeit bestimmt und passte wie angegossen, genau wie das bestickte Unterhemd. Es sah sündhaft teuer aus und war trotz des dünnen Stoffs erstaunlich warm. Der Pullover hingegen war hoffnungslos zu groß. War das etwa einer von Patrick Andlaus Pullovern? Ich zog ihn über und schnüffelte daran. Er roch vor allem nach Waschpulver, aber ich war mir sicher, den Hauch von Geschäftsmann wahrzunehmen.

Die Strümpfe bestanden aus Schafwolle und wärmten kaum angezogen bereits meine Füße. Sofort entspannte ich mich. Wenn ich fror, gab ich nur Unfug von mir. Anders war der Spruch mit dem Ritter in heldenhafter Rüstung nicht zu erklären. Hatte ich Patrick Andlau ernsthaft vorgeschlagen, sich an mich zu kuscheln?

Ich bekam im Nachhinein noch rote Wangen und kühlte sie mit meiner klammen Hand. Meine Haare trocknete ich so lange mit einem Handtuch ab, bis sie nicht mehr tropften, und erklärte mich danach für einigermaßen teetauglich mit einer Millionärsfamilie. Die Betonung lag auf einigermaßen.

Meine nassen Sachen schleppte ich mangels Alternative mit mir herum, doch kaum gesellte ich mich zu meiner Gastgeberin in die Küche, nahm die mir die durchweichten Klamotten ab und trug sie sonst wohin. Irritierenderweise standen die Teetassen samt Gebäck nun in der Küche. Patrick Andlau saß bereits am Tisch und goss Wasser in eine Kanne, die auf einem kleinen Stövchen ruhte.

»Eigentlich hätte ich Ihnen Kaffee anbieten sollen, allerdings passte wärmender Tee besser zu meiner Ritterlichkeit«, erklärte er locker, kaum dass ich zu ihm getreten war. Sofort schoss mir die Röte in die Wangen. Verdammt. Er hatte meinen Spruch nicht vergessen. »Oder möchten Sie doch lieber Kaffee?«

»Nein. Tee ist perfekt.«

Er forderte mich mit einer Geste auf, mich ihm gegenüber hinzusetzen. »Da Sie sich im Jagdzimmer nicht so recht wohlzufühlen schienen, dachte ich mir, wir ziehen hierhin um. Mama mag die Küche ohnehin lieber. Seit Monaten bitte ich sie, dass wir das Kaminzimmer gemütlicher einrichten, weil es eigentlich der schönste Raum ist. Sie will aber nicht. Alles Erinnerungen an Papa, wenn Sie verstehen, was ich meine.«

»Ich verstehe. Ihr Verlust tut mir wirklich leid. Einen Menschen zu verlieren ist hart. Wann ist Ihr Vater denn verstorben?«

»Vor vier Jahren. Seitdem ist viel passiert, und doch scheinen wir in einer Zeitschleife festzustecken. Alles hat sich verändert und auch wieder nicht.« Er bemühte sich um ein Lächeln, doch diesmal erreichte es nicht seine Augen. Stattdessen entdeckte ich Trauer und Frust.

»Was für ein Mensch war Ihr Vater?«

Patrick zögerte kurz, als wüsste er nicht recht, was er antworten sollte. Wahrscheinlich wurde er das selten gefragt, weil sein Vater so bekannt gewesen war. »Streng, aber gerecht. Eher ernst. Zielstrebig. Ein Arbeitstier. Jemand, der Chancen sah und sie ergriff, wann immer er konnte. Übers Geschäft redete er gerne, über Gefühle selten.« Er verzog das Gesicht, als ihm vermutlich bewusst wurde, was er da gerade erzählt hatte. »Bitte entschuldigen Sie. Eigentlich sollte ich solche Details gar nicht an Fremde weitergeben. Familiensache, verstehen Sie?«

»Natürlich, aber ich versichere Ihnen, dass alles ganz sicher bei mir aufgehoben ist. Von mir erfährt niemand irgendwelche Details über Sie und Ihre Familie. Ganz fest versprochen.« Ich fuhr mir mit dem Finger über den Mund, als würde ich meine Lippen versiegeln.

Patrick zögerte kurz, und ich hätte geschworen, dass er trotzdem nicht weitererzählen würde. Doch ich irrte. »Papas Pokerface war legendär. Wir haben uns viel gestritten, uns noch öfter versöhnt und uns gegenseitig sehr genervt. Dass wir einer Meinung waren, kam fast nie vor. Trotzdem habe ich mich immer geliebt gefühlt. Er hat mir den Rücken gestärkt und mich angetrieben. Manchmal ein wenig zu viel.« Er blickte erst unauffällig auf die Uhr und danach auf sein vibrierendes Handy. »Wann immer ich eine Entscheidung treffe, höre ich seine Stimme in meinem Kopf. Egal, ob ich will oder nicht. Er …«

Patrick Andlau unterbrach sich, weil seine Mutter in die Küche kam. Hastig stand er auf, um ihren Stuhl zurückzuziehen. Ein Gentleman.

Sofort fragte ich mich, warum er das bei mir nicht getan hatte. Machte er das nur bei seiner Mutter oder bei Frauen auf seiner Augenhöhe?

Hups. Wo kam denn der Understatement-Gedanke her? Zu wenig Selbstbewusstsein gefrühstückt, dachte ich bei mir.

»Ich habe Ihre Sachen über die Heizung gehängt, allerdings bezweifle ich, dass Sie bis zu Ihrer Abfahrt wieder trocken sein werden. Patricks Pullover steht Ihnen zum Glück sehr gut.«

Oje! Hatte Patrick etwa recht mit seinem Verdacht, dass seine Mutter uns insgeheim verkuppeln wollte? Hoffentlich nicht!

Ihr Sohn reagierte nicht auf ihre Worte und goss ihr lediglich Tee ein. Ich stibitzte mir in der Zwischenzeit einen der geheimnisvollen Schnoorkuller vom Teller, die sich als Baiser-Nougat-Kugeln herausstellten und genauso lecker waren, wie sie seltsam klangen. Der Genuss verging mir, als ich Patricks ernsten Blick sah.

»In Ordnung, Mama. Was ist hier los?« Das Brummen seines Handys ignorierte er zunächst, bis er den Anrufer mit einem genervten Seufzen wegdrückte.

»Genau das ist hier los.« Seine Mutter wies anklagend auf sein Handy. »Deine Arbeit frisst dich auf.«

»Bitte nicht schon wieder!« Angespannt lehnte sich Patrick Andlau zurück und wirkte mit einem Schlag genauso abweisend, wie ich ihn bereits während des Telefonats erlebt hatte. »Dieses Gespräch führen wir nun schon seit Papas Tod. Hab ich nicht schon genug Druck? Musst du ihn erhöhen? Wir drehen uns im Kreis!«

»Das ist wahr. Deshalb hab ich die Lösung.« Frau Andlau deutete auf mich, woraufhin ich mich hastig hinter meiner Teetasse versteckte.

Dass ich in einen handfesten Familienstreit hineingeraten würde, hatte ich nicht erwartet. Mutter und Sohn waren bislang so liebevoll miteinander umgegangen.

»Sie? Dann erklär mir mal, wer sie überhaupt ist.« Jetzt klang Patrick richtig verärgert. Ich bekam ebenfalls eine Portion Wutfunkeln aus seinen hübschen Augen ab.

Frau Andlau sah mich auffordernd an. »Erklären Sie es ihm bitte.«

»Ich?« Mir blieben die Worte im Halse stecken, und ich musste mich erst mal räuspern. Anschließend stotterte ich los. »Also … äh … Herr Andlau … wissen Sie … keine Sorge … Sie können jederzeit Nein sagen. Das ist alles freiwillig. Natürlich. Sonst … äh …«

»Frau Seibert ist Achtsamkeitstrainerin«, unterbrach mich seine Mutter aufgeregt. »Und sie wird dafür sorgen, dass du nicht genauso an einem Herzinfarkt stirbst wie dein Vater. Und wehe, du sagst Nein! Dann …« Sie ließ ungesagt, was dann geschehen würde. Höchstwahrscheinlich wusste sie das selbst nicht genau.

Patrick sah sie einen Moment völlig verdattert an, danach musterte er mich von oben bis unten. Nur diesmal deutlich abweisender. Da war ein gefährliches Blitzen in seinen Augen. Er machte dicht. Ich sah es genau. »Soso. Eine Achtsamkeitstrainerin«, sagte er in vermutlich absichtlich neutralem Ton. »Interessant.«

Damit stand er einfach auf und klaubte sein Handy vom Tisch.

»Danke, Mama, für den Tee. Ich muss wieder los ins Büro, sonst drehen die da alle durch.«

»Wie bitte?«, rief ich ungläubig.

»Auf keinen Fall!«, empörte sich seine Mutter und sprang so heftig auf die Füße, dass ihr Stuhl klappernd umkippte. Patrick bückte sich umgehend, stellte ihn wieder auf und gab ihr rasch ein Küsschen auf die Wange.

»Wir sprechen uns morgen. Frau Seibert? Hat mich gefreut, Sie kennenzulernen. Lehren Sie doch bitte meine Mutter ein wenig Achtsamkeit. Vielleicht lenkt sie das so weit ab, dass sie mich nicht länger damit behelligt.«

Er stapfte einfach an uns vorbei und verschwand durch die Tür. Allerdings hatte er die Rechnung ohne seine Mutter gemacht. Die eilte ihm umgehend nach.

»Patrick Karl Theodor Andlau! Du bleibst sofort stehen und hörst dir an, was ich zu sagen habe«, schimpfte sie ihm hinterher und verschwand gleich darauf genau wie mein früherer Retter im Flur. Trotzdem konnte ich gut hören, was sie miteinander sprachen, denn Frau Andlau war laut genug. »Frau Seibert ist eine Koryphäe auf ihrem Gebiet.« Na, das hätte ich so jetzt nicht gesagt, aber es schmeichelte mir natürlich. »Sie weiß, was sie tut!« Da konnte ich ihr tatsächlich beipflichten. »Und sie wird dir helfen. Das garantiere ich!« Nee. Das wollte ich lieber nicht unterschreiben. Wer sich nicht helfen lassen wollte, dem konnte auch ich nicht helfen.

»Mama!« In dem einen Wort schwang so viel Genervtheit mit, dass klar war, was nun kam. »Du weißt genau, was ich von solchen Wald-und-Wiesen-Ansätzen halte. Ich umarme keine Bäume, um zur Ruhe zu kommen. Dafür ist mir meine Zeit zu wertvoll.«

»Wer redet denn vom Bäumeumarmen?«

»Was macht eine Achtsamkeitstrainerin denn sonst? Die jagt mich in den nächsten Wald, damit ich meine innere Stimme wiederfinde und Kumbaja dabei singe. Nein, danke. Spazieren gehen kann ich auch allein. Da brauche ich keine junge Dame an meiner Seite, die mit mir Om singen und meditieren will.«

»Bitte keine Vorurteile, Patrick. Hör dir erst mal an, was ihre Ansätze sind. Sie erscheint mir sehr bodenständig. Gemeinsam findet ihr bestimmt einen Weg, wie ihr zusammenarbeiten könnt.«

»Und das ist der Punkt. Ich hab genug Arbeit. Da muss ich nicht auch noch an mir arbeiten, um mein heulendes inneres Kind zu beruhigen. Was das angeht, bin ich raus.«

Die Stimmen der Streithähne wurden leiser. Ich rechnete damit, gleich das Klappern der Haustür zu hören. Stattdessen vernahm ich einen trockenen Klagelaut.

»Jetzt warte erst mal ab, was wir zu sagen haben, ehe du die Flucht ergreifst«, schniefte Frau Andlau.

Eine lange Pause entstand, in der ich lediglich ein hohes Schluchzen hörte. Darauf folgte ein tiefes Seufzen. »Mama! Ist das dein Ernst? Du tust so, als ob du weinen müsstest, um deinen Willen durchzusetzen?«

»Ich tue nicht nur so. Ich weine.«

»Oh, Mama.« Patricks Stimme hatte mit einem Schlag jeglichen Ärger verloren. Er klang jetzt besorgt.

Ich saß am Tisch wie auf heißen Kohlen und wünschte mich ganz weit weg. Mit meiner Familie war ich ja bereits überfordert. Aber anders als bei unseren Streitereien ging es hier nicht darum, die Oberhand zu gewinnen. Eher darum, den jeweils anderen beschützen zu wollen. Eine seltsame Situation.

Sollte ich aufstehen und hingehen? Lieber sitzen bleiben und abwarten? Weder das eine noch das andere fühlte sich richtig an. Schließlich hielt ich es auf meinem Stuhl nicht mehr aus, tappte auf Wollsocken in den Flur und blieb dort stehen, um den Anblick zu erfassen. Patrick Andlau stand vor seiner Mutter. Hoch aufgerichtet, den Mantel halb angezogen. Seine Mutter ließ buchstäblich den Kopf hängen, und allein am Zittern ihrer Schultern erkannte ich, dass sie wirklich weinte.

Plötzlich warf Patrick den Mantel einfach auf den Boden und nahm seine Mutter in den Arm. Eine Zeit lang hielten sie sich aneinander fest, und ich sah die Liebe, die sie zueinander empfanden. Um den Moment nicht zu stören, wollte ich den Rückzug antreten und stupste mit dem Hintern die Küchentür wieder auf. Die knarrte lauter, als mir lieb war.

Über die Schulter seiner Mutter hinweg sah Patrick mich an. Er wirkte müde und abgekämpft. Wenigstens war der Ärger komplett verflogen, und ich meinte, einen Hauch Frust in seiner Körperhaltung wahrzunehmen, gepaart mit Ablehnung. Die verkrampften Schultern. Die leicht gerunzelte Stirn. Der fest zusammengepresste Mund.

»Geben Sie mir zehn Minuten, um Sie zu überzeugen«, sagte ich mit möglichst beherrschter Stimme. »Es geht nicht darum, Bäume zu umarmen oder miteinander zu summen und zu brummen. Es geht darum, sich den eigenen Gedanken und Gefühlen zu stellen, sie anzunehmen und zu akzeptieren, ohne zu bewerten. Durch meinen Ansatz lernen Sie, auf Distanz zu Ihrem Stress und den Belastungen zu gehen, und ich zeige Ihnen, wie Sie positive Gedanken dagegensetzen können. Wir laden Ihre Akkus auf und sorgen für kleine Räume zum Entspannen.«

Mit voller Absicht vermied ich Worte wie »Energie«, »Geist« oder »Glücksgefühle«. Nichts, was sphärisch oder religiös klingen könnte. Immerhin hörte mir Patrick Andlau noch immer zu und war noch nicht aus der Tür gestürmt.

»Es geht nicht um das schnelle Herunterkommen, damit Sie anschließend weiter durch einen stressigen Alltag hetzen. Ihr Arbeitspensum kann ich Ihnen nicht abnehmen. Aber ich kann Ihnen zeigen, wie Sie dabei toleranter mit sich selbst, Ihren Emotionen und Ihren Mitmenschen umgehen können. Es geht um Offenheit, Mitgefühl und Unvoreingenommenheit.«

»Ich hab für so einen Quatsch keine Zeit«, knurrte er mir quer durch den Flur zu. So viel dazu, dass er mir zuhörte.

»Patrick! Benimm dich«, ermahnte ihn seine Mutter.

»Geben Sie mir die Gelegenheit zu beweisen, dass es Ihnen guttut. Wenn Sie sich darauf einlassen, kann die Achtsamkeitslehre wirklich Stress abbauen und ein Burn-out verhindern.«

»Jetzt bin ich schon ein Burn-out-Kandidat?« Patrick Andlau klang ehrlich empört. Vehement schob er seine Mutter von sich und sah sie streng an. »Mama, ich hab dich lieb, aber das hier geht definitiv zu weit. Meine Gesundheit ist meine Sache. Wenn ich denken würde, dass ich Hilfe benötige, würde ich mir welche suchen, dann aber gewiss nicht bei diesem Persönchen.«

Diesem Persönchen?

Verdattert starrte ich Patrick Andlau an, der soeben so viele Sympathiepunkte verspielt hatte wie Papa normalerweise in einer Woche. Seine Mutter hob prompt zu einer scharfen Entgegnung an, doch er unterband das, indem er mit erhobenen Händen rückwärts Richtung Tür ging.

»Das Meeting um achtzehn Uhr ist immens wichtig. Da kann und darf ich nicht zu spät kommen. Wir reden morgen über diese skurrile Szene.«

»Du hast kein Meeting um achtzehn Uhr. Das hab ich extra überprüft«, protestierte Frau Andlau nun wieder deutlich lauter.

»Diesen Kunden lasse ich grundsätzlich nie in meine Kalender eintragen, weil ich weiß, dass du da drin herumschnüffelst.«

»Was fällt dir …« Frau Andlau unterbrach sich mitten im Satz und atmete scharf ein. »Es ist die AI-Frontsecurity, nicht wahr? Wie können die es wagen, uns weiterhin Ärger zu machen? Diese …«

»Mama! Ich diskutiere das hier nicht weiter. AI-Frontsecurity kann nichts dafür, dass Papa in einem ihrer Meetings einen Herzinfarkt bekommen hat. Und ja. Wir haben ihnen gegenüber Fehler gemacht und müssen dafür geradestehen. Sei froh, dass sie nicht weiter klagen. Also lass mich jetzt gehen und die Wogen glätten, bevor ich wirklich kurz vorm Burn-out stehe.«

Er warf mir einen letzten finsteren Blick zu, dann drehte er sich um und war schneller weg, als ich hätte winken können. Entgeistert sahen Frau Andlau und ich der Tür zu, wie sie zurück ins Schloss fiel.

Weil Frau Andlau sich nicht rührte, wagte ich das ebenfalls nicht. Eine ganze Weile standen wir einfach nur herum, bis die ältere Dame tief einatmete und sich schließlich zu mir umdrehte. »Es tut mir leid, wie das gelaufen ist. Tatsächlich hatte ich so etwas befürchtet, doch noch ist nichts verloren. Lassen Sie uns gemeinsam überlegen, wie wir weiter vorgehen können, um ihn zu überzeugen.«

»Äh … Frau Andlau. Ich fürchte, da sind Hopfen und Malz verloren. Achtsamkeit funktioniert nur, wenn der Kunde das auch wirklich will. Sonst sollten wir es lieber lassen. Vielleicht wäre eine Stunde Boxen genau das Richtige. Oder Sie buchen ihm einen dieser Räume, in denen man alles kurz und klein schlagen kann, um die Wut rauszulassen.«

Einen Moment befürchtete ich, dass ich zu weit gegangen war. Zumindest starrte Frau Andlau mich so an, als wäre ich komplett irre. Dann lachte sie. Laut und herzlich und tief aus der Seele.

»Sie sind perfekt für diesen Job, Frau Seibert! Ich wusste das, als ich Ihr Werbevideo gesehen habe. Gemeinsam werden wir den Sturkopf überzeugen, da bin ich sicher. Kommen Sie. Lassen Sie uns den Tee austrinken. Danach rufe ich Ihnen meine Limousine, damit Sie nach all den Mühen nicht auch noch wieder durch den Regen stapfen müssen.«

FÜNF

Papa: Die Presse sitzt mir im Nacken, Merle. Ruf zurück, sobald du kannst. Irgendwas muss ich denen stecken, damit wir hier nicht die Bösen sind. Familie Andlau will uns den Hunden zum Fraß vorwerfen? Sie wollen Krieg? Den können sie haben. Mit uns Seiberts ist nicht zu spaßen. Ich bin dein Papa – und ich werde dich verteidigen.

Vier Wochen zuvor

Völlig erschöpft schlich ich in die kleine Wohnung, die ich gemeinsam mit meiner Schwester bewohnte. Eigentlich war es nur ein großer Raum mit einer Kochnische ohne Backofen und zwei schlecht funktionierenden Herdplatten. Kochen war hier beinahe unmöglich. Unsere beiden Lebensbereiche hatten wir durch zwei altersschwache Paravents voneinander abgetrennt. Den einen hatte ich auf der Straße gefunden, der andere sah verdächtig nach Diebesgut aus einer Praxis aus. Wobei ich mich fragte, wie Maya so ein Riesenteil hatte mitgehen lassen. Vielleicht hatte sie die Ärzte auch so lange bequatscht, bis die ihr das Ding freiwillig mitgegeben hatten.

Jedenfalls standen seitlich davon zwei Betten. Links ein gigantisches Teil mit roten Laken, das fast von der Wand bis zum Pa-

56

ravent reichte. Rechts ein Einzelbett mit schlichtem Bettzeug, an dem dicht gedrängt ein klappriger Holzschrank stand. Darauf hielt ich jetzt wie eine Ertrinkende zu, bis ich verdächtige Geräusche aus dem gigantischen Bett daneben hörte.

Nein! Bitte nicht!

Maya neigte dazu, ihre Bekanntschaften mit nach Hause zu nehmen. Keine Ahnung, ob sie nur obdachlose Männer abschleppte. Vielleicht waren es auch verheiratete Kerle. Jedenfalls befand sich gerade solch ein Exemplar zusammen mit meiner Schwester im Bett und grunzte leise vor sich hin.

Ein leises Jaulen kam hinzu. War das meine Schwester, die dieses gruselige Geräusch von sich gab? Musste ich sie retten? Nein. Nach einem Moment konzentrierten Lauschens erkannte ich den Hund, der in einem Korb direkt neben dem Bett lag und leise Jammerlaute ausstieß. Offenbar fühlte er sich von den Aktivitäten genauso gestört wie ich. Ich empfand mit ihm und fragte mich zugleich, was zur Hölle er hier zu suchen hatte. Eigentlich hatte Maya ihn wieder loswerden wollen.

Doch ein Problem nach dem anderen.

Nur mit Mühe unterdrückte ich einen lauten Fluch, während ich unschlüssig mitten im Raum stehen blieb. Das durfte doch wohl nicht wahr sein. Nach solch einem Tag hatte ich wirklich ein wenig Ruhe verdient. Frau Andlau hatte mir noch einen Tee aufgenötigt und mich über meine »Karriere« ausgefragt. Dabei war ich mir wie eine Schwindlerin vorgekommen, obwohl ich nicht gelogen hatte. Als Karriere hätte ich meinen Werdegang jedoch nicht bezeichnet. Schließlich hatte mich ihr Chauffeur gerettet, der in einer Limousine vorgefahren war, um mich vor meiner Wohnung abzusetzen.

Mann!

Maya hatte mich garantiert bemerkt, tat aber so, als wäre das nicht der Fall. Der Kerl halb auf ihr schien wirklich so hoch konzentriert, dass er meine Anwesenheit nicht registrierte. Einzig der Greyhound war aufgestanden und wedelte zaghaft mit dem Schwanz, um mich zu begrüßen. Und ich?

Ich schlich mich rückwärts wieder raus aus meiner eigenen Wohnung und zog die Tür so leise wie nur möglich hinter mir zu. Dann lehnte ich erschöpft meine Stirn gegen das harte Holz und schloss die Augen, bemühte mich um innere Balance.

Fast jeder, dem ich von meinem Beruf erzählte, fragte mich irgendwann in einem fiesen Tonfall, ob eine Achtsamkeitslehrerin die ganze Zeit achtsam durch die Gegend lief. Die Antwort war ernüchternd. Nö. Sonst hätte ich jetzt nicht wild mit den Zähnen geknirscht und mein Pech verflucht. Meine Ausbildung half mir dennoch über diese Situation hinweg.

Andere hätten sich selbst bedauert. Ihr Schicksal verflucht. Gegen die Tür getreten. Ich hatte meine Gefühle die meiste Zeit erstaunlich gut im Griff und akzeptierte die Wut, um sie danach in etwas Positives zu verwandeln. Zugegebenermaßen fiel mir das nach diesem Tag deutlich schwerer.

Schließlich stapfte ich mit tief in den Taschen vergrabenen Händen durch die Straßen zu unserem hübschen Studio zurück. Mitte Oktober war es jetzt bereits dunkel, und Straßenlaternen beleuchteten meinen Weg. Aktuell lagen die Temperaturen in den Plusgraden, doch durch den frischen Wind und den Regen fühlte es sich viel kälter an.

Mit eisigen Fingern fummelte ich den Schlüssel aus meinem Rucksack und schloss auf. Um halb zehn waren Ella und Bahar natürlich längst gegangen. Der letzte Kurs endete um kurz nach neun. Müde knipste ich die Lichter im Flur an und zog mir halb hüpfend, halb gehend die Schuhe aus. Dabei hinterließ ich mal wieder nasse Abdrücke auf dem Boden.

Ich trug immer noch die Leggins und den Pullover, die mir Frau Andlau gegeben hatte. Die Wollsocken waren durchweicht, genau wie der Rest. Das zweite Outfit, das der Regen heute kleinbekam. Seufzend wand ich mich aus meiner tropfenden Jacke und hängte sie im kleinen Bad auf, das nur für Personal gedacht war. Hier war es behaglich warm, also blieb ich ein Weilchen auf dem Klodeckel sitzen. Die Heizung schaltete sich erst gegen zehn aus. Noch eine halbe Stunde.

Erst als ich meine Finger wieder spürte, lief ich rüber in den Raum, den ich hatte gestalten dürfen. Meine Wohlfühloase mit Flauschteppich und Sitzgelegenheiten. Ein Tisch stand in der Ecke, für Malsessions. Nichts war entspannender als fokussiertes Zeichnen oder das Ausmalen eines Mandalas. Sofort hörte ich in meinem Hinterkopf meinen Vater verächtlich schnauben. Mandalas waren für ihn die größte Zeitverschwendung des ganzen Universums. Schon als Kind hatte er mich angehalten, lieber etwas Vernünftiges zu malen.

Loks oder Autos zum Beispiel.

Dass mir das sorgsame Ausmalen einfacher Kreise dabei half, dem ohnehin schon komplizierten Alltag zu entfliehen, hatte er nie verstanden. Einzelne Blüten farbig zu gestalten hingegen war so grundlegend entspannend, dass ich dieses Gefühl nie wieder verloren geben wollte.

Vermutlich war das meine erste Berührung mit Achtsamkeit gewesen, ohne dass ich es hätte benennen können.

Jetzt ließ ich mich auf den weichen Teppich sinken, atmete tief ein und aus, um anzukommen und diesen ereignisreichen Tag zu verarbeiten. Dass mein Handy in meiner Tasche vor sich hin brummte, ignorierte ich. Stattdessen konzentrierte ich mich ganz auf mich und meine Umgebung, bemühte mich um innere Ruhe und Gelassenheit.

Bis mein Handy erneut brummte und ich einsah, dass es offensichtlich wichtig war.

Genervt holte ich das Teil aus meinem Rucksack und entdeckte zu meiner Überraschung Bahars Nummer. So spät rief sie eigentlich nie an.

»Alles in Ordnung?«, fragte ich besorgt.

»Du musst die Alarmanlage ausstellen, wenn du so spät in die Ruheoase kommst!«, rief meine Freundin. »Ich hab hier gerade einen stillen Alarm auf mein Handy bekommen. Wenigstens funktioniert sie endlich mal. In letzter Zeit zickt sie ständig rum. Merle, du Träumerin! Das mit der Anlage hab ich dir heute schon dreimal gesagt.«

Sofort sprang ich auf die Beine und hastete nach vorne zur Theke. Natürlich. Bahar liebte alles, was mit Technik zu tun hatte. Da sie zugleich auf Sicherheit bedacht war, hatte sie unser Studio zu Fort Knox gemacht.

»Weißt du die PIN?«, fragte sie besorgt.

»Ja, klar, bin nicht völlig blö … Aaaaah!« Ich kreischte so laut in den Hörer, dass Bahar es vermutlich auch ohne Netz bis zu sich hätte vernehmen können. Panisch ließ ich mein Handy fallen und sprang ein ganzes Stück zurück, während mein Herz wilde Kapriolen schlug.

Da stand ein Riese vor unserer Milchglastür und winkte.

»Merle? Merle! Was ist los? Soll ich die Polizei rufen?«, schrie Bahar von unter dem Tisch her. Bis dahin war mein Handy geflogen. Ich klaubte es mit wild klopfendem Herzen auf und behielt dabei die Eingangstür im Blick. Der Hüne klopfte soeben dagegen. Durch das Milchglas konnte ich nur grob erkennen, dass es sich vermutlich um einen Mann handelte.

»Frau Seibert?«, hörte ich ihn von draußen rufen.

Die Stimme hätte ich peinlicherweise unter Tausenden erkannt. Der Schmelz darin konnte unmöglich von dieser Welt sein.

»Äh … ich glaube, da steht einer meiner Kunden vor der Tür«, erklärte ich Bahar.

»Um die Uhrzeit? Der soll morgen wiederkommen!«, fauchte Bahar aufgebracht.

Ich schaltete in der Zwischenzeit die Alarmanlage ab und ließ das Handy sinken. »Es ist offen!«, rief ich, woraufhin sich die Klinke bewegte und ein tropfnasser Patrick Andlau in mein Studio geweht kam.

Wirklich. Er wurde geweht. Samt Blättern, Ästchen und fliegenden Haaren.

Ich starrte ihn an wie eine Erscheinung, während Bahar dezent durchdrehte. »Merle Seibert! Rede mit mir! Sonst alarmier ich die Polizei. Ich schwöre es!«

Das brachte mich wieder zur Besinnung. »Alles in Ordnung, Bahar. Es ist nur der mysteriöse Kunde, bei dem ich am Nachmittag gewesen bin.«

»Der sexy Supermodel-Typ, den du so granatenhübsch findest?«

Hilfe! Wie laut war mein Handy eingestellt? Ich spürte, wie ich knallrot anlief. »Genau der. Ich spreche kurz mit ihm, danach rufe ich dich wieder an.«

»Du hast zehn Minuten. Dann bin ich nämlich bei euch. Was macht der Kerl um die Uhrzeit im Studio? Das ist doch nicht normal. Ich komme. Nils! Raus aus den Federn! Das ist ein Notfall.« Die Antwort vom armen Nils hörte ich nicht mehr, da Bahar aufgelegt hatte. Auch ich ließ das Handy sinken und starrte den tropfenden Millionär in unserer Ruheoase sprachlos an.

»Was führt Sie hierher?«, brachte ich schließlich heraus.

Wenigstens hatte Patrick Andlau den Anstand, zerknirscht auszusehen. »Ich weiß, dass das etwas seltsam rüberkommt. Bitte entschuldigen Sie den Überfall, aber … wir müssen dringend miteinander reden.«

»Hat das nicht bis morgen Zeit? Muss das um kurz vor zehn sein? Wie kommen Sie überhaupt darauf, dass ich hier sein könnte?«

»Ein Schuss ins Blaue. Das Studio war meine einzige Anlaufstelle. Ans Telefon ist niemand mehr gegangen, Ihre Handynummer habe ich nicht, und die Adresse stand im Internet. Ich dachte, ich fahre auf dem Heimweg hier vorbei in der Hoffnung, dass ein später Kurs stattfindet und ich Sie erwische.«

»Ist das denn wirklich so dringend?«

»Sagen wir so: Meine Mutter macht mir gerade die Hölle heiß. Sie ist mehr als erzürnt über die Art und Weise, wie ich Sie behandelt habe.«

Ein warmes Gefühl schlich sich in mein Herz. Frau Andlau schien mich zu mögen. »Ihre Mutter ist eine bemerkenswerte Frau.«

»Und sie weiß, was sie will.« Er zog eine Augenbraue in die Höhe. »Hören Sie. Je mehr ich mich sträube, desto verbohrter wird sie werden. Könnten Sie mir und sich selbst den Gefallen tun, meiner Mutter klarzumachen, dass Sie den Job nicht annehmen wollen? Ich zahle auch dafür.«

Ich hatte mit vielem gerechnet. Mit einer wirklichen Entschuldigung. Dem Vorschlag, es zumindest zu versuchen. Aber nicht mit so was. »Sie bieten mir Schmiergeld an, damit ich Ihre Mutter belüge?«, hakte ich ungläubig nach.

Erst wollte Patrick Andlau eindeutig verneinen, doch dann gab er sich geschlagen. »Ich zahle gut«, stellte er trocken klar.

»Und ich lass mich nicht schmieren. Herr Andlau! Allein, dass Sie um diese Uhrzeit hier aufkreuzen, tropfnass und völlig mit den Nerven am Ende, sagt so einiges über Ihren inneren Zustand aus. Sie sind ein Desaster!«

»Darf eine Achtsamkeitstrainerin so etwas zu einem Kunden sagen?«

»Wir stehen in keinem geschäftlichen Verhältnis zueinander. Und mit Verlaub: Wer mir um kurz vor zehn Bestechungsgelder anbietet, muss mit deutlichen Worten meinerseits rechnen.« Ich atmete tief durch, doch die Wut wollte nicht weggehen. »Mann!«, fluchte ich ungehalten. »Mein erster potenzieller Kunde – und der bietet mir Geld an, damit ich noch vor der ersten Stunde wieder aus seinem Leben verschwinde. Was sagt das über mich als Trainerin aus?«

Wir starrten einander an. Zunächst bitterernst, dann sah ich das erste Zucken um Patrick Andlaus Mundwinkel, das sich schließlich zu einem Schmunzeln steigerte. »Schräger Auftritt, oder?«, fragte er mit einem irritierend charmanten Lächeln.

»Kann man wohl sagen.«

»Sie haben recht. Bitte entschuldigen Sie. Ich wollte dieses Problem so schnell es geht aus der Welt schaffen, ehe meine Mutter sich weiter in die Idee verrennt. Ich habe momentan keine Energie übrig, um mich gegen ein Achtsamkeitstraining zu wehren.«

»In dem Fall probieren Sie es einfach mal aus«, schlug ich zaghaft vor. Allein sein Zögern zeigte mir, dass es nicht völlig hoffnungslos war. Er brauchte Hilfe. Das wusste er. Das wusste seine Mutter. Das wusste ich.

»Vielleicht bringt es Ihnen neue strategische Impulse«, setzte ich nach und bemühte mich dabei um Manager-Vokabular. Jetzt bloß nichts von Energien quatschen. Sonst war er schneller aus der Tür gehuscht, als die Blätter reingesegelt kamen.

Leider hatte er mich längst durchschaut. »Sie wollen mir die Sache unbedingt schmackhaft machen. Kann das sein?«

»Erwischt. Wobei mir das nicht schwerfällt. Die Wirkung von Achtsamkeit ist wissenschaftlich nachgewiesen und lässt sich auch ohne spirituelle Entspannungsmusik erreichen. Und, das möchte ich betonen, auch ohne Baumumarmungen. Geben Sie mir zehn

Minuten, um Ihnen einen Crashkurs zu geben. Vielleicht bringt es Sie auf den Geschmack.«

Patrick Andlau zögerte und sah auf seine Uhr. Danach auf sein Handy, das er in der anderen Hand fest umklammert hielt.

»Es ist kurz vor zehn. Sagen Sie mir bitte nicht, dass Sie noch ein Meeting haben«, spottete ich.

»Nein, aber ich muss eins für morgen früh vorbereiten. Um acht Uhr geht es los.«

Okay. Das reichte. Entschlossen ging ich um den Tresen herum und baute mich vor ihm auf. »Sie waren es, der hier so spät reingeschneit ist und mich zu Tode erschreckt hat. Zehn Minuten Ihrer kostbaren Aufmerksamkeit sind Sie mir schuldig. Her mit dem Handy! Und die Uhr können Sie gleich mit ablegen.« Auffordernd hielt ich die Hand auf und hätte schwören können, dass er kneifen würde. Zu meiner Überraschung übergab er mir jedoch beides und zog sich in der gleichen Bewegung den nassen Mantel aus. Ich deutete auf seine Schuhe. »Ich fürchte, die müssen Sie auch ausziehen. So kommen Sie mir nicht auf meinen neuen Teppich.«

»Aber meine Hose darf ich anbehalten?«, fragte er so frech, dass mein Herz kurz stotterte und mir die Hitze in die Wange schoss.

»Ausnahmsweise«, sagte ich zu allem Überfluss und rettete mich danach hastig hinter den Tresen, wo ich Handy und Uhr verstaute. Den Mantel hängte ich rasch an die dafür vorgesehenen Haken und drehte mich zu meinem unerwarteten Gast herum, der etwas ratlos in unserem Studioeingang stand und mich fragend ansah.

»Kommen Sie«, forderte ich ihn auf und ging voraus, darum bemüht, selbstbewusster aufzutreten, als ich mich fühlte. Er folgte langsam. Dabei war mir mehr als bewusst, dass er meinen Rücken musterte. Ein seltsames Gefühl, das ein Kribbeln in meinem Nacken verursachte.

»Teppich in einem Yogastudio?«, fragte er und riss mich damit aus meinen hormongesteuerten Gedanken. »Wo turnen Sie denn dann auf Ihren schicken Yogamatten?«

»Das hier ist unsere Wohlfühloase. Hier wird meditiert oder in Ruhe gemalt. Alles, um die eigene Wahrnehmung zu schärfen. Setzen Sie sich bitte.«

Ich hatte zunächst auf den Schreibtisch mit den beiden einzigen Stühlen zugehalten. Kurz davor änderte ich die Richtung, krallte mir zwei Yogakissen und warf sie mitten in den Raum. Ein wenig ärgern musste ich meinen Gast um solch eine Uhrzeit dann doch. Dass ich ihn jemals wirklich für meine Arbeit begeistern konnte, wagte ich mittlerweile zu bezweifeln. In dem Fall konnte ich auch etwas provozieren.

Unter normalen Umständen sah mir das überhaupt nicht ähnlich, aber der Tag war lang und hart gewesen.

Patrick Andlau beäugte irritiert das gehäkelte runde Kissen, zog sich schließlich kommentarlos seine Anzugjacke aus und ließ sich darauf nieder. Ich schluckte. In dem weißen Hemd kamen seine Armmuskeln noch besser zur Geltung. Offenbar verwendete er seine knappe freie Zeit für körperliche Fitness.

Ich setzte mich ihm gegenüber hin und zog aus Prinzip die kleine Klangschale von der Seite in die Mitte, sodass sie zwischen uns stand. Anschließend sah ich ihn herausfordernd an.

»Sie wollen mich aus der Reserve locken«, stellte er amüsiert fest.

»Wie kommen Sie denn darauf?«, antwortete ich mit vor Ironie triefender Stimme.

»Bislang waren Sie sehr darauf bedacht, sich nicht zu Zen-mäßig zu verhalten. Jetzt gehen Sie aufs Ganze. Was genau ist Ihr Plan?«

»Wir meditieren, zehn Minuten lang, eine Woche, jeden Morgen vorm Frühstück. Wenn Sie nach sieben Tagen weiterhin der

Meinung sind, dass das reine Zeitverschwendung ist, gebe ich kampflos auf.«

Er zog eine Augenbraue in die Höhe, was ausgesprochen sexy aussah. »Kein Verkaufsgespräch darüber, wie wichtig Achtsamkeit in der heutigen Zeit ist?«

»Ich bin mir sicher, dass Ihre Mutter das bereits erledigt hat. Obwohl ich Sie kaum kenne, sehe ich Ihnen Ihre Erschöpfung an. Ich vermute, Sie haben Schlafprobleme, sind in Gedankenspiralen rund um die Arbeit gefangen und machen jeden Tag fünf Dinge parallel, zehn Stunden hintereinander weg. Sie wirken sportlich.«

»Ist das eine Fangfrage? Ja, ich trainiere.«

»Was erledigen Sie nebenbei? Mails?«

»Ich höre die To-do-Liste ab, die mir mein Assistent vorbereitet hat, schaue Börsenkurse an, und beim Lauftraining checke ich meine Mails. Das macht jeder. Die Zeit sinnvoll zu nutzen ist das A und O für Manager.«

»Nur brennt Sie das zügig aus. Wussten Sie, dass Multitasking extrem ineffizient ist? Damit benötigen Sie dreißig Prozent mehr Zeit, um eine Aufgabe zu beenden. Außerdem killt es auf Dauer Ihren IQ. Bis zu zehn Punkte weniger. Ich kann Ihnen die Studie zuschicken, wenn Sie möchten.«

»Sehr gerne. Ich bin gespannt.«

Da war es wieder. Dieses Zucken um seine Mundwinkel, das mich eigentlich ärgern sollte, weil es verdächtig nach Belächeln aussah. Es fühlte sich allerdings anders an. Wie ein stummes Lob. Eine Anerkennung.

Vielleicht fand das alles aber auch nur in meinem Kopf statt.

Ich konzentrierte mich wieder auf unser Gespräch. »Ich möchte Sie bitten, zehn Minuten lang Ihre Augen zu schließen und sich ganz auf Ihren Atem zu fokussieren. Mehr nicht. Das ist Ihre einzige Aufgabe. Wenn Ihre Gedanken zu Ihrer Arbeit und dem Meeting morgen wandern, dann erinnern Sie sich einfach wieder an Ihren Atem. Normalerweise begleite ich die erste Meditation mit Worten, nur glaube ich, dass man Sie in letzter Zeit genug herumgescheucht hat. Da brauchen Sie nicht auch noch meine Stimme in Ihrem Kopf. Wir probieren es mal mit absoluter Stille. Sind Sie bereit?«

»Das sollte ich hinbekommen.«

Ha! Ich hatte es gesehen, und er wusste, dass ich es gesehen hatte. Der kurze Blick auf sein Handgelenk. Er hatte die Zeit oder womöglich die frisch hereingetrudelten Mails checken wollen, bloß war da momentan lediglich nackte Haut zu sehen.

Diesmal konnte ich mir ein Zucken meiner Mundwinkel nicht verkneifen. »Dann mal Augen schließen«, erklärte ich streng und wartete, bis er genau das tat. Im Anschluss schlug ich sanft mit dem Schlägel gegen den Gong.

»Ein wenig Zen muss sein?«, fragte Patrick Andlau grinsend, aber immerhin hielt er tatsächlich die Augen geschlossen. Ich antwortete darauf nicht. Ella schwor auf Gong-Meditation, um mit den Klängen immer tiefer in sich selbst hinabzusinken.

Klammheimlich nutzte ich die Gelegenheit, um ihn ganz in Ruhe betrachten zu können. Seine kurzen braunen Haare waren noch verstrubbelter als heute Nachmittag und der Dreitagebart ein winziges bisschen länger. Auch das stand ihm ausgezeichnet. Selten zuvor hatte ich einen so attraktiven Mann getroffen. Dass er zugleich unglaublich sympathisch war, machte ihn noch anziehender. Schade, dass er meinen Beruf nicht ernst genug nahm.

Zu meiner Überraschung hielt er die vollen zehn Minuten durch. Zwischendurch bemerkte ich, dass er kurz unruhig wurde, doch er schaffte es, sich selbst zu regulieren. Eigentlich ein gutes Zeichen. Ich hatte schon gestresste Manager erlebt, die nach drei Minuten das erste Mal auf der Suche nach Ablenkung die Augen öffneten und nach fünf Minuten frustriert aufstanden.

Womöglich half auch die späte Stunde. Selbst für einen Workaholic war es Zeit, sich ein wenig Ruhe zu gönnen.

Ein Poltern im Eingangsbereich holte uns etwa zwanzig Sekunden zu früh aus der Meditation. Bahar war angekommen, und sie machte kein Geheimnis daraus.

»Merle?«, rief sie hysterisch.

»Wir sind hier.«

Bahar tauchte mit wild aufgetürmten schwarzen Haaren in der Tür auf. Bei unserem Anblick riss sie die Augen weit auf. »Ihr habt doch einen Knall«, brach es aus ihr heraus. »Was zur Hölle veranstaltet ihr hier?« Ratlos blickte sie von Patrick zu mir und wieder zurück und wirkte mehr als aufgebracht.

»Wir meditieren«, informierte Patrick Andlau sie im Geschäftstonfall. »Oder zumindest macht Frau Seibert das. Ich persönlich bin meine To-do-Listen durchgegangen und zu der Erkenntnis gelangt, dass ich mich nun entschuldigen muss.«

Ich seufzte leise auf und kam gemeinsam mit ihm auf die Beine. »Ach, kommen Sie. Meditation mag sich am Anfang merkwürdig anfühlen, weil Sie es nicht mehr gewohnt sind, sich mit sich selbst zu beschäftigen. Geben Sie sich sieben Tage Zeit. Zehn Minuten am Tag. Das sollte machbar sein.« Ich sah ihn bittend an.

Weil er weiterhin skeptisch aussah, ruderte ich einen Schritt zurück. »In Ordnung. Sie sind noch nicht so weit, um mit Meditation etwas anfangen zu können. Für einen Skeptiker wie Sie vermutlich wirklich die falsche Wahl. Dann habe ich eine andere Hausaufgabe für Sie.«

»Wer sagt denn, dass Sie mir Hausaufgaben geben dürfen?«

»Ihre Mutter.«

Die zwei Worte ließen ihn einknicken. »In Ordnung. Was muss ich tun?«

»Wenn Ihr Wecker klingelt, bleiben Sie einen kurzen Moment

liegen und spüren Ihrem Körper nach. Wie fühlen Sie sich? Erst im Anschluss stehen Sie auf und beginnen Ihre Morgenroutine. Beim Kaffeetrinken halten Sie inne. Sie machen nichts anderes. Wenn Ihr Handy klingelt, lassen Sie es klingeln. Sie lesen keine Zeitung, keine Mails. Nichts. Sie trinken nur Kaffee. Mehr verlange ich für den Anfang gar nicht.«

Patrick Andlau wirkte nicht unbedingt glücklich, doch er nickte. »Eine Woche lang?«

»Ja. Im Anschluss hören wir uns wieder.«

Bahar sah uns bei unserer Diskussion verwirrt zu, bis Patrick Andlau seine Schuhe und den Mantel angezogen, seine Wertsachen an sich genommen hatte und nur eine Minute später aus unserem Studio verschwunden war.

Nils wartete halb schlafend an den Tresen gelehnt und gähnte. »Können wir endlich? Ich hab Frühschicht und würde gerne ins Bett.«

Bahar rührte sich nicht. »War das … war das wirklich gerade DER Patrick Andlau in Socken in unserer Ruheoase?«, quietschte sie heiser.

»Jap. Wenn du mich fragst, können wir den als Kunden vergessen.«

»Diese Stunde stellst du ihm trotzdem in Rechnung. Mit Zuschlag für Spätschicht und Privatunterricht. Lass ihn bluten. Verdammt! Der ist ja noch heißer als auf den retuschierten Bildern!«

»Bahar, ich stehe direkt neben dir. Okay, ich schlafe direkt neben dir«, brummte ihr Freund verstimmt.

»Ach, komm, mein Guter. Selbst du hast ihn gemustert. Aber keine Sorge. Neben dir verblasst jeder andere Mann.« Bahar löste sich aus ihrer Starre und schmiegte sich an ihren Freund, der seufzend mit geschlossenen Augen seine Wange an ihren Kopf lehnte.

»Fahrt lieber wieder heim«, sagte ich und bemühte mich, den Stich der Eifersucht in mir zu ignorieren. Eigentlich sollte ich mich längst daran gewöhnt haben, die beiden so zu sehen. Dennoch fiel es mir manchmal schwer. Bahar und Nils waren am gleichen Tag zusammengekommen wie ich und mein damaliger Freund Thomas. Bloß standen Bahar und Nils kurz vor der Verlobung, während ich mich von Thomas getrennt hatte. Und von Max. Und von Alex. Ich wollte auch einen Partner in meinem Leben haben. Einen, der für mich aus dem Bett krabbelte, wenn ich mich um eine Freundin sorgte.

Leider gestaltete sich die Suche nach Mr Perfekt für mich steinig. Mit Blind Dates war ich nicht klargekommen (zu schüchtern). Verkupplungsversuche waren fehlgeschlagen (meine Freundinnen hatten definitiv einen anderen Männergeschmack als ich). Und um mich in Bars und Diskotheken herumzutreiben, fehlte mir die Zeit, außerdem waren mir die Männer da mittlerweile zu jung. Die wirklich Guten waren inzwischen vom Markt. Entweder sie waren verheiratet, verlobt, in einer Langzeitbeziehung oder bereiteten sich gerade auf eine Weltumsegelung vor.

»Was machst du überhaupt so spät hier?«, fragte Bahar besorgt, und die strenge Falte zwischen ihren dichten Augenbrauen, die sie stets nervte, wurde noch sichtbarer als sonst.

»Maya hat einen Kerl mit heimgebracht. Ich hatte also die Wahl: in Ruhe den Tag in unserem hübschen Studio ausklingen lassen oder mich mit Ohrstöpseln ins Bett legen und hoffen, dass sie es kurz machen.«

»Wie bitte? Maya schießt echt wieder den Vogel ab. Du brauchst wirklich eine eigene Wohnung oder zumindest eine mit zwei Zimmern. Die Situation mit deiner Schwester geht gar nicht. Willst du mit zu uns?«

Einen Moment lang wollte ich das Angebot ablehnen. Dann dachte ich an den Regen, mein ungemütliches WG-Zimmer und die Möglichkeit, bei Nils und Bahar im Auto mitzufahren und im heimeligen Gästezimmer zu schlafen. »Ja«, hauchte ich. Hilfe anzunehmen fiel mir immer schwer. Es fühlte sich an, als käme ich alleine nicht zurecht – was ja auch der Fall war.

Bahar nickte zufrieden. In Windeseile hatte sie die Alarmanlage wieder angeschaltet und uns ins Auto gescheucht.

»Wir brauchen bei unserer Abrechnungsübersicht einen Extraposten für schwerreiche Millionäre«, erklärte sie geschäftig und sorgte dafür, dass wir alle drei herzlich lachen mussten, während sie uns durch die windige Oktobernacht fuhr.

✦✦✦

Die nächsten drei Tage hörte ich nichts von meinem Millionär, und ich schaffte es sogar, ihn aus meinen Gedanken zu verdrängen. Es war einfach zu viel los.

Ich pendelte zwischen den Eisenbahngeschäften von Papa und unserer Ruheoase hin und her. Am liebsten hätte ich meiner Familie klipp und klar mitgeteilt, dass ich nicht mehr als Verkäuferin im Laden stehen würde. Leider brauchte ich das zusätzliche Geld – wenn Papa denn überhaupt zahlte –, und gerade morgens waren meine Kurse nicht ausgelastet. Am späten Nachmittag sah die Lage besser aus. Trotzdem würde es nicht reichen, um die erste Rate des Kredits abzuzahlen.

Das Gefühl, zu knapp bei Kasse zu sein, ließ sich einfach nicht abschütteln. Mein ganzes Leben lang hatte ich unter Geldsorgen gelitten. Papa hatte nie einen Hehl daraus gemacht, dass wir sparen mussten. Zwar lief das Eisenbahngeschäft vor ein paar Jahren deutlich besser als heutzutage, große Sprünge waren dennoch nicht möglich gewesen. Wenn ich auf Klassenfahrt wollte, hatte ich mir immer etwas dazuverdienen müssen. Kino, Kirmes oder mal etwas essen gehen waren teure Ausnahmen gewesen, die ich mir von meinem spärlichen Taschengeld hatte abknapsen müssen.

Deshalb ärgerte es mich so, dass ich Vollzeit arbeitete und trotzdem auf den Penny schauen musste. Eigentlich hatte ich mir fest vorgenommen, besser zu wirtschaften als mein Vater.

Aber wie war das? Der Apfel fällt nicht weit vom Stamm.

Gerade war ich quasi auf der Flucht vor meinem Vater. Ich hatte bis fünfzehn Uhr die Stellung im kleinsten der drei Läden gehalten. Bis auf drei Stammkunden, die sich ohnehin besser auskannten als ich, war es ruhig gewesen. Also hatte ich mich mit Putzen beschäftigt. Angestaubte Modelleisenbahnen kaufte erst recht niemand.

Damit ich es pünktlich um sechzehn Uhr zu meinem Kurs schaffte, hatte ich für fünfzehn Uhr mein Arbeitsende angekündigt. Maya war meine Ablösung und ausnahmsweise sogar mal pünktlich. »Wo bist du denn gestern abgeblieben?«, fragte sie mich, kaum dass sie reingekommen war.

»Bei Bahar. Euch beiden beim Bettsport zuzusehen war nicht ganz der Traum meiner Abendgestaltung. Wer war das überhaupt?«

»Er hieß … äh … Timo. Glaub ich.« Sie zuckte betont lässig mit den Schultern, um klarzustellen, dass ihr One-Night-Stand keine weiteren Informationen verdient hatte. Danach streckte sie sich ausgiebig. »Papa kommt gleich vorbei. Wenn du dich nicht mit ihm über Yoga und Meditation streiten willst, solltest du türmen.«

Das ließ ich mir nicht zweimal sagen. Hastig schnappte ich mir meine Sachen und wollte zur Vordertür raus, da sah ich meinen Vater gerade vorfahren. Sofort drehte ich auf dem Absatz um. »Ich nehm die Hintertür.«

Flink rannte ich nach hinten, um durch den Lieferanteneingang raus auf eine Nebengasse zu gelangen. Hier wartete ich, bis Papa im Geschäft verschwunden war. Danach sprintete ich am Schaufenster vorbei, als wären tausend Höllenhunde hinter mir her. In dem Moment klingelte mein Handy.

Ich ließ es so lange klingeln, bis ich aus dem Sichtfeld meines Vaters verschwunden war. Erst dann kramte ich es aus meinem obligatorischen Turnbeutel hervor. Ich fand die Dinger einfach praktischer als hübsche Handtaschen. Das Gewicht war gleichmäßig auf meine Schultern verteilt, es passten bequem eine Literflasche Wasser und mein Buch hinein, und sie waren billig. War der eine verschlissen, kam ich oft kostenlos an einen neuen heran. Werbegeschenke ließen grüßen.

»Merle Seibert«, keuchte ich ins Handy, ohne abzubremsen. Wenn ich den Bus verpasste, kam ich womöglich doch zu spät zum Achtsamkeitsunterricht. Was machte das für einen Eindruck auf meine neuen Kunden?

»Frau Seibert, störe ich? Sie klingen, als würden Sie gerade eine Yoga-Einheit abhalten.«

Eine ältere Damenstimme. Ich brauchte einen Moment, um sie zuzuordnen. »Frau Andlau!«, rief ich überrascht und winkte hektisch, um den Busfahrer auf mich aufmerksam zu machen. Der nickte zum Zeichen, dass er warten würde. Wenigstens das. »Ich renne gerade zum Bus.«

»Na, immerhin ist es trocken.« Frau Andlau kicherte wie ein kleines Mädchen, was ihr sofort Sympathiepunkte bei mir einbrachte. Höflich wartete sie, bis ich nicht mehr in den Hörer röchelte und mich und meinen Turnbeutel auf einen der engen Sitze im Bus sortiert hatte. »Ich habe nachgedacht«, hob sie an. »Und ich habe Patrick beobachtet. Er hat tatsächlich zähneknirschend Ihre Hausaufgaben erledigt, von denen er mir erzählt hat. Bis heute morgen. Da ist er rückfällig geworden.«

»Frau Andlau«, ermahnte ich meine Gesprächspartnerin mit einem Lächeln. »Das klingt ja, als wäre Ihr Sohn süchtig.«

»Ist er doch auch. Handysüchtig. Arbeitssüchtig. Ein Getriebener. Das kann ihn genauso ins Grab bringen wie Alkohol oder

Drogen. Machen wir uns da nichts vor. Jedenfalls habe ich ihn erwischt, wie er beim Kaffeetrinken sein Handy in der Hand hatte. Als ich ihn darauf ansprach, hat er mich nur angeknurrt und ist kurz darauf zur Arbeit gefahren. Ich finde Ihren Ansatz grandios und möchte ihn gerne weiterverfolgen, allerdings müssen wir Patrick dafür besser unter Kontrolle bringen.«

»Ihr Sohn ist kein durchgehender Stier oder tollwütiger Hund, den Sie an die Kette legen müssen«, protestierte ich und erntete einen verwirrten Blick von meiner Sitznachbarin. »Wenn er das alles nur belächelt, stehen wir auf verlorenem Posten.«

»Das sehe ich anders. Ich habe Ihnen ein unschlagbares Angebot erstellt und zugeschickt. Ich finde, Sie sollten uns eine Chance geben. Vor allem Patrick.«

Herrje. Das klang ja mysteriös. In der Sekunde vibrierte mein Handy, und ich sah eine Textnachricht.

Ella: Wann kommst du? Wir müssen da über eine
Mail von deiner Millionärsfamilie sprechen. ASAP!

Da Ella aus einer Soldatenfamilie stammte, neigte sie zu seltsamen Abkürzungen. Mittlerweile wusste ich, dass ASAP für »so schnell wie möglich« stand.

»Ich freue mich auf Sie«, flötete Frau Andlau soeben in den Hörer. »Bitte melden Sie sich zügig, damit wir alles festmachen können. Jetzt muss ich leider los. Mein Chauffeur ist vorgefahren. Ich freue mich auf unsere gemeinsame Zeit. Das wird toll.«

Anscheinend hatten Millionäre die seltsame Angewohnheit, einfach aufzulegen.

Verwirrt verstaute ich mein Handy und fragte mich, was in dieser Mail wohl drinstand – und ob ich beim Lesen einen Schock bekommen würde.

»Probleme mit der Schwiegermutter?«, fragte die Frau neben mir mitfühlend.

»Die Schwiegermutter ist nicht das Problem. Es scheitert schon am Traummann«, antwortete ich mit einem Augenverdreher und musste lachen, als die Frau mitfühlend schnaufte.

»Männer. Braucht kein Mensch. Ohne geht es nur leider auch nicht«, brummte sie, doch bevor wir dieses Thema vertiefen konnten, musste ich aussteigen.

Noch zwanzig Minuten, bis der Kurs begann. Das war gut. So konnte ich in Ruhe mit Ella sprechen und den Raum vorbereiten. Viele Kunden und Kundinnen kamen früh und erwarteten ein wenig Small Talk.

Schon durch die breite Glasfront sah ich Bahar und Ella winken. Hastig trat ich ein. Beide standen beim Computer am Tresen und wirkten … fassungslos.

»Deine Geldprobleme sind Geschichte, bloß musst du dafür deine Seele verkaufen«, rief Bahar mit einem breiten Grinsen. »Die Millionärsfamilie steht voll auf dich.«

»Nicht so laut«, ermahnte Ella sie. »Unsere Kundschaft hört mit.«

Ungläubig stapfte ich zu meinen Freundinnen, um ihnen schwer atmend über die Schulter zu schauen. Die Mail von Frau Andlau war natürlich längst geöffnet.

Liebe Frau Seibert,

anbei wie besprochen mein Angebot. Bitte schlafen Sie erst darüber, ehe Sie ablehnen. Ich denke, wir werden uns einig.

Liebe Grüße
Dr. Hannelore Andlau

Bevor ich Ella dazu auffordern konnte, klickte sie bereits das angekündigte Angebot auf und tippte auf eine Summe, die mich erstarren ließ.

Was. Zur. Hölle?

»Und wo ist der Haken?«, quiekte ich.

»Du musst bei ihnen einziehen«, erklärte Ella.

»Bei ihnen wohnen«, ergänzte Bahar.

»Für erst mal sechs Wochen. Danach werdet ihr neu justieren«, fuhr Ella fort.

»Übermorgen geht es los. Morgens eine Session. Mittags. Und abends. So der Plan von Frau Millionärin. Die will echt in die Vollen gehen in Sachen Achtsamkeit.«

»Aber … ich kann abends nicht. Meine Kurse!«, rief ich, als wäre das das Einzige, das gegen die abstruseste Idee des Jahrhunderts sprach.

Ella öffnete einen Terminplan.

»Ist alles perfekt um deine Trainings herumgeplant. Die Frau war gründlich. Anscheinend hat sie unsere Homepage genau studiert, inklusive deiner Online-Kurse.«

»Kost und Logis sind inbegriffen, schreibt sie. Wenn ich du wäre, würde ich Ja sagen. Vor allem wegen deiner Schulden. Und deinem Papa. Und deiner unmöglichen Wohnsituation.« Bahar schnappte sich die Maus, klickte das Angebot weg und öffnete Bilder, die Frau Andlau gleich mitgeschickt hatte.

Das erste zeigte ein so behaglich eingerichtetes Zimmer, dass ich am liebsten direkt eingezogen wäre.

Das zweite ein reichhaltiges Frühstücksbüfett mit einer lächelnden Angestellten und einer schmausenden Frau Dr. Andlau an dem mir bereits bekannten gigantischen Holztisch im gruseligen Jagdzimmer. Es sah nur dezent gestellt aus.

Das dritte war ein Schnappschuss vermutlich aus einem der

Turmzimmer heraus. Von dort konnte man den hübsch angelegten Park samt Teich bewundern. Direkt daran grenzte der Wald.

»Die Frau weiß, wie du tickst. Das ist beinahe beängstigend. Wenn ich dich hätte ködern wollen, hätte ich genau diese drei Bilder ausgesucht. Wohlfühlatmosphäre, leckeres Essen und Raum, um die Seele auszulüften. Besser geht es nicht«, merkte Bahar trocken an. »Und falls du noch immer überlegst …«, sie fischte das ausgedruckte Angebot aus dem Drucker, nahm einen roten Marker und umkringelte den Betrag dreimal, » … das schlägt eigentlich alles.«

»Ach ja?«, brachte ich schwach hervor und griff an ihr vorbei, um ein anderes Blatt aus der Schublade zu ziehen, die für mich gedacht war. »Dann hab ich hier das Gegenargument für dich.« Schweigend hielt ich die drei Blätter hoch, die ich nach meiner Internetrecherche über Patrick Andlau ausgedruckt hatte. Sie zeigten sein Konterfei, seinen Lebenslauf und … na, gut, noch mal sein Konterfei. Es war aber auch zu hübsch, um es nicht zu drucken.

»Patrick Andlau wird das nicht lustig finden, wenn ich bei ihm und seiner Mutter einziehe.«

»Der wohnt echt bei Mama?«

»Nach dem Tod seines Vaters ist er zurückgezogen. Behaupten zumindest die Klatschblätter, und sie scheinen recht zu haben. Hilft mir nur nicht. Selbst wenn seine Mutter mich beauftragt und ich bei denen einziehe: Herr CEO wird den Teufel tun und mit mir meditieren.«

»Dann meditier halt nicht. Du hast tausend andere Achtsamkeitsstrategien auf Lager. Auf eine davon wird er sich ja wohl einlassen – und BUMM! – schon hast du ihn am Haken.« Ella klang so, als wäre sie sich ihrer Sache sicher.

Bei ihr wirkten solche Entscheidungen immer so leicht. Sie liebte Abenteuer. Menschen. Neue Herausforderungen. Deshalb wohnte sie auch in einer 5er-WG, damit es nie langweilig wurde. Ich hingegen hatte gerne meine Ruhe. In ein mir unbekanntes Haus einzuziehen bereitete mir mehr als nur Bauchgrimmen. Alles in mir sperrte sich dagegen. Zumal das definitiv eine Nummer zu groß für mich war.

»So gut bin ich nicht«, antwortete ich zerknirscht.

»Doch. Bist du! Außerdem mag dich Herr Super-Workaholic total gerne, das war gestern Abend nicht zu übersehen«, warf Bahar ein.

»Um wen genau geht es denn?«, fragte eine fremde Stimme.

Verdammt. Wir waren so in unser Gespräch vertieft gewesen, dass wir glatt unsere Kundschaft vergessen hatten. Gleich drei neue Kundinnen standen vor dem Tresen und sahen definitiv interessiert aus.

»Also wenn es um den Kerl da auf den Bildern geht, würde ich das Angebot annehmen«, merkte eine ältere Dame in knallenger Yogakleidung an.

»Das ist doch der Andlau-Junge, oder?«, warf die dritte im Bunde ein.

Oje. So viel zum Datenschutz. Hastig ließ ich das Blatt verschwinden und wandte mich mit hochrotem Kopf den Damen zu. »Bitte vergessen Sie, was Sie da gehört haben. Aus der Sache wird eh nichts«, erklärte ich mit wild klopfendem Herzen und scheuchte die drei hastig in meinen Unterrichtsraum. Kurz bevor die letzte die Schwelle passierte, drehte sie sich noch mal um.

»Die Andlaus sind nette Leute. Wenn die Sie engagieren wollen, würde ich das machen«, sagte sie ernst. »Die haben so viele Kontakte, dass Sie sich danach vor lauter Aufträgen nicht mehr retten können. Ich weiß, wovon ich rede. Nach dem Tod von Dr. Andlau hab ich den Grabschmuck hergestellt. Seitdem boomt der Laden.«

✦ ✦ ✦

Den Rest des Tages haderte ich mit mir. Genau wie die ganze Nacht. Und den halben Morgen. Für eine Stunde stoppte ich das Grübeln, weil ich zum Bankberater gehen musste, um für den neuen Kredit zu unterschreiben.

Es fühlte sich an, als würde ich mein Schicksal damit besiegeln. Die Raten waren zu hoch. Die Belastung auch. Selbst der Bankberater wirkte skeptisch.

»Wir geben Ihnen den Kredit nur, weil Ihr Vater guter Kunde unserer Bank ist und sich für Sie eingesetzt hat«, sagte er gütig zu mir.

»Ihnen ist schon klar, dass ich diesen Kredit nur brauche, weil mein Vater ständig Kredite bei Ihnen aufnimmt und deswegen momentan nicht mehr als kreditwürdig gilt?«, antwortete ich trocken.

»Er zahlt immer pünktlich.«

Ja, dachte ich. Weil er sich von sämtlichen seiner Verwandten Geld borgt. Nach außen hin wirkte er kompetent und korrekt, doch was hinter den Kulissen geschah, war das Gegenteil davon. Das durfte ich nur nicht laut sagen. Familienehre, wie mein Vater sagte.

Also unterschrieb ich. Im Namen der Familie. Der Ehre. Und meines fehlenden Rückgrats. Danach stand ich wie ein begossener Pudel auf dem Bürgersteig und hätte am liebsten losgeheult. Weil das einer Seibert unwürdig war, ballte ich lediglich die Finger zur Faust und begann danach, ganz langsam Finger für Finger zu strecken. Dabei atmete ich ein. Und aus. Ein. Und aus. Ließ meine negativen Gedanken aus mir herausströmen, bis mein Kopf schön leer war. Der Augenblick absoluter Ruhe.

Ich liebte den Moment, wenn ich einatmete und auf den Punkt horchte, wo sich mein Atem umkehrte. Wo mein Körper kurz stillstand. Der Punkt purer Entspannung. Ich begrüßte ihn wie meinen besten Freund.

Widerwillig ließ ich meinen Moment der Ruhe ziehen und meine Gedanken auf mich zukommen. Mein Gehirn war klarer und bereit, mein festgefahrenes Problem anzugehen. Die Erkenntnis war motivierend.

Ich konnte Achtsamkeit selbst anwenden. Mitten auf der Hauptstraße, mit einem riesigen Kredit im Nacken.

Ich war richtig gut darin.

Und verdammt noch mal: Ich hatte viele Jahre investiert, um dieses Wissen auch an andere weitergeben zu können.

Die Lösung all meiner Probleme lag direkt vor mir. Einen Anruf entfernt. Ich musste nur mutig genug sein, das Angebot von Dr. Hannelore Andlau anzunehmen. Und meine Prinzipien über Bord werfen.

Einem unwilligen Menschen konnte man keine Achtsamkeit beibringen. Oder doch?

»Ich nehme die Challenge an«, sagte ich feierlich zum Laternenpfahl, der stoisch vor mir aufragte.

»Alles klar. Dann mal viel Glück«, antwortete ein verstrubbelter junger Mann mit einem noch viel strubbeligeren Hund an der Leine, der soeben besagten Laternenpfahl interessiert beschnupperte. Netterweise zog der Typ seinen Hund weg, bevor der sein Geschäft direkt vor meinen Füßen erledigen konnte.

Ich blendete diese seltsame Episode rasch aus und zückte mein Handy. Eine Mail würde diesem monumentalen Moment nicht gerecht werden.

»Frau Andlau«, sagte ich gleich darauf. »Ich bin dabei.«

Die ältere Dame jubelte durch die Leitung und sorgte so für ein Lächeln in meinem Gesicht. Mit ihr würde ich es leicht haben. Bei ihrem Sohn war ich mir da nicht so sicher.

»Das ist wirklich toll«, sagte sie, als sie sich beruhigt hatte. »Mein Chauffeur holt Sie morgen ab. Gegen elf?«

»Morgen schon?«

»Ja. Morgen ist Samstag. Da ist mein Sohn nicht den ganzen Tag in der Firma – zumindest hoffe ich das. Er kommt meistens schon gegen sechzehn Uhr heim. Die perfekte Gelegenheit, um es ihm schonend beizubringen. Dann können Sie sich Sonntag ein wenig entspannen, bevor am Montag das Abenteuer beginnt.«

Wenn ich Frau Andlau so reden hörte, klang es fast, als rüsteten wir uns für eine Expedition. Vielleicht war das auch so. Vielleicht machte ich mich wirklich gerade zu meinem Abenteuer auf. Bereit, meinen Kredit abzubezahlen. Bereit, meine Seele zu verkaufen. Bereit, einem ins Schlingern geratenen, sich sträubenden Super-Workaholic beizubringen, die Welt außerhalb seiner Arbeitswüste wieder wahrzunehmen.

SECHS

*Merle: Papa! Bitte tu nichts Unüberlegtes. Du musst mich nicht ver-
teidigen. So machst du alles nur schlimmer. Bitte halte dich zurück,
und sprich auf keinen Fall mit der Presse.*

Drei Wochen zuvor

»Das ist Ihr neues Reich. Ist es nicht schön geworden?« Frau Andlau
bedeutete dem Gepäckträger, meinen kleinen Reiserucksack auf
einem gemütlichen Ohrensessel abzuladen. Der Mann tat wie
geheißen, tippte sich kurz gegen die Stirn und verschwand so
schnell, wie er gekommen war. Ich wäre gerne mitgegangen, denn
allmählich begriff ich, auf was ich mich da eingelassen hatte.

Erst der Chauffeur.

Jetzt ein Kofferträger für meinen kleinen Rucksack.

Was kam als Nächstes?

So bodenständig, wie Familie Andlau sich bei unserer letzten
Begegnung gegeben hatte, so anders kam sie nun rüber. Ich hatte
bereits einen Gärtner erspäht, der sich um die zahlreichen Blumen-
rabatten kümmerte. Ein anderer säuberte soeben den Teich, und
ein Hausmädchen war auch schon an uns vorübergehuscht.

»Wo waren all die Angestellten denn bei meinem letzten Besuch?«, fragte ich verwirrt.

»Montags haben sie immer frei. Dann sind wir auf uns gestellt.« Frau Andlau lächelte mich warm an. »Keine Sorge. Sie gewöhnen sich daran. Es sind nicht viele, aber dieses Anwesen muss bewirtschaftet werden. Das schaffe ich nicht mehr allein, und Patrick hat anderes zu tun, als den Staubwedel zu schwingen, die Wildschweine im Forst unter Kontrolle zu halten oder den wuchernden Garten zu stutzen. Wir haben zwei Gärtner, einen Förster, eine Hauswirtschafterin und eine Hausmanagerin fest angestellt. Mein Fitnesstrainer kommt jeden Tag um neun und eine medizinische Assistentin alle zwei Tage gegen elf zur Kontrolle meiner Dialyse. In der Regel koche ich für mich allein, doch in letzter Zeit übernimmt das immer öfter meine Hauswirtschafterin Denise. Sie werden sie bestimmt mögen. Sie ähnelt Ihnen ein wenig. Freundlich, zugewandt, sympathisch. Nun richten Sie sich erst mal in Ruhe ein, und wenn Sie fertig sind, kommen Sie einfach runter. Sie finden mich auf der Terrasse. Jetzt, wo es gerade mal nicht regnet, muss ich die Sonne genießen.« Sie strahlte mich an und wuselte winkend hinaus. »Ich freue mich sehr, dass Sie hier sind. Sie werden es nicht bereuen. Versprochen.«

Ich winkte ihr hinterher, bis die Tür geschlossen war. Dann erst sah ich mich im Zimmer um. Es war einfach ... wunderschön. Das gemütlichste vorläufige Heim, das ich mir vorstellen konnte. Ich hatte tatsächlich eins der halbrunden Turmzimmer bekommen. Es gab nur eine gerade Wand. Vermutlich war das Zimmer genau in der Mitte getrennt worden.

Das Holz an der Wand glänzte weiß, sodass alles freundlicher aussah. Ein großes Bett dominierte den Raum, über und über mit creme- und ockerfarbenen Kissen bedeckt. Die gehäkelte Tagesdecke fand ich genial, genau wie den riesigen Rahmen darüber. Anstatt eines Bildes hingen darin Lichterketten kreuz und quer. Rechts und links vom Bett stand jeweils eine alte Holzleiter. Eine war mit grünen Pflanzen überwuchert. Die rechte war vermutlich für Wäsche vorgesehen.

Die dicken Balken über meinem Kopf erzeugten ein ganz eigenes Flair. Auch daran hingen Blumentöpfe. Teilweise reichte der Efeu bis fast zum Boden. Rund um den cremefarbenen Ohrensessel stapelten sich alte Bücher, dahinter schloss sich ein Wandregal an, das bis auf den letzten Zentimeter mit Büchern gefüllt war.

Ein Schreibtisch im Landhausstil stand direkt vor dem Fenster, darauf ein riesiger Tischspiegel. Ich begann auszupacken und legte meinen einsamen Kajal und meine Wimperntusche auf den Ständer. Mehr Beautyprodukte hatte ich nicht dabei. Doch! Meine Feuchtigkeitscreme. Jetzt sah es nicht mehr ganz so trostlos aus.

Meine wenigen Kleidungsstücke verschwanden gleich darauf im Holzschrank in der Ecke. Neugierig öffnete ich auch die Schubladen auf der anderen Seite und entdeckte ein paar Gesellschaftsspiele, Federbälle inklusive Schlägern und Boulekugeln. So alt und verschlissen, wie die Sachen aussahen, waren sie wohl häufig in Gebrauch gewesen.

Ich schloss alles wieder und warf mich für eine Liegeprobe aufs Bett. Himmlisch! Auch der Lesesessel war optimal, genau wie die Lichtverhältnisse im gesamten Zimmer und das Gefühl des flauschigen Teppichs unter meinen Füßen. Ich hatte meine Schuhe längst ausgezogen und sie gegen dicke Wollsocken eingetauscht. Für mich war nach Hause kommen erst komplett, wenn ich auf Socken rumlaufen durfte.

Meine Laune hob sich noch weiter, als ich eine kleine Kochnische am anderen Ende des Raumes entdeckte. Hier gab es einen Wasserkocher inklusive teuer wirkender Becher und verschiedener Tees zum Aufgießen, Wasserflaschen, Weintrauben, Bananen und etwas Schokolade. Frau Andlau kannte mich erschreckend gut. Genussvoll und bewusst aß ich eine Traube nach der anderen, um mich zu entspannen. An manchen Tagen fiel es mir leichter, meine Achtsamkeitslektionen auf mich selbst anzuwenden. Und manchmal lief es nicht rund.

Heute fühlte ich mich gut und sicher. Das musste ich auch, immerhin stand mir eine unschöne Begegnung mit Patrick Andlau bevor.

Der Gedanke versetzte meiner Euphorie einen kleinen Dämpfer, woraufhin ich mich aufraffte, meine Schuhe wieder anzog und auf den Flur huschte. Direkt neben meiner Tür gab es eine zweite. Vermutlich ging es da in die andere Hälfte des Turmzimmers. Was sich da wohl drin befand? Der schmale Gang führte direkt zur Wendeltreppe, die mich jetzt hinunter in den Anbau des Haupthauses brachte. Von hier aus gelangte ich in die riesige Halle, von der die Türen ins Jagdzimmer und die Küche abzweigten.

Unschlüssig stoppte ich. Wo entlang zur Terrasse? Während ich mich langsam um mich selbst drehte, blieb mein Blick an einer jungen Frau hängen, die am anderen Ende des Flurs stand und mich eindeutig beobachtete. Sie trug eine schwarze Stoffhose, eine weiße Bluse und schlichte Schuhe. Ihre blonden Haare hatte sie zu einem strengen Dutt hochgesteckt, der ihr schmales Gesicht betonte. Ihre stechend blauen Augen schienen mich zu taxieren, bis sie lächelte. Sofort sah sie viel freundlicher aus. Zögerlich kam sie quer durch den Flur auf mich zu.

»Sie müssen Merle Seibert sein«, begrüßte sie mich und hielt mir ihre Hand hin. »Ich bin Denise Feuermann. Die Hauswirtschafterin hier. Im Moment organisiere ich vor allem den Alltag von Frau Andlau und passe auf, dass sie ihre vielen Termine nicht durcheinanderbringt. Es freut mich, Sie kennenzulernen. Sie sind Achtsamkeitstrainerin? Als Frau Andlau mir das mitgeteilt hat, war ich doch überrascht. Wenn Patrick eine esoterische Ader hat, dann hat er sie bislang vor mir versteckt.«

Sie schüttelte mir recht steif die Hand. So richtig warm wurde ich nicht mit ihr, da sie mich genau musterte. Als wäre ich ein Eindringling. Mir fiel auf, dass sie den Sprössling der Familie beim Vornamen nannte. Als stünden sie sich näher.

»Achtsamkeitstraining muss nichts mit Esoterik zu tun haben. Es geht einfach darum, sich mit sich selbst zu beschäftigen und sich selbst Zeit einzuräumen«, gab ich den Spruch von mir, den ich in solchen Fällen ständig sagen musste. Dass ich dabei leicht genervt klang, konnte ich leider nicht verhindern. Die Vorurteile waren auf Dauer nervtötend.

»Ich bin sicher, die Familie wird ihre Gründe gehabt haben, Sie einzustellen. Bestimmt finden Sie noch Ihren festen Platz bei uns, selbst wenn mir momentan unklar ist, wo der sein soll. Kai ist Patricks rechte Hand auf dem Anwesen, ich bin die von Frau Andlau. Wie Sie da noch reinpassen, muss sich zeigen.« Sie lächelte zwar, doch ihre Augen blieben kühl.

Oje. Da fühlte sich jemand in seinem Arbeitsbereich bedroht. Hoffentlich konnte ich sie vom Gegenteil überzeugen und ihr klarmachen, dass wir keine Konkurrentinnen waren.

»Wie genau gelange ich denn zur Terrasse? Frau Andlau erwartet mich«, wechselte ich das Thema, um diesem unangenehmen Gespräch zu entkommen.

»Folgen Sie mir. Ich zeige es Ihnen.«

Denise Feuermann ging an mir vorbei und hüllte mich dabei in ein blumiges Parfüm. Vermutlich war sie zwei, drei Jahre älter als ich. Knapp über dreißig? So wie sie mich musterte, wollte sie mich ganz schnell wieder loswerden.

Zu meinem Erstaunen gab es noch ein drittes Zimmer, das offenbar ans Jagdzimmer grenzte. Mein Blick fiel sofort auf eine überdimensionale Ledercouch, die eher kühl als gemütlich wirkte. Dazu ein riesiger Kronleuchter an der Decke und ein langes Bücherregal an der Wand.

»Das offizielle Wohnzimmer der Familie Andlau. Frau Dr. Andlau hält sich jedoch lieber in ihren persönlichen Räumlichkeiten auf.«

Aha. Kein Wunder. Dieses Zimmer erinnerte an eine Schaufläche von *Schöner Wohnen*. Es repräsentierte. Mehr aber auch nicht. Durch die breite Glasfront ging es auf eine mit Sandstein gepflasterte Fläche, auf der zwei Liegen standen. Auf einer davon ruhte Frau Andlau, dick in zwei Decken eingehüllt, und genoss die ersten Sonnenstrahlen seit Tagen.

Sobald sie unsere Schritte hörte, setzte sie sich auf. »Frau Seibert! Sie kommen wie gerufen. Patrick hat mir gerade geschrieben, dass er heute früher heimkommt. Offenbar gibt es Probleme mit den Wisenten.«

Mit den WAS?

Ich bemühte mich um eine neutrale Miene und nahm mir rasch vor, Wisente zu googeln. Leider hatte ich mein Handy oben liegen lassen. Ich hatte mir angewöhnt, es nicht immer mit mir herumzutragen, um nicht ständig in Versuchung zu geraten, draufzugucken.

»Ihr Sohn fährt gerade vor«, informierte Denise ihre Arbeitgeberin mit einem Lächeln. »Ich bringe ihn rasch zu Ihnen.«

Und weg war sie. Dienstbeflissen.

Ich spürte sofort, dass sie mich mit ihrem Eifer wirklich alt aussehen lassen konnte.

»Ist sie nicht ein Schatz?«, fragte mich Frau Andlau, was ich brummend bestätigte.

Ich hörte eine Autotür schlagen. Parallel verdreifachte sich mein Herzschlag, und mir wurde heiß. Womöglich endete gleich mein kleines Abenteuer. Wenn Patrick Andlau sich querstellte, war nichts zu machen.

»Bleiben Sie ruhig. Er wird sich darauf einlassen. Und wenn ich die ganz harten Geschütze auffahren muss.« Seine Mutter hielt mir ihre Hand hin. »Könnten Sie mir aufhelfen? Diese Liegen sind einfach zu tief für eine alte Frau wie mich.«

Bislang war mir Hannelore Andlau überhaupt nicht zerbrechlich vorgekommen, doch als ich ihr die Hand reichte, fühlte ich, wie dünn ihre Haut war. Wie Papier. Dazu noch eiskalt. Auch sie war aufgeregt. Oder zitterte ihre Hand generell?

Sie schien mir sehr leicht für ihre Größe, und sie schnaufte, als sie endlich auf den Beinen stand. Für eine Millisekunde hielt sie sich an mir fest, ehe sie sich straffte und ihre tadellos sitzende Seidenbluse glatt strich.

Ein leises Stöhnen riss mich aus meinen Gedanken und sorgte dafür, dass ich mich umdrehte. Da stand er. Patrick Andlau. Maßanzug. Einstecktuch. Glänzende schwarze Schuhe und verteufelt gut aussehend.

Wäre da nur nicht sein missbilligender Blick gewesen, der mich direkt traf.

»Ernsthaft?«, begrüßte er mich harsch. »Sie schon wieder?«

»Auch Ihnen einen guten Tag. Ist das Wetter nicht herrlich? Endlich scheint die Sonne«, entgegnete ich betont freundlich.

Er blitzte mich böse aus seinen dunkelbraunen Augen an und wandte sich übergangslos an seine Mutter. »Mama? Was soll das?«

»Frau Seibert arbeitet ab heute für uns. Sie wird unsere Achtsamkeitstrainerin, ob du willst oder nicht.«

Man musste Patrick Andlau zugutehalten, dass er sich wirklich große Mühe gab, ruhig zu bleiben. Bei seinen nun folgenden drei tiefen Atemzügen hätte ich am liebsten Beifall geklatscht. Nur hielt die Ruhe genau diese drei Atemzüge an. »Das Thema hatten wir bereits«, entgegnete er scharf.

»Und es ist noch lange nicht beendet.« Frau Andlau schob sich vor mich und reckte das Kinn störrisch nach vorne. »Ich habe in den letzten Monaten um wenig gebeten, aber das hier musst du für mich tun. Sechs Wochen lang wirst du dieses Training absolvieren. Ohne Protest. Und diesmal ziehst du es durch und brichst nicht wie beim ersten Versuch nach zwei Tagen ab.«

»Ich hab keine Zeit dafür!«, protestierte Patrick Andlau ungehalten.

»Doch, die hast du. Die nimmst du dir. Jeden Morgen, jeden Mittag und jeden Abend.« Aus ihrer Hosentasche zog sie einen pedantisch klein gefalteten Zettel hervor, zupfte ihn auseinander und hielt ihn ihrem Sohn vor die Nase. »Dein Trainingsplan.«

Patrick starrte das Blatt an, als wollte es ihn verschlingen. »Um sieben Uhr morgens habe ich Training bei Frau Seibert?«, fragte er ungläubig.

»Korrekt.«

»Wie soll die Arme denn so früh hier auftauchen? Ich fahr bestimmt nicht in ihre komische Ruheoase.«

»Das verlange ich auch gar nicht. Frau Seibert quartiert sich für die Dauer unseres Experiments hier bei uns ein.«

»WAS?!« Selten hatte ich einen Menschen so fassungslos gesehen. Beinahe hatte ich Mitleid mit dem armen Mann. Der sah zwischen mir und seiner Mutter hin und her. »Mama! Ich hab dich echt lieb, aber bei dir piept es doch. Frau Seibert, bitte entschuldigen Sie dieses Chaos, aber aus der seltsamen Abmachung mit meiner Mutter wird definitiv nichts. Sie schießt manchmal übers Ziel hinaus.«

Er machte Anstalten, sich umzudrehen und wieder ins Haus zurückzugehen, doch seine Mutter huschte so schnell wie ein junges Reh an ihm vorüber und stellte sich in den Eingang, breitete sogar dramatisch die Arme aus. »Du. Wirst. Das. Machen«, betonte sie jedes einzelne Wort. Dabei fing sie an zu zittern. »Ich will, dass du ein gutes Leben führst. Eins mit viel Freude. Mit Lachen. Mit sonniger Energie. Und solange ich auf dieser Welt bin, werde ich alles tun, damit das auch geschieht.«

»Mama. Du wirst steinalt, genau wie ich. Mach dich nicht verrückt.«

Jetzt traten wieder Tränen in die Augen der alten Dame. »Wir wissen beide, dass ich angezählt bin. Aber für dich habe ich Hoffnung.« Ihr Zittern wurde so stark, dass weder Patrick noch ich es länger ignorieren konnten. Fast zeitgleich traten wir rechts und links neben sie und stützten sie.

»Setzen Sie sich erst mal«, schlug ich zaghaft vor und führte sie zu einem Korbsessel, der direkt neben der Flügeltür stand.

»Tief durchatmen, Mama. Nicht aufregen. Wo ist dein Sauerstoff?«

»Ach, geh mir weg mit diesem blöden Sauerstoff. Ich bin keine alte Greisin.«

»Nur jemand mit einer schweren Herzinsuffizienz. War denn Annegret heute schon da?«

»Die kommt morgen wieder, und jetzt hör auf, mich so besorgt zu mustern. Mir geht es gut.«

Wir sparten es uns, ihr zu widersprechen.

Patrick schaltete spürbar in den Krisenmodus um. Er zog sich rasch die Anzugjacke aus und legte sie seiner Mutter über die Schultern. »Bleiben Sie bei ihr? Ich hole das Sauerstoffgerät und bitte Frau Feuermann, Annegret anzurufen. Sie soll ihren Besuch vorverlegen.«

»Du benimmst dich albern, Patrick. Ich habe mich nur ein wenig aufgeregt. Bitte schreck Annegret nicht auf.«

»Ob sie morgen oder heute kommt, ist völlig egal. Ich möchte, dass sie dich kurz durchcheckt. Dafür wird sie schließlich bezahlt. Und nein, wir diskutieren das nicht weiter.«

Patricks Miene sprach Bände. Bevor Frau Andlau protestieren

konnte, war er ins Haus geeilt. Im Wohnzimmer sah ich Denise Feuermann, die bereits telefonierte. Offenbar rief sie besagte Annegret an.

Ich zog mir eine der Liegen heran und setzte mich drauf, während ich Frau Andlaus Hand hielt. Sie war schweißnass und gleichzeitig eiskalt. Obwohl die alte Dame saß, bekam sie eindeutig schlecht Luft.

»Mir ist das alles furchtbar peinlich«, sagte sie in meine besorgten Gedanken hinein. »Was müssen Sie nur von uns denken.«

»Ich bin beeindruckt von Ihrem Zusammenhalt. Ihr Sohn sorgt sich um Sie. Bitte lassen Sie das einfach zu.«

»Glauben Sie mir, darin bin ich wirklich gut geworden. Wäre es doch auch andersherum der Fall.«

Bevor ich etwas sagen konnte, war Patrick zurück. In der einen Hand hielt er eine Sauerstoffflasche samt Schlauch, in der anderen ein kleines Gerät. Geübt zog er seiner Mutter den Schlauch über den Kopf und befestigte ihn so, dass ein Teil unter ihrer Nase lag. »Ich stell erst mal auf drei, dann sehen wir weiter.« Er drehte ein Ventil an der Flasche auf und schob gleich darauf das kleine Gerät auf den Finger seiner Mutter. Ein Schnauben folgte. »Deine Sauerstoffsättigung ist miserabel.«

»Frau Meyer kann in fünfzehn Minuten hier sein«, informierte uns Denise.

Sofort entspannte sich Patrick. Noch immer kniete er vor seiner Mutter. Ein Bein hatte er angewinkelt und den einen Arm locker darauf abgelegt. So konnte ich sehr gut seine ansehnlichen Oberarmmuskeln unter dem Hemd betrachten.

Verdammt. Frau Andlau hatte meinen Blick bemerkt und schaffte es, mir verschmitzt zuzuzwinkern.

»Gut. Der Sauerstoff hilft auch schon etwas«, stellte Patrick fest und verdrehte die Augen, weil sein Handy bereits zum dritten Mal klingelte. Genervt fischte er es aus seiner hinteren Hosentasche und klickte den Anrufer vehement weg.

»Was haben die Wisente denn wieder angestellt?«, fragte Frau Andlau besorgt.

»Den Zaun durchbrochen, die Bäume vom Nachbarn angeknabbert und die Milchkühe auf der Weide zu Tode erschreckt. Kai hat sie zwar zurück auf unser Gelände gelockt, aber der Nachbar ist fuchsteufelswild. Ich muss da hin, um Schadensbegrenzung zu betreiben.«

Okay. Also handelte es sich bei Wisenten schon mal nicht um Enten.

Patrick sah mich fragend an. »Bleiben Sie hier bei meiner Mama?«

»Ja, klar«, beeilte ich mich zu sagen.

»Nein. Ich brauche keinen Babysitter. Annegret ist gleich da, und Frau Feuermann passt in der Zwischenzeit auf mich auf. Geht ihr zwei zu den Wisenten.«

Wir sahen Frau Andlau beide irritiert an. »Wieso sollte ich mitgehen?«

»Damit ihr euch beschnuppern könnt.«

»Mama! Wir sind keine Hunde, die sich gegenseitig beschnüffeln müssen, um festzustellen, ob sie sich leiden können«, brauste Patrick auf.

»Hab ich was von Hunden gesagt? Jetzt geht, bevor ich mich wieder aufrege. Los. Husch, husch!« Sie wedelte auffordernd mit den Händen.

Zu meiner Verwirrung gab Patrick Andlau tatsächlich nach. »In Ordnung. Ich weiß, wann ich verloren habe. Dann kommen Sie mal mit, Frau Seibert.«

Wie in Trance erhob ich mich, obwohl sich alles in mir gegen den Gedanken sperrte, mit einem aufgewühlten Patrick Andlau in einen dunklen Fichtenwald zu stapfen, um mysteriöse Wisente zu maßregeln und wütende Baumbesitzer zu besänftigen.

Trotzdem lief ich hinter ihm her. »Haben Sie festeres Schuhwerk?«, fragte er mit Blick auf meine Sneaker.

»Das ist alles, was ich vorweisen kann«, gab ich zu.

Er grummelte leise vor sich hin. »Ich schaue mal, was Melanie hiergelassen hat. Vielleicht sind auch ein paar Gummistiefel dabei.«

Den Namen hatte er schon einmal erwähnt. Als seine Mutter für mich nach Kleidung suchen wollte. »Wer ist denn Melanie?«, fragte ich und bemühte mich, nicht wie ein altes Klatschweib zu klingen.

Den mahnenden Blick aus dunkelbraunen Augen hatte ich trotzdem verdient. »Meine Ex-Verlobte. Und nein. Die Information können Sie nicht an die Klatschpresse weiterverkaufen. Wir haben die schon geschmiert, damit nichts publik wird.«

Meine Gedanken vollführten eine Vollbremsung. Ex-Verlobte? Klatschpresse? Geschmiert? Diesmal war ich aber so klug, die Klappe zu halten.

»Warten Sie hier. Ich ziehe mich nur rasch um und hole die Gummistiefel.« Patrick machte Anstalten, die Wendeltreppe hochzuhasten, die ich nehmen musste, um zu meinem Zimmer zu gelangen.

»Ich will ebenfalls kurz hoch. Mein Handy holen.«

»Wirklich?«, spottete Patrick, der kaum außer Atem war, während ich hinter ihm die Treppenstufen raufkeuchte. »Ich dachte, Achtsamkeitstrainerinnen sind immer im Hier und Jetzt und meiden die böse Technik.«

»Sie sind ein wandelnder Katalog von Vorurteilen«, schnaubte ich genervt. »Ich bin genauso technikaffin wie Sie, nur übertreibe ich es nicht. Und wenn Sie es unbedingt wissen wollen: Ich möchte Wisente googeln.«

Das ließ Patrick mitten im Schritt stocken, sodass ich in ihn hineinlief. Da er ein paar Treppenstufen vor mir war, stieß meine Nase dezent gegen seinen Po. Aaaaah!

Ich prallte zurück, was auf der engen Wendeltreppe nun wirklich semioptimal war. Vermutlich wären mein Andlau-Abenteuer und mein Leben exakt in dieser Sekunde zu Ende gewesen, weil ich mir beim drohenden Treppensturz den Hals gebrochen hätte, wenn Patrick nicht in letzter Sekunde zugepackt und mich und meine wild rudernden Arme stabilisiert hätte.

Er lachte leise in sich hinein und erinnerte mich dabei an den jungen Mann, der neben mir im Auto gesessen und mit dem ich mich hervorragend unterhalten hatte. Als er nicht gewusst hatte, dass mich seine Mutter als seine Achtsamkeitstrainerin einsetzen wollte.

»Sie sind mir echt 'ne Marke«, sagte er. »Stellen Sie sich Wisente wie Bisons vor, nur dass sie vor Urzeiten hier in Europa heimisch waren. Groß. Braunhaarig. Gucken meist finster drein. Ähnlich wie ich.«

»Und zu denen gehen wir?«, fragte ich entsetzt.

»Keine Sorge. Die haben mehr Angst vor uns als umgekehrt. Vermutlich bekommen wir sie nicht mal zu Gesicht, sondern nur das Chaos, das sie angerichtet haben.« Er ließ mich vorsichtig los. »Stehen Sie wieder sicher?«

»Ja.« Jetzt schoss mir doch das Blut in den Kopf. »Entschuldigen Sie den Nasenstupser.«

»Stupsen Sie ruhig. Nur fallen Sie bitte nicht von unserer Treppe. Die Versicherung ist schon genervt genug von uns.« Er zwinkerte mir freundlich zu und erinnerte mich sofort an seine Mutter. Verschmitztes Zwinkern schien ihr gemeinsames Ding zu sein. Kein Wunder. Auch bei mir verfehlte es seine Wirkung nicht.

Patrick Andlau ließ mal wieder meine verdammten Knie weich werden.

Zum Glück setzte er sich wieder in Bewegung und entließ mich aus seinem hübschen Blick. Leichtfüßig huschte er vor mir die Treppe rauf, bis ich endlich erkannte, was mich hier störte. »Wo wollen Sie überhaupt hin? Da oben sind doch nur die Gästezimmer.«

Ein Seufzen. »War klar. Meine Mutter ist wie immer gründlich. Nein, Frau Seibert, da oben sind nicht nur die Gästezimmer. Da oben wohne eigentlich ich. Das Gästezimmer ist nebenan.«

Mittlerweile war zumindest er oben angekommen und hielt auf die Tür direkt neben meiner zu. Als er sie schwungvoll öffnete, war ich es, die seufzte. »So langsam befürchte ich, dass Sie mit Ihrem Anfangsverdacht recht haben könnten.«

Patrick drehte sich zu mir um und hob eine Augenbraue. »Was meinen Sie?«, fragte er unschuldig.

»Das mit Ihnen, Ihrem Single-Dasein und mir«, erklärte ich brüskiert. »Ihre Mutter plant etwas.«

»Oh, ja«, bestätigte Patrick meinen Verdacht. »Und sie wird nicht so schnell lockerlassen. Wir sehen uns gleich unten, Frau Seibert. Googeln Sie in der Zwischenzeit gerne den Wisent, aber bitte nicht *Verlobte von Patrick Andlau mit Namen Melanie*. Da werden Sie nichts finden.«

Verdammt. Genau das hatte ich vorgehabt.

SIEBEN

Patrick: Merle! Hast du mit der Presse gesprochen? Der Artikel in der Zeitung ist schlimm. Sehr schlimm. Wir suchen denjenigen, der solch private Dinge über meine Familie ausgeplaudert haben könnte. Ich bete und hoffe, dass du das nicht warst.

Drei Wochen zuvor

Die Gummistiefel passten wie angegossen. Sie waren schlicht und grün mit zwei kleinen weißen Blüten obendrauf. Hübsch gepolstert und definitiv wasserfest. Ich hatte sie sofort total lieb.

Die kausale Kette, die sich in meinem Gehirn formte, gefiel mir hingegen gar nicht. Patrick Andlau hatte rundheraus zugegeben, dass ich sein Typ war. Offenbar haargenau, wenn seine Ex-Verlobte und ich sogar die gleiche Schuhgröße hatten.

Also … nicht dass ich was von ihm wollte! Nein! Auf keinen Fall. Aber dieses Grübchen und das verschmitzte Lächeln waren eindeutig nicht von dieser Welt. Wer da nicht schwach wurde, musste ein Holzklotz sein.

Momentan sah er sogar noch besser aus als sonst. Im Anzug hatte er mir bereits gefallen. Mit Arbeitshose, einem dicken Strickpullover unter seiner geöffneten Windjacke und einer Cap auf dem Kopf sah er einfach verboten gut aus.

»Können wir?« Patrick Andlau nickte in Richtung Wald. Ich riss mich nur mit äußerster Mühe von seinem Anblick los und murmelte ein undeutliches »Klar«. Daraufhin stapften wir los, durchquerten den zauberhaften Garten und eine grüne Wiese, auf der ein gigantischer Apfelbaum seine Zweige ausbreitete. Die Äpfel mussten schon geerntet worden sein.

Patrick grüßte einen Gärtner von Weitem und winkte seiner Mutter zu, die immer noch auf der Terrasse saß. Die Frau an ihrer Seite kannte ich nicht. Schwarze Haare. Etwas korpulenter. Weißer Kittel. Vermutlich die erwartete Annegret.

Ich war wegen meiner Neugier zurückgefallen und beeilte mich, zu Patrick aufzuschließen. Der lief mit großen Schritten zu den dunkel vor uns aufragenden Bäumen, das Handy in der Hand. Anscheinend tippte er eine Mail, während er auf einen kleinen Wanderweg zuhielt.

»Wissen Sie, dass sich mehr Leute schwer verletzen, weil sie mit einem Handy in der Hand gegen Bäume laufen, als wegen abbrechender Äste?«, fragte ich spitz.

Patrick drehte sich im Zeitlupentempo zu mir um. »Jetzt wirklich? Haben Sie das von unnützes-wissen.de?«

»Keine Ahnung, ob das stimmt. Ist meine Theorie, die es zu beweisen gilt. Mit Ihnen als Testobjekt.«

Für einen Moment rechnete ich mit Wut. Mit Genervtheit. Mit einem wilden Augenverdreher. Stattdessen lachte Patrick Andlau … und steckte zu meiner Erleichterung das verflixte Handy weg.

»Haben Sie mittlerweile Wisent gegoogelt?«, erkundigte er sich im Plauderton, während wir den Wald erreichten.

»Nein. Ich hab keinen Handyempfang. Aber die Info über Bisons hat mir hinreichend Respekt eingeflößt. Solche Giganten stapfen hier durch die Gegend?«

»Um genau zu sein, stapfen sie gerade in etwa hundert Metern Entfernung an uns vorbei.« Er deutete rechts von uns in den Wald, der viel lichter war, als ich es erwartet hatte. Erlen und Eichen versperrten mir den Blick, dazwischen ein oder zwei Buchen und mehrere Fichten. Ein gesunder Mischwald. An den sonnigen Stellen entdeckte ich frisches Grün am Boden. Und ganz weit hinten meinte ich, zwei oder drei große Schemen zu entdecken.

»Sind die gefährlich?«, flüsterte ich andächtig.

»Nein. Solange sie keine Kälber dabeihaben und sie kein Hund blöd anbellt, meiden die uns. Sie sind sogar weniger wild, als mir lieb ist. Nur ist die Leitkuh eine echte Ausbrecherkönigin, was mir langsam den letzten Nerv raubt. Papa hat die Viecher jedoch geliebt, also müssen wir uns miteinander arrangieren.«

Bevor ich antworten konnte, hatte Patrick schon wieder sein Handy am Ohr. »Die Herde zockelt gerade an uns vorbei Richtung Futterstelle. Wo genau ist der Durchbruch?«

Er lauschte eine Weile und bedeutete mir, ihm zu folgen. Ab sofort ging es kreuz und quer durch den Wald. Schnell stellte ich fest, wie kompliziert es war, ohne einen festgetrampelten Wanderweg voranzukommen. Ständig blieb ich in Büschen hängen, Äste krallten sich in meine Haare, und ich musste höllisch aufpassen, um nicht in irgendwelchen Erdlöchern zu versinken.

»Laufen Sie eigentlich über anderen Boden als ich? Bei Ihnen sieht das so mühelos aus«, schnaufte ich irgendwann genervt, nachdem Patrick sein Telefonat nach zwei Minuten merkwürdig einsilbiger Konversation beendet hatte. Der Kerl hatte echt zwei Gesichter. Sobald er den Chef raushängen ließ, wurde er zum wortkargen Supermuffel. Sonst fand ich ihn eigentlich ganz sympathisch. Okay. Richtig sympathisch.

Diesen Eindruck verstärkte er, indem er bei meiner verzweifelten Frage sofort stehen blieb und mir eine Hand reichte. »Ich hab nur längere Beine. Achtung vor dem Busch. Der hat Dornen. Außen vorbei können wir aber auch nicht. Da wohnen die Kaninchen.«

»Klingt, als würden Sie sich persönlich kennen.« Dankend nahm ich die angebotene Hand und ließ mir über den fiesen Dornenbusch rüberhelfen. War es Zufall, dass Patricks Hand eine Spur zu lange in meiner liegen blieb? Oder bildete ich mir das nur ein?

Ruhig Blut, ermahnte ich mich. Der Kerl steigt dir zu Kopfe. Erstens ist er dein Boss. Zweitens hasst er deinen Job. Drittens will er dich dringend loswerden.

Mittlerweile kam ich ordentlich ins Schwitzen. Eigentlich hätte ich mich als gut trainiert bezeichnet, nur war dieser Wald- und Kletterparkour etwas anderes als meine Yoga-Trainingsstunden im Studio.

»Da hinten ist der Durchbruch.« Patrick deutete auf einen deutlich lädierten Holzzaun, der an einer Stelle in sich zusammengesackt war. Bei dem Anblick knurrte er leise in sich hinein. Ein seltsamer Laut. Irgendwie animalisch. Wölfisch. Er passte so gar nicht zu dem Anzugträger-Patrick. »Wir werden wohl auf Elektrozaun umschwenken müssen. Papa fand den Gedanken grässlich. Ein Holzzaun fügt sich besser in die Umgebung ein – und selbst der war schwierig durchzusetzen. Vor dem bürokratischen Akt wegen des Elektrozauns graust es mir.«

»Bürokratischer Akt? Gehört das Gebiet nicht Ihrer Familie?«

»Schon, aber man kann nicht einfach einen Waldbereich einzäunen, wie man möchte. Es gibt Gesetze, die das verhindern. Eigentlich gibt es zu jedem Pups ein Gesetz, vor allem, wenn es um Wildtiere und bedrohte Arten geht. Der Wisent gehört zu Letzteren. Ein politischer Albtraum.«

Patrick blieb stehen und machte Fotos vom Zaun. Derweil

nutzte ich die Pause und lehnte mich dankbar an den nächsten Baum, um zu verschnaufen. Wie gut es hier roch. Nach dem Regen der letzten Tage. Nach Herbstlaub. Nach Moos. Nach ... Patrick. Der Kerl hatte einen wirklich anziehenden Eigengeruch.

»Und warum zum Henker horten Sie eine Herde streng geschützter Wisente auf Ihrem Gebiet, wenn es damit nur Ärger gibt?«, fragte ich, um den Gedanken zu verdrängen. Reden war besser als schnüffeln. Definitiv.

»Papa fand die Tiere interessant, er hatte Platz, eine schräge Idee und die nötigen Kontakte. Seitdem halten wir hier fünf Tiere, die sich sprunghaft vermehrt haben. Ein weiterer Aspekt eines Erbes, das ich so nie antreten wollte.« Patrick klang mit einem Schlag verbittert. Er räusperte sich. »Entschuldigung. Das hätte ich nicht sagen dürfen. Paps hatte seine Eigenarten. Ich muss zusehen, was ich mit den Tieren anstelle.«

»Verkaufen?«, schlug ich vor. »Zoo? Auswilderungsprojekte? Nur bitte hängen Sie die Tiere nicht ins gruselige Jagdzimmer.«

Der düstere Ausdruck in Patricks Miene verflog bei meinem Witz. »Wenn ich das mache, hätten wir in Windeseile ein noch viel größeres Problem: Tierschützer, FFH-Wächter, eine Klage am Hals und jede Menge miese Presse. Leider will niemand unsere Wisente haben. Sie sind für den Artenerhalt nicht relevant, weil ihre Blutlinie ... Ach, ich weiß gar nicht genau, warum die Viecher sich nicht vermehren dürfen. Irgendwas mit Inzest. Jedenfalls hab ich sie am Hals und unser Nachbar auch.« Er deutete auf die Schonung hinter dem Zaun. Hier sah es ganz anders aus. Alles sehr geordnet. Fichte um Fichte um Fichte.

»Mein Nachbar lebt von der Baumwirtschaft. Sehen Sie die hellen Flächen da an den Fichten? Die Wisente ziehen den Bäumen die Rinde ab. Keine Ahnung, warum sie das tun, aber sie tun es. Papa hat immer behauptet, die würden sich damit die Zeit vertreiben.

Quasi wie Kaugummikauen. Auf unserem Gebiet machen sie das seltsamerweise fast nie. Beim Nachbarn toben sie sich richtig aus. Ah. Da kommt er übrigens schon auf uns zugestampft. Bitte verzeihen Sie das Kommende. Ich muss mal kurz den Fiesling rauskehren, sonst nimmt der mich nicht ernst.«

Es war unheimlich, wie Patrick sich innerhalb eines Lidschlags verwandelte. In der einen Sekunde zwinkerte er mir noch zu. In der nächsten richtete er sich auf und setzte die düsterste Miene auf, die ich je an ihm gesehen hatte.

»Herr Kolping«, sagte er zu dem Mann und reichte ihm die Hand. Seine stoische Miene behielt er bei. Kein Lächeln. Nichts. Der andere nahm eine ähnliche Körperhaltung ein.

Anders als bei Patrick schrie alles an ihm Jäger. Grüne Schutzhose, dunkelgrüne Jacke, brauner Hut, Gewehr auf dem Rücken und Jagdhund an der Seite. Der schnupperte interessiert an Patricks Schuhen und wedelte schwach mit dem Schwanz.

Ich blieb auf Abstand und ließ die Männer mal machen.

»Die Wisente waren wieder auf meinem Gebiet, Dr. Andlau.«

»Ich weiß, und ich entschuldige mich in aller Form dafür. Meine Forstmitarbeiter flicken bereits den Zaun. Sobald ich zurück am Haus bin, schreibe ich eine Mail an die Behörden, damit wir den Elektrozaun angehen können.«

»Haben Sie die neuesten Schäden an den Fichten gesehen? Sie wissen, dass das meine Lebensgrundlage ist?«

»Natürlich. Ich rufe gleich den Schälschadenschätzer an.«

»Gut.«

»Gut.«

Ein letztes Händeschütteln, dann drehten sich beide synchron um und stapften wie zwei Cowboys kurz vorm Duell auseinander, bloß war hier der Kampf bereits vorbei, bevor ich es überhaupt begriffen hatte.

Ich folgte Patrick, der schon wieder zurück Richtung Anwesen lief. »Schälschadenschätzer?« Ich kicherte leise in mich hinein. Patrick hingegen blieb angespannt. »Das lief doch eigentlich ganz gut«, munterte ich ihn auf.

»Im Gegenteil. Ich kenne Kolping. Der war zu nett. Wenn er rumschreit, ist was zu retten. Wenn er so freundlich ist wie jetzt, ist die Kacke am Dampfen. Vermutlich hat er uns längst die Presse, sämtliche Behörden und die Politiker auf den Hals gehetzt, bloß wollte er mir das nicht ins Gesicht sagen. Da braut sich was zusammen. Mann! Als hätte ich nicht schon genug Ärger am Hals. Wenn es richtig schlecht läuft, ruft der gleich bei meiner Mutter an, um sich über mich zu beschweren.«

»Was?«, rief ich empört. »Das soll er mal wagen. Ich bin Zeugin, dass Sie absolut professionell geblieben sind.«

»Ich bin immer professionell. Nützt mir nur nichts, wenn die anderen es nicht sind.« Abrupt blieb Patrick stehen, sodass ich zum zweiten Mal an diesem Tag in ihn reinstolperte. Diesmal musste er mich nicht auffangen. Ich murmelte eine Entschuldigung und rückte schnell von ihm ab. Sein Duft blieb mir in der Nase. Wald. Bergamotte. Kräuterartig. Herb.

Er drehte sich zu mir um und sah mich fragend an. »Was sagt denn Frau Achtsamkeitstrainerin zu meinem akuten Stresslevel? Irgendwelche Vorschläge, um mich zu beruhigen?«

»Hier stehen jede Menge Bäume zum Umarmen rum. Toben Sie sich aus«, schlug ich im Scherz vor.

Er legte den Kopf in den Nacken und lachte so herzlich, dass ich mitlachen musste. Sobald er wieder ernst war, nahm ich den Faden auf. »Im Prinzip folgt Achtsamkeit ganz alten Regeln. Lachen ist zum Beispiel die beste Medizin. Mal Pause machen ist wichtig. Tief durchatmen noch viel mehr. Gelassenheit ist eine Tugend.«

Er starrte mich eine ganze Weile an. So lange, dass es mir beinahe unheimlich wurde. »Ich will das mit dem Training nicht«, sagte er leise. »Das ist eine zusätzliche Belastung, die ich nicht gebrauchen kann.«

»Wir halten es kurz. Sie werden schnell merken, dass es Ihnen hilft«, versprach ich rasch.

Er wirkte weiterhin skeptisch und eher ablehnend. Mir war klar, dass jetzt der Moment der Entscheidung war. Würde unser gemeinsamer Weg hier enden? Oder gab er mir eine Chance?

»Geben Sie mir sechs Wochen Zeit. Hilft es Ihnen gar nicht, werde ich meine Koffer packen, und Sie sehen mich niemals wieder. Aber ich garantiere Ihnen: Es wird Ihnen besser gehen. Und Sie brauchen Hilfe. Das hat Ihre Mutter längst erkannt. Sie wissen es auch.«

In seinen Augen blitzte es. Vermutlich gefiel es ihm nicht, dass ich diese Wahrheit aussprach. Immerhin schüttelte er nicht den Kopf, sondern musterte mich weiterhin auf eine Weise, die mir durch und durch ging.

»Drei Wochen«, sagte er leise.

»Vier Wochen. Danach sind Sie mich los. Aber wenn ich Sie nach einem Monat überzeugen konnte, dann holen Sie mich als Mental-Health-Trainerin in Ihr Unternehmen und empfehlen mich weiter.«

Langsam wanderte eine seiner Augenbrauen in die Höhe. »Reicht nicht unsere fürstliche Bezahlung?«

»Nein. Sie sind ein harter Brocken. Da brauche ich einen Bonus. Nennen Sie es Härtefallregelung.« Mittlerweile hatte ich raus, dass er sich gerne auf eine locker-leichte Weise mit mir stritt. Nie zu heftig, aber auch nie zu unterwürfig. Irgendwas an meiner Art sorgte dafür, dass er mich ernst nahm und gleichzeitig über mich lachen konnte. Eine ungewöhnliche Erfahrung für mich. Die wenigsten Leute fanden mich lustig. Vermutlich lag es daran, dass ich das in

Gegenwart von Fremden auch kaum war. Schlagfertigkeit lag mir wirklich nicht. Außer bei ihm. Bei ihm hatte ich den Eindruck, auch mal Sachen sagen zu dürfen, die ich normalerweise runtergeschluckt hätte.

Wahrscheinlich lag das an dem schelmischen Zwinkern, das mich ständig einlullte.

Er sah nachdenklich aus, schien angestrengt das Für und Wider abzuwiegen. Als er zischend ausatmete, wusste ich, dass ich gewonnen hatte und mich etwas entspannen konnte. »Wenn meine Mutter und ihre Herzprobleme nicht wären, hätte ich Sie schon lange vor die Tür gesetzt«, dämpfte er prompt meine aufkeimende Freude.

»Ist mir klar. Aber Sie werden es nicht bereuen.«

»So selbstsicher, wie Sie das sagen, könnte ich es fast glauben.« Er hielt mir die Hand hin. »Also abgemacht. Sie dürfen mich vier Wochen lang quälen. Hilft es mir, helfe ich Ihnen. Hilft es nicht, will ich nie wieder von Ihnen oder der Achtsamkeit hören. In dem Fall ist es an Ihnen, das meiner Mutter klarzumachen.«

Möglichst würdevoll nahm ich seine Hand und schüttelte sie. »Einverstanden.«

Seine Haut war rissiger als erwartet. Bisher war mir das gar nicht aufgefallen, jetzt spürte ich es deutlich. Arbeiterhände. Ich hätte gedacht, dass er Unmengen dafür ausgab, damit alles an ihm straff und geschmeidig blieb. Ein Schreibtischhengst. Stattdessen spürte ich Schwielen und die Zeugnisse von Wind und Wetter.

Für meinen Geschmack ließ er etwas zu schnell wieder los. Aus irgendeinem Grund hatte ich die Verbindung zwischen uns mehr genossen, als gut für mich war. Ob er das gemerkt hatte? Hoffentlich nicht.

»Kommen Sie«, mischte er sich in meine schmachtenden Gedanken. »Ich muss da noch ein paar sehr ungemütliche Anrufe tätigen.«

Zuerst wollte ich ihn stoppen. Ihn daran erinnern, sich auch mal Zeit für sich zu nehmen, doch das hätte ihn womöglich in die Flucht geschlagen. Also lief ich kommentarlos neben ihm auf dem schmalen Trampelpfad her. Ab und zu berührten sich unsere Schultern kaum merklich. Ich fühlte es umso deutlicher.

Jetzt hör mal auf, motzte ich mich in Gedanken böse an. Konzentrier dich gefälligst auf deine Aufgabe. Lern ihn besser kennen, damit du sein Training anpassen kannst.

»Was machen Sie denn außerhalb Ihrer Arbeit gerne?«, fragte ich im Plauderton.

Er schnaubte. »Außerhalb?«

»Ach, kommen Sie. Was hat Sie früher glücklich gemacht?«

Wohl aus Höflichkeit tat er zumindest so, als würde er darüber nachdenken. »Was bringt es, in der Vergangenheit zu schwelgen? Ich bin gerne zum Fußball gegangen. Hab im Verein gespielt, nur schaffe ich es seit Jahren zu keinem einzigen Training, geschweige denn zu einem Spiel. Die Hälfte der Mannschaft kenne ich nicht mal mehr. Früher hab ich mich mit Freunden getroffen. Zum Billardspielen. Zocken. Biertrinken. Das ist alles eingeschlafen, weil ich meine Kumpels ständig versetzt habe. Kann man ihnen nicht mal verübeln. Und ansonsten …« Er verstummte, zuckte mit den Schultern. »So triviales Zeug halt. Was man gerne macht, wenn man jung ist.«

»Sie sind jung«, ermahnte ich ihn und versuchte, mich gleichzeitig an sein genaues Alter zu erinnern. Fünfunddreißig? Eventuell sogar jünger. »Was ist mit der Natur? Wandern. Frische Luft. Spaziergänge durch den Wald?«, schlug ich vor.

»Ja.«

»Ja?«

»Ja, das mag ich sehr. Ist es das, was Sie hören wollten?«

»Fühlen Sie sich doch nicht gleich angegriffen.«

»Aber Sie fragen mich mit Hintergedanken aus. Um meinen Trainingsplan zusammenzuzimmern.«

Erwischt.

»Spazieren gehen ist jedenfalls sehr gesund«, schob ich lahm nach.

»Okay. Das reicht jetzt«, sagte er genervt und blieb abrupt stehen. »Wenn ich den blöden Baum hier neben mir umarme, verschonen Sie mich dann endlich mit Ihrer Arbeit, und wir können normal miteinander reden?«

»Tun Sie, was Sie nicht lassen können«, antwortete ich amüsiert. Ich hätte Stein und Bein geschworen, dass er einen Scherz auf meine Kosten machte, doch zu meiner grenzenlosen Irritation überwand er einen kleinen Busch mit einem großen Schritt und wickelte seine langen Arme um eine wehrlose Buche.

»Und wie lange muss ich das machen?«, knurrte er.

»So lange, bis Sie einsehen, dass das keine Achtsamkeit ist, die Sie da betreiben, sondern der Versuch, Ihnen und mir die Unwirksamkeit meiner Arbeit zu beweisen. Darf ich Ihnen etwas zeigen, das Ihnen womöglich wirklich helfen könnte?«

Patrick Andlau ließ den Baum los und trat einen Schritt zurück, sah mich missmutig an. »Das wäre? Und bitte ordnen Sie nicht an, dass ich meine Augen schließen und wieder auf meinen Atem achten soll. Das hatten wir schon, und es hat mich ganz kirre gemacht.«

»Wir gehen schweigend zurück. Statt zu reden, horchen Sie. Auf den Wald, das Geräusch Ihrer Schritte. Spüren Sie, wie Ihre Füße den Boden berühren. Sie machen nichts anderes. Sie laufen einfach nur.«

»Muss ich dafür wieder mein Handy abgeben?«

»Das wäre gut, ist aber keine Pflicht. Wenn es Sie zu sehr stresst, lassen wir das. Immer einen Schritt nach dem anderen.«

Wir sahen einander herausfordernd an. Ich hätte die Geschäfte meines Vaters darauf verwettet, dass er dicht machen würde, doch erneut überraschte er mich. Während er wieder über den kleinen Busch am Waldboden hinwegstieg, kramte er bereits sein Handy heraus und überreichte es mir samt Uhr. Fünf entgangene Anrufe. Wow.

Ich ließ das unkommentiert und steckte die Sachen in meine für diese Jahreszeit viel zu dünne Jacke. Dann bedeutete ich ihm, vorzugehen. »Nach Ihnen. Viel Vergnügen mit einer Runde Achtsamkeit im Wald.«

Er lief vor mir her. Die Hände zu Fäusten geballt, der Körper angespannt wie ein Flitzebogen.

»Ich sehe genau, wie Sie in Gedanken durchgehen, was Sie erledigen müssen, sobald Sie zurück sind. Vergessen Sie das. Das können Sie später noch planen. Jetzt lauschen Sie mal. Hören Sie den Specht?«

»Das ist kein Specht. Das sind zwei Fichten, die ihre Äste gegeneinanderreiben.«

»Dann horchen Sie halt auf die Fichten!«

Er lachte leise, und ich badete eine Runde in diesem Klang. Es gab keinen anderen Laut, der mir so tief unter die Haut sickerte wie dieses Lachen. Ob er es einstudiert hatte, um Damen zu bezirzen und erzürnte Geschäftsleute zu bändigen? Oder war das ein Teil von ihm? Ich beschloss, das herauszufinden. Was war Fassade? Was war der wahre Patrick Andlau? Denn nur wenn ich ihn verstand, konnte ich ihm auch helfen.

Was ich sah, beruhigte mich. Er wurde mit jedem Schritt lockerer. Bestimmt tat allein dieser kleine Fußmarsch ihm gut, um seine Gedanken zu sortieren. Sie wie ein Mini-Floß auf dem Wasser davontreiben zu lassen, dafür war er noch nicht bereit – und das war auch in Ordnung. Es gab viele Formen von Meditation und Achtsamkeit. Sich auf Ruhe einzulassen war ein Schritt in die richtige Richtung.

Als wir nach etwa zwanzig Minuten gemächlichen Schlenderns wieder am Haupthaus angekommen waren, blieb Patrick stehen und sah mich einen Moment an.

»Das war es?«, fragte er mit einem Hauch Gereiztheit in der Stimme. »Das soll Achtsamkeit sein?«

»Ich glaube nicht, dass Sie richtig achtsam waren, aber ja. Das macht Achtsamkeit aus.«

»Und dafür zahlen Leute Geld?«

Der Satz saß. Er traf mich noch immer tief, obwohl ich ihn schon unglaublich oft gehört hatte.

Weil er genau die Wunde reizte, die sich bei mir nie schließen konnte. Mit einem Vater, der alles an meinem Job verachtete und daraus keinen Hehl machte, war das auch kein Wunder.

Schon lange hatte ich es aufgegeben, Leute wie meinen Vater bekehren zu wollen. Das brachte einfach nichts, außer dass ich selbst in meiner Überzeugung zu schwanken begann.

Also tat ich das, was ich in solchen Momenten grundsätzlich tat: Ich zog mich in mich selbst zurück und wich der Konfrontation aus, um weitermachen zu können. Schweigend ging ich an Patrick vorüber und ließ ihn einfach stehen.

ACHT

Merle: Lieber Patrick, ich bin traurig und enttäuscht, dass du mir das zutraust. Natürlich habe ich keine Familiengeheimnisse ausgeplaudert. Was denkst du von mir?

Drei Wochen zuvor

In meinem Zimmer angekommen, tigerte ich unruhig auf und ab. Dann setzte ich mich an den Schreibtisch und zeichnete eine Runde Kringel auf ein Blatt Papier. Manchmal brachte mich das runter.

Heute nicht.

Schließlich rief ich Ella an. Bahar hatte Samstagabend meistens Yogastunden.

»Das hier ist ein Riesenfehler«, begrüßte ich sie direkt.

»Dann brich es ab und komm zurück.«

»Aber ich brauche das Geld.«

»Tja, in dem Fall Augen zu und durch.«

Pragmatismus, du hast einen Namen. Ich knirschte leise mit den Zähnen, bis Ella irritiert fragte: »Hörst du das auch? Dieses komische Störgeräusch?«

»Das sind meine Zähne.«

Als ich ihr Kichern hörte, fiel ich mit ein.

»Im Namen deines Zahnarztes: Entspann dich bitte. Sonst ist der Zahnschmelz bald Geschichte. Mach mal Achtsamkeitstraining. Soll gegen Stress helfen.«

Wir kicherten noch hysterischer, bis es lautstark an der Tür klopfte, was mich sofort wieder ins Hier und Jetzt zurückkatapultierte.

»Er ist hier«, flüsterte ich düster in den Hörer.

»Wer?«

»Na. ER. Mein Chef. Vor meiner Tür.«

»Das klingt ja wie aus einem schlechten Horrorstreifen. Merle! Wenn dich das so mitnimmt, dann schlag das Angebot aus und komm zurück. Das Geld für den Kredit treiben wir auch so irgendwie auf.«

Wir. Mein Herz schwoll an, als ich das hörte. Wie sehr ich meine beiden besten Freundinnen liebte. Zu einer Antwort kam ich nicht, weil es erneut gegen die Tür wummerte.

»Soll ich dranbleiben und die Polizei rufen, falls er eine Axt dabeihat?«, fragte Ella besorgt.

»Nein. Mit dem werde ich fertig.« Innerlich drückte ich mir alle Daumen, dass das auch wirklich stimmte. »Ich meld mich gleich wieder und hoffe für ihn, dass er sich entschuldigen will.« Hastig legte ich auf und lief zur Tür. Bevor ich sie öffnete, atmete ich einmal tief durch und setzte eine betont professionelle Miene auf. »Ja, bitte?«, fragte ich möglichst liebenswürdig, kaum dass ich Patrick Andlau gegenüberstand.

Der musterte mich mit undurchdringlicher Miene und hob die Hand. »Sie haben noch mein Handy und die Uhr«, sagte er in neutralem Tonfall.

So viel zum Thema Entschuldigung. Aber manche Leute konnten sich einfach nicht entschuldigen. Mein Vater hatte das jedenfalls in achtundzwanzig Jahren nicht ein einziges Mal getan.

Keine Ahnung, warum mich das bei Patrick sogar noch mehr ärgerte als bei meinem Papa. Ich ermahnte mich, mir ein dickeres Fell zuzulegen. Es war völlig normal, dass man seinen Berufsstand gelegentlich verteidigen musste. Das ging nicht nur Achtsamkeitstrainern so. Im Namen meiner Professionalität musste ich also möglichst lässig mit dieser Situation umgehen und daran wachsen.

Ja, genau. Das war immer gut. Daran wachsen.

Doch statt völlig entspannt sein Handy zu holen, drehte ich auf dem Absatz um, lief zu meiner achtlos auf dem Bett ausgezogenen Jacke, wühlte hektisch in den Taschen, stapfte noch lauter wieder zurück und pfefferte ihm das Handy samt Uhr in die Hand.

»Da«, sagte ich lediglich.

Er wirkte den Bruchteil einer Sekunde irritiert. »Ich habe Sie brüskiert«, stellte er nüchtern fest. »Schon wieder.«

»Immerhin haben Sie mich diesmal nicht als Callgirl bezeichnet, sondern nur als jemanden, der anderen für völligen Blödsinn das sauer verdiente Geld aus den Taschen zieht«, schnappte ich.

Er dachte kurz darauf herum. »Ist die Verwechslung mit einem Callgirl schlimmer als der Vorwurf der Scharlatanerie?«, hakte er schließlich nach. »Klären Sie mich bitte auf.«

»Meinen Sie das jetzt ernst?«, empörte ich mich, bis ich das schelmische Funkeln in seinen Augen bemerkte. Er wollte mich nur aus der Reserve locken. Zum Zeichen, dass ich ihn durchschaut hatte, klappte ich meinen Mund wieder zu und erinnerte mich vehement an meine innere Mitte. Wo mein Leck-mich-am-Arsch-Zentrum war, wie Bahar es etwas weniger achtsam auszudrücken pflegte.

Patrick gab mir die Zeit, um mich zu sammeln, was nur bewies, wie verteufelt achtsam er sein konnte.

»Frau Seibert, ich – «, hob er an, wurde jedoch von einem fuchs-
teufelswilden Ruf aus dem unteren Stock unterbrochen.

»Patrick Karl Theodor Andlau! Du hörst sofort auf, die arme
Frau Seibert zu tyrannisieren, und kommst runter, um dir einen
Crashkurs in Sachen Benehmen abzuholen«, brüllte seine Mutter
zu uns hoch. »Und zwar dalli!«

Patrick verdrehte die Augen, hob das Handy wie zum Gruß
und ließ mich verwirrt stehen. Eigentlich wäre es mir lieber gewesen, wir hätten unsere Meinungsverschiedenheit ausgefochten.
Aber gut … das konnten wir noch immer nachholen.

Einen Moment überlegte ich, ob ich lauschen sollte, allerdings
war dieser Tag schon peinlich genug gewesen. Da brauchte ich
nicht noch eine Hauswirtschafterin, die mich beim Spionieren beobachtete. Oder einen Gärtner, der mich zur Rede stellte. Dieses
Haus war eindeutig zu übervölkert, um darin herumzustreunen.

Mit einem leisen Knurren schloss ich die Tür und rief Ella zurück, die schon beim Klingelansatz ranging.

»Lebt er noch?«, fragte sie.

»So gerade. Seine Mami hat ihn gerettet.« Empört erzählte ich
ihr die Geschichte und erntete erneutes Kichern.

»Der heißt Patrick Karl Theodor?«

»Das ist das Einzige, das dir an dieser Geschichte seltsam erscheint?«

»Ach, Merle. Nimm nicht immer alles so bierernst. Die Skeptiker dieser Welt wirst du nicht alle heilen können. Wenn du mich
fragst, sack einfach das Geld für die vier Wochen ein und freu dich
über die Finanzspritze. Geh auf Abstand. So wie du es beschreibst,
wird Patrick Karl Theodor sich nicht helfen lassen. Egal, wie sehr
du dich bemühst. Aber bitte, bitte! Versuch nicht, ihm das Gegenteil zu beweisen. Das würde dein Selbstbewusstsein auf Jahre zu-

rückwerfen – und das ausgerechnet jetzt, wo wir es geschafft haben, dich auf ein normales Level zu bringen.«

»Ihr habt das geschafft?«, fragte ich mit hochgezogenen Augenbrauen, was sie natürlich nicht sehen konnte.

»Ja, wir. Damit meine ich nicht nur Bahar und mich, sondern vor allem dich selbst. Dein Papa hatte Jahre Zeit, deine Selbstwahrnehmung zu verfälschen. Eine Stichelei hier. Eine fiese Bemerkung dort. Dass das Spuren hinterlässt, ist völlig normal. Deine Schwester hat beschlossen, dass ihr alles scheißegal ist. Auch eine Methode. Du hast ihm den Kampf angesagt. Das finde ich wirklich super, nur pass auf, dass du nicht plötzlich an zwei Fronten kämpfen musst. Patrick Andlau scheint das gleiche Kaliber zu sein.«

Ich wollte vehement widersprechen, schluckte die Antwort aber runter. Womöglich hatte sie recht, und ich hatte mich von seinem Charme und seinen hübschen Augen verwirren lassen.

»Patrick Karl Theodor Andlau wird mich nicht brechen«, erklärte ich wie in einem Western. »Ich werde ihm die Stirn bieten – und wenn ich merke, dass es nichts bringt, schmeiß ich hin.«

»Braves Mädchen. Und jetzt mach mal endlich Fotos von deinem hübschen Zimmer. Ich brauche Einrichtungstipps, falls ich irgendwann aus meiner WG ausziehe und mir was Richtiges suche!«

Die nächste Stunde quatschten wir, bis sich mein Magen beschwerte. Mist. Nun konnte ich entweder beleidigt in meinem Zimmer hungern oder mich raustrauen, um mich auf die Jagd nach Essbarem zu begeben.

»Mutig und tapfer du sein musst«, riet mir Ella zum Abschied in ihrer besten Meister-Yoda-Stimme, woraufhin ich auflegte und die Treppe runterstapfte. Dabei schickte ich rasch eine Nachricht an meine Schwester, um sie ebenfalls auf den neuesten Stand zu bringen. Maya lebte für Klatsch und Tratsch, und mir war klar, dass sie vor Neugierde umkam. Dass mich mein neuer Chef genauso nervte wie Papa, würde sie garantiert total lustig finden.

Kaum hatte ich die Nachricht abgeschickt und einen bestrumpften Fuß auf die kalten Flurfliesen im Erdgeschoss gesetzt, hörte ich bereits einen lauten Ruf. »Die Luft ist rein. Er arbeitet in seinem Büro und muffelt da rum.«

Patricks Mutter. Die Frau durchschaute die Situation vollkommen.

»Und wo sind Sie in diesem verwirrenden Haus versteckt?«, rief ich zurück.

»In der Küche. Kommen Sie ruhig her und leisten Sie mir Gesellschaft.«

Ich durchquerte den Anbau, danach den Hauptflur und gelangte schließlich in das behagliche Reich von Frau Andlau. Die saß am Tisch, die Sauerstoffflasche neben sich, den Schlauch unter der Nase. Mal abgesehen davon, dass sie noch etwas blass war, wirkte sie ganz munter.

Sie deutete auf den reich gedeckten Tisch vor sich. Brot. Käse. Schinken. Klein geschnittene Paprikastreifen. Dips. Gürkchen. Kräuter in Schälchen. Marmelade. So ziemlich alles, was ich gerne aß. »Setzen Sie sich bitte«, lud sie mich ein. »Aber holen Sie sich selbst Teller und Tasse aus dem Schrank. Ganz unten links. Besteck ist darüber.«

Wir schwiegen, bis ich mich gesetzt und mir Tee eingegossen hatte. Dann schenkte mir die alte Dame ein sanftes Lächeln.

»Harter Tag mit Patrick?«

»Wir sind aneinandergerasselt, aber das war ja zu erwarten. Wichtiger ist: Wie geht es Ihnen?«

Frau Andlau winkte ab. »Ach, das. Mein Herz macht immer mal wieder solche Sachen. Asthma und eine schwache Pumpe sind keine gute Kombination. Das wird mich früher oder später ins

Grab bringen, doch ich peile eigentlich später an. Sehr viel später. Patrick macht viel zu viel Aufhebens darum.«

»Wenn Sie eine eigene medizintechnische Assistentin haben, die regelmäßig vorbeikommt, klingt das nach berechtigter Sorge.«

»Das ist wegen meiner Dialyse. Weil mein Herz zu schwach ist, hab ich Schwierigkeiten mit den Nieren. Seitdem ich meine Bauchfelldialyse zu Hause machen kann, bin ich munter wie ein Fisch. Nur Patrick packt mich wie ein Porzellanei in Watte. Annegrets Hilfe brauche ich eigentlich gar nicht, doch es beruhigt meinen Sohn, wenn sie regelmäßig vorbeikommt. Ich will nicht, dass er auch noch diese Aufgabe übernimmt. Er hat so schon genug um die Ohren. Womit wir direkt beim Thema sind.« Frau Andlau schmierte sich eine orangefarbene Paste aufs Brot. Vermutlich Paprika. »Patrick erwähnte etwas von einem Deal?«

»Ja. Vier Wochen lang versuchen wir es miteinander.«

Das Strahlen, das Frau Andlaus Gesicht nun erhellte, war einmalig. »Sehr gut«, schnurrte sie zufrieden wie eine Katze. »Ich hatte ja eigentlich sechs Wochen angepeilt. Vier sind ein guter Kompromiss.«

»Ich bin mir nur nicht sicher, ob das mit der Wohnsituation so klug ist. Mir scheint, Patrick fühlt sich in seinem persönlichen Rückzugsraum bedroht. Vielleicht sollten wir unser Experiment etwas entschärfen.«

»Lassen Sie es uns erst mal versuchen. Und jetzt mal ehrlich: Wer würde sich denn von Ihnen bedroht fühlen?« Sie zwinkerte mir schelmisch zu. Ja, definitiv. Patrick hatte diese charmante Art von ihr geerbt.

Hilfe, dachte ich, während ich auf meinem Brot so ziemlich alle Sachen stapelte, die ich gerne aß. Und das war eine ganze Menge. So viel Auswahl hatte ich selten, und das musste ich nutzen. »Frau Andlau«, ermahnte ich sie schließlich mit einem Lächeln. »Eine Bedingung gibt es trotzdem – und die betrifft Sie.«

Das sonnige Lächeln verwandelte sich in ein freches Grinsen, das die vielen Fältchen in ihrem Gesicht tiefer erscheinen ließ. »Ich ahne, weswegen ich gleich gemaßregelt werde.«

»Nicht gemaßregelt. Nur ein sanfter Hinweis.« Ich klappte mein Super-Brot zusammen und presste die Seiten so fest aufeinander, dass die Zutaten an den Rändern hervorlugten. Vermutlich war das unschicklich, aber mein Magen knurrte in der Sekunde so laut, dass ohnehin Hopfen und Malz verloren waren. »Keine Verkupplungsversuche«, stellte ich klar.

»Ah.« Frau Andlau bemühte sich rasch um eine neutrale Miene. »Das würde ich nie wagen. Nur fürs Protokoll: Er ist Single, ein sehr gut erzogener Junge – ich verbürge mich für ihn! –, und er mag Sie. Sonst hätte er Sie längst hochkant rausgeschmissen!«

Weil mir keine passende Erwiderung einfiel, biss ich hastig in mein Brot, worauf der halbe Inhalt rechts und links heraus- und auf meinen Teller plumpste. Mit hochrotem Kopf kaute ich hastig und sammelte die Einzelteile wieder ein, um sie erneut zwischen die Brotseiten zu schieben. »Nur fürs Protokoll, Frau Andlau: Ich bin momentan sehr gerne als Singlefrau unterwegs, Ihr Sohn ist mein Boss, und ich bin total professionell. Etwas mit einem Klienten anzufangen ist ein No-Go für mich.« Ich sah sie streng an, während sie die reichlich belegten Brotscheiben nun ganz ähnlich wie ich zusammenklappte und mir den herzhaften Biss nachmachte. Wie bei mir purzelte alles heraus, doch sie ignorierte das und schloss genießerisch die Augen.

»Himmlisch«, murmelte sie. »Essen mit allen Sinnen. Habe ich mir gerade bei Ihnen abgeschaut.«

Ich akzeptierte für den Moment, dass sie mir eine Antwort schuldig blieb. Schweigend verspeisten wir beide die beste Mahlzeit, die ich in den letzten Tagen zu mir genommen hatte. Das lag nicht allein am Essen, sondern an der Gesellschaft. An der Abendsonne, die warm und rötlich schimmernd durch das Küchenfens-ter hereinschien. Und an der Ruhe, die wir nach einem anstrengen-den Tag zuließen.

Unser Moment der puren Achtsamkeit.

»Sie haben es drauf«, sagte ich nach zehn Minuten anerkennend zu Frau Andlau und ließ offen, was ich meinte.

»Sie ebenfalls«, erwiderte sie vergnügt. »Jetzt müssen wir nur noch Patrick überzeugen.«

NEUN

Patrick: Liebe Merle, du bist die einzige Angestellte, die neu zu uns gekommen ist. Alle anderen kenne ich seit Jahren. Natürlich mache ich mir da Gedanken. Selbst wenn es mir das Herz bricht.

Drei Wochen zuvor

Wir zogen in das Jagdzimmer um und setzten uns vor den Kamin, wo wir lang und breit darüber diskutierten, wie man die düstere Stimmung im Raum vertreiben konnte. Verstorbener Ehemann, alte Erinnerungen hin oder her: Frau Andlau war der Meinung, dass nicht nur ihr Sohn etwas ändern musste, sondern auch sie selbst. Das fing mit der Inneneinrichtung offenbar an. Die toten Tiere mussten raus, da waren wir uns einig. Eine hellere Couchgarnitur. Und Bücher. Bücher waren immer gut.

Frau Andlau sah in dem riesigen Ohrensessel zu meiner Rechten seltsam verloren aus. Mit vereinten Kräften hatten wir die beiden schweren Möbel so platziert, dass wir nicht gebraten wurden und doch die wohlige Wärme des Feuers genießen konnten. Ich trug wieder meine dicken Wollsocken und hatte zusätzlich einen bunt gestrickten Schal um, in den ich mich einkuscheln konnte. Gemütlicher ging nicht.

»Es gibt nichts Entspannenderes, als dabei zuzusehen, wie das Holz langsam von den Flammen erfasst wird und in sich zusammenfällt«, murmelte ich halblaut. »Oder klinge ich wie eine Pyromanin?«

Frau Andlaus Kichern ging in einen Husten über, der ihren gesamten Körper erzittern ließ. »Ich gebe Ihnen recht, allerdings fallen mir langsam die Augen zu. Darf ich Sie alleine lassen?«

»Natürlich.« Ich sprang auf. »Soll ich Sie in Ihr Zimmer bringen?«

»Ach was. Ich bin keine klapprige alte Frau. Das schaffe ich auch ohne Hilfe.« Aus dem Sessel hochzukommen gestaltete sich jedoch schwierig. Wie es schien, war heute kein guter Tag für Frau Andlau. Ich musste ihr hochhelfen, was ihr eindeutig gegen den Strich ging.

»Vielleicht bin ich erschöpfter als gedacht«, gab sie zu. »Gute Nacht, Frau Seibert.«

»Gute Nacht.« Am liebsten wäre ich mit ihr mitgegangen, doch ich hielt mich zurück und blickte ihr nur besorgt hinterher. Als sie verschwunden war, ließ ich mich wieder in den Ohrensessel zurückfallen und zog die Füße aufs Polster. Schweigend starrte ich ins Feuer.

Leider war es etwas völlig anderes, ob man zu zweit vor den Flammen saß und in einträchtigem Schweigen die Stille genoss oder ob man das allein in einem fremden Haus tat. Das Gefühl, nicht hierherzugehören und mich falsch zu benehmen, wurde beinahe übermächtig. Mit einem Schlag kam ich mir wie der letzte Mensch auf Erden vor.

Als ich schon überlegte, ob ich das Feuer überhaupt allein lassen durfte, hörte ich Schritte. Schwere, dynamische Schritte. Hastig duckte ich mich tief in meinen Ohrensessel. Von der Tür aus war ich vielleicht nicht zu sehen.

»Mama?«

Patrick Andlau. Natürlich. Ich gab mein Versteckspiel auf und drehte mich im Sessel um, linste über die Lehne. Die Tür zum Flur stand halb offen, sodass ich sehen konnte, wie mein Klient gerade in der Küche verschwand.

»Sie ist ins Bett gegangen«, rief ich ihm hinterher.

Einen Moment verstummten die Schritte. Vermutlich versuchte Patrick Andlau herauszufinden, woher die Stimme aus dem Off gekommen war.

Gleich darauf tauchte er durch eine andere Tür im Jagdzimmer auf. Dieses Haus war wirklich sehr verwirrend.

»Ging es ihr nicht gut?«, fragte er besorgt. »Es ist erst kurz vor neun. So früh geht sie sonst nie ins Bett.«

»Ich glaube, der Tag hat sie ermüdet. Ansonsten wirkte sie eigentlich recht munter. Keine Schmerzen. Nur erschöpft.«

Patrick fluchte beinahe unhörbar und kam näher, woraufhin sich mein Herzschlag beschleunigte. »Das macht die Krankheit. Je weniger Luft sie bekommt, desto müder wird sie.« Er blieb neben meinem Sessel stehen. Sein Blick glitt erst zu mir, danach zum leeren Ohrensessel neben mir und schließlich zum Feuer. Einen langen Moment starrte er blicklos in die Flammen. »Ist da noch frei?«, fragte er schließlich.

»Der Sessel gehört Ihnen«, antwortete ich. »In mehr als einer Hinsicht.«

Mein schlechtes Wortspiel entlockte ihm wenigstens ein schwaches Lächeln. Wortlos ließ er sich auf dem Platz nieder, auf dem kurz zuvor seine Mutter gesessen hatte. Leider war das Schweigen in seiner Gesellschaft wesentlich unangenehmer als mit seiner Mutter.

Als hätte er meinen düsteren Gedanken erspürt, fixierte er mich. »Ich muss mich für vorhin bei Ihnen entschuldigen. Meine Wortwahl war unangebracht. Ich hätte Ihren Berufsstand nicht infrage stellen sollen.«

»Das tun viele.«

»Davon gehe ich aus. Allerdings hat mir da eine gewisse Achtsamkeitstrainerin eine ganze Reihe wissenschaftlicher Abhandlungen zugeschickt, die eindeutig belegen, dass Achtsamkeit keine Scharlatanerie ist. Dass ich Sie so angegangen habe, ist wohl meiner Ungeduld geschuldet und meiner Abneigung gegen Therapien jeder Art. Keine Entschuldigung für mein anmaßendes Verhalten, nur eine Erklärung. Um ehrlich zu sein, wundere ich mich über mich selbst, dass ich mich so gegen diesen Versuch sperre. Vermutlich will ich nicht zugeben, dass etwas mit mir nicht in Ordnung ist.«

Einen Moment dachte ich, ich hätte mich verhört. Das klang so gar nicht nach Patrick Andlau. »Ich bin froh«, sagte ich nach einem Augenblick der Stille zwischen uns. »Das macht mir Hoffnung.«

»Schön.« Er lächelte schmallippig. »Das dachte ich mir. Wenigstens einer von uns dreien sollte ein entspannter Abend vergönnt sein.«

»So schlimm?«

»Scheint so. Die Sache mit den Wisenten gerät außer Kontrolle. Der Schälschadenschätzer sagt, dass das teuer wird, und unsere Versicherung will uns rausschmeißen. Ganz egal, ob wir Andlau heißen oder nicht.«

Ich bemühte mich um ein angemessen ernstes Gesicht. Vergebens. »Entschuldigung! Aber wie können Sie nur dieses Wort sagen, ohne lachen zu müssen?«, kicherte ich und kam mir total albern vor.

»Welches Wort?«, fragte Patrick verwirrt.

»Schälschadenschätzer. Ich bekomme ja schon seltsame Blicke, wenn ich sage: Hallo, ich bin Achtsamkeitstrainerin. Aber wie muss es dem armen Kerl ergehen, wenn er sagt: Guten Tag, ich bin Schälschadenschätzer.«

Patrick schaffte es, etwa drei Sekunden ernst zu bleiben. Dann musste er mitlachen. »Der Kerl heißt nicht wirklich so. Er schätzt halt den Schaden durch die Schälung von den Wisenten. Mein Papa hat ihn immer so genannt, Mama auch. Ich hab das nie infrage gestellt.« Als er das so sagte, musste er noch lauter lachen.

Wieder wich unser Gelächter der Stille, und wir lauschten auf das Knacken des Feuers. Diesmal war es ein angenehmes Schweigen, und ich spürte, wie die Anspannung aus meinen Knochen sickerte. Leider wurde das Feuer immer kleiner.

»Darf ich ein Scheit nachlegen?«, fragte ich ambitioniert. »Ich liebe es, wenn frisches Holz Flammen fängt.«

»Tun Sie sich keinen Zwang an, nur bitte verbrennen Sie sich nicht. Wir können keinen weiteren Zwischenfall vertragen, den wir unserer Versicherung erklären müssen. Die sind ohnehin schon am Anschlag wegen Mamas unheilbarer Krankheit und einem unschönen Rechtsstreit ums Unternehmen. Die Wisente bringen das Fass zum Überlaufen.«

Er hatte es leichthin gesagt, doch ich spürte die Ernsthaftigkeit hinter seinen Worten. Die Schälschäden wirkten auf den ersten Blick lächerlich, nur sah das der betroffene Waldbauer garantiert ganz anders. Einen Moment überlegte ich, ob ich wegen der anderen Punkte nachhaken sollte.

Um nichts Dummes von mir zu geben, stand ich vom Sessel auf und ging zu dem aufgestapelten Holz an der Wand. »Wir brauchen zwei Scheite. Das hier ist Ihrer. Das hier ist meiner.« Ich hob zwei Holzscheite in die Höhe. »Wer zuerst Feuer fängt, hat gewonnen.«

»Sie gewinnen. Ihr Holzstück schreit geradezu ›verbrenn mich‹, während meins ein harter Klotz ist. Ich …« Er unterbrach seine Ausführung, als ich beide Holzscheite in den Kamin warf. »Okay. Ich nehme es zurück. Sie müssen das Holz ins Feuer werfen und nicht daneben. Sonst brennt keines der beiden.«

»Bitte kein Mansplaining, ja? Ich weiß, wie man Feuer macht.«

»Ich glaube eher, Sie wissen, wie man Feuer fängt. Vorsicht! Ihr Schal.«

In letzter Sekunde schob ich meinen Schal nach hinten, schnappte mir den Feuerspieß und platzierte die Holzscheite über der Glut. Danach kehrte ich zufrieden an meinen Platz zurück.

»Wenn Sie das nächste Mal Feuer machen, schicken Sie mich bitte aus dem Raum«, erklärte Patrick matt. »Ihnen dabei zuzusehen stresst mich noch mehr als die Arbeit.«

Den Tadel hatte ich vermutlich verdient. »Nur den Mutigen gehört die Welt.«

»Den Mutigen gehört ein abgefackeltes Haus.« Als er mein empörtes Gesicht sah, lachte er mich schamlos aus. Oder an? »Jedenfalls haben Sie verloren. Mein Holzscheit brennt lichterloh, während Ihres nur vor sich hin kokelt.«

Verdammt. »Na, gut. Sie haben gewonnen und dürfen sich was wünschen. Aber nicht, dass ich verschwinde.«

Mit einem Schlag wurde er ernst. Als wäre ein Schalter umgelegt worden. »Ich will keineswegs, dass Sie verschwinden. Im Gegenteil. Ich genieße Ihre Gegenwart sehr. Nur leider habe ich immer den Eindruck, dass Sie jedes Wort und jede Handlung von mir analysieren und gegen mich verwenden werden. Noch während ich hier sitze und mich frage, wann Sie endlich aufhören, mit diesem verflixten Spieß herumzufuchteln, überlege ich, ob Sie mir mit dieser Feuernummer gerade eine Achtsamkeitslektion untergejubelt haben.«

»Das ist der Fluch meines Berufs. Sobald irgendwer erfährt, dass ich solche Trainings mache, werden meine Handlungen aufs Silbertablett gelegt. Aber ich darf Ihnen versichern: Ich hab nur Feuer gemacht und mich amüsiert. Bitte entspannen Sie sich. Es geht nicht ums Einmaleins des Glücklichseins. Sie dürfen heute Abend gerne so gestresst bleiben, wie Sie möchten.«

Es wirkte, als würde Patrick Andlau sich nach meinen Worten ein klein wenig entspannen. Zumindest löste sich die verkrampfte Schulterpartie. Sein Kinn sah nicht länger aus, als müsste es gleich aus seinem Kiefer springen, und seine geballten Fäuste legten sich locker um die Lehnen.

Zufrieden zog ich die Füße auf die Polster, doch dann fiel mir wieder ein, dass ich hier nicht zu Hause war. Hastig ließ ich meine Beine wieder baumeln.

Patrick hatte die Bewegung bemerkt. »Sie dürfen es sich gerne gemütlich machen.«

»Okay.« Schnell sprang ich auf, angelte mir eine rot-weiß karierte Decke aus einem Korb an der Wand und saß schon eingekuschelt, ehe Patrick hatte blinzeln können. Wenn ich eins konnte, dann »es mir gemütlich machen«.

Patrick hingegen erhob sich zu meiner Enttäuschung. »In dem Fall lasse ich Sie mal in Ruhe den Abend genießen.«

»Was? Alleine vorm Kamin hocken ist total traurig. Erst mit Gesellschaft wird es gemütlich.«

Er zögerte, fuhr sich mit der Hand quer übers Gesicht. »Ich muss Bilanzen durchgehen.«

»Es. Ist. Samstagabend«, betonte ich jedes einzelne Wort. »Und das sag ich Ihnen nicht als Ihre Achtsamkeitstrainerin, sondern als eine Frau mit gesundem Menschenverstand und Privatleben.« Weil er zögerte, wurde ich mutiger. »Setzen Sie sich wieder. Niemand kann von Ihnen verlangen, dass Sie um die Uhrzeit arbeiten. Und ich sehe es Ihnen an der Nasenspitze an: Sie wollen sehr viel lieber hierbleiben. Gönnen Sie sich eine Extraportion Rumgammeln mit Merle Seibert. Lernen Sie von der Expertin des gemütlichen Einkuschelns, der Königin aller Verdrängung, der Heldin der tiefenentspannten Prokrastination. Dieser Kurs ist kostenlos, jedoch medizinisch nicht untermauert. Böse Zungen behaupten, er wäre Scharlatanerie. Wer ihn besucht hat, versichert Ihnen jedoch, dass er sich wie fünf Wochen am Meer anfühlt.«

Damit hatte ich ihn. Er setzte sich. Für fünf Sekunden. Dann stand er wieder auf. »Darf ich mir einen Whisky einschenken?«

»Ich bin weder Ihre Gefängniswärterin noch Ihre Aufsichtsperson. Sie müssen mich so was echt nicht fragen.« Weil er mich so intensiv musterte, zog ich eine Augenbraue hoch. »Ernsthaft. Holen Sie sich den Whisky, nur bringen Sie mir bitte auch einen mit.«

»Torfig oder eher zart?«

»Einen, den ich mit Cola mischen kann.«

Patrick Andlau lachte leise und schüttelte vehement den Kopf. »Nein. Auf keinen Fall. Aber vielleicht hab ich trotzdem was für Sie.«

Er trat an einen kleinen Sekretär und öffnete die Klappe. Dahinter verbarg sich eine verspiegelte Minibar voller bauchiger Karaffen mit goldenem Inhalt. Es klimperte, als er den Whisky einschenkte.

Gleich darauf überreichte er mir ein dickwandiges Kristallglas mit Diamantmuster. Darin schwappte eine samtig glänzende Flüssigkeit.

Ich wartete, bis Patrick saß, dann hob ich feierlich das Glas in die Höhe. »Auf eine angenehme Zusammenarbeit.«

»Nein. Darauf trinke ich nicht.« Als er mein geschocktes Gesicht bemerkte, hob er zum Zeichen des Friedens ebenfalls sein Glas und lehnte sich zu mir rüber, tippte es sanft gegen meins, sodass ein leises Kling entstand. »Auf entspannte Abende in guter Gesellschaft.«

»Aaaaah«, machte ich erleichtert und vergaß für den Bruchteil einer Sekunde, dass da hochprozentiges Zeug in meinem Glas lauerte. Mein Schluck war viel zu tief. Japsend und keuchend krümmte ich mich in meinem Sessel. »Hölle auch. Was ist das für ein Zeug?«

»Fassstärke. Entschuldigung.«

Wann genau war Patrick Andlau denn bloß aufgestanden? Ganz plötzlich lag seine riesige, warme Hand auf meinem Rücken. Statt darauf zu klopfen, rieb er mich kräftig zwischen den Schulterblättern.

Ich brauchte zwei Atemzüge, bis ich nicht mehr husten musste und feststellte, wie angenehm das Gefühl seiner Hand auf meinem Rücken war. Hups. Nein! Das durfte ich nicht mal denken! Immerhin war das mein Klient und dann auch noch Patrick Andlau. Mein Ruf stand auf dem Spiel. Meine gesamte Existenz!

Trotzdem fand ich es ausgesprochen schade, als er sich wieder setzte. Warum hatte ich nicht ein oder zwei Huster hinten drangehängt?

Patrick nippte vorsichtig an seinem Getränk und genoss es sichtlich, dem Geschmack auf der Zunge nachzuspüren. Wohlig schloss er die Augen. Ich wagte es nicht mal zu atmen. Das hier war der erste Moment, in dem er sich wirklich entspannte.

»Es ist seit Papas Tod der erste Alkohol, den ich trinke. Bislang habe ich mir das versagt«, vertraute er mir nach langem Schweigen an. »Mein Großvater hat seine Trauer über den Verlust seiner Frau in Alkohol ertränkt. Darunter hat die gesamte Familie gelitten. Das steckt mir in den Knochen.«

»Ich glaube nicht, dass das hier vergleichbar ist.«

Versonnen drehte Patrick das Glas in seinen Händen und betrachtete die goldene Flüssigkeit darin. »Jetzt vermutlich nicht mehr, aber direkt nach Papas Tod hätte ich mich wirklich gerne betrunken. Und zwar so richtig. Einfach mal den Verstand ausschalten und den Schmerz betäuben, bis mir scheißegal gewesen wäre, wie sehr mein Leben aus den Fugen geraten war. Alkohol war wirklich sehr verlockend.«

Ich versuchte, mir Patrick betrunken vorzustellen, doch das gelang mir beim besten Willen nicht. Er wirkte immer so kontrolliert. So beherrscht und bedächtig. Kontrollverlust war für Patrick Andlau garantiert die absolute Horrorvorstellung, dicht gefolgt von dem Gedanken, eine Achtsamkeitstrainerin auf den Hals gehetzt zu bekommen.

Weil ich auf keinen Fall wie eine Therapeutin klingen wollte, überlegte ich lange, ehe ich dazu etwas sagte. »Alkohol ist nie eine Lösung, um Probleme zu verdrängen. Und um Schmerzen zu betäuben, erst recht nicht. Die kommen am nächsten Morgen nämlich doppelt zurück. Kater plus Herzschmerz ist richtig ätzend.«

»Klingt, als hätten Sie Erfahrungen damit.«

»Nicht mit so lebensverändernden Schmerzen wie dem plötzlichen Verlust eines Elternteils. Meine Mutter und mein Vater leben noch. Mit Liebeskummer kenne ich mich allerdings sehr gut aus. Als beziehungsunfähiger Mensch habe ich mich damit abgefunden, dass das zu meinem Leben dazugehört. Überstürztes Sich-Verlieben. Rosarote Brille. Bitteres Erwachen. Liebeskummer. Immer schön im Wechsel.«

Jetzt sah mich Patrick Andlau ehrlich überrascht an. »Ich dachte, Sie hätten Ihr Leben voll im Griff.«

»Wirklich? Ich bin Chaos pur, wohne in einer Zwangs-WG mit meiner Schwester, die ständig Kerle nach Hause schleppt und mir die Miete seit Monaten schuldig ist, habe einen narzisstischen Vater, der über mein Leben verfügen will und meinen Beruf lächerlich findet, ärgere mich über meine sich ständig wegduckende Mutter und kann keine einzige Beziehung vorweisen, die länger als ein halbes Jahr gedauert hat. Ich lasse mich immer auf die falschen Typen ein, weil ich zu schüchtern bin, um die wirklich netten anzusprechen. Und jetzt, wo ich all das ausgesprochen habe, möchte ich meine Worte gerne zurücknehmen, weil das völlig unpassend war. Bitte entschuldigen Sie.« Ich nahm einen zu tiefen Schluck und röchelte gleich darauf wieder herum.

Patrick beobachtete mich amüsiert, blieb nur leider diesmal sitzen. »Ihre Lernkurve ist zugegebenermaßen nicht herausragend.«

»Und das bezieht sich nicht nur auf Whiskytrinken. Ich weiß, dass ich meinem Vater die Stirn bieten müsste, aber ich tue es nicht, weil ich ihn liebe und versuche, ihn so zu akzeptieren, wie er ist. Den ändert niemand mehr. Ich weiß, dass ich bei meiner Schwester feste Regeln einführen müsste, um entspannter mit ihr zusammenleben zu können, bloß hab ich Angst, dass sie auszieht und ich allein auf den Kosten für die Miete sitzen bleibe. Ich weiß auch, dass ich meiner Mutter gegenüber endlich mal sagen müsste, wie sehr ich mir wünschte, dass sie nicht mehr alles mit sich machen lässt und sich auch mal hinter mich stellt. Und ich weiß vor allem, dass ich nette Kerle ansprechen müsste, und lass mich trotzdem auf die Anti-Beziehungstypen ein, in der Hoffnung, dass ich sie irgendwie retten könnte, nur funktioniert das nie.«

»Ach, das beruhigt mich jetzt.« Tatsächlich wirkte Patrick Andlau zufrieden. So entspannt, wie er dasaß und elegant an seinem Whisky nippte, hätte man meinen können, dass nicht er das Achtsamkeitstraining brauchte, sondern ich.

»Selbst dieser Whisky hier erschüttert mich bis in meine Grundfesten«, fuhr ich fort. »Ich hole jetzt die Cola aus dem Kühlschrank.« Bevor er mich zurückhalten konnte, eilte ich in die Küche, schnappte mir die Flasche aus dem gut gefüllten Kühlschrank und nahm sie kurzerhand mit zurück. Zufrieden setzte ich mich wieder in den Sessel und ließ die dunkle Flüssigkeit in die goldene gluckern.

»Ich weiß nicht, was mich mehr verstört. Dass wir Cola im Haus haben oder dass Sie gerade einen 200 Euro teuren Whisky mit dem Zeug verdünnen.«

Vor Schreck verschüttete ich beinahe Cola auf den noch viel teureren Perserteppich.

Patrick prostete mir zu und trank schmunzelnd weiter.

Ich zögerte kurz. Nun war die Cola ohnehin im Glas, also probierte ich vorsichtig. »Besser.«

»Aber nicht gut?«

»Nein. Jetzt schmeckt es nicht mehr wie pures Terpentin, sondern wie Cola mit Terpentin. Entschuldigung. Ich bin eine echte Banausin.«

»Und ich weiß Ihre Ehrlichkeit sehr zu schätzen. Sie müssen das nicht trinken, wenn Sie nicht wollen.«

»Doch, doch«, versicherte ich ihm eilig. »Sie lassen sich auf meine Art ein, ich mich auf Ihre. Und wenn Whiskytasting dazugehört, dann mach ich das halt.«

»Man sollte sich für niemanden verbiegen und auf keinen Fall etwas herunterwürgen, das man nicht mag. Ich meine: Es ist schon niedlich, wie Sie bei jedem Schluck die Nase kräuseln, als müssten Sie die Mutprobe Ihres Lebens hinter sich bringen. Mir wäre es dennoch lieber, wenn Sie den Abend genießen könnten – ohne Hustenanfälle und Würgereflexe.«

»Na gut. Ich hol mir mal einen Tee. Wollen Sie auch eine Tasse?«

»Nein, danke.«

Also eilte ich zum zweiten Mal in die Küche, nur dass ich diesmal den Wasserkocher anschmiss und mich wunderte, warum ich so nervös war. Vermutlich lag es an Patricks Nähe, die mich mehr aufwühlte, als gut für mich war. Ich schob die Gedanken von mir und konzentrierte mich auf das sich langsam erhitzende Wasser, nahm die Position einer Beobachterin ein, um mich zu beruhigen. Nicht bewerten. Das tat mir in den allermeisten Fällen gut.

Erst als das Wasser schon eine Weile vor sich hin geblubbert hatte, kehrte ich ins Hier und Jetzt zurück, legte den Teebeutel in den Herzchenbecher und goss das Wasser ein. Dann kehrte ich zu Patrick zurück, der weiterhin reglos im Sessel saß.

»Sie sehen so nachdenklich aus«, sagte ich zu ihm, während ich es mir wieder gemütlich machte und dabei in die heiße Teetasse pustete.

»Ich hab mich gerade gefragt, wann ich zuletzt mal einfach nur in das Feuer im Kamin gestarrt habe. Und ich bewundere Sie dafür, wie locker-leicht Sie es fertiggebracht haben, mich dazu zu verführen.«

»Ach, das. Nichtstun ist mein Job.«

»Das haben Sie jetzt gesagt.« Nachdenklich runzelte er die Stirn. »Meinen Sie auch, dass ich Hilfe brauche?«

»Ja. Und wie.«

»Sehr sensibel. Schonungsloser ging nicht?«

»Nein, leider nicht.« Ich grinste ihn an. »Aber ich bin guter Dinge, dass Sie das Ruder rumreißen können.«

»Dann denken Sie positiver als ich, denn ich erkenne mich selbst nicht mehr.«

»Und deswegen hat mich Ihre Mutter ja angerufen. Hören Sie. Veränderung beginnt bei Ihnen selbst. Das kann Ihnen niemand abnehmen. Allein der Wille zählt, und so langsam sehe ich genau diesen Willen bei Ihnen durchblitzen. Nur erwarten Sie bitte keine Wunder. Achtsamkeit ist keine Pille, die Sie jeden Tag einwerfen können und die Sie auf Dauer wie ein Schild vor Burn-out schützt. Es ist eine Lebenseinstellung, mit der Sie sich selbst retten können.«

»Sehr bildlich gesprochen.« Wieder hörte ich den leisen Spott in seiner Stimme, dennoch fühlte ich mich diesmal nicht angegriffen. Allmählich durchschaute ich ihn. Wann immer es ihm zu gefühlsduselig oder zu esoterisch wurde, machte er einen Witz. Das erinnerte mich bedenklich an meinen Vater, nur dass Patrick weiter zuhörte und sich bemühte, sich auf meine Sicht einzulassen.

Schon allein diese Einstellung war Gold wert.

Jetzt fragte er sanft: »Wovor haben Sie sich denn durch die Achtsamkeit gerettet? Wie sind Sie dazu gekommen?«

Darüber redete ich nicht so gerne, aber ich sah ein, dass ich bei Patrick wohl nicht drum herumkam, immerhin würden wir die nächsten vier Wochen miteinander verbringen. Anderen Klienten erzählte ich die übliche Geschichte von zu viel Stress im Alltag, in meinem früheren Job und durch Social Media. Die Wahrheit sah anders aus.

»Achtsamkeit hat mich gelehrt, mich selbst zu mögen«, sagte ich leise. »Ich habe jede meiner Handlungen infrage gestellt, weil ich es nicht anders gelernt habe. Allein die Art, wie ich Wasser einschenke, hat bei meinem Vater zu einem Stirnrunzeln geführt. Ich bin Linkshänderin. Das hat ihn wahnsinnig gemacht. Er hätte lieber einen Sohn gehabt und hat das kaum verhehlen können. Einen Erben, der mal drei Geschäfte für Modelleisenbahnen übernimmt. Unser Familienbusiness. Papas ganzer Lebenszweck. Es war geradezu absurd, wie er versucht hat, mich in diese Richtung zu drängen. Ich hab mir eine Puppe gewünscht. Er hat mir eine Eisenbahn geschenkt. Ich wollte ins Naturkundemuseum. Wir sind ins Handwerksmuseum gefahren. Ich wollte an Karneval als tüll-gewandete Prinzessin gehen, stattdessen hab ich einen Astronautenanzug geschenkt bekommen. Die Liste könnte ich endlos so weiterführen. Natürlich gibt es Mädchen, die sich über Eisenbahnen freuen. Ich mochte Ponys, Glitzer und Feen. Irgendwann habe ich gedacht, dass meine Wünsche ohnehin nichts zählen und ich nie gut genug für irgendwas bin – und von da an habe ich das geglaubt. Ich habe sogar Einzelhandelskauffrau gelernt, weil mein Papa stolz auf mich sein sollte, und bin Rechtshänderin geworden. Und meine Mutter? Die hat mich nie in Schutz genommen, sondern lediglich Papa beigepflichtet. Was er sagt, ist Gesetz. Dabei hätte ich mir so sehr ein unterstützendes Wort von ihr gewünscht. Die Ausbildung hat mich dann richtig unglücklich gemacht. Jeden Tag habe ich mich schlecht gelaunt zur Arbeit geschleppt und gedacht, es müsste so sein. Bis ich an einem Sommertag vor acht Jahren auf dem Heimweg zwei junge Frauen im Park gesehen habe. Sie saßen dort zwischen wild herumrennenden kleinen Kindern, schnüffelnden Hunden und glotzenden Erwachsenen im Gras und meditierten. Das fand ich so cool, dass ich mich dazugesetzt habe. Es hat mich magisch zu ihnen hingezogen. Diese zwei sind meine besten Freundinnen geworden, Bahar und Ella. Sie haben mir den Atem als meinen Anker geschenkt und mir beigebracht, wie schön es im Hier und Jetzt ist, statt mich für eine Zukunft zu rüsten, die ich so gar nicht wollte. Für mich ist Achtsamkeit genau die Unvoreingenommenheit, die mir meine Eltern bis heute vorenthalten. Es ist eine positive Lebensweise, für die es sich lohnt zu kämpfen. Es ist beobachten, ohne zu bewerten. Sich selbst bewusst sein, ohne zu beurteilen. Es ist eigentlich falsch, dass ich mich Trainerin nenne, denn so denken die Leute, dass sie eine Art Sportveranstaltung besuchen könnten, um sich gegen Burn-out, Depression oder Überlastung zu stählen. Achtsamkeit ist tatsächlich Training und der Wille, es zu schaffen. Vor allem kommt es auf die innere Einstellung an. Ich weiß, dass Sie immer wieder auf die Spiritualität zurückkommen und ich immer wieder betone, dass es auch ohne Om geht. Aber die eigene Wahrnehmung ist wichtig. Ob das jetzt schon Spiritualität ist, hängt vom Betrachter ab.«

Erschöpft von meiner langen Ausführung trank ich einen Schluck Tee und sah Patrick Andlau fragend an. »Rennen Sie jetzt schreiend aus dem Raum, weil Ihnen das zu esoterisch war?«

»Nein. Im Gegenteil. Ich bewundere Sie für Ihren Lebensweg. Ihr Vater wird vermutlich nicht begeistert gewesen sein.«

»Sie machen sich keine Vorstellung. Er hasst es. Seiner Meinung nach hat dieser esoterische Blödsinn mir dumme Ideen ins Hirn gepflanzt und dafür gesorgt, dass ich vom rechten Weg abgekommen bin. Der wäre übrigens, sich von morgens bis abends in drei Modelleisenbahn-Geschäften abzurackern, nur um am Ende des Monats zu wenig Geld auf dem Konto zu haben. Okay, mein Studio ist auch nicht super angelaufen, aber ich bin guter Dinge. Für Papas Läden sieht es düster aus.«

»Modelleisenbahnen sind wieder im Kommen.« Als Patrick mein langes Gesicht sah, ruderte er rasch zurück. »Das war nicht als Karrieretipp gemeint«, versicherte er mir rasch.

Ich streckte mich – das Gespräch hatte mich ganz schön erschöpft –, und Patrick lenkte uns zu leichteren Themen. Wir sprachen über den Garten, über das Jagdzimmer und über Filme. Entsetzt stellte ich fest, dass Patrick keine einzige Neuerscheinung der letzten Jahre kannte.

»Was ist passiert? Leben Sie hinterm Mond?«

»Die Firma meines Vaters hat mich quasi eingesaugt. Ich bin nicht mehr zum Filmschauen gekommen. Kinoabend mit Freunden? Da hab ich es nie hingeschafft. Alleine einen Film sehen? Dafür bin ich viel zu unruhig und arbeite lieber. Mittlerweile lese ich hauptsächlich die Sportnachrichten, um bei den Managern Eindruck zu schinden. Da ist Fußball ein wichtiges Thema. Aber im Grunde meines Herzens würde ich mich schon gerne mal wieder über das Marvel-Universum austauschen.«

»Ooooh! Da müssen Sie ganz viele Filme aufholen. Ich mache

Ihnen mal eine Liste, wo Sie starten könnten, um den Anschluss zu bekommen.«

Mit einem Schlag huschte ein Schatten über sein Gesicht. »Dieser freie Abend ist der erste seit Langem, den ich mir mal gegönnt habe. Vermutlich werde ich es morgen früh bereuen.«

»Nein. Sie werden mit einem Lächeln aufwachen, an sich schnuppern und den Rauch des Kamins einatmen. Sofort spüren Sie die Entspannung von heute Abend, und das ist der Moment, wo Sie beschließen, sich regelmäßig solche Kaminfeuer zu gönnen. Ich bin guter Dinge.« Um darauf anzustoßen, schob ich ihm meine Teetasse entgegen, und er tippte sein mittlerweile leeres Whiskyglas mit einem leichten Lächeln dagegen.

ZEHN

Sehr geehrte Frau Seibert,

aufgrund des heutigen Artikels in der Altenhauener Tageszeitung machen wir Sie erneut auf die Verschwiegenheitsklausel aufmerksam, die Sie unterschrieben haben, und auf die damit drohenden Vertragsstrafen bei Verstößen. Bei einem erneuten Vorfall müssen wir die Konsequenzen ziehen.

Mit freundlichen Grüßen
    Annabell Pestori
    Pressereferat T&T Cyberprotection

Drei Wochen zuvor

Der Morgen startete mit einem durchdringenden Rumoren. Mein Handy klapperte im Vibrationsmodus auf dem Schreibtisch herum. Grummelnd quälte ich mich aus dem Bett und fing das Handy ein, kurz bevor es sich todesmutig über den Tischrand stürzen konnte.

Meine Schwester hatte angerufen. Mehrmals. An einem Sonntagmorgen? Beunruhigt wollte ich sie zurückrufen, da ploppte bereits eine Textnachricht von ihr auf.

Maya: Wo steckst du? Hast du die Inventur
vergessen?

Merle: Inventur? Welche Inventur?

Maya: BEI PAPA???? Ist bald Geschäftsende. Der
dreht hier am Rad.

Merle: Es ist Sonntag!

Maya: Sag das Papa!

Maaaaann! Ich knirschte wild mit den Zähnen und klickte besorgt den Familienkalender auf, um gleich darauf festzustellen, dass Papa tatsächlich alle Mitglieder zur heutigen Inventur zwangsverpflichtet hatte. Zwar hatte ich nie zugesagt, aber Stillschweigen galt in seinen Augen als Einverständnis.

Maya: Hast du für Papa eigentlich was zum
Geburtstag besorgt?

Ich las den Eintrag zweimal und tippte rasch auf den Kalender. Wie hatte mir das durch die Lappen gehen können? Dass heute Papas Geburtstag war, hatte ich ernsthaft verpennt. Maya verließ sich in Sachen Geschenke immer auf mich. Jetzt standen wir mit leeren Händen da.

Merle: Wir verschenken heute unsere Arbeitskraft. Ist das nicht Geschenk genug?

Maya: Das bringst du dann Papa bei.

Merle: Du hättest ja wohl auch mal ein Geschenk besorgen können!

Wütend legte ich mein Handy zur Seite und schnappte mir Hose und Pullover vom Vortag. Beides roch dezent nach Kaminholz, was mich tatsächlich lächeln ließ. Der Abend gestern war überraschend schön gewesen. Behaglich. Angenehm. Mit Patrick Andlau konnte man wirklich gut reden, solange man das Thema Achtsamkeit umging. Wobei er mir zumindest gegen Ende offener vorgekommen war.

Gedankenverloren schlüpfte ich in die Kleidung. Meine Haare kämmte ich mir im Stehen und fasste sie zu einem schlichten Pferdeschwanz zusammen. Wasserrauschen erinnerte mich daran, dass ich dringend aufs Klo musste und meine Zähne putzen sollte. Gestern Nacht hatte ich das Bad gar nicht richtig wahrgenommen. Es war hinter einer Tür an der geraden Wand versteckt. So richtig verstanden hatte ich den Aufbau dieses Türmchens nicht, wobei Türmchen untertrieben war. Es musste im Umfang beachtlich sein, wenn es mehrere Zimmer beherbergte.

Ich ging hastig aufs Klo und putzte mir die Zähne am Waschbecken. Erst dann fiel mir der Fehler auf. Da stand schon eine elektrische Zahnbürste ordentlich auf einem dafür vorgesehenen Ständer. Daneben hing ein Handtuch, das leicht feucht aussah. Ein Hauch von Duschgel lag in der Luft, weshalb ich mich schnuppernd zu der Dusche umdrehte, die verdächtig nass aussah.

In der Sekunde öffnete sich eine Tür an der gegenüberliegenden Seite, und ein ziemlich nackter Patrick Andlau kam herein. Ich quiekte erschrocken und hielt mir hastig die Hände vor die Augen, die Zahnbürste samt Zahnpasta im Mund.

»Aaaah«, brachte ich schwach heraus, woraufhin das Geräusch von nackten, feuchten Füßen auf Fliesen sofort stoppte.

»Oh«, kam die Antwort. »Was machen Sie denn hier?«

»Was machen Sie hier?«, würgte ich aufgebracht und undeutlich hervor.

»Das ist mein Bad, Frau Seibert.« Wenigstens klang er amüsiert. »Hat Ihnen das niemand gesagt? Es ist zwar von beiden Seiten zugänglich, aber eigentlich habe ich nicht angenommen, dass ich es mir mit meiner Achtsamkeitstrainerin teilen muss. Das Gästebad befindet sich ein Stockwerk tiefer.«

»Ja, das muss mir doch einer sagen!«, nuschelte ich. Vor Empörung nahm ich meine Hände vom Gesicht. Als mir klar wurde, was ich da tat, kniff ich die Augen hastig wieder zu.

»Sie müssen nicht Blinde Kuh spielen. Ich habe mir soeben ein Handtuch um die Hüften gewickelt. Außerdem bin ich bestimmt nicht der erste Mann, den Sie nackt sehen.«

Aber der erste, der so absolut verboten HEISS aussieht, dachte ich verkniffen. Zaghaft öffnete ich erst das rechte, danach das linke Auge. Prompt huschte mein Blick wie ferngesteuert zu Patrick Andlau, der ganz entspannt etwa einen Meter vor mir stehen geblieben war. Tatsache. Er hatte ein Handtuch um die Hüften gewickelt, allerdings wäre mir dieses Detail in meiner Ich-sehe-meinen-Boss-nackt-Panik nicht sofort aufgefallen. Die definierten Brustmuskeln hingegen schon.

Oh Gott, hör auf zu starren, rief ich mir selbst hysterisch zu und drehte mich hastig zum Spiegel um, doch mein Anblick verschlug mir komplett den Atem. Mein sonst blasses Gesicht war hochrot. Die Zahnbürste hing schlapp aus meinem Mundwinkel nach unten, dazu trug ich einen weißen Bart aus Zahnpasta, sodass meine Lippen seltsam schmal wirkten. Weil ich mich selten schminkte, hatte ich am Abend vergessen, mich abzuschminken. Ein Fehler. Das eine Auge sah ganz okay aus. Die Schminke brachte meine dunkelblauen Iriden zur Geltung. Die Seite, auf der ich geschlafen hatte, zerstörte den Eindruck jedoch komplett. Dort war die Mascara verschmiert, sodass das Auge seltsam unförmig aussah. Ein absolutes Desaster. Dazu noch meine hoffnungslos zerwuselten rotblonden Haare, die von Frisur weit entfernt waren.

Immerhin hatte mein Boss Mitleid mit mir und trat den Rückzug an. »Machen Sie sich in Ruhe fertig, nur in Zukunft müssten Sie dann nach unten gehen. Ich hoffe, das ist okay für Sie.«

»Völlig okay«, hauchte ich schwach und tröstete mich mit dem Gedanken, dass mich der schönste Mann auf Erden zumindest nur beim Zähneputzen mit halb verschmierter Schminke gesehen hatte. Hätte auch schlimmer kommen können. Drei Sekunden vorher hatte ich nämlich auf dem Klo gesessen.

Eiskaltes Wasser. Hier half jetzt nur eiskaltes Wasser.

So schnell ich konnte, richtete ich mein derangiertes Äußeres und lauschte dabei angestrengt. Patrick hatte die Tür zu seinem Zimmer geschlossen. Ich hörte ihn zunächst leise rumoren, und im Anschluss ging eine weitere Tür. Schritte auf der Treppe folgten. Uff.

Sofort entspannte ich mich, bis mir klar wurde, dass ich ihm ja gleich folgen musste, wenn ich mich nicht aus dem Turm abseilen wollte.

Finster sah ich mich im Spiegel an und musterte das wilde Blitzen in meinen dunkelblauen Augen. »Das hier ist die dämlichste Idee, die du je hattest«, informierte ich mich selbst. »Sag den Auftrag ab!«

Dass ich das nicht tun würde, war mir klar. Ich brauchte das Geld. Und ja … vielleicht reizte mich auch die Aussicht darauf, ausgerechnet Patrick etwas beibringen zu wollen. Hups. Klang das nur in meinem Kopf irgendwie anrüchig?

Noch mehr eiskaltes Wasser. Das brachte mich vielleicht wieder zur Besinnung.

Schnell Schuhe angezogen, Turnbeutel geschnappt, dann konnte es losgehen. Während ich die Treppe runterpolterte, tauchte eine neue Frage auf: Musste ich mich abmelden? Eigentlich hatte ich heute dienstfrei, nur fühlte es sich irgendwie nicht so an. Zum Glück begann das Experiment erst morgen.

»Ich hab eine Kanne Kaffee gemacht«, rief Patrick Andlau in meine Gedanken hinein. »Wollen Sie einen?«

Wer hätte da Nein sagen können? Neugierig tappte ich Richtung Küche und fand Patrick nun vollständig angezogen vor einer Kaffeemaschine. Eigentlich buhlte ein glänzender Vollautomat in der Ecke um die Aufmerksamkeit kaffeedurstiger Menschen. Patrick schien die etwas altersschwach aussehende knallrote Kaffeemaschine vorzuziehen.

»Ich stehe nicht so auf Chichi am Morgen«, begrüßte mich Patrick, der meinen fragenden Blick Richtung Kaffeevollautomat bemerkt hatte. »Das Ding will immer was von mir. Entkalkung. Zu volles Sieb. Zu leeres Sieb. Neue Bohnen. Mehr Milch. Zu kalte Milch. Da lob ich mir doch das Ding hier.«

Er klopfte der röchelnden Kaffeemaschine kumpelhaft oben auf den Deckel. Dass er dabei sein Tablet in der anderen Hand balancierte und sein Handy in der Hosentasche vorwurfsvoll vor sich hin piepte, ignorierte ich.

»Entschuldigung wegen des Vorfalls gerade eben«, brachte ich hastig hervor. »Ich bin nicht mal auf den Gedanken gekommen, dass das Bad zu Ihrem Zimmer gehören könnte.«

»Tja. Diese nicht ganz unwichtige Information hat Ihnen Mama vermutlich gezielt vorenthalten. Ich rede gleich noch mal mit ihr.« Er warf mir einen verschwörerischen Blick zu. »Aber kein Wort darüber, dass Sie mich nur im Handtuch gesehen haben. Die freut sich über ihren kleinen Streich sonst mehr, als angemessen ist.«

Ich machte eine Bewegung, als wären meine Lippen versiegelt, und nahm parallel zwei Tassen aus dem Schrank, die ich neben Patrick auf die Küchenzeile stellte. Dabei kam ich nicht umhin, seinen frisch geduschten Duft wahrzunehmen. Wie konnte jemand nur so gut riechen?

»Sind Sie gerade dabei, die verlorene Arbeitszeit aufzuholen?«, fragte ich mit Blick auf das mit kryptischen Diagrammen gepflasterte Display des Tablets.

»Ja, nur tue ich das neuerdings mit einem schlechten Gewissen. Wenn ich morgens Sport mache, checke ich immer meine Mails und gehe die neuesten Analysen durch. Jetzt höre ich dabei Ihre nörgelige Stimme in meinem Ohr, die mir zuflüstert: Multitasking ist doof.« Er schüttete unsere Tassen voll und überreichte mir eine davon. Die blaue. Die mit den Herzchen, die ich eigentlich für mich vorgesehen hatte, behielt er für sich. Interessant.

»Ich nörgel nicht. Ich ermahne auf ausgesprochen professionelle Weise.«

»Wenn Sie meinen. Ich fürchte, ich muss Sie jetzt allein lassen, denn ob nörgelig oder nicht: Ich muss arbeiten. Sehe ich Sie später?«

»Ich muss selbst etwas erledigen. Das dauert vermutlich. Aber ja, am Abend bin ich wieder da.«

Er nickte zum Abschied und war nur Sekunden später verschwunden. Ich musste mich erst mal gegen die Küchenzeile lehnen und mir Luft zufächeln.

Verdorrichtnocheins. Schlag dir den Kerl schnell aus dem Hirn. Bloß nicht vergucken. Bloß nicht anschmachten. Du bist mega professionell. Neutralität und Unvoreingenommenheit sind deine zweiten Vornamen. Abstand heißt die Devise.

Und trotzdem erwischte ich mich dabei, wie ich mir den Hals verrenkte, um ihm hinterherzugucken. Grrr.

Ich trank den Kaffee im Stehen und viel zu hastig, danach eilte ich wie eine Verbrecherin durch die heiligen Hallen und betete, dass ich niemandem begegnete. Keine Ahnung, warum mir das so unangenehm war. Irgendwie stresste mich der Gedanke an das Hauspersonal, zu dem ich ja streng genommen auch gehörte.

Erst als ich draußen war und der Kies unter meinen Füßen knirschte, entspannte ich mich ein klein wenig. Es regnete. Natürlich.

Seufzend kramte ich mein Handy heraus, um die Busverbindungen zu checken. Die waren ja schon am letzten Montag ein Graus gewesen, aber an einem Sonntag waren sie …

… nicht vorhanden.

Abrupt blieb ich stehen und starrte die kleinen bunten Buchstaben auf der Fahrplanübersicht an. Anrufsammeltaxi. Mindestens zwei Stunden vorher zu bestellen.

Was machte ich denn jetzt? Ein Fußmarsch dauerte viel zu lange.

Unschlüssig blieb ich stehen und drehte mich einmal im Kreis. Ein Fahrrad wäre eine Lösung, nur woher nehmen, wenn nicht wortwörtlich stehlen? Mir blieb nichts anderes übrig, als wieder ins Haus zurückzukehren und mich bei jemandem zu erkundigen. Ein Seufzen entwich meinen Lippen, als mir klar wurde, wen ich fragen musste.

»Herr Andlau?«, rief ich halblaut und zuckte zusammen, als mein Ruf wild in der Eingangshalle herumechote.

»Ich bin hier. Einmal durch den Erkeranbau durch, hinterste Tür«, kam die Antwort zurück.

Mit immer schneller schlagendem Herzen folgte ich der Wegbeschreibung und betrat ein mit dunklem Holz vertäfeltes Zimmer. Monströser Mahagoni-Schreibtisch, die Regalreihen dahinter vollgestopft mit Ordnern und so viel technischem Kram, dass mir die Spucke wegblieb. Obwohl Patrick Andlau keineswegs klein war, wirkte er hinter dem Schreibtisch winzig. Als ich zögernd eintrat, knarrten dunkle Dielenbretter unter meinen Füßen. Offenbar war das hier der älteste Teil des Herrenhauses. Dazu passten auch die winzigen Fensterchen, durch die kaum Licht hereinkam.

»Wow. Dieses Zimmer ist einschüchternd«, stellte ich fest, bevor ich mich bremsen konnte.

»Papas altes Arbeitszimmer. Ich mag es nicht, doch es ist praktisch. Meistens arbeite ich im Büro in der Firma, aber am Wochenende bleibt mir nichts anderes übrig, als die testosterongeschwängerte Atmosphäre des absoluten Patriarchats auszuhalten.« Während er sprach, blätterte er durch eine Akte und hielt mir seltsamerweise mit der anderen Hand einen Schlüssel hin. »Ich nehme an, Sie haben gerade festgestellt, dass Sie hier nicht wegkommen?«

»Äh, ja. Und was ist das?« Ich beäugte misstrauisch den Schlüssel.

»Mein Autoschlüssel. Heute muss ich nirgendwohin.«

»Auf keinen Fall. Ich fahre garantiert nicht Ihren Tesla!«

Jetzt traf mich ein leicht genervter Blick. »Der ist vollkaskoversichert. Entweder so, oder ich rufe Ihnen Mamas Limousine.«

»Mir genügt ein Fahrrad.«

»Frau Seibert …«, hob Patrick nun deutlich ungehaltener an und brach mitten im Satz ab. »Tatsächlich müsste Mamas E-Bike im Schuppen stehen.« Ergeben stand er auf. »Kommen Sie mal mit.«

»Es reicht mir völlig, wenn Sie mir den Weg beschreiben. Sie müssen mich nicht begleiten.«

»Als gut erzogener Junge meiner Mutter muss ich das sehr wohl. Glauben Sie mir. Das sind fünf Minuten gut investierte Zeit, um eine halbstündige Lektion in Sachen Benehmen zu umgehen.« Er milderte seine Worte mit einem schiefen Lächeln ab, das glatt meinen gesamten Magen verrutschen ließ. Mann. Wie sollte ich mich bloß von diesem Kerl fernhalten?

Mir blieb nichts anderes übrig, als ihm zu folgen. Dadurch lernte ich einen schmalen Gang kennen, der vom großen Flur abging und nach draußen führte. Offenbar der Dienstbotenausgang. Ich hatte Mühe, mit Patricks ausholenden Schritten mitzuhalten. Wenn ich noch länger hier arbeitete, tat das meiner Fitness auf jeden Fall gut. So viel Gerenne hatte ich seit Monaten nicht gehabt.

Patrick war bereits an einer Art Garage angekommen und zog die Tür auf. Das Innere der Garage erinnerte an einen kleinen Tanzsaal mit marmornem Fußboden. An den schneeweiß gestrichenen Wänden hing ordentlich aneinandergereiht Fahrrad neben Fahrrad. Ein Damen-Tracking-Bike. Vier verschiedene Mountainbikes. Ein Rennrad. Vier Kinderfahrräder und in der Ecke gleich drei E-Bikes.

»Mein Vater war der festen Überzeugung, dass ihm zur Fitness nur ein Fahrrad fehlte. Deshalb sammelte er die Dinger leidenschaftlich, fuhr dreimal damit und beschloss dann, sich ein neueres zuzulegen, mit dem man angeblich die Berge einfacher hochkommt. Die beiden Räder da drüben gehören Mama und mir.«

Er deutete auf ein ziemlich schlammbespritztes Mountainbike und ein kanariengelbes E-Bike mit einem Weidenkorb am Lenker und einem Metallkorb auf dem Gepäckträger.

»Ist das schöööööön«, quietschte ich begeistert und tätschelte das E-Bike bereits wie eine alte Bekannte. Anders als das Mountainbike glänzte es wie poliert.

»Unsere Gärtner kümmern sich um Mamas Sachen. Sie können Gift drauf nehmen, dass es aufgeladen ist«, sagte Patrick, während er neben sein eigenes Fahrrad trat und nachdenklich eine Hand auf den Sattel legte. Etwas wie Schwermut senkte sich auf seine Züge. »Früher bin ich mit dem Ding jeden Morgen zur Arbeit gefahren.«

Ich musterte den Dreck daran und stellte fest, dass der schon ziemlich alt aussah. »Und beim letzten Mal hat es geregnet?«, mutmaßte ich mit einem Grinsen.

»Ja.« Seine Miene verschloss sich, und ich spürte sofort, dass ich gefährliches Terrain betreten hatte. Bei meinem Pech hatte er das Mountainbike am Todestag seines Vaters gefahren – und ich erinnerte ihn daran.

»Die Reifen könnten etwas Luft vertragen, aber ansonsten scheint es ganz gut in Schuss zu sein«, murmelte er gedankenverloren zu sich selbst.

Weil ich ihn nicht weiter anstarren wollte, wandte ich mich meinem Fahrrad zu. Ein Bordcomputer. Ja, super. Mit solchen Sachen stand ich auf Kriegsfuß. Ich brauchte kurz, um den Anschalter zu finden, und wurde prompt nach einem Passwort gefragt. Ernsthaft? Selbst E-Bikes hatten heutzutage so was?

»3 365«, sagte Patrick, ohne dass ich überhaupt hatte nachfragen müssen.

Während ich umständlich die Zahlen eingab, hatte Patrick bereits den vorderen Reifen aufgepumpt und machte sich am hinteren zu schaffen.

Ich hatte gerade entdeckt, wie ich den Sattel höherstellen konnte, da war er schon mit den Reifen fertig.

»Darf ich wohl den Fahrradhelm Ihrer Mutter borgen?«, fragte ich mit Blick auf die ordentlich in Reihen aufgehängten Helme an der Wand.

»Bedienen Sie sich ruhig.«

Es gab vier Frauenfahrradhelme. Ich schnappte mir natürlich den kanariengelben mit den pinken Blumen darauf. Als ich ihn aufgesetzt und befestigt hatte, bemerkte ich Patricks Blick. Sein warmes Lächeln, in dem ich gerne länger gebadet hätte.

»Ich wusste, dass Sie den nehmen würden. Mama hat ihn sich gekauft, weil er so perfekt zum Rad passt. Getragen hat sie ihn nie. Schön, wenn er mal zum Einsatz kommt. Er steht Ihnen ausgezeichnet.«

Was sollte ich darauf antworten? »Cool«, stammelte ich unbestimmt und schob mit röter werdendem Kopf das Fahrrad aus der Garage heraus. Es war schwerer als erwartet.

Zu meiner Überraschung folgte mir Patrick – und zwar samt Fahrrad. Wann hatte er sich denn den Helm aufgesetzt?

»Ich begleite Sie bis zur Grundstücksgrenze.«

»Äh … gerne. Es sei denn, Sie machen das nur, weil Sie meinen Fahrradfahrkünsten misstrauen. In dem Fall darf ich Sie beruhigen. Ich radel schon mein Leben lang.« Dass ich mein heiß geliebtes Bike hatte verscherbeln müssen, ließ ich unerwähnt. Noch immer tat das zu sehr weh. Ich hatte vier Jahre lang darauf gespart und beim Verkauf nur dreihundert Euro bekommen. Die dreihundert Euro für die Mietkaution meiner Wohnung.

»Mir hat eine weise Frau geraten, auch mal spontan etwas zu machen, ohne dabei an die Arbeit zu denken. Meinen alten Hobbys nachzugehen. Schätze, ich befolge gerade diesen Rat.« Beneidenswert elegant stieg er auf sein Mountainbike.

»Das muss eine wirklich kluge Frau gewesen sein. Grüßen Sie sie lieb von mir«, antwortete ich. »Bereit, meine Warnleuchten von hinten zu betrachten?« Mit diesen Worten gab ich Stoff und jauchzte, als der elektrische Motor anzog. Um ein Haar hätte mich das Rad abgeschmissen, aber nicht mit mir. Ich schlingerte nur ein bisschen, dann hatte ich wieder die volle Kontrolle und bretterte den Weg entlang.

»Sie haben gewonnen«, rief mir Patrick hinterher. »Zumindest wenn Sie zum Wald wollen. Zum Tor und Richtung Stadt geht es allerdings nach links.«

Ach, verdammt!

Ich trat ein letztes Mal aus Prinzip in die Pedale, dann hielt ich an und sah, dass Patrick Andlau quasi mir gegenüber auf einem komplett anderen Weg stand und winkte. Zwischen uns erstreckte sich perfekter grüner Rasen. Darüber zu fahren wagte ich nicht, also stieg ich ab und schob das Rad.

»Pardon. Die Euphorie hat mich mitgerissen«, entschuldigte ich mich, sobald ich neben Patrick angekommen war.

»Das war nicht zu übersehen.« Er deutete voran. »Wir folgen diesem Weg, danach geht es links am Brunnen vorbei durch das Tor und die gekieste Auffahrt runter. Nur für den Fall, dass Sie wieder der Hafer sticht und Sie mich abhängen müssen.«

»Nein. Der Wildfang hat sich an die Kandare nehmen lassen. Wir sind wieder ganz brav und gesittet.«

Patrick zog eine Augenbraue in die Höhe, als würde er das bezweifeln. Dann radelte er in gemächlichem Tempo vor mir her, sodass ich Aussicht auf seinen hübschen Hintern hatte. Solch eine Sitzhaltung gehörte verboten. Definitiv.

Gleich darauf bekam ich einen riesigen Schrecken, weil von irgendwo eine Stimme erklang: »Patrick! Frau Seibert!«

»Ich bin gleich wieder zurück, Mama«, rief Patrick.

Suchend sah ich mich um, bis ich Frau Andlau an einem Fenster im zweiten Erkertürmchen entdeckte. Sie winkte mir mit einem so breiten Grinsen zu, dass es keinen Zweifel gab. Diese Frau witterte einen weiteren Sieg in Richtung Verkupplung.

Ich winkte ihr hastig zu. »Hübsches Rad!«, brüllte ich zu ihr hoch. »Danke, dass ich es ausborgen darf.«

»Immer gerne. Und viel Spaß mit meinem Sohn.«

Um sie nicht weiter zu ermuntern, blieb ich ihr eine Antwort schuldig und schloss lieber zu einem leise vor sich hin lachenden Patrick auf.

»Dass wir zwei von dannen radeln, versüßt ihr den gesamten Morgen«, erklärte er mit funkelnden Augen. »Allein dafür hat es sich gelohnt, meine Designerhose mit Dreck zu beschmieren.«

»Die steht Ihnen auch dreckig gut«, antwortete ich leichthin und biss mir gleich darauf fest auf die Zunge. Warum sagte ich denn solche Sachen? Mit brennenden Wangen beschloss ich, erst mal den Mund zu halten. Angestrengt schaute ich auf die Bäume rechts und links des Weges, die sich schon herbstlich färbten.

»Muss ich mich im Namen der Achtsamkeit in Schweigen hüllen, oder darf ich mich weiter mit Ihnen unterhalten?« Patrick schien mein Schweigen falsch verstanden zu haben.

»Die Achtsamkeit erlaubt alles, solange es Ihnen guttut. Wobei reden und radeln und die Gegend anschauen nicht mehr unter Achtsamkeit fällt, sondern eher unter Entspannung. Das sind zwei verschiedene Paar Schuhe, genau wie Achtsamkeit im Straßenverkehr und Achtsamkeit sich selbst gegenüber. Aber da Sie ja gleich alleine zurückfahren, können Sie dann die erste Achtsamkeitsübung einlegen. Einfach mal nichts denken, nur radeln und gucken. Bekommen Sie das hin?«

Ich warf ihm einen raschen Seitenblick zu und begann, auf dem Rad ein wenig zu schwanken. Diesmal lag es nicht an seinem Anblick, sondern daran, dass wir über Schotter holperten.

»Klingt machbar«, antwortete Patrick und lenkte ein wenig nach links. Offenbar hatte er meine Schlenkerei bemerkt und wollte Abstand zu mir wahren. Parallel löste er eine Hand vom

Lenker und klopfte sich damit suchend über die Jackentaschen. »Unglaublich! Sie haben es geschafft, dass ich schon am zweiten Tag Ihrer unerwarteten Anwesenheit mein Handy im Haus habe liegen gelassen. Das ist mir in den letzten fünf Jahren nicht passiert.«

»Und? Wie fühlt es sich an?«

»Als würde ich nackt durch die Gegend radeln und dabei meinen Tod riskieren.«

Er sagte es so trocken, dass ich lachen musste. »So gefährlich ist die Gegend nicht«, sagte ich und sah mich nervös um. »Oder wuseln hier irgendwelche Wisente rum?«

»Die kommen nicht bis hierher. Keine Sorge. Ist es eigentlich normal, dass ich ständig den Eindruck habe, dass es irgendwo an mir piept?«

»Das nennt man Phantomschmerz der Neuzeit. Das vergeht mit der Zeit. Sie sind auch nicht der erste Klient, der sich darüber wundert.«

»Krass.« Patrick sagte dieses Wort mit einer Inbrunst, die mich schmunzeln ließ. Vermutlich hatte er es in den letzten fünf Jahren ungefähr so häufig benutzt, wie er sein Handy zu Hause vergessen hatte.

Eine Weile radelten wir nebeneinanderher. Ich wurde immer langsamer, je näher wir dem Ende der Allee kamen.

»Wenn Sie noch weniger in die Pedale treten, fallen Sie um. Alles in Ordnung?«

Ich überlegte kurz, ob ich eine rausgesprungene Kette simulieren sollte, leider hätte er das Manöver sofort durchschaut. Einen Wadenkrampf? Den könnte ich faken. Denn auf keinen Fall würde ich ihm die Wahrheit verraten: Dass ich das Ende des Weges nicht erreichen wollte, weil er wieder zurück zu seiner Arbeit musste und ich …

Ich bremste so scharf ab, dass Patrick noch gut fünf Meter weiterfuhr, ehe er ebenfalls stoppte. Fragend drehte er sich zu mir um. »Was ist los?«

»Ich will da nicht hin«, brachte ich mit überkippender Stimme hervor. Es war mir komplett egal, dass es ausgerechnet mein Klient war, dem ich soeben im Begriff stand, mein Herz auszuschütten. Er schaute mich verwirrt an. »Mein Vater hat Geburtstag. Das ist jedes Jahr wieder der pure Horror. Und heute kommt zu allem Überfluss noch eine Inventur dazu. Ich werde bis Mitternacht im Laden stehen und Loks zählen. Das wird vermutlich der schlimmste Tag meines ganzen Lebens. Ich hatte das komplett verdrängt. Mit dem Ergebnis, dass ich ohne Geschenk und viel zu spät zum Geburtstag meines Vaters angefahren komme. Ein gefundenes Fressen für meinen Papa. Ich kann da nicht hin. Lieber lasse ich mich von einer Herde wild gewordener Wisente überrennen. Meinen Sie, die kommen her und fingieren was, damit ich das als Beweismittel vorbringen kann? Denn ohne eine handfeste Begründung kann ich nicht wegbleiben, sonst bekomme ich das bis ans Ende aller Tage aufs Butterbrot geschmiert. Verdammt. Jetzt wird mir klar, dass noch nicht mal eine mich überrennende Wisentherde eine ausreichende Begründung darstellt, um diesem Familienevent fernzubleiben.« Ich fluchte eine Weile vor mich hin, ehe ich mich langsam fing und tief durchatmete.

In all der Zeit wartete Patrick Andlau geduldig, dass ich mich selbst wieder unter Kontrolle brachte. Anschließend zog er eine Augenbraue in die Höhe. »Das kam überraschend«, stellte er fest. »Sie haben bis gerade eben so vollkommen glückselig gewirkt.«

»Diese Radtour macht mich ja auch glückselig. Wunderschöne Gegend, frische Luft, wirklich angenehme Gesellschaft. Das ›Im Moment leben‹ beherrsche ich perfekt, nur holt mich leider die verdammte Realität immer wieder ein. Vergessen Sie es. Entschuldigung. Das war unprofessionell und, um ehrlich zu sein, auch ganz schön peinlich. Solche Ausrutscher passieren mir sonst nur unter der Dusche, wenn ich heimlich vor mich hin heule, und nie in der Öffentlichkeit.« Ich schaffte es irgendwie wieder aufs Rad und fuhr leicht wackelnd, weil viel zu langsam, an Patrick Andlau vorbei. Der nahm das als Zeichen, gleichauf zu ziehen, wobei das nicht schwer war. Ich fuhr noch immer so lahm wie eine Schnecke. Gerade so schnell, wie ein E-Bike es vermochte, ohne umzukippen.

»Wie gut, dass ich keine ganze Öffentlichkeit bin. Bei mir dürfen Sie Dampf ablassen. Nur leider weiß ich in diesem Fall keinen Rat.«

Weil wir am Ende des Weges angekommen waren, blieben wir stehen. Patrick Andlau wartete, bis ich ihn ansah. Dann schenkte er mir eines seiner »Alles wird wunderbar«-Lächeln, das vermutlich ein guter Ersatz für Schokolade war. »Sie müssen zu diesem Familienfest gehen«, sagte er fest. »Lassen Sie es sich von jemandem sagen, dessen Vater gestorben ist und der es bereut, sehr viele solch unbequemer Treffen absichtlich verpasst zu haben. Es wäre eine gute Möglichkeit gewesen, sich aufeinander zuzubewegen. Das mag manchmal unangenehm und nervtötend sein, nur tut man es nicht, gehen wertvolle Chancen verloren. Bis heute frage ich mich, ob mein Vater wirklich gewollt hat, dass ich seine Position im Unternehmen übernehme. Wir haben uns wegen der unklaren Nachfolgeregelung so oft in die Haare bekommen, dass ich ihm in den letzten Jahren ausgewichen bin. Ich weiß also gar nicht so genau, ob er womöglich eingesehen hat, dass ich die Firma nicht übernehmen wollte. Jetzt bleibt mir nichts anderes übrig, als seinen Letzten Willen umzusetzen. Er wollte mich als seinen Nachfolger. Also bin ich der Nachfolger, ob ich will oder nicht.«

Wow. Und ich dachte, ich hätte Probleme mit meinem Vater. Schockiert sah ich ihn an. »Sie können sich doch nicht zwingen, ein Firmenimperium zu übernehmen und Ihre gesamte Lebenszeit hineinzustecken, obwohl Sie das von Anfang an nicht gewollt haben.«

»Doch, das kann ich. Ich muss. Weil ich es zu Lebzeiten verpasst habe, reinen Tisch zu machen. Mein Vater wusste genau, dass ich nicht wollte. Ich hab es nur nie so klar kommuniziert, weshalb er weiterhin mit mir geplant hat. Vermutlich hatte er bis zum Ende die Hoffnung, mich überzeugen zu können. Durch seinen plötzlichen Tod blieb keine Zeit mehr, um irgendetwas anders als nach Plan zu regeln. Da ging es um Tausende Jobs. Und um Milliarden Euro. Wenn ich gesagt hätte, dass ich die Nachfolge nicht übernehme, wäre eine Lawine losgetreten worden. Die Klienten wären abgesprungen, und wir hätten gute Leute entlassen müssen. Also musste ich zusehen, wie ich mich arrangiere. Weil ich es zu Lebzeiten verpasst habe, mich mit meinem Vater zu streiten.« Er holte tief Luft und fixierte mich mit einem Blick, der mich aufwühlte. »Was ich damit eigentlich sagen will: Laufen Sie vor Ihrem Vater nicht davon, aber lassen Sie sich von ihm auch nichts gefallen. Reden Sie offen miteinander. Vielleicht überrascht er Sie ja.«

Das wagte ich zu bezweifeln. Trotzdem nickte ich langsam. »Sie haben recht.«

»Dann los!« Er deutete in die richtige Richtung und drehte zeitgleich um. Winkend fuhr er von dannen. Ich sah ihm eine Weile hinterher, ehe ich endlich den Mut aufbrachte, mich zu meinem Papa aufzumachen.

ELF

Merle: Lieber Patrick! Ich habe nichts gesagt. Ich werde nichts sagen. BITTE pfeif deine Bluthunde zurück. Deine Presseabteilung sitzt mir im Nacken und droht mit Konsequenzen.

Drei Wochen zuvor

Als ich im Laden ankam, herrschte dicke Luft. So dick, dass man daraus ein Tau hätte drehen können, um sich dran zu erhängen. Papa brüllte gerade eine Angestellte an, während Mama beruhigend auf ihn einredete. Ich wollte mich eigentlich unauffällig hereinstehlen, doch Maya drehte sich bei dem Geräusch meiner Fahrradreifen auf dem abgewetzten Linoleumboden um. Ihre Augen wurden groß, als sie mich sah.

»Was ist los?«, flüsterte ich.

»Papa dreht durch. So richtig kapiert habe ich nicht, wo das Problem ist, aber wir haben wohl die falschen Listen. Und keinen Kuchen.«

»Keinen Kuchen?«

»Mama dachte, du würdest den mitbringen, und hat keinen gebacken. Weil du letztes Jahr welchen mitgebracht hast.«

»Aber nur, weil Mama so furchtbar erkältet gewesen ist. Jetzt ist das schon eine Tradition?« Ich konnte es kaum glauben und spürte bereits, wie sich brodelnde Verärgerung in mir breitmachte. Tief durchatmend bemühte ich mich um innere Balance. »Ich hole was vom Bäcker«, entschied ich. »Beruhig du in der Zwischenzeit die Situation.«

Maya zog als Antwort lediglich eine Augenbraue in die Höhe. Wann immer sie konnte, ging sie Konflikten aus dem Weg und sah sich das Spektakel lieber als unbeteiligte Zuschauerin an.

Seufzend lehnte ich mein E-Bike an die Wand und huschte nach draußen, um mich auf die Suche nach Kuchen zu machen. Keine ganz einfache Aufgabe, da es mittlerweile schon später Vormittag war.

Nach zwanzig Minuten hatte ich bei zwei verschiedenen Bäckereien Butterkuchen, Schmandschnitten und irgendwas mit Rosinen zusammengekauft und betrat nach kurzem Zögern das Eisenbahngeschäft durch die Eingangstür. Das Glöckchen verkündete meine Anwesenheit.

»Herzlichen Glückwunsch, Papa! Bin da und hab Kuchen«, flötete ich möglichst gut gelaunt, woraufhin das Geschimpfe im hinteren Teil des Ladens verstummte und Papa nach vorne zu mir trat.

»Merle, mein Mäuschen. Wie schön, dass du heute auch noch hierhergefunden hast«, begrüßte er mich mit einem gefährlichen Funkeln in den eisblauen Augen. »Oh! Du hast Kuchen gekauft. Wie nett.« Seine fest zu einem Strich zusammengekniffenen Lippen zeigten deutlich seine Ablehnung.

»Ja, zum Backen bin ich nicht gekommen. Ich muss da einen echt hohen Kredit abbezahlen und daher jeden Auftrag annehmen, den ich ergattern kann«, antwortete ich spitz.

»Das müsstest du nicht, wenn du in den Läden arbeiten würdest. Wir könnten uns die unfähigen Aushilfen sparen und ...«

»Ich kündige! Es reicht mir jetzt!« Die angeblich unfähige Aushilfe stürmte an uns vorüber. Ihr verheultes Gesicht war wutverzogen.

»Fein!«, brüllte mein Vater ihr hinterher. »Ich hätte dir eh gekündigt, genau wie dem anderen Kerl. Der war noch unfähiger als du.« Kaum war die Tür mit einem leisen Klingeling hinter ihr ins Schloss gefallen, fluchte er lauthals drauflos. »Verdammt. Wer übernimmt dann morgen ihre Schicht? Von der heutigen Inventur ganz zu schweigen.« Er blickte auf und sah mich fragend an.

»Oooooh nein!«, sagte ich entschieden. »Ich hab morgen selbst einen Haufen Arbeit.«

»Aber du bist zu spät gekommen. An meinem Geburtstag. An meinem Ehrentag. Und so wie ich es sehe, hast du nicht mal ein Geschenk dabei.«

»Ich hab Kuchen!«

»Gekauften Kuchen. Der zählt nicht.«

Um ein Haar hätte ich ihm gezeigt, dass auch gekaufter Kuchen sich gut in seinem Gesicht machte. In letzter Sekunde bekam ich einen Hauch meiner inneren Ruhe zu fassen und regulierte mich runter.

Papa hingegen wirkte wirklich traurig. Geknickt. Und verzweifelt. Nachdenklich strich er sich über den blonden Vollbart. Wann waren seine Haare eigentlich so licht geworden? Zum ersten Mal überhaupt bemerkte ich, dass er vorne eine Glatze bekam.

»Ach, Merle«, seufzte er tief. »Was mach ich nur mit dir?«

Mit diesen Worten ließ er mich einfach stehen und ging mit gesenktem Kopf nach hinten, um sich ein Klemmbrett zu schnappen und konzentriert weiterzuzählen. Und obwohl ich es nicht wollte, spürte ich diesen verdammten Stich in meinem Inneren. Das schlechte Gewissen. Das Gefühl, die Familie im Stich zu lassen. Anders zu sein.

Einen Moment erwog ich, den Rückzug anzutreten und einfach wieder zu verschwinden. Leider stand das E-Bike hinten im Lager, und ich balancierte noch immer den verdammten Geburtstagskuchen in der Hand und … ja, ich konnte meine Familie in diesem Moment nicht allein lassen. Es war ja nicht nur Papa, dessen Existenz an diesen Geschäften hing. Auch Maya und Mama waren finanziell davon abhängig.

Also stellte ich den Kuchen schweigend auf der Ladentheke ab, zog meine Jacke aus und schlich zu Mama.

»Na, hast du dich wieder mit deinem Vater gestritten? An seinem Geburtstag?«, begrüßte sie mich mit missbilligend zusammengezogenen Augenbrauen.

»Er sich mit mir«, antwortete ich knapp. »Was kann ich machen?«

Schweigend teilte sie mir mehrere Regalreihen zu, deren Bestand ich zählen durfte. Wenigstens konnte man sich bei dieser Arbeit nicht streiten. Ich zählte Schiene um Schiene, Lok um Lok. Nach den ersten Regalbrettern stellte sich eine Art Trance ein, und ich entspannte mich ein wenig, als Maya sich zu mir gesellte und mich anstarrte, bis ich meine Arbeit unterbrach. »Was ist?«, fragte ich ergeben.

»Wir haben ein Problem mit Nancy.«

»Wer ist Nancy?«

»Die Aushilfe, die Papa gerade gefeuert hat. Die mit dem Hund.«

Ich erstarrte. »Du meinst, die Nancy, die ihren Hund bei uns abgeladen hat, ist dieselbe, die eben fuchsteufelswild aus der Tür gestürmt ist?«

»Jap. Und ich hab keine Nummer von ihr.«

Ich funkelte Maya wütend an. »Wer tauscht denn heutzutage keine Nummern aus?«

»Keine Ahnung. Hab ja nie mehr als zwei Worte mit ihr geredet.«

»Hat sie dir etwa schweigend den Hund aufs Auge gedrückt?«

»In etwa. Sie hat gesagt, sie müsste den Hund ins Tierheim bringen. Ich hab gesagt, ich würde ihn erst mal übernehmen. Ende der Geschichte.«

Bevor ich aus der Haut fahren konnte, atmete ich tief durch. »Weißt du was, Maya? Das ist dein Schlamassel. Finde eine Bleibe für den armen Hund. Wo ist der überhaupt?«

»In eurer Ruheoase. Hab ihn bei Bahar abgegeben, weil Papa ihn nicht leiden kann – oder der Hund ihn nicht. So genau ist das nicht zu sagen. Er bleibt nur leider nicht allein zu Hause. Da heult er die ganze Zeit wie ein Wolf. Die Nachbarn haben sich deswegen schon beschwert und mir was von Mietvertrag erzählt. Alte Korinthenkacker.«

»Der Hund muss weg!«, brüllte ich Maya jetzt an. »Bevor uns gekündigt wird!«

»Okay, okay. Herrje, bist du heute wieder leicht reizbar. Versuch es mal mit Meditation. Soll gegen Stimmungsschwankungen helfen.« Maya hob den Arm und trat den Rückzug an, bevor ich ihr eine Lok gegen den Kopf werfen konnte.

Grrrrrr!

Grummelnd wandte ich mich wieder meiner verhassten Arbeit zu. Nichts war so langweilig und beunruhigend wie stupides Abzählen von nicht verkauften Produkten.

Erst zur Mittagszeit kamen wir nacheinander in die Gegenwart zurück. Mama unterhielt sich leise mit Maya, während sie Kaffee tranken. Papa gesellte sich dazu, und auch ich schlenderte schließlich zu ihnen hinüber.

»Ich habe Pizza bestellt«, erklärte er mir gönnerhaft. »Danach können wir uns ja über deinen gekauften Kuchen hermachen.«

Ruuuuuhig Blut, dachte ich und zwang mich zu einem Lächeln. Pizza. Weil Papa der Meinung war, dass Pizza nur mit Salami, Schinken und Pilzen wirklich lecker war, orderte er immer ein riesiges Blech davon. Dass weder Maya noch ich Fleisch aßen, vergaß er grundsätzlich – oder es war ihm egal. Wenigstens waren wir aus der Pizza-Margherita-Zeit heraus. Damals hatte er immer die schlichteste Pizza bestellt, und wir sollten sie selbst zu Hause optimieren. So auch an meinem vierzehnten Geburtstag. Ich hatte gemeint, vor Scham zu sterben. Mein knausriger Vater gönnte den Freundinnen seiner Tochter nicht mal den Belag auf der Pizza. Er hatte das als Sparsamkeit betitelt. Für mich war es Knausern bei seinen Kindern. Sich selbst hatte er nämlich durchaus etwas gegönnt. Teures Bier. Besondere Chips. Exklusive Schokolade.

Papas Pizza kam, und Maya und ich fummelten den Belag runter, was uns natürlich als pingelig ausgelegt wurde. Wir ignorierten die Spitzen, so gut es ging. Tatsächlich schien Maya überhaupt nicht zuzuhören. Sie mampfte mit verklärtem Blick ihre massakrierte Pizza und wippte zu einem Sound in ihrem Kopf, den nur sie hören konnte. Ich beneidete sie für ihre Gabe, unseren Familienfesten auf diese Weise zu entkommen.

»Was ist das denn für ein E-Bike?«, fragte Papa beim Verteilen der Kuchenstücke. »Muss das mit in unser Inventar aufgenommen werden?«

»Das hat mir ein … Bekannter geliehen«, wich ich aus.

»Soso. Ein Bekannter. Mit so einem teuren E-Bike? Halt dir den mal lieber warm. Sobald du mit deiner Achtsamkeitsoase baden gegangen bist, kannst du so einen Unterstützer gut gebrauchen.«

»Papa!«, riefen Maya und ich zeitgleich. Auch meine Mama schaute empört.

»Schon gut. Regt euch wieder ab. Man darf ja wohl mal einen Scherz machen.«

Dass es nicht wirklich ein Scherz gewesen war, lag auf der Hand. Ich überlegte, ob es die Mühe wert war, mich deswegen mit Papa zu streiten, und beschloss, es gut sein zu lassen. Schweigend verschlang ich in Rekordzeit meine Pizza und danach ein Stück Kuchen, um mich im Anschluss wieder an die Arbeit zu machen. Je schneller ich hier durch war, desto eher konnte ich wieder abhauen.

Ich war gerade dabei, die kleinen Inventur-Schildchen aufzuhängen, da kam Maya zu mir. »Sorry wegen des Hundes«, sagte sie reumütig. Das war das Schöne an Maya. Sie konnte furchtbar realitätsfern sein, war aber auch wirklich gut darin, Streit zu schlichten – zumindest, wenn der Streit sich auf sie bezog. »Ich finde ein neues Zuhause für ihn. Versprochen.«

Sofort entspannte ich mich und nickte ihr dankbar zu. Sie blieb neben mir stehen. Anscheinend lag ihr noch was auf der Seele.

»Wie läuft es denn mit deinem Millionär?«, flüsterte sie.

»Ganz okay. Er ist netter als gedacht. Wieso?« Wenn Maya so fragte, hatte sie bestimmt Hintergedanken.

»Ich habe heute Abend erneut Herrenbesuch und wollte sichergehen, dass du nicht da bist.« Sie hatte zumindest den Anstand, einen winzigen Hauch zu erröten. »Du magst das ja nicht so besonders«, setzte sie hinzu.

Wer konnte mir das verdenken? »Dein Hund mag das auch nicht«, erwiderte ich spitz und dachte an das Winseln beim letzten Mal.

»Ja, ich weiß. Da hab ich eine andere Lösung. Keine Sorge.«

Ich wollte ihr gerade erklären, dass der Hund vor allem *ihre* Sorge sein müsste, und kam nur nicht dazu, weil sich Mama in unsere dunkle Ecke quetschte. Dabei zupfte sie nervös an ihren Locken herum. Seit Neuestem trug sie die Haare kurz, sodass sich die einzelnen Strähnen wild auf ihrem Kopf kringelten. Meinen Rotstich verdankte ich ihr, nur färbte sie sich die Haare in einem dunklen Braun, sodass er kaum noch auffiel. Ich fand das schade. Eigentlich hatte ich es sehr gemocht, dass wir die Haarfarbe teilten, doch Papa hatte Mama ständig Pumuckl genannt, sodass sie mit Färben begonnen hatte.

»Du musst morgen früh wirklich einspringen«, flüsterte sie mir eindringlich zu. »Papa ist in der Saarlandstraße, ich im Knappweg. Die Filiale hier müsste sonst geschlossen bleiben. Bitte, Merle!« Sie sah mich flehend an.

»Ich hab morgen bis neun zu tun!«

»Dann öffne halt um halb zehn. Hauptsache, das Geschäft bleibt nicht komplett geschlossen. So was können wir uns nicht leisten. Ich weiß, dass dein Vater nervt, aber er tut wirklich alles, damit die Familie nicht am Hungertuch nagt.«

»Aber …«

»Bitte!« Ihre Augen wurden so kugelrund wie Basketbälle. »Wenn ich eine andere Lösung wüsste, würde ich dich nicht darum bitten.«

»Und was ist mit Maya? Kann die nicht hier Posten beziehen?«

»Maya jobbt montags immer im Hotel. Das weißt du genau.«

Nein, wusste ich nicht. »Seit wann?«, fragte ich scharf.

»Seit etwa zwei Wochen«, mischte sich Maya ein. »Die haben so dringend nach Personal gesucht, dass sie mir den doppelten Lohn zahlen. Das rechnet sich viel mehr, als mir bei Papa die Beine in den Bauch zu stehen, wobei der Hoteljob echt anstrengend ist. Trotzdem überlege ich, ob ich da langfristig nicht mehr Schichten übernehmen sollte.«

»Und wer arbeitet dann in den Läden?«

Maya zuckte mit den Schultern, als ginge sie das alles gar nichts an. »Kommt doch eh keiner vorbei. Ob auf ist oder nicht, ist total egal.«

Nur Maya konnte so etwas sagen, ohne dass Mama ausflippte. Sie ignorierte die Aussage ihrer jüngsten Tochter und starrte weiterhin mich in Grund und Boden. »Bitte! Euer Vater ist am Anschlag. Er ist nur zu stolz, um dich anzuflehen. Ich bin mir dafür nicht zu schade.«

»Aber nur bis Mittag.«

»Das ist mein Mädchen. Danke. Du bist ein Schatz.« Sie gab mir einen kurzen Kuss und verschwand rasch wieder zwischen den Regalen.

»Du bist nicht nur ein Schatz, sondern auch viel zu einfach zu manipulieren.« Meine Schwester bedachte mich mit einem verächtlichen Blick. »Und jetzt los. Zähl weiter. Ich hab heute Abend ein Date! Im Gegensatz zu dir habe ich ein Privatleben.«

Also zählten wir. Und zählten. Und jede Stunde rief mir wieder in Erinnerung, dass der Einzelhandel einfach nichts für mich war. Es wollte sich keine Freude einstellen. Womöglich lag das auch an Papas Kommentaren, der mir nicht verziehen hatte, dass ich kein großartiges Geschenk mitgebracht hatte.

Am Ende des Tages radelte ich traurig und einsam wieder zurück zum Wohnsitz der Familie Andlau. Mittlerweile war es beinahe dunkel geworden. Zum Glück war das E-Bike gut beleuchtet, im Gegensatz zu mir in meiner blauen Jacke ohne Reflektoren. Hoffentlich bretterte mich auf der schmalen Straße kein Auto um. Das wäre der passende Abschluss für diesen Tag. Auf der anderen Seite wäre es wirklich schade um das schöne E-Bike.

Über diesen selbstverachtenden Gedanken schüttelte ich noch den Kopf, als ich das Fahrrad in die Garage zurückbrachte. Mittlerweile war es bereits halb neun Uhr abends und stockdunkel. Durch die Regenwolken sah ich nicht mal die Sterne oder den Mond, um mich zu trösten. Nur Finsternis.

Mit gesenktem Haupt schlich ich mich in die Eingangshalle.

Fast ohne mein Zutun, beinahe wie fremdgesteuert, wandte ich den Kopf und starrte den Flur runter. Im Arbeitszimmer brannte Licht.

Ich sollte es nicht tun. Nein. Auf keinen Fall. Und trotzdem setzte ich mich in Bewegung und lief zu Patrick Andlau hinüber. Der saß über einen Stapel Papiere und seinen Laptop gebeugt da und hob beim leisen Klang meiner Gummisohlen auf dem feinen Parkett den Kopf.

Einen kurzen Moment musterten wir einander schweigend. Ich bemerkte die dunklen Ringe unter seinen Augen. Er hingegen hatte längst gesehen, dass ich beim Radeln ein paar Tränchen verdrückt hatte.

»So schlimm?«, fragte er mitfühlend.

»Es war kühl draußen. Und Fahrtwind sorgt immer dafür, dass meine Augen fürchterlich tränen«, log ich.

»Aha.« Er glaubte mir eindeutig nicht. »Und der restliche Tag?«

»War auch zum Heulen.«

»Kann ich was tun?«

Ich schüttelte den Kopf. »Wenn Sie morgen früh mit mir in den Tag starten und wir unser Experiment beginnen können, wäre mir schon geholfen. Wann sind Sie mit Ihrem Morgensport durch?«

»Um Viertel vor sieben.«

»Perfekt. Dann geselle ich mich direkt danach zu Ihnen.«

»Ich fürchte, in dem Fall stinke ich. Kann ich vorher rasch duschen? Vorzugsweise ohne neugierige Nasen, die in meinem Bad ihre Zähne putzen wollen?«

»Ein wenig Sportgeruch treibt mich nicht in die Flucht. Direkt nach dem Sport ist eine kurze Meditationseinheit perfekt. Danach geht es beim Frühstück weiter.«

Patrick stöhnte leise und ignorierte meinen strafenden Blick. »Na schön. Wie Sie wollen. Auf Ihre eigene Gefahr. Gute Nacht.«

Wie sexy konnte ein »Gute Nacht« klingen? Ernsthaft jetzt. Das war nicht mehr normal.

Verärgert über mich selbst zwang ich mich zum Gehen und stieg mit flauem Gefühl in der Magengegend die Treppe rauf. Die Wahrheit war, dass ich Patrick Andlau am allerliebsten gefragt hätte, ob wir den Abend vor dem Kamin noch einmal wiederholen konnten. Ein warnendes Stimmchen hielt mich jedoch davon ab.

Professionalität war das Einzige, das ich mir leisten konnte.

ZWÖLF

Papa: Liebe Merle, mach dir keine Sorgen wegen der Journalisten.
Ich hab die im Griff. Sie stehen auf unserer Seite.

Drei Wochen zuvor

Ich war schrecklich nervös, als ich am nächsten Morgen an der Tür
zum Fitnessbereich der Familie Andlau klopfte. Sehr ungewöhnlich für mich, normalerweise war ich vor den Trainings entspannt.

»Herein!«

Patrick klang ein wenig atemlos. In etwa so, wie ich mich
fühlte, bloß hatte er einen sportlichen Grund dafür und ich einen
lächerlichen. Innerlich wappnete ich mich gegen seinen Anblick
und ermahnte meine Knie schon im Vorfeld, ja nicht zu Pudding
zu werden. Ich war schließlich kein pubertierendes Mädchen
mehr, sondern eine gestandene Frau.

Zum Glück für mich sah Patrick eher abgekämpft als attraktiv
aus. Eigentlich hatte ich superteure Sportklamotten erwartet, doch
er trug ein schlichtes dunkles T-Shirt. Dazu eine schwarze kurze
Sporthose, die definitiv schon bessere Zeiten gesehen hatte. Ab-

gewetzt und viel benutzt. Mit einem weißen Handtuch wischte er sich die Stirn ab und rang sich zu einem Lächeln durch.

»Ich bin heute nicht so richtig gut drauf«, erklärte er und deutete auf das Laufband. »Das Teil hat mich fertiggemacht. Ich wechsle eben das Shirt, dann können wir starten.«

»Äh. Klar«, brachte ich hervor und schaute schnell weg, als er sich einer Sporttasche zuwandte, aus der er ein frisches Shirt herauszog.

Schlau, wie ich war, hatte ich mich bei Frau Andlau erkundigt und wusste daher, dass es Yogamatten im Raum gab. Außerdem fand ich zu meiner Überraschung Meditationskissen im Schrank. Zusammen mit Yogaklötzen und zwei Klangschalen.

»Oh!«, sagte ich überrascht und drehte mich zu Patrick um. Verdammt. Er hatte sich das Shirt erst halb übergezogen, sodass ich einen Blick auf seinen nackten Rücken erhaschte. Wirklich sehr muskulös. Dann wurde mir bewusst, dass ich starrte. Schon wieder. Er hatte sich zu allem Überfluss auch noch zu mir herumgedreht und sah mich fragend an. »Sie sind ja bestens für eine Runde Meditation ausgestattet«, beeilte ich mich zu sagen.

»Das ist alles von Mama. Den Floh mit dem Achtsamkeitstraining hat sie schon länger im Ohr. Sie wollte das für sich selbst anfangen und hat sich in die Idee verbissen, dass es mir das Leben retten könnte.« Geschmeidig kam er zu mir herüber. Barfuß und überhaupt nicht müffelnd. »Ich versichere Ihnen, dass ich nicht kurz vorm stressbedingten Kollaps stehe.«

»Wenn Sie so weitermachen, dauert es nicht mehr lange. Hier. Die Yogamatte. Legen Sie sie bitte vor sich auf den Boden. Wir beginnen den Tag mit einer Meditation, danach geht es zu einer kleinen Achtsamkeitsübung, und heute Abend zeige ich Ihnen, wie toll Yoga entspannt.«

»Volles Programm?«

»Wenn du alle Zeit der Welt hast, meditier eine Viertelstunde. Wenn du gestresst bist und keine Zeit hast, meditier eine Stunde. Hab ich in irgendeinem Ratgeber mal gelesen, das trifft es ziemlich gut. Glauben Sie mir. Die Investition in Ihr Leben wird sich auszahlen.«

Patrick Andlau wirkte weiterhin skeptisch, legte dann aber die Matte vor sich hin – und unser gemeinsames Achtsamkeitstraining begann.

Ich führte Patrick in die Grundlagen der Meditation ein, in das ruhige Atmen und das Spüren des eigenen Körpers. Bodyscan. Vermutlich ging er seit fünf Minuten im Geiste wieder seine To-do-Listen durch, aber erst mal war ich zufrieden.

Für die Achtsamkeitseinheit gingen wir in die Küche. Er kannte die Übung bereits. Einfach nur Kaffee trinken. Was für viele ganz normal klang, wurde für ihn zur Geduldsprobe. Ich spürte genau, dass ihm das alles nicht schnell genug ging und ihm der Stress, ausgelöst durch zu viele unerledigte Aufgaben, zusetzte. Also kürzte ich die Übung so gut es ging ab und entließ ihn in seinen Arbeitsalltag.

Mit Erlaubnis von der noch immer recht matt wirkenden Frau Andlau nahm ich mir das E-Bike und radelte zum Laden, um ihn wie versprochen zu öffnen. Tatsächlich warteten dort schon zwei ältere Herren, die Loks bestellt hatten und sich wie Kinder darauf freuten. Anscheinend Sammlerstücke, hinter denen die beiden schon lange her waren. Papa hatte die Loks schließlich aufgetrieben.

»Ich liebe Sie dafür«, sagte der ältere Herr mit dem Krückstock zu mir und ließ offen, ob er damit speziell mich oder generell das Unternehmen meinte. Ich packte den beiden lächelnd vier Reinigungsblöcke und etwas Reinigungsspray als Dankesgeschenk mit rein und kassierte eine ansehnliche Summe. An manchen Tagen lohnte sich der Laden eben doch. Blieb nur die Frage, ob sich drei Läden im Umkreis von zehn Kilometern rentierten. Ich hatte da so meine Zweifel.

Der Rest des Morgens verlief ruhig. Viel zu tun gab es nicht. Ich surfte im Internet und frischte meine Kenntnisse in Sachen Achtsamkeitstraining bei Managern auf. Um halb eins machte ich mich zum Andlau-Tower auf. Zumindest nannte ich das Gebäude heimlich so. Es war ein gigantischer Firmensitz im Industriegebiet. Eingequetscht zwischen einer Druckerei und einem Frachtunternehmen begrüßte mich die glänzende Fensterfassade des größten Arbeitgebers dieser Stadt und des gesamten Umkreises. T&T Cyberprotection hatte sich einen Namen weit über Deutschland hinaus erarbeitet und beschäftigte weltweit Mitarbeiter. Das Gros arbeitete jedoch von Altenhauen aus, genau wie der Boss. Patrick Andlau.

Wir hatten uns locker für dreizehn Uhr verabredet, allerdings hatte mir mein Klient klargemacht, dass er sich für zehn Minuten Achtsamkeitstraining am Mittag nicht hetzen lassen würde. Entsprechend richtete ich mich auf eine längere Wartezeit ein. Sorgsam schloss ich mein geliehenes Rad ab (nicht auszudenken, wenn es in meiner Obhut geklaut wurde) und lief mit leicht wabbeligen Knien durch eine gläserne Schwingtür in die Lobby des Unternehmens. Wow. Überall Glas und Stahl. Dazu noch eine lange Theke wie in einem Hotel. Rechts und links standen zwei Sitzgarnituren samt kleinen Tischchen, wovon eine besetzt war. Ein Mann im Anzug textete gerade eine leicht genervt wirkende Frau im Business-Kostüm zu.

Ich wünschte ihr im Geiste gute Nerven und wandte mich an eine junge Frau mit einer Menge Piercings in Nase, Ohr und Unterlippe, die hinter dem Tresen stand.

»Wow!«, sagte ich als Begrüßung, weil das einfach rausmusste.

Die junge Frau grinste mich breit an. »Meinen Sie Ihre Umgebung oder Herrn Wedemanns Redeschwall?«

»Beides.« Entspannt lehnte ich mich an den Tresen. »Ich bin mit Herrn Andlau verabredet. Merle Seibert.«

»Oh«, machte die Frau, auf deren Namensschild V. Petersen stand. »Herr Andlau hat Sie bereits angekündigt. Ich soll ihm Bescheid sagen, sobald Sie da sind. Er sagte, er würde dann runterkommen. Setzen Sie sich gerne dort drüben hin. Ihr Zeitfenster wurde etwas … weiträumig eingetragen. Tut mir leid.«

»Kein Problem. Das war mir bewusst.« Ich spürte die neugierigen Blicke von V. Petersen ganz deutlich, als ich mich möglichst lässig und möglichst entfernt von Herrn Wedemann niederließ. Immerhin gab es hier interessante Zeitschriften. Nein. Doch nicht. Das meiste war IT-Gedöns, von dem ich ohnehin nichts verstand. Nach etwas Gesuche fand ich den Handelsreport und versank in einem Artikel über das Potenzial von Social Media gerade für kleinere Unternehmen. Spannend!

Gerade überlegte ich, dass wir für unser Entspannungszentrum dringend ein Profil anlegen mussten, da ging ein gläserner Fahrstuhl mit einem Pling in der Lobby auf. Er spuckte eine ganze Reihe von Anzugträgern aus, darunter Patrick Andlau im Zentrum des Gewimmels. Ein wichtig aussehender junger Mann redete angestrengt auf ihn ein, hielt dabei eine aufgeschlagene lederne Mappe in der einen und einen Kugelschreiber in der anderen Hand. Mit Schwung strich er in der Mappe etwas durch.

Patrick nickte zwar, wirkte aber geistig abwesend und sah sich suchend um. Ich war bereits aufgesprungen und winkte etwas verschämt mit dem Handelsreport herum. Sobald er mich entdeckte, verwandelte sich seine ernste Miene in ein leichtes Lächeln, und er hielt auf mich zu. Seine Entourage fächerte sich daraufhin auf. Der eine Teil strebte nach links in einen Nebengang, der Rest begleitete ihn. Ein Mann sonderte sich ab, aufgeregt telefonierend.

»Frau Seibert. Gut, dass Sie da sind. Können wir?«, begrüßte er mich und streckte mir die Hand hin, als hätten wir uns nicht schon heute Morgen gesehen.

Etwas verwirrt nahm ich die Geste an und bemerkte dabei, dass seine Hand schwitzig war. Der pure Stress sprach aus seinen Gesichtszügen.

Das verstärkte sich, als der telefonierende Kerl plötzlich nach vorne stürzte und sich neben ihn drängelte. »Ich habe Herrn Papenberg erreicht. Er ist fuchsteufelswild. Offenbar haben wir die falschen Daten an ihn übermittelt. Er will Sie sofort sprechen.«

Auffordernd hielt er ihm sein Handy entgegen, woraufhin Patricks Mimik sich von jetzt auf gleich änderte. Sein Blick wurde schlagartig kalt und unnahbar. Er funkelte seinen Untergebenen so wütend an, wie ich es bislang nie gesehen hatte. Gleichzeitig rupfte er ihm das Handy aus der Hand und wandte sich ab, dabei redete er bereits mit dem Kunden am Telefon. Ich bekam nicht viel mit, weil der Typ mit dem Klemmbrett mich ansprach.

»Das kann dauern«, erklärte er mir großspurig.

»Ich hab Zeit«, antwortete ich ähnlich gönnerhaft.

Wie sich herausstellte, brauchte ich tatsächlich eine ganze Menge Geduld. Zunächst telefonierte Patrick geschlagene fünfzehn Minuten in der Lobby, während seine Mitarbeiter nervös herumstanden, selbst mit ihren Handys beschäftigt waren oder sogar ihre Tablets herauskramten. Zwei setzten sich in die Sessel, um zu arbeiten. Der mit dem Klemmbrett arbeitete im Stehen. Erst als Patrick auflegte, kam Unruhe in die konzentriert Tippenden. Sie klappten hastig ihre Gerätschaften zu und starrten ihren Boss an.

»Brüning! Treiben Sie Theo Aster auf und schicken Sie ihn in mein Büro. Und zwar sofort. Wer war sonst noch mit den Daten beauftragt?«

»Amelia Nitro und …«

»Das gesamte Team in mein Büro«, blaffte Patrick, gab dem einen Typen sein Handy zurück und erinnerte sich dabei offenbar an mich. »Das wird nichts mit unserem Training«, sagte er in verärgertem Ton zu mir.

»Ich hab bis fünfzehn Uhr dreißig nichts vor und warte hier.«

»Frau Seibert!« Jetzt klang Patrick auch mir gegenüber mehr als genervt. »Ich habe keine Zeit für Sie.«

»Und ich warte. Vielleicht ergibt sich ja ein Zeitfenster«, erwiderte ich stur.

Da gab Patrick auf, drehte sich auf dem Absatz um und stürmte zurück zum Fahrstuhl. Der Rest beeilte sich hinterherzukommen. Ich blieb allein zurück.

Seufzend trottete ich wieder zu meiner Couch, setzte mich und zückte mein Handy. Dann nutzte ich die Zeit eben, um einen Social-Media-Auftritt für unsere Ruheoase zu entwerfen. Wieso waren wir bislang nicht auf die Idee gekommen? Ich brainstormte gerade, als der Glasaufzug zum bestimmt zehnten Mal heruntergerauscht kam, um eine Menge Anzugträger auszuspucken. Ich blickte längst nicht mehr auf.

Diesmal blieben zwei Silhouetten vor mir stehen. Ein Räuspern folgte. »Ich hab mir fünfzehn Minuten freigekämpft«, erklärte Patrick Andlau, woraufhin ich hastig auf die Beine sprang und um ein Haar mein Handy auf ihn geworfen hätte. Im letzten Moment hielt ich es doch noch fest.

»Zwanzig«, erwiderte ich, und der zweite Mann schaltete sich unverzüglich ein. Der mit den gegelten Haaren und dem Klemmbrett.

»Fünfzehn.«

»Zwanzig.«

»Sind Sie der Assistent von Herrn Andlau oder ich?«

»Das sind Sie. Der Assistent. Ich hingegen bin die Trainerin, und ich sage: Zwanzig Minuten. Tragen Sie es sich auf Ihrem hübschen Klemmbrett ein. Herr Andlau wird in dieser Zeit nicht ans

Telefon gehen können. Rufen Sie trotzdem an, verlängert sich die ganze Sache um die verlorene Zeit. Bis gleich.«

Patrick überlegte einen Moment, auf welche Seite er sich schlagen sollte. Dann nickte er und sah seinen Assistenten streng an. »Nun bekommen Sie keine Krise. Zwanzig Minuten überleben Sie.« Er klopfte dem fassungslos aussehenden Mann kumpelhaft auf den Rücken und trat an mir vorbei. »Kommen Sie, Frau Seibert?«

»Mit Vergnügen.« Ich winkte dem Assistenten ein wenig frech zu und folgte meinem Klienten durch die Schwingtür. Dabei sah uns so ziemlich jeder in der Lobby hinterher.

»Vermutlich werden soeben sämtliche Handys gezückt, und ich werde erst mal totgegoogelt«, sagte ich trocken.

»Darauf können Sie wetten. Besonders Brüning wird Sie bis ins Kleinste auseinandernehmen. Falls Sie irgendwelche Leichen im Keller haben, sagen Sie es mir lieber gleich. Ich werde nämlich noch heute eine Akte von Ihnen auf meinem Tisch liegen haben.«

Das verschlug mir kurz die Sprache. »Er sollte zur CIA gehen.«

»Manchmal denke ich, dass er da tatsächlich besser aufgehoben wäre. Ich hasse den Kerl.«

»Aber Sie sind doch der Boss. Er hat Ihnen zuzuarbeiten. Außerdem … Sollte Ihr Assistent nicht Ihr Vertrauter sein?«

»Theoretisch. Brüning nervt es, dass ich als Quereinsteiger sein Vorgesetzter geworden bin. Er hält sich selbst für die bessere Wahl und lässt mich das ständig spüren. Um ehrlich zu sein, hat er auch den besseren Durchblick, nur ist es eben ein Unterschied, die Übersicht zu behalten oder die Sachen abzuarbeiten. Wenn ich könnte, hätte ich ihn schon längst gefeuert.«

»Dann tun Sie das doch.«

»So einfach ist es nicht. Ihn zu ersetzen wird beinahe unmöglich. Aber Sie ... Sie haben mich gerade überrascht. Sich mit Brüning anzulegen wagen nicht viele.«

»Sie sind mein Klient. Da werde ich zur Löwenmama. Lackaffen wie den verspeise ich zum Frühstück. Ärgerlicherweise hat man den Rest des Tages Bauchgrimmen. So viel Schleim ist schwer zu verdauen.«

Patrick Andlau lachte leise in sich hinein, während wir langsam die Straße hinunterschlenderten. Als wären wir zwei gute Bekannte, die sich zum Mittagessen verabredet hatten. Ab und zu streifte er meinen Oberarm, wenn er einen Passanten vorbeiließ.

Ich konnte quasi dabei zusehen, wie die Anspannung aus seiner Miene verschwand, je weiter er sich von seinem Unternehmen entfernte.

»Harter Tag?«, wagte ich zu fragen.

»Harte Woche. Eins meiner Support-Teams hat es so richtig vergeigt, und ich darf mich deswegen jetzt erst vom Kunden und danach vom Vorstand anschreien lassen. Das nervt.«

»Aber Sie können nichts dafür.«

»Alles, was im operativen Geschäft schlecht läuft, ist meine Schuld. Je lockerer ich die Zügel lasse, desto weiter begebe ich mich auf dünnes Eis. Heute zahle ich dafür den Preis. Und nächste Woche erst recht.«

Ich überlegte, ob ich weiter nachhaken sollte, und beschloss, das Thema fallen zu lassen. Es war nicht mein Job, Patrick Andlau seinen Job zu erklären. Ich war keine Unternehmensberaterin für Manager, sondern eine Achtsamkeitstrainerin.

Patrick schien in derselben Sekunde zu einem ähnlichen Schluss gekommen zu sein, denn er wechselte das Thema. »Was genau steht an?« Parallel linste er auf seine verflixte Uhr.

»Erst mal stecken Sie die in die Tasche. Danach schalten Sie Ihr Handy aus. Gleich sollten wir im Park angekommen sein.«

Fünf Minuten später standen wir in einem belebten Stadtpark, mit Blick auf Enten und Schwäne, die auf einem müffelnden Teich ihre Runden zogen. Zwei keuchende Joggerinnen trabten an uns vorüber, gefolgt von einer gestressten Frau, die ein schreiendes, sich windendes Kleinkind im Buggy vor sich herschob. Ein Hund bellte einen anderen an, der wütend antwortete.

»Wir gehen zehn Minuten einfach nur durch den Park. Sie konzentrieren sich wie vorgestern im Wald lediglich auf das Gefühl Ihrer Füße. Wie sie den Boden berühren. Wie sie sich wieder heben. Wann Sie wie einatmen. Nicht bewerten. Nur erleben.«

»Das ist alles? Dafür habe ich es mir mit gleich drei Teamleitern, meinem Assistenten und meiner panischen Sekretärin verscherzt?«

»Das ist alles.«

»Schräg«, brummte Patrick und nickte gleichzeitig. »Dann los. Ich hab es eilig.« Als er meinen Blick bemerkte, grinste er frech. »Schon gut, schon gut. Ich weile nur im Augenblick. Versprochen.«

Also liefen wir los, wobei ich die Uhr im Blick behielt. Nicht auszudenken, wenn wir länger als zwanzig Minuten weg wären. Der Zorn von Assistent Brüning wäre vermutlich fürchterlich. Patrick hatte schon genug Ärger am Hals. Da musste ich nicht als Stressfaktor dazukommen, wobei ich ohnehin befürchtete, genau das zu sein. Verdammt. Vielleicht mussten wir die Übungen in der Mittagszeit doch ausfallen lassen.

Patrick machte seine Sache gut. Er war hochkonzentriert beim Gehen und wirkte mit jedem Schritt ein wenig entspannter. Von wirklich ruhig waren wir dennoch weit entfernt.

Als ich ihn darauf aufmerksam machte, dass wir zurückgehen mussten, schien er beinahe enttäuscht zu sein. »Das ruhige Schreiten hat mir gutgetan. Es nervt mich allerdings, dabei auf meine Schritte zu achten. Warum genau muss ich das machen?«

»Es geht ums innere Betrachten. Sie müssen wieder lernen, auf Ihren Körper zu hören und aus dem Gedankenkarussell auszubrechen, in dem Sie gefangen sind. Die Übungen wirken zunächst lächerlich, aber sie helfen Ihnen, sich zu konzentrieren und nicht ständig alles zu bewerten.« Mittlerweile waren wir wieder vor dem Gebäude angekommen, und ich sah ihn streng an. »Heute Abend befassen wir uns mal ein wenig eingehender mit Ihrem Leben. Nur eine kurze Achtsamkeitsübung am Anfang, danach löchere ich Sie mit Fragen.«

»Klingt verlockend. Können wir nicht einfach noch mal Fahrrad fahren?«

Ich grinste breit, als ich das hörte. Ein eindeutiger Sieg für mich. Er war an etwas anderem interessiert als an seiner Arbeit. Natürlich sagte ich das nicht laut.

»Wenn Sie brav mitmachen, können wir bestimmt bald wieder radeln«, erklärte ich gönnerhaft. »Warum fahren Sie nicht wieder mit dem Fahrrad zur Arbeit?«

Im ersten Moment wollte er protestieren, dann runzelte er die Stirn. »Ich denke drüber nach«, wich er aus und erstarrte gleich darauf. »Brüning hat uns erspäht. Ich muss rein. Bis heute Abend.«

Er nickte mir zu und war Sekunden später bereits verschwunden. Daraufhin zückte ich mein Handy und schrieb seiner Mutter. Vermutlich war das etwas übergriffig, aber irgendwie fühlte ich mich ihr verpflichtet.

Merle: Im Moment macht Ihr Sohn mit. Wenn das
so bleibt, bin ich einen Ticken positiver eingestellt.
Vielleicht klappt das ja doch mit unserem
Experiment.

Frau Andlau schickte daraufhin acht Herzen und ein Party-Emoji, das mich zum Lachen brachte. Diese Frau war einfach etwas Besonderes. Kein Wunder, dass ihr Sohn dermaßen an ihr hing.

Den Nachmittag verbrachte ich mit meinen Teilnehmenden in der Ruheoase. Mittlerweile rentierte mein Kurs sich mit zehn Leuten tatsächlich. Auch Bahar und Ella waren fleißig und wirkten zufrieden. Unser Unternehmen war angelaufen. Zwar hatte ich noch immer weniger zu tun als die anderen, aber dank der Zuversicht meiner Freundinnen glitt ich nicht wieder in die Selbstzweifel ab.

Einzig, dass wir die verflixte Überwachungsanlage nicht unter Kontrolle bringen konnten, trübte unsere gute Laune. Sie war ständig ausgeschaltet, wenn wir in den Laden kamen. Ich war mir sicher, dass Bahar das Rätsel lösen würde. Bei solchen Sachen ließ sie nicht locker.

Als ich mich von meinen Freundinnen verabschiedete, war ich entspannt. Ich radelte noch schnell an meiner WG vorbei, um die Blumen zu gießen. Meine Schwester war nicht da, dafür hatte sie jede Menge Chaos hinterlassen. Zum Aufräumen fehlte mir die Zeit, weil ich mit Patrick verabredet war.

Meine Verärgerung über die Unordnung hielt beim Zurückradeln nicht lange an. Die frische Luft, die herbstlich bunte Baumallee und die Bewegung sorgten für Glücksgefühle. Außerdem freute ich mich auf den Abend mit Patrick. Natürlich war für mich nur eine halbe Stunde eingeplant, aber ich gedachte, diese Zeit gut zu nutzen.

Ich parkte das Fahrrad in der Garage und wollte sie gerade schließen, als Denise Feuermann wie aus dem Nichts vor mir auftauchte und mich missmutig musterte.

»Hilfe!«, japste ich und legte mir wie eine alte Tante die Hand aufs Herz. »Haben Sie mich erschreckt.«

»Vermutlich das schlechte Gewissen. Den Bediensteten ist es nicht gestattet, sich die Fahrräder der Familie auszuleihen.«

»Ach, wirklich?«, antwortete ich und war versucht, sie über meine Erlaubnis aufzuklären. Dann ließ ich es aus irgendeinem Grund bleiben. »Sie dürfen sich gerne über mich beschweren.«

»Vermutlich werde ich das auch tun.« Sie maß mich mit einem weiteren verächtlichen Blick und stapfte an mir vorbei Richtung Haupthaus. Ich ließ ihr etwas Vorsprung. Was für eine Furie.

Um mich abzureagieren, streckte ich ihr erst die Zunge raus und im Anschluss den Mittelfinger hinterher. Ja. Das hatte gutgetan.

Deutlich gelöster machte ich mich auf den Weg, kam aber nicht weit, denn jetzt entdeckte ich Frau Andlau, die auf der Terrasse stand.

Hatte sie meine rüden Gesten bemerkt? Wie peinlich. Weil mir nichts anderes übrig blieb, änderte ich den Kurs und ging zu ihr statt zum Dienstboteneingang.

»Guten Abend, Frau Andlau«, begrüßte ich sie zaghaft und bemühte mich dabei, in ihrem Gesicht zu lesen. Keine Chance. Das Licht war zu schwach, und sie hatte eine stoische Miene aufgesetzt, was eigentlich schon Beweis genug war. Sie hatte meinen unangenehmen Zusammenprall mit ihrer Hauswirtschafterin mitbekommen.

»So wie es aussieht, stecken Sie und Frau Feuermann gerade Ihre Reviere ab.«

Einen Moment blieben wir ernst, dann mussten wir zeitgleich lachen. »Hatten Sie Frau Feuermann nicht als total liebenswürdig beschrieben?«

»Das ist sie auch. Nur offenbar stutenbissig. Mein Fehler. Mein Sohn ist übrigens gerade gekommen. Darauf können Sie sich was einbilden. Er ist sonst selten vor neun daheim.«

»Oh.« Unbewusst glättete ich mir meine durch den Fahrradhelm verstrubbelten Locken und bemerkte erst jetzt, was ich da tat. Hastig ließ ich meine Hände sinken.

Frau Andlau machte eine einladende Handbewegung. »Sie können gerne durchs Wohnzimmer reinkommen und Frau Feuermann richtig erzürnen. Um des lieben Friedens willen würde ich Ihnen empfehlen, den Dienstboteneingang zu nutzen, selbst wenn ich das albern finde. Als wären wir adelig. Aber gut. Vermutlich braucht es ein paar altbackene Strukturen, damit jeder seinen Platz verteidigen kann. Was steht denn gleich für meinen Sohn auf dem Programm?«

»Rosinen essen. Wenn Sie mögen, dürfen Sie gerne dazukommen.«

»Aha. Das klingt ja höchst … spannend. Er wird begeistert sein. Für mein altes Herz ist das zu viel Aufregung.« Eifrig wuselte sie ins Wohnzimmer. Hatte sie etwa auf Beobachtungsposten gelegen, um mich abzupassen? Zuzutrauen war ihr das.

Ich nahm sicherheitshalber den Dienstboteneingang. Im Flur rannte ich prompt Patrick in die Arme, der reglos dort stand und einen ganzen Stapel Briefe im Schnellverfahren durchblätterte. Als er meine Schritte hörte, sah er auf und wedelte mit einem Brief. »Es geht los. Herr Kolping will eine einstweilige Verfügung gegen meine Wisente erwirken, auf dass sie keinen Huf mehr auf sein Privatgrundstück setzen dürfen. Wenn es nicht so ernst wäre, würde ich darüber lachen. Immerhin war er so nett, mich vorzuwarnen. Das Schreiben ging auch an Pressevertreter und Politiker. Das wird morgen ein Spaß, kann ich Ihnen sagen.«

»Und gab es noch was Nettes in der Post?«

»Die Hundesteuer ist fällig, bloß ist unser Hund seit einem Jahr tot. Muss ich wohl mal dem Amt mitteilen. Zumindest diese Rechnung werde ich also nicht zahlen müssen.« Seufzend warf Patrick den Stapel auf die Anrichte und zog sich seinen Mantel aus. »Sie sehen verfroren aus«, merkte er an.

»Ich bin fleißig geradelt und erst kurz vor Ihnen angekommen. Aber keine Sorge. Ich taue fix wieder auf. Treffen wir uns in fünf Minuten in der Küche?«

»In der Küche? Interessant.« Patrick nickte und sah mir hinterher, während ich die Treppe zu meinem Zimmer hochsprang. »Muss ich was vorbereiten?«, rief er.

»Nein. Ich hab die Rosinen oben liegen. Die hole ich nur schnell.« Oben stürmte ich in mein Zimmer, riss mir die viel zu dünnen Turnschuhe von den Füßen und zog zwei dicke Paar Wollsocken übereinander. Danach schnappte ich mir die Rosinen und zog das Stresstagebuch für Patrick hervor. Ich hatte es heute Nachmittag zwischen zwei Kursen erstellt. Damit bewaffnet, polterte ich die Treppe wieder runter und stellte überrascht fest, dass er weiterhin in der Lobby stand. Immerhin hatte er sich die Schuhe ausgezogen und irgendwo Pantoffeln hergezaubert.

Als ich neben ihm angekommen war, steckte er hastig sein Handy in die Hosentasche. »Rosinen?«, fragte er. Sein Blick blieb kurz an meinen wild geringelten dicken Socken hängen. Zugegeben, die Dinger waren wirklich sehr auffällig. Bahar strickte sie zur Beruhigung. Und weil Bahar ihr aufbrausendes Gemüt ständig beruhigen musste, wusste ich allmählich nicht mehr wohin mit ihren Geschenken.

»Es ist der Klassiker unter den Achtsamkeitsübungen. Ich dachte mir, dass es zum Abend ein netter Ausklang ist, bevor ich Ihnen das übergebe, wovor Sie die ganze Zeit Angst haben.«

»Ich hab Angst? Wusste ich gar nicht.« Wir liefen in die Küche, und Patrick sah sich etwas ratlos um. Ich setzte mich an den gemütlichen kleinen Tisch und wartete, bis er sich mir gegenüber niedergelassen hatte. Dass es hier Kerzen samt Feuerzeug gab, hatte ich gestern bereits entdeckt. Sorgsam zündete ich drei kleine

Teelichter an, bevor ich antwortete. »Entspannen Sie sich. Sie können die Auszeit genießen. Das hier sind alles keine Prüfungen. Kein Test. Niemand urteilt über Sie. Ich schon mal gar nicht, und Sie sollten das auch sich selbst gegenüber nicht tun.«

Feierlich legte ich das kleine Tütchen mit den Rosinen auf den Tisch. Dann nahm ich jeweils eine und platzierte sie auf zwei kleine Untersetzer, die ich zuvor aus einem Schrank geholt hatte. »Bei der Rosinenübung geht es darum, eine Rosine bewusst zu essen. Dabei lassen wir uns fünf Minuten Zeit.«

»Das Ding verputze ich in einer Sekunde, mal ganz davon ab, dass ich Rosinen hasse.«

Ich seufzte. Das war das Vertrackte an der Rosinenübung. Entweder man liebte oder man hasste die getrockneten Früchte. Leider hatte ich es versäumt, Patrick am Nachmittag diesbezüglich auszufragen. »Glauben Sie, Sie können eine einzige runterwürgen? Alternativ kann ich Ihnen ein Stück Schokolade besorgen. Ist aber nicht dasselbe.«

»Eine Rosine werde ich überleben. Jetzt gucken Sie nicht so entnervt. Alles fein. Legen wir los.« Er griff sich die Rosine und machte Anstalten, sie sich in den Mund zu werfen. Ich fing sie im Flug auf und schnaufte empört.

»Sie haben fünf Minuten Zeit, um eine einzige Rosine zu essen, Herr Andlau«, ermahnte ich ihn streng.

»Bitte sagen Sie nicht Herr Andlau zu mir. Das ist mein Vater. Schlimm genug, dass mich jeder Dr. Andlau nennt. Könnten wir nicht Patrick und Merle sagen?«

Mein Körper tat seltsame Sachen, als er meinen Vornamen zum ersten Mal aussprach. So sanft und … verdammt … ja, irgendwie zärtlich. Mein verräterisches Herz zog sich erst zusammen und wummerte danach viel zu schnell weiter. »Gerne«, sagte ich zögernd.

»Du klingst nicht gerade überzeugt von meinem Vorschlag. Besser Distanz wahren?«

»Nein, nein. Alles in Ordnung«, versicherte ich rasch, während ich in meinem Kopf ein hysterisches »Er hat mich geduzt«-Gekreische vernahm. »Ich duze mich mit den meisten meiner Klienten. Das macht es einfacher, sich zu öffnen.«

Ich räusperte mich, um die seltsame Atmosphäre zwischen uns zu durchbrechen. »Die Rosinenübung«, sagte ich mahnend. »Sie teilt sich in verschiedene Bereiche. Als Erstes atmen wir dreimal tief ein und aus, folgen unserem Atem wie in der Meditationsübung heute Morgen. Im Anschluss betrachten wir die Rosine von allen Seiten. Danach nehmen wir sie in die Hände. Fühlen sie. Im Anschluss riechen wir daran und stellen uns vor, welchen Weg sie wohl genommen hat, um hier auf diesem Teller zu landen. Erst dann stecken wir sie in den Mund, kauen sie, schlucken sie runter und spüren ihr nach. Es geht um bewusstes Essen. Um Konzentration. Darum, die Rolle als Beobachter neu zu lernen, ohne zu bewerten. Einzig die Rosine zählt. Bereit?«

»Für so eine schräge Übung bin ich vermutlich nie bereit, aber ja. Kann losgehen.«

»Du musst das ernst nehmen!«

»Ich bin total ernst.« Das Funkeln in seinen Augen strafte seine Worte Lügen, aber da er bereits intensiv auf seine Rosine starrte, verkniff ich mir jeden Kommentar.

Ich liebte diese Übung. So banal. So kurios und trotzdem so wirkungsvoll. Ich versank vollkommen in meiner Rosinenbetrachtung und ging die einzelnen Schritte wie selbstverständlich durch, ohne darüber nachdenken zu müssen. Vor ein paar Jahren hatte ich so zum ersten Mal gespürt, wie mächtig Achtsamkeit sein konnte. Wie entspannend. Das Gehirn einfach mal ausklinken und den Moment erfahren.

Als ich nach fünf Minuten wieder die Augen öffnete, bemerkte ich, dass Patrick mich anstarrte.

»Das war beeindruckend«, sagte er zu mir.

»Ja? Hat dir die Übung geholfen?«

»Mir? Nicht so wirklich. Aber du bist komplett weg gewesen und hast dabei so gelächelt, als wäre die verflixte Rosine das Schönste an diesem Tag.«

»Und du?«

»Ich hab zu schnell betrachtet, zu schnell geschnüffelt und zu schnell gefuttert. Nach zwei Minuten war ich damit fertig.« Er schnaubte. »Ich schätze mal, das war der Beweis dafür, dass ich alles in Hast erledige und verlernt habe, etwas mit ganz viel Ruhe zu tun.«

»Nicht bewerten. Aber es ist gut, wenn du diese Denkanstöße hast. Akzeptier das einfach für den Moment. Morgen futterst du die Rosine langsamer.«

Ich bemerkte genau, dass er um ein Haar die Augen verdreht hätte. Dass er es nicht tat, lag bestimmt an seiner guten Erziehung. Immerhin war das mein Job, den er da belächelte.

»Achtsamkeit ist eine Lebenseinstellung. Das braucht Zeit. Mindestens acht Wochen, denn der Körper muss sich erst mal umstellen. Alte eingefahrene Vorgehensweisen müssen überschrieben werden. Und damit gehen wir ans Eingemachte. Üblicherweise fange ich diese Befragungen erst in der zweiten Woche an, aber ich glaube, du magst Tabellen. Es beruhigt dich, wenn du etwas analysieren kannst. In dem Fall bist das hier du.« Ich schob ihm ein leeres Blatt Papier zu. »Wir malen ein Kreuz auf. So. Dann schreiben wir Gefühle, Gedanken, Aufgaben und Bedürfnisse auf jeweils eine Achse. Jetzt füllst du es aus. Was fühlst du gerade? Worüber denkst du nach? Was willst du tun? Es geht nicht darum, dich zu bewerten, sondern dich selbst zu beobachten. Und keine Sorge. Du musst mir dein Kreuz nicht zeigen.« Ich hatte meinen Stift schon in der Hand und begann, auf mein Blatt zu schreiben.

Patrick tat das eher widerwillig, doch nach einem kurzen Moment wurde er immer schneller und schneller. Als ich längst fertig war, schrieb er noch immer und hatte dabei eine steile Falte zwischen den Augenbrauen. Er wirkte angespannt und frustriert. Sobald er fertig war, knallte er den Stift aufs Papier und drehte das Kreuz so herum, dass ich alles lesen konnte.

Ich riss die Augen auf, als ich die lange Liste unter »Aufgaben« sah. Da war kaum noch Platz. Alles drehte sich um die vielen Dinge, die er zu erledigen hatte. Bei Gefühlen stand nur ein einziges Wort. »Stress.« Bei Gedanken: »Ich hasse meinen Job.« Einzig bei den Bedürfnissen musste ich lächeln. »Hunger, bewegen, schlafen.«

Eine Weile sagten wir nichts, bis Patrick mein Papier zu sich drehte. »Als einzige Aufgabe steht da Zähne putzen«, bemerkte er amüsiert.

»Das ist auch das Einzige, das ich unbedingt erledigen muss, bevor ich ins Bett gehe. Na gut. Und was essen sollte ich vorher.« Wie zur Bestätigung knurrte mein Magen lautstark.

»Und warum bist du gerade unsicher?«

»Weil ich Sorge habe, dass du unser Training abbrichst, da ich zu esoterisch rüberkomme oder dich nerve. Deshalb fühle ich mich gehemmt in dem, was ich tue. Normalerweise arbeite ich mit Menschen, die Achtsamkeit wirklich lernen wollen. Dass jemand meine Arbeit im Grunde ablehnt, ist ungewohnt.«

»Ich breche unser Experiment nicht ab. Wir haben eine Vereinbarung, schon vergessen? Vier Wochen. Ich bin ein Mann, der zu seinem Wort steht.« Er tippte auf seine lange Liste. »Genau diese Eigenart hat mich auch hier reingeritten. Ich hab versprochen, mich um Papas Unternehmen zu kümmern. Jetzt muss ich zusehen, wie ich mein Versprechen einhalten kann.« Er fuhr sich mit solch einer erschöpften Geste über das Gesicht, dass ich ihn am liebsten in die Arme genommen hätte. Um nichts Dummes anzustellen und ihn womöglich zu berühren, setzte ich mich auf meine Hände.

»Wir haben eine Übereinstimmung. Hunger. Wie wäre es mit Abendbrot?«, schlug ich zaghaft vor.

»Ich schmiere mir schnell ein Brot, dann muss ich arbeiten. Jaja. Ich weiß. Entschuldige. Geht nicht anders.« Abrupt stand er auf und wollte an mir vorbeigehen. Ich legte ihm eine Hand auf den Unterarm, um ihn zu stoppen.

»Stresse ich dich noch zusätzlich? Ernsthaft, Patrick. Wenn das so ist, müssen wir unser Trainingsprogramm überdenken. Es einkürzen. Vielleicht die Mittagszeit weglassen?«

»Nein!« Patrick klang geradezu entsetzt. »Auf keinen Fall. Mit deiner Anwesenheit müssen meine Leute vier Wochen lang klarkommen. Jetzt kneif nicht gleich am ersten Tag, bloß weil es schwierig war.«

»Ich kneife nicht. Ich mache mir Sorgen um dich.«

Das nun folgende Seufzen kam tief aus seiner Seele. »Sorgen macht sich Mama schon genug. Du bist meine Trainerin. Hilf mir lieber, statt mich zu bemitleiden.«

Daraufhin nahm ich meine Hand wieder weg und ließ ihn gehen. »Bis morgen früh«, sagte ich leise.

»Bis morgen früh«, bestätigte er.

Erst als er verschwunden war, bemerkte ich das Achtsamkeitstagebuch, das noch immer neben mir lag und das ich vergessen hatte, ihm zu übergeben.

DREIZEHN

Merle: Papa! Bitte, bitte, bitte! Hör auf, dich einzumischen. Hast du denen die Sachen gesteckt, die ich dir im Vertrauen gesagt habe? Ich hab T&T Cyberprotection gegen mich aufgebracht, und Patrick hat ganz gewiss keine Hetzjagd verdient. Wo steckst du? Wir müssen reden!

Drei Wochen zuvor

Am zweiten Tag bekam ich zu spüren, dass Patrick zwar durchaus gewillt war, mit mir zu arbeiten, seine Arbeit uns aber vor Hürden stellte. Wir schafften unsere Morgenmeditation, am Mittag wurde ich von seiner Sekretärin jedoch abbestellt, noch ehe ich losgefahren war. Erst überlegte ich, trotzdem hinzufahren, letztlich war mir das aber zu blöd. Am Abend wartete ich vergebens auf ihn. Und wartete. Und wartete. Er kam erst gegen halb elf zurück und musste mich peinlicherweise wecken, denn ich war im Kaminzimmer im Sessel eingeschlafen, zusammengerollt wie eine Katze.

»Geh ins Bett«, sagte er freundlich. »Diesen Tag müssen wir verloren geben.«

Doch auch der nächste gestaltete sich nicht besser. Als ich zu unserer Morgenroutine reinkam, war Patrick bereits am Telefon. Er stand noch immer auf dem vermutlich schon länger abgeschalteten Laufband und benutzte die Auflage, um auf seinem Tablet Zahlen nachzusehen.

»Ja, in Ordnung. Ich bin in zwanzig Minuten da«, hörte ich ihn sagen und wusste in der Sekunde, dass ich verloren hatte. Ich drehte auf dem Absatz um und stürmte aus dem Zimmer. Vermutlich hielt er mich jetzt für eine beleidigte Leberwurst, dabei hatte ich nur etwas zu erledigen.

Kurz bevor er das Haus verließ, passte ich ihn keuchend ab. »Hier«, sagte ich und drückte ihm drei kleine Tupperdosen in die Hände, die ich hastig durchnummeriert hatte. »Jeweils fünf Minuten. Zur Not machst du die Übungen auf dem Klo. Das ist wichtig, Patrick. Ich weiß, dass du viel Verantwortung trägst und viel zu tun hast, aber dein Job ist auch, auf dich selbst aufzupassen. Also nimm diese Aufgabe genauso ernst wie den Rest deiner To-do-Liste, okay?«

Patrick rang sich ein schwaches Lächeln ab und steckte die Dosen in eine Ledertasche. »Botschaft ist angekommen.«

»Heute Mittag um dreizehn Uhr?«

»Ich glaube nicht, dass ich das schaffe.«

»Ich sitze trotzdem in der Lobby. Zumindest bis fünfzehn Uhr.«

»Bitte tu das nicht.«

»Und ob ich das tue! Das ist schließlich mein Job.«

Also saß ich da und wartete vergeblich auf Patrick. V. Petersen brachte mir aus Mitleid zwei Kaffee samt Keksen und stellte sich als Verena vor. Wir verstanden uns auf Anhieb prächtig, und sie zog mir dezent den Zahn, dass ihr Boss hier noch auftauchen würde.

»Der wird belagert. Die Liste der Leute, die was von ihm wollen, ist endlos«, erklärte sie mir. »Der Kerl ist eine Maschine.«

Wäre er das doch mal gewesen, dann hätte ich mir weniger Sorgen um ihn gemacht. Kein Wunder, dass seine Mutter mich engagiert hatte. So ging das echt nicht weiter.

Weil ich ihn aber schlecht in einem Meeting überfallen konnte, trollte ich mich schließlich und stellte mich abends auf eine lange Wartezeit ein. Zu meiner Freude gesellte sich Frau Andlau zu mir. Sie hatte im Moment dauerhaft ihre Sauerstoffflasche dabei und war gespenstisch blass.

»Wenn mein Sohn Ihre Zeit nicht in Anspruch nimmt, möchte ich das gerne tun«, keuchte sie. »Wie war das mit der Rosine? Ich bin neugierig.«

Ich strahlte sie an, flitzte hoch in mein Zimmer und kam mit Rosinen, Mandalas und einem leeren Achtsamkeitstagebuch zurück. Frau Andlau stürzte sich gleich hinein. Wie vermutet war sie ganz anders drauf als ihr Sohn. Gedanken loslassen, sich auf sich selbst konzentrieren und den Moment genießen fiel ihr so viel weniger schwer.

»Dabei sind Sie ebenfalls Ihr Leben lang Managerin gewesen und arbeiten sogar weiterhin im Unternehmen«, stellte ich verblüfft fest. »Wie schaffen Sie es, die Arbeit liegen zu lassen?«

»Ich habe meinen Posten aufgegeben. Seit letzter Woche ist es offiziell. Vermutlich geht Patrick deswegen gerade unter. Ich war die Konstante der vergangenen Jahrzehnte. Aber seien wir mal ehrlich. Niemand will den Vortrag einer Managerin hören, die bei jedem dritten Wort verzweifelt nach Luft schnappt. Meine Zeit bei T&T Cyberprotection ist vorbei. Jetzt muss ich mir nur überlegen, wie ich meinen Sohn da rausboxen kann.«

»Ich fürchte, das kann er nur alleine tun.«

»Vermutlich. Allerdings hoffe ich, dass ich trotzdem zu ihm durchdringe. Er glaubt mir einfach nicht, dass sein Vater ein solches Leben nicht für ihn gewollt hätte. Mein Mann war ein Workaholic. Jemand, der das Rumkommandieren von Menschen im Blut hatte. Ein Machtmensch. Er liebte das Gefühl, die vollständige Kontrolle zu haben. Deshalb ist das Unternehmen auch so aufgebaut, wie es ist. Alle Fäden laufen zum CEO. Um das zu ändern, müsste Patrick weitreichende Strukturen verschieben, nur fehlt ihm die Zeit. Ich hatte gehofft, ihm helfen zu können, aber Sie sehen ja, wie es um mich steht.«

»Ich fürchte nur, dass wir ihn durch unser Experiment noch mehr stressen«, sprach ich schließlich das aus, was ich Patrick gegenüber bereits angemerkt hatte. Er hatte das zwar abgeschmettert, doch das Ergebnis der letzten Tage war ernüchternd. Wenn er sich keine Zeit für ein achtsames Leben nahm, standen wir auf verlorenem Posten.

»Im Gegenteil. Es hat ihn aufgeschreckt. Das habe ich in den letzten vier Jahren nicht geschafft. Tatsächlich denkt er überhaupt zum ersten Mal darüber nach, dass sich etwas ändern muss. Dass er müde und gestresst ist. Ich meine, er ist mit Ihnen spazieren gegangen und sogar geradelt! Unsere drei Termine am Tag waren sehr ambitioniert, aber mir war klar, dass nur so vielleicht eine einzige Session klappt. Bislang geht mein Plan auf. Ich bin zufrieden.«

Sprachlos starrte ich Frau Andlau an.

»Sie sind wirklich eine Füchsin«, sagte ich anerkennend.

»Bevor ich diese Welt verlasse, werde ich meinen Sohn vor diesen Mistkerlen im Vorstand in Sicherheit bringen. Das schwöre ich Ihnen. Dummerweise kann ich nur schubsen. Den wahren Sprung muss Patrick selbst wagen.«

»Ich wünschte, meine Familie würde so für mich kämpfen, wie Sie es für Ihre tun. Das ist beeindruckend. Patrick will das Gleiche wie Sie. Er will Sie glücklich machen.« Nachdenklich krauste ich die Stirn. »Vielleicht dringen wir ja gemeinsam zu ihm durch.«

»Oh ja. Da bin ich sicher.« Frau Andlau legte ihre raue Hand auf meine. Ihre Haut fühlte sich wie Pergament an. Dünn und rissig.

»Sie sind ein wundervoller Mensch. Voller Lebensfreude, positiver Energie und ausgesprochen charismatisch. Lassen Sie sich von Ihrer Familie nicht kleinmachen. Einen in sich ruhenden Menschen in der heutigen Welt zu finden ist fast so schwierig, wie ein Einhorn in freier Wildbahn zu entdecken. Sie sind das Einhorn, meine Liebe.«

Mir wurde ganz warm. Erst an den Wangen, danach im Magen und im Anschluss rund ums Herz. So etwas Schönes hatte vermutlich noch nie jemand zu mir gesagt. Normalerweise war ich kein großer Freund von Affirmationen, doch in dieser Sekunde beschloss ich, mir daraus meinen wertvollsten Leitspruch zu basteln.

»Ich bin ein Einhorn«, erklärte ich feierlich.

»Sie sind ein Einhorn«, bestätigte Frau Andlau.

»Und ich frage mich, was ihr hier treibt.«

Frau Andlau und ich wirbelten auf unseren Küchenstühlen herum und sahen Patrick am Türrahmen lehnen. Die Arme vor der Brust verschränkt, den Mund zu einem amüsierten Lächeln verzogen.

»Da ist er ja«, stellte Frau Andlau fest. »Mein Stichwort. Jetzt kann Frau Seibert ihren Job beim eigentlichen Kandidaten ausüben.«

»Es ist schon fast halb zehn. Ich glaube nicht, dass wir Frau Seibert jetzt noch …«

»Zieh dir die Schuhe wieder an«, unterbrach ich Patricks Redefluss und sprang bereits auf die Füße. »Frau Andlau? Es war mir ein wahres Vergnügen, Ihnen die ersten Schritte der Achtsamkeit näherzubringen. Morgen wieder?«

»Sehr gerne. Ich überlasse Ihnen dann mal meinen Sohn und ziehe mich zurück. Viel Spaß.«

Frau Andlau wuselte erstaunlich flink an Patrick vorbei, ehe der sich überhaupt von seinem Horchposten hatte lösen können.

Wir sahen ihr hinterher, bis sie um die erste Ecke verschwunden war. »Sie ist toll«, stellte ich fest.

»Die Allerbeste.« Übergangslos wandte sich Patrick mir zu. »Ich bin wirklich erschöpft. Können wir, was immer du planst, nicht auf morgen verschieben?«

»Nein. Jetzt zieh dir Schuhe und Jacke an und komm.« Ich musste Patrick ganz schön drängen, doch schließlich standen wir draußen im Freien, und er folgte mir, wenn auch widerstrebend. Geistesgegenwärtig hatte ich mich für Gummistiefel entschieden, während Patrick schwere Wanderstiefel trug.

»Und was ist der Plan?«, fragte er müde.

»Wir bewegen uns. Ich hab mit dem Gärtner geschnackt. Der hat mir den kleinen Trampelpfad genau beschrieben. Fünfzehn Minuten Wanderung. Einmal quer durch euren hübschen Park, die Wiese da hinten entlang, ein kurzes Stück auf der Straße und den halben Kiesweg wieder zurück.«

»Müssen wir dabei schweigen?« Patrick klang enttäuscht.

»Bis zur Straße ja. Danach darfst du mir gerne erklären, wo du heute abgeblieben bist.«

Weil Patrick mittlerweile wusste, dass Protestieren ohnehin nichts brachte, folgte er mir einfach.

»Setz beim Gehen erst die Ferse und dann möglichst alle Zehen vollständig auf. Stell dir vor, du willst die schönsten Fußabdrücke deines Lebens hinterlassen. Das entschleunigt ganz automatisch und sorgt dafür, dass du dich auf deine Schritte konzentrieren musst.«

Also gingen wir. Zunächst durch den beleuchteten Park, danach durch ein winziges, dunkles Waldstück und schließlich über eine schrecklich matschige Wiese. Meine Gummistiefel hinterließen bei jedem Schritt wilde Matschgeräusche. Zweimal blieb ich stecken und verlor fast meine Stiefel. Patrick musste mich rausziehen.

»Was ist das hier? Ein Moor?«, schnaufte ich atemlos.

»Tatsächlich soll es das wieder werden. Mein Urgroßvater hatte es für die Landwirtschaft trockenlegen lassen. Mein Opa wollte es wieder in den alten Zustand zurückversetzen, um Wiesenknarrer anzusiedeln.«

»Was zur Hölle ist ein Wiesenknarrer?«

»Ein lustiger kleiner Vogel, auch Wachtelkönig genannt. Wir haben hier zwei Brutpaare, und ich kann dir sagen: Dieses Knarren, das die ausstoßen, ist echt einmalig.«

»Ach, komm. Das hast du dir doch ausgedacht.«

Ich blieb stehen, um Patrick im Stockdunkeln besser sehen zu können. Der trat so dicht an mich heran, dass ich seine Körperwärme spüren konnte. Wenn ich mich nicht irrte, strich sein Atem ganz leicht über mein Gesicht.

»Nein. Die Viecher gibt es wirklich. Aus irgendeinem Grund hatten meine Vorfahren ein wahnsinniges Interesse daran, wilde Tiere mit W zu sammeln. Wisent, Wolf, Wachtelkönig, Wiesenpieper.«

»Wolf?«, fragte ich entsetzt.

»Das Rudel musste die Familie schon vor beinahe hundert Jahren an den Zoo abtreten. Als Ersatz sind die Moorschnucken zu uns gekommen. Außenseiter mit M. Die starren uns übrigens gerade fassungslos an. Dass sich jemand um solch eine Uhrzeit in ihrem Weidegebiet herumtreibt, finden die unheimlich. Und in etwa so seltsam wie ich.«

Erst jetzt bemerkte ich im Dunkeln einige glänzende Augenpaare, etwa hundert Meter von uns entfernt. Ein leises, fragendes »Määääh?« wehte zu uns herüber.

»Entschuldigung«, flüsterte ich zurück und mühte mich dann weiter. An achtsames Gehen war nicht mehr zu denken, weil ich bei jedem Schritt kichern musste. Es wurde immer matschiger und mühseliger.

»Ich schätze, ich muss die Wanderstrecken besser auskundschaften«, stellte ich fest.

Patrick trat neben mich und hielt mir eine Hand hin. »Stadtkinder«, spottete er augenverdrehend.

»Hey! Ich bin hier in Altenhauen aufgewachsen. Das kann man wohl kaum als Stadt bezeichnen.« Trotzdem nahm ich seine Hand, um mich zu stabilisieren. Und ja. Das war ein wirklich schönes Gefühl. Seine warme Haut auf meiner eisigen.

»Deine Familie scheint sich sehr für den Umweltschutz zu engagieren«, stellte ich zwischen zwei Schnaufern fest.

»Wir haben Geld und können es uns leisten. Außerdem hat meine Familie viel damit verdient, die Natur rund herum auszubeuten. Wir haben die Wälder aufgekauft und abgeholzt, radikal Landwirtschaft betrieben und das Torf aus dem Moor verkauft. Da ist es nur recht und billig, wo wir uns jetzt ganz auf Cybertechnologie konzentrieren, den Tieren ihr Zuhause zurückzugeben. Na ja. Mal abgesehen von den Wisenten. Die haben hier zwar mal gelebt, aber das vor so vielen Jahrhunderten, dass sie hier einfach nicht länger hinpassen. Ist meine Meinung. Darf nur kein Umweltschützer hören.«

»Gab es denn heute den befürchteten Ärger mit dem Waldbauern?«

»Oh ja. Ich hatte skurrile Presseanfragen, noch mehr Anrufe von verwirrten Politikern und ein denkwürdiges Gespräch mit dem stinksauren Herrn Kolping. Nach dem Gespräch habe ich übrigens die erste Tupperdose aufgemacht. Diesmal kam ich auf dreieinhalb Minuten, bis ich die Rosine aufgefuttert hatte.«

»Und fiel es dir leichter?«

»Hauptsächlich hatte ich Sorge, dass mich meine Sekretärin dabei erwischt, wie ich eine Rosine so intensiv anstarre, als wollte ich sie verführen.« Ich hörte sein Grinsen aus seinen Worten heraus.

»Jedenfalls war ich dann vorgewarnt, was die Tupperdosen angeht. Die nächste habe ich erst nach dem Mittag geöffnet. Danke für den Obstsalat. Der war wirklich sehr lecker.«

»Hast du ihn denn mit allen Sinnen genossen?«

»Ich hab es versucht, doch während eines Meetings ständig die Augen zu schließen, um erst am Obst zu schnüffeln und es anschließend so langsam wie möglich zu essen, war etwas schwierig. Aber ja. Wenn keiner hingeguckt hat, hab ich auch mal dran gerochen. Eine Erdbeere war übrigens faul.«

Ich knuffte ihn in die Seite. »Da du ja völlig überraschend losgestürmt bist, hatte ich nicht viel Zeit für die Vorbereitung. Aber ist notiert. Nur das Beste für den Herrn CEO.«

Daraufhin stupste Patrick mich spielerisch zurück, allerdings hatte er nicht mit meinem schlechten Stand gerechnet. Ich blieb mit einem Stiefel im Matsch kleben und sackte schneller seitlich weg, als ich es überhaupt kapieren konnte. Patrick versuchte, meinen Sturz aufzuhalten, doch zu spät. Ich landete mit dem Hintern im Dreck.

»Aaaaah, ist das kalt!«, quietschte ich und spürte in derselben Sekunde, wie Patrick mich hastig hochriss, raus aus dem Moor. Er fing mich gerade noch auf, bevor ich zur anderen Seite hätte rumschlagen können. Dabei taumelte er ein wenig, ehe er sich und mich stabilisieren konnte.

»Wie kann man nur so ein schlechtes Gleichgewicht haben?«, schnaufte er. »Und das als jemand, der viel Yoga macht.«

Ich klammerte mich an ihm fest und spürte, wie matschiges Wasser durch meine Jeans drang, meine Unterhose erreichte und dann an meinen Beinen heruntersickerte. Obwohl das ein wirklich unfassbar ekliges Gefühl war, musste ich trotzdem lachen. »Ich schwöre dir: Normalerweise habe ich ein herausragendes Gleichgewicht. Nur in deiner Nähe gerate ich ständig aus dem Takt.«

Mein Lachen erstarb in meiner Kehle, als ich seinen Gesichtsausdruck registrierte. Plötzlich ganz ernst. Beinahe feierlich. Und zugleich sanft und zugewandt.

»Ja«, sagte er leise. »Das geht mir ganz genauso.«

Ich blinzelte verblüfft. Immer noch hatte er beide Arme um mich geschlungen und drückte mich an sich. Obwohl ich längst wieder festen Stand hatte, ließ er mich nicht los. Als wollte er den Moment hinauszögern. Unsere Nähe zueinander auskosten.

Beinahe wie von selbst schlang ich meine Arme um seine Taille, legte meine Stirn an seine breite Brust und wurde ganz still. Einzig das Heben und Senken seines Brustkorbs zeigte mir, dass er nicht zur Statue versteinert war. Er senkte sein Kinn in meine Haare, sodass ich seinen warmen Atem auf meiner Kopfhaut spürte.

Im Anschluss verharrten wir in absoluter Stille. Ineinander verschlungen. Tief in den Moment versunken.

Erst als ich wegen der durchtränkten Hose in der Kälte zu zittern begann, löste er sich widerstrebend von mir.

»Wir sollten zügig zurück, damit du dich umziehen kannst.«

»Wieder mal. Erst der Regen, dann der Matsch. Die Familie Andlau kennt mich nur nass.« Ich seufzte überdramatisch laut, um die seltsame Atmosphäre zwischen uns zu verscheuchen. Trotzdem war uns beiden klar, dass das ein Moment gewesen war.

Ein intensiver Moment, der die Beziehung zwischen zwei Individuen nachhaltig verändern konnte.

Bloß war das bei uns beiden wirklich keine gute Idee. Er hatte null Zeit für ... Momente. Und außerdem war er mein Klient, ich hochprofessionell und ... Warum sah er mich dennoch auf diese intensive Weise an?

Nur mit ganz viel Willensstärke schaffte ich es, mich von ihm abzuwenden und vorauszustapfen. Dabei spürte ich die klitschnasse Jeans bei jedem Schritt unangenehm an meinem Hintern kleben.

Endlich erreichten wir etwas festeren Boden, und ich beschleunigte meine Schritte. Patrick musste sich beeilen, um hinter mir herzukommen.

»Vorsicht. Hier irgendwo steht der Elektrozaun, der die Schafwiese von der Straße abtrennt«, warnte er mich.

Das hätte mir noch gefehlt. Von einem Weidezaun gegrillt zu werden. Ich zückte mein Handy und beleuchtete damit die Umgebung. Links von mir spannte sich der weiße Zaun, der die Auffahrt von der Wiese abtrennte. Im Neunzig-Grad-Winkel davon weg entdeckte ich einen beinahe unsichtbaren Draht, der zur Straße führte. Scheiße. Höher als gedacht. »Von dem Ding hat mir der Gärtner nichts erzählt«, brummte ich schlecht gelaunt.

»Er hat vermutlich nicht damit gerechnet, dass du mich mitten in der Nacht hier entlangscheuchen würdest. Im Hellen kommt man problemlos drüber.« Patricks Stimme klang noch immer einen Hauch belegt – oder bildete ich mir das nur ein? Tapfer überholte er mich und stakste wie ein Storch über den Zaun. Dann reichte er mir seine Hand. »Einfach mutig einen großen Schritt machen.«

Genau das tat ich. Patrick hielt meine Hand eine ganze Weile länger fest als nötig.

Er räusperte sich. »Tupperdose drei wartet in meiner Tasche. Die wollte ich heute Abend öffnen.«

»Du wirst etwa zwanzig Minuten dafür benötigen«, warnte ich ihn vor und dachte an die kleine Aufgabe, die ich darin versteckt hatte. »Wusstest du, dass ich einen Zusatzkurs in Stressmanagement anbiete?«, fragte ich vorsichtig.

»Na klar. Ich habe dich gestalkt. Also wartet da keine Achtsamkeitsübung auf mich?«

»Oft gehen die Übungen ineinander über. Diese soll dich zum Nachdenken anregen. Mehr erst mal nicht. Mach es nur nicht direkt vorm Schlafengehen, sonst denkst du zu viel drüber nach.«

Mittlerweile hatten sich meine Augen wieder an die Dunkelheit gewöhnt. Ich drängte Patrick zur Eile, da mir wegen meiner durchweichten Jeans schrecklich kalt war.

Bis …

Ich kreischte. So laut, wie ich vermutlich noch nie in meinem ganzen Leben gekreischt hatte. Und hüpfte einen Meter nach hinten weg. Zum Glück nicht direkt in den neben mir verlaufenden Schafzaun. »Schlange!«, brüllte ich zur Warnung, sobald mein Gehirn wieder zu einem rationalen Gedanken fähig war.

Patrick starrte mich verwundert an, wobei er sich zu mir umdrehen musste. Wann war ich denn hinter ihm in Deckung gegangen?

»Könnte schon sein«, gab er zu und hielt mir die Hand auffordernd hin. »Gib mir mal dein Handy.«

»Hast du deins etwa nicht mit?«

»Ich hab es wohlweislich zurückgelassen, in dem Glauben, dass du sonst meckerst. Wer hätte auch ahnen können, dass du mich auf eine Horrorwanderung mitnimmst?«

Mit zitternden Händen fischte ich mein feuchtes Handy aus der Jeans und reichte es Patrick. Als er das Licht aktivierte, konnte ich nicht mal richtig hinsehen. Spinnen, Wespen oder Schnaken machten mir nichts aus, aber bei allem, was keine Beine hatte, geriet ich total in Panik. Das galt zu meiner Schande sogar für einen schnöden Regenwurm.

»Da«, hauchte ich schaudernd, als Patrick den Bereich ableuchtete, in dem ich die Schlange gesehen hatte. Tatsächlich lag das Vieh an Ort und Stelle und schlängelte los, als der Lichtstrahl es erreichte.

Ich krallte mich in Patricks breiten Rücken und rückte so dicht an ihn ran, dass nicht mal ein Blatt Papier zwischen uns gepasst hätte. Fast wäre ich an ihm hochgeklettert, damit meine Beine nicht mehr den Boden berührten. Wer hätte das nicht getan?

Patrick schnaufte amüsiert. »Das ist keine Schlange, sondern eine Blindschleiche. Die gehören zu den Echsen und nicht zu den Schlangen und sind völlig harmlos.«

»Das Vieh ist vier Meter lang und hat keine Beine, eine gespaltene Zunge und schlängelt sich daher. Das ist definitiv eine Schlange!«, protestierte ich, während ich ihn halb von hinten erwürgte.

»Die ist nicht mal einen halben Meter lang. Vermutlich sucht sie gerade nach einem guten Winterquartier und merkt erst jetzt, dass sie etwas spät dran dafür ist.« Ich spürte Patricks tiefes Einatmen als sanftes Vibrieren an meiner Brust. Erst dadurch wurde mir richtig bewusst, was ich hier gerade tat. Hastig trat ich von ihm weg und bemühte mich um Contenance.

»Ich gehe nie wieder in der Nacht achtsam wandern«, hauchte ich schwach. »Ich schwöre.«

»Die Blindschleiche ist schon fast auf der anderen Seite in der Wiese verschwunden. Die hat mehr Angst vor uns als andersherum.«

»Das bezweifle ich.«

Obwohl Patrick zwei Schritte voranging, ließ ich ihn nicht los. Im Gegenteil. Ich zerrte an ihm und schob ihn zwischen mich und diese Schlange.

Schließlich einigten wir uns wortlos auf einen seitlichen Gang, sodass Patrick mich mit seinem Körper vor dem Horrorvieh abschirmen konnte. Sobald wir dran vorbei waren, gab ich Fersengeld. Ja, ich war nicht stolz drauf, aber Schlangen ... Da hörte es bei mir echt auf. Ich sprintete wie ein Rennpferd beim Derby über den

Kiesweg, dass es nur so spritzte. Erst kurz vor der Auffahrt in den Park blieb ich stehen und sah Patrick zu, wie er gemächlich zu mir aufschloss.

»Ganz vielleicht bin ich doch eine Städterin und kein Landkind«, gab ich zu.

Patrick legte mir lachend einen langen Arm um die Schultern und drückte mich kurz und freundschaftlich an sich. »Na, komm, du Bezwingerin der Schlangenwelt, Kämpferin der Moorwiesen und Schafflüsterin der Heidschnucken. Lass uns reingehen und dich trockenlegen.« Er lachte noch, als er mich längst wieder losgelassen hatte und wir nebeneinander am mittlerweile schweigenden Springbrunnen vorübergingen.

»Tut mir leid, dass unser Achtsamkeitsspaziergang keiner war«, sagte ich zerknirscht zu meinem Klienten.

»Das muss dir nicht leidtun. Ich hatte schon lange nicht mehr so viel Spaß. Du darfst mich also gerne wieder zu einem nächtlichen Spaziergang im Mondlicht entführen.«

Er sah mich so intensiv an, dass klar war: Es hatte ihm wirklich gut gefallen. Womöglich ein wenig zu gut.

Was machte ich denn jetzt?

VIERZEHN

Merle: Bitte, Patrick. Geh ans Telefon. Die Ungewissheit macht mich ganz verrückt. Wie geht es deiner Mama? Wie geht es dir? Lass uns bitte reden!

Drei Wochen zuvor

»Na ja, deine Aufgabe ist es, Herrn CEO davon abzubringen, nur für seinen Job zu leben. Theoretisch soll die freie Zeit mit Achtsamkeit gefüllt werden, aber zur Achtsamkeit gehört ja auch die Liebe. Also ran an den Kerl.«

»Ella!« Ich rief ihren Namen empört und spürte, wie mein Gesicht tiefrot wurde. Um sie nicht ansehen zu müssen, schaute ich mich in unserem großen Saal nach einer Aufgabe um. Bahar und Ella hatten gemeinsam ein Retreat-Wochenende auf die Beine gestellt, mit Yoga und Meditation als Fokus. Ich hatte auch zwei Unterrichtseinheiten Achtsamkeit dazu beigesteuert, und nachdem alle Teilnehmerinnen gegangen waren, räumten wir jetzt auf.

Warum genau hatte ich meinen beiden Freundinnen von *meinem Moment* mit Patrick erzählt? Eine Sekunde hatte ich nicht aufgepasst, schon hatte mein Mund die Neuigkeit herausposaunt.

»Er ist mein Klient«, warf ich schwach hinterher.

»Du bist keine Ärztin, Priesterin oder Therapeutin«, erinnerte mich Ella nun etwas sanfter.

»Aber so was Ähnliches. Sich mit einem Klienten einzulassen, gehört sich nicht. Schon gar nicht, wenn meine gesamte finanzielle Zukunft am Ausgang unseres Experiments hängt.«

Bahar war seltsam still geblieben, während sie die letzte Yogamatte aufrollte und im Schrank verstaute. Jetzt baute sie sich vor mir auf. »Er ist nicht deine Liga«, stellte sie klar und runzelte die Stirn, als sie Ellas und mein schockiertes Gesicht bemerkte. »Das meine ich nicht mal abwertend. Ihr lebt einfach in komplett verschiedenen Welten. Er ist Workaholic, du bist eine Träumerin. Er verdient megaviel Kohle und kommt aus einer reichen Familie. Du bist hoch verschuldet und musst den Kredit von deinem Papa abbezahlen. Er wohnt in einer Villa. Du in einer Zwangs-WG mit deiner Schwester in einer Einzimmerwohnung. Er …«

»Schon gut, schon gut! Ich hab es ja verstanden. Ich sag auch nicht, dass ich was mit ihm anfangen will, sondern frage euch um Rat, wie ich einen weiteren dieser … speziellen Momente zwischen uns verhindern kann.«

»Wie war es denn die letzten Tage? Der Spaziergang war am Mittwoch, heute ist Sonntag. Ist ja schon eine Weile her.«

»Wir haben jeden Morgen meditiert, und er wird tatsächlich ruhiger. Zumindest bilde ich mir das ein. Einen weiteren *Moment* gab es nicht, wobei …«

Bahar kniff die Augen zusammen und sah mich auffordernd an. »Spuck es aus!«

»Wir sitzen jeden Abend vorm Feuer und sehen den Flammen zu. Nichts Weltbewegendes. Nicht mal besonders spannend. Nur … es ist schön.«

»Mist«, sagte Ella zu Bahar. »Das klingt nach weiteren sich anbahnenden Momenten!«

»Das klingt verdammt danach, als wäre der Herr CEO hinter dir her!«, bestätigte Bahar.

»Und bei dir klingt es so, als wäre das etwas Schlimmes«, protestierte ich. »Patrick ist sympathisch, aufmerksam und viel humorvoller, als ich zunächst gedacht habe. Wenn er nicht total gestresst ist, lacht er viel. Unsere Kaminfeuerabende sind wirklich wunderschön.«

»Herrje. Die romantischen Kaminfeuerabende haben schon einen Namen.« Bahar warf die Hände in die Höhe, nahm mir den Gong samt Schlägel aus den Fäusten und verstaute beides im Schrank. »Merle, ich hab dich lieb, doch was Männer angeht, hast du einfach ein unglückliches Händchen.«

»Bahar!« Diesmal war es Ella, die für mich in die Bresche sprang. »So was sagt man nicht. Das tut weh.«

Genau, dachte ich. Das tat weh. Als ich aber in Bahars dunkelbraune Augen blickte, wusste ich, warum sie das so hart gesagt hatte. Damit ich es kapierte. Sie machte sich nämlich Sorgen um mich. Große Sorgen.

»Wir sollten eine Affirmation für Merle suchen«, schlug Ella vor. »Für ein glückliches Leben lasse ich die Finger vom CEO.«

Ich musste lachen. Das war schon immer so gewesen. Bahar und ich bekamen uns in die Haare, und Ella warf etwas völlig Krudes in die Runde, um uns wieder zu versöhnen. Aus so einer Situation war auch die Idee für unser Achtsamkeitsstudio entstanden.

»Ich mach mir nur Sorgen um dein Herz«, sagte Bahar.

»Die Sorge ist auch nicht unberechtigt. Nur, was mache ich denn jetzt? Wenn ich die Kaminfeuerabende torpediere, ist das für Patrick ein Schlag in die Magengrube. Seine Zeit ist kostbar, und er verbringt sie mit mir. Das ist eine Ehre.«

Kaum hatte ich das gesagt, prusteten wir drei gemeinsam los. »Du klingst wie ein Groschenroman aus den Zwanzigerjahren«, giggelte Ella, schnappte sich ein Zierkissen und warf es mir, so fest sie konnte, gegen den Kopf. »Es ist mir eine Ehre, dich so lange mit Kissen zu bewerfen, bis du wieder klar denken kannst.«

Daraufhin entbrannte eine wilde Kissenschlacht. Wir hatten reichlich Wurfgeschosse zur Auswahl. Erst als uns die Bäuche vom Lachen wehtaten und unsere Muskeln brannten, sanken wir erschöpft auf den Liegematten am Ende des Raumes zu Boden.

Kaum zu einer Bewegung fähig, zupfte ich mir ein paar kurze Haare aus dem Mund, die definitiv nicht meine waren. »Bäh!«, grunzte ich. »Wieso sind unsere Dekokissen voller Haare?«

»Ich habe keine Ahnung«, antwortete Bahar und zog naserümpfend mehrere Haarbüschel von einem Kissen, das sie an sich gedrückt hielt. »Ich saug die morgen früh mal ab, bevor die ersten Teilnehmerinnen kommen.«

»Danke«, sagte ich, und auch Ella nickte zustimmend. Danach versanken wir kurz in unseren Gedanken.

»Patrick ist süß, aber ihr habt recht. Er lebt in einer anderen Welt«, platzte ich raus. »Trotzdem will ich ihm helfen. Und die Kaminfeuerabende tun nicht nur ihm gut, sondern auch mir. Sie sind lustig und das Entspannteste, das ich in letzter Zeit erlebt habe.«

»Dann genieß sie, pass aber auf, dass es nicht zu weiteren Momenten kommt. Wenn du wieder das Bedürfnis hast, das Gleichgewicht zu verlieren und dich in seine Arme zu werfen, lauf besser in die andere Richtung. Selbst wenn es wehtut«, meinte Ella. »Andererseits hab ich von Beziehungen keine Ahnung. Da musst du auf Bahar hören.« Ella war glücklicher Dauer-Single. Sie hüpfte von One-Night-Stand zu One-Night-Stand, wobei ihr das Geschlecht relativ egal war. Sex ohne Gefühle machte ihr nichts aus. Sie war mehr als zufrieden mit ihrem Singleleben. Im Gegensatz zu mir.

»Vielleicht sollten wir dir zusätzlich noch ein paar Nachhilfe-lektionen in Sachen inneres Gleichgewicht geben. Die Berghaltung oder der Baum bieten sich dafür an.« Bahar war flinker auf den Bei-nen, als ich gucken konnte, und vollführte die mir wohlbekannten Übungen. »Ruhe und innere Stärke. Darauf kommt es an.«

»Ihr tut so, als müsste ich mich gegen einen Feind stählen.«

»Definitiv. Patrick Karl Theodor Andlau hat die Macht, dir dein kleines Herzchen zu stehlen und es mithilfe seiner wohlgeformten Armmuskulatur – deine Worte, nicht meine – zu zerquetschen.«

Ich verdrehte die Augen, kam aber zu keiner Antwort, weil Ella schneller war. »Denk an den Kerl mit dem hübschen Lockenkopf und den Mandelaugen. Der hat sich auch durch Spieleabende in dein Herz gezeckt und dich geghostet, sobald du klargestellt hast, dass es kein Sex beim zweiten Date gibt. Oder der Typ mit dem Man Bun, der jeden deiner Kurse belegt hat, bloß weil er mal mit einer Yogalehrerin ins Bett steigen wollte. Oder ...«

»Stoooooop!«, brüllte ich dazwischen. »Hör auf, meine un-glücklichen Beziehungen aufzuführen. Patrick ist anders. Der ist kein Arsch.«

»Aber ein Workaholic. Seine Arbeit wird immer an erster Stelle stehen. Was das heißt, weißt du von deinem Vater. Der hat deine Kindergeburtstage genutzt, um allen Eltern zu erzählen, du wür-dest dir Loks und Zubehör wünschen – bloß um sein Geschäft an-zukurbeln.«

Herrje. Die Episode hatte ich erfolgreich aus meinem Gehirn verdrängt. »Oh Gott! Meinst du, ich finde Patrick anziehend, weil ich einen Vaterkomplex habe? Beide Workaholics. Beide völlig auf das Familienunternehmen fixiert. Beide belächeln meine Arbeit und leben in ihrer eigenen Realität.«

Ich sah genau, wie Bahar und Ella sich einen Blick zuwarfen. Ei-nen, der sagte: Endlich hat sie es kapiert.

Daraufhin zog ich mir ein Kissen heran, drückte es auf mein Gesicht und brüllte, so laut ich konnte, hinein.

»Lass es raus«, sagte Ella sanft. »Aber danach würde ich gerne was essen gehen, denn bei aller Liebe: Wenn Bahar uns noch mal zur Beruhigung mit Schokolade vollstopft, bekomme ich bald einen Zuckerschock. Mein Magen verdaut sich schon selbst.«

Ich warf ihr, so fest ich konnte, das Kissen gegen den Kopf, und nur der Hunger hielt uns von einer weiteren Schlacht ab.

◆ ◆ ◆

An diesem Sonntag kam ich so spät in die Villa, dass sich die Frage nach einem Kaminabend erübrigte. Ich schaute extra nicht nach, ob Patrick noch im Arbeitszimmer saß, auch wenn es mir schwerfiel, und meditierte lieber vor dem Schlafen, um mich zu beruhigen. Allein der Gedanke, dass Patrick womöglich in erreichbarer Nähe in seinem Bett lag, wühlte mich auf. Das musste ich dringend in den Griff kriegen.

Die nächste Woche bemühte ich mich also um emotionale Distanz, höchste Professionalität und einen anderen Fokus. Achtsamkeit war angesagt. Sich vergucken war gestern.

Falls Patrick auffiel, dass ich mich anders verhielt, sprach er es nicht an. Er hatte weiterhin sehr viel zu tun, sodass unser Training holprig vonstattenging. Die Morgenmeditation bekamen wir jetzt zuverlässig hin (bis auf Dienstag und Donnerstag, weil da irgendwelche Konferenzen zu früh angesetzt waren). Mittags saß ich zwar immer in der Lobby, bekam ihn aber nur am Mittwoch kurz zu Gesicht (als er mir sagte, dass er es nicht schaffen würde). Abends brachte ich seiner Mutter das Thema Achtsamkeit näher, und wir vertrieben uns gemeinsam die Zeit mit Häkeln und dem Anzüchten von Gemüse in Milchtüten. Es entlockte Frau Andlau jedes Mal ein wildes Jauchzen, wenn wir das Haltestöckchen für die Zucchini ein winziges Stückchen erhöhen mussten. Wir reaktivierten das seit Jahren verwaiste Gewächshaus, recherchierten, was man Mitte Oktober pflanzen konnte, und bauten Mangold, Wintersalat und Wintererbsen an. Gegen neun kam Patrick meist zurück. Einmal überredete ich ihn zu einer kleinen Yogastunde, einmal zu Meditation und einmal dazu, über seine dritte Tupperdose zu sprechen. Als ihm dabei wortwörtlich die Augen zufielen, verschoben wir das Thema auf das Wochenende, wo er angeblich mehr Zeit für mich haben würde. Wer es glaubte.

Trotzdem war ich zufrieden. Erstens hatte mir Frau Andlau eine Abschlagszahlung aufs Konto geschickt, die nicht nur meine Bank freute, sondern auch mich sehr beruhigte. Zweitens ließ Papa mich in Ruhe, sodass ich Zeit für andere Dinge hatte. Ich erstellte ordentliche Social-Media-Accounts für unser Studio, bereitete dafür jede Menge Posts auf Halde vor, entwarf einen besseren Flyer für meine Achtsamkeitstrainings und kümmerte mich um mich selbst. Das fing beim Friseur an und hörte mit Yoga im wunderschönen Park der Familie Andlau auf.

Dabei erwischte mich Patrick am Samstagnachmittag. Ich hatte noch nicht mit ihm gerechnet, als ich aus meiner konzentrierten Yoga-Session ins Hier und Jetzt auftauchte und ihn auf der Terrasse stehen sah. Ich rollte meine Yogamatte zusammen und schlenderte auf ihn zu.

»Bei dir sieht das so leicht aus«, sagte er mit Anerkennung in der Stimme.

»Ich mach das ja auch schon seit einiger Zeit. Der Trick ist, das Gleichgewicht zu finden. Alles andere kommt wie von selbst. Du bist früh zurück«, stellte ich dann fest.

»Mein Videocall ist ausgefallen, weil meine Gesprächspartnerin krank geworden ist. Also hab ich plötzlich Zeit zur Verfügung.«

Ich hörte die stumme Frage darin mitschwingen. Jap. Er hatte definitiv mitbekommen, dass ich auf Abstand gegangen war. Um das nicht zu bemerken, war er zu feinfühlig.

»Erst mal muss ich duschen«, wich ich ihm aus.

»Gut. Dann mach ich deine Stressoren-Abfrage. Bringst du mir bei der Gelegenheit gleich das Achtsamkeitstagebuch mit? Du findest mich in der Küche.«

Das war deutlich. Er erwartete mich entweder für ein Achtsamkeitstraining oder für ein nettes Gespräch. Sofort wurde mir klar, warum es keine gute Idee war, Privates und Berufliches zu vermischen. Man wusste nie, wo das eine begann und das andere aufhörte.

Zwanzig Minuten später setzte ich mich mit noch nassen Haaren zu ihm und reichte ihm das leere Achtsamkeitstagebuch. »Es würde sich darüber freuen, ausgefüllt zu werden. Drei Dinge, die dich am Tag erfreut haben. Wenn du es nicht immer schaffst, ist das nicht schlimm. Versuch es einfach«, erklärte ich knapp.

Er lehnte sich in seinem Stuhl zurück und forschte in meinem Gesicht nach was weiß ich. »Hab ich dich verärgert?«, fragte er rundheraus.

»Nein«, sagte ich viel zu schnell. »Wie kommst du denn darauf?«

»Weil du mir ausweichst und das ungewöhnlich für dich ist. Was ist los?«

Ich zögerte, mit der Wahrheit herauszurücken. Was, wenn ich mir diesen Moment nur eingebildet hatte und mich vor Patrick lächerlich machte? Womöglich war er ja zu allen Leuten so zuvorkommend und nett. Vielleicht schätzte ich ihn falsch ein.

»Ich versuche, professionell zu bleiben«, wagte ich mich vor.

»Aha. Und das warst du ... wann nicht?«

»Mehrmals. Vor allem bei unserem denkwürdigen Achtsamkeits-Spaziergang. Da war so ein … Moment.« Oh Gott! Ich hatte es wirklich ausgesprochen. Gleich runzelt er die Stirn, dachte ich panisch. Ruder zurück! Ruder zurück!

Doch Patrick überraschte mich wieder einmal. »Ich weiß«, sagte er leise. »Das hab ich auch bemerkt.« Er sah mich weiter aufmerksam an. Offen und ehrlich und … Wieso musste der Kerl so schöne braune Augen haben? Da funktionierte mein Verstand einfach nicht richtig. Wir starrten einander eine Weile stumm an. Ich für meinen Teil dachte an gar nichts und lauschte meinem wild pochenden Herzen und dem Summen hinter meinen Schläfen.

Patrick lächelte plötzlich und brachte mich damit noch mehr aus dem Takt. »War das denn so schlimm?«

»Nein!«, platzte ich heraus. »Nein, nein! Im Gegenteil. Es war lustig und schön und irgendwie zauberhaft. Mal abgesehen von der Schlange und meinem nassen Hintern.«

»Und wo ist dann das Problem?«

»Meine Professionalität.«

Endlich begriff Patrick. Nachdenklich fokussierte er mich und tippte dabei mit einem Zeigefinger auf den Tisch. Der einzige Hinweis darauf, dass er auch ein klein wenig nervös war. »Verstehe«, sagte er leise. »Normalerweise schätze ich Professionalität in höchstem Maße. In unserem Fall ist es … ausgesprochen schade.«

»Es hängt für mich viel an diesem Auftrag«, erklärte ich zögernd. »Ich kann es mir nicht leisten, mich ablenken zu lassen.«

Patrick schob vehement die Blätter, die vor ihm lagen, von sich fort und beugte sich gleichzeitig zu mir rüber. »Wenn das so ist, erkläre ich für dieses Wochenende das Training für beendet. Jetzt hab ich frei, genau wie du. Sollen wir was essen gehen?«

Er hatte es nicht kapiert – oder wollte es nicht kapieren, so wie seine Augen funkelten. Er sah gar nicht ein, auf professionellen Abstand zu gehen. Mein Herz freute sich diebisch darüber.

Vorsicht!, schrie mein Verstand. Ab sofort bewegst du dich auf dünnem Eis. Das ist genau das, was wir vermeiden wollten. Dass er ein privates Treffen dem Achtsamkeitstraining vorzieht.

»Erst füllst du das hier aus«, sagte ich tapfer und erkannte zu spät, dass es eine indirekte Zusage war. Verdammt!

Patrick war daraufhin ausgesprochen fleißig. Seine Aufgabe war einfach. Das letzte Mal hatte er die Stressoren angekreuzt, die ihm zu schaffen machten, und sie in eine Reihenfolge gebracht. Jetzt sollte er sich überlegen, wie er sein ideales Arbeitsleben aussähe. Es ging darum, sich bewusst zu machen, was er wirklich wollte – und einen Mittelweg zu finden, um es besser zu machen. Manchmal half es schon, das aufzuschreiben.

Patrick brauchte nicht lange. Er schrieb fleißig, und ich versuchte, auf dem Kopf unauffällig mitzulesen. Leider vergebens.

Schweigend drehte Patrick das Blatt schließlich so, dass ich es überfliegen konnte.

»Umstrukturierung« stand da bei den meisten Fragen. An zwei Stellen wurde er etwas deutlicher.

»CEO, COO, CFO«, las ich. »Klingt wie ein Klub der Ufologen.« Als ich Patricks konsternierten Blick bemerkte, lachte ich ihn an. »Keine Sorge. Ich weiß schon grob, was das heißt. Geschäftsführer, Tagesgeschäft, Finanzmensch, nicht wahr?«

»In etwa. Mein Vater wollte nie die Fäden aus der Hand geben, doch mittlerweile sind wir dafür zu groß geworden. Ich überlege schon länger, die Verantwortung aufzuteilen, nur wird das ein Kraftakt. Langfristig verschafft es mir Luft.« Er schwieg einen Moment und presste die Lippen aufeinander. »Papa würde sich im Grabe umdrehen, wenn er das hören müsste.«

»Er hätte garantiert nicht gewollt, dass sich sein Sohn schon vor der verdienten Rente zu ihm gesellt«, hielt ich dagegen.

Patrick dachte über meine Worte nach und nickte. »Je länger

ich mit dir arbeite, desto klarer wird es mir. Es ist, als würdest du mir eine Möhre vor die Nase halten und mir erklären, dass ich sie erst bekomme, wenn ich kürzertrete.«

»Eine Möhre? Wofür steht die denn sinnbildlich?«, fragte ich amüsiert.

»Für das Leben. Für Freizeit. Für den Moment, für den man atmet. Für Familie. Für eine Partnerschaft. Für Liebe.«

»Oh.« Ich ersetzte mein Grinsen durch ein Lächeln. »Dann ist das Bild mit der Möhre genau das, was ich dir vermitteln will.«

Hatte ich mich getäuscht, oder war seine Stimme bei den Worten »Partnerschaft« und »Liebe« sanfter geworden? Hatte er dabei an mich gedacht? Und warum erschreckte mich der Gedanke weit weniger, als er eigentlich sollte?

Wir blieben einen langen Moment sitzen und sahen uns an. Spürten, dass wir kurz vor einer bahnbrechenden Veränderung standen. Ich war zu ihm durchgekommen. Er hatte zugehört und verstanden, was seine Mutter und ich ihm klarzumachen versuchten. Jetzt war die Frage, ob er den Denkanstoß auch umsetzte.

Als Patrick unerwartet aufstand, zuckte ich zusammen, noch gefangen in meinen Gedanken. »Um all das angehen zu können, brauche ich Energie. Wir sollten etwas essen gehen.« Er blieb neben mir stehen, sah auf mich herunter. »Es steht dir natürlich frei abzulehnen. Seit der Sekunde, in der ich aufgestanden bin, bist du nicht mehr meine Trainerin, sondern eine … Freundin? Keine Ahnung. Jedenfalls mag ich deine Gesellschaft und würde dich gerne zum Essen einladen.«

»Als ein Date?«, hakte ich misstrauisch nach.

»Nenn es, wie du willst. Hauptsache, du kommst mit.«

FÜNFZEHN

Patrick: Meine Presseabteilung hat mich dringend
aufgefordert, den Kontakt mit dir zu vermeiden. Die
Rechtsabteilung hab ich zurückgepfiffen, aber
BITTE, Merle! Hör auf, mit der Presse zu sprechen.
Mama geht es weiterhin sehr schlecht.

Drei Wochen zuvor

Da saß ich nun und haderte mit mir. Mein verräterischer Magen entschied für mich, indem er laut knurrte. Außerdem war ich mein Leben lang darauf getrimmt worden, niemals ein kostenloses Essen abzulehnen. Ich sprang schon auf die Beine, ehe ich es richtig kapiert
hatte. »Aber bitte kein Schickimicki-Restaurant«, warf ich ein. »Irgendwas Bodenständiges, und es sollte etwas Vegetarisches geben.«

»Da fällt uns bestimmt was ein.«

Fünf Minuten später saß ich neben Patrick im Auto und fragte
mich, wie zur Hölle ich hierhingekommen war. So viel dazu, professionelle Distanz zu wahren. Auf der anderen Seite musste der
Mensch essen, nicht wahr?

Genau. Rede dir das nur schön, dachte ich. In Wahrheit bist du gerne in Patricks Gesellschaft und nutzt jede Chance, die du kriegen kannst.

Wir entschieden uns für einen gemütlichen Italiener. Nicht zu schick, nicht zu Bistro-mäßig. Es gab sogar noch einen Platz am Fenster, und wir schafften es, die nächsten zwanzig Minuten weder über Achtsamkeit noch über die Arbeit oder die Zukunft zu sprechen. Wir suchten unser Essen aus, fachsimpelten über unsere Präferenzen von koffeinhaltigen Getränken und lästerten leise über die hässliche Deko. Wir stellten fest, dass Patrick lieber mit dem Rücken zum Rest des Geschehens saß, um aus dem Fenster gucken zu können. Ich hingegen behielt gerne die anderen Gäste im Auge. Wie gut, dass wir uns genau so hingesetzt hatten.

Ich hätte ewig weiterquatschen können. Als das Essen kam, war ich so gut gelaunt wie schon lange nicht mehr. Ich vergaß, dass ich auf Distanz bleiben wollte. Stattdessen genoss ich einfach. Und wie!

Bis eine junge Frau von einem der hinteren Tische aufstand und sich direkt neben Patrick aufbaute.

Erstaunt wandte er sich zu ihr, unterbrach seinen begonnenen Satz und starrte die Frau einen langen Moment einfach nur an. Sie trug eine schlichte weiße Bluse und eine schwarze Hose, dazu hellbraune Pumps mit einem mördermäßigen Absatz. Welliges blondes Haar, niedliche Stupsnase, funkelnde graublaue Augen, ausgeprägte Wangenknochen und ein ausgesprochen fest zusammengekniffener Mund. Mein Blick blieb an ihren riesigen Ohrringen hängen, die ihre Ohrläppchen in die Länge zogen. Abgesehen von dieser Modeentgleisung sah sie perfekt aus, sorgfältig geschminkt.

Sie hatte die Arme verschränkt und sirrte vor Aggression. Die Augen etwas zusammengekniffen, das Kinn vorgereckt, als würde sie sich auf einen Kampf vorbereiten.

»Patrick«, sagte sie eisig als Begrüßung.

Der hatte sich mittlerweile gesammelt und ließ sich langsam nach hinten gegen die Stuhllehne sinken, legte seine Gabel zur Seite und tupfte sich betont ruhig die Mundwinkel mit einer Serviette ab. Erst dann zog er eine Augenbraue in die Höhe und sagte mit freundlicher Stimme, die im krassen Kontrast zu seinen Worten stand: »Bitte keine Szene.«

»Dafür hätte ich allen Grund«, fauchte die Frau aufgebracht.

Im Hintergrund sah ich einen älteren Herrn, der schwerfällig aufstand und mit zögerlichen Schritten zu uns kam. Wenn ich mich nicht irrte, hatte er kurz zuvor bei der Frau am Tisch gesessen. Seine buschigen grauen Augenbrauen waren besorgt zusammengezogen. Er schien sich, genau wie ich, ganz weit weg zu wünschen.

»Ich muss leider widersprechen. Was momentan geschieht, hast du dir einzig und allein selbst zuzuschreiben«, sagte Patrick.

»Ach, komm. Nur du kannst der Staatsanwaltschaft die entscheidenden Hinweise gesteckt haben. Die klagen mich an, Patrick, und du bist schuld! Und deine verdammte Firma ist der Nebenkläger.«

»Nein, ist sie nicht. Das habe ich verhindern können, gegen den Willen meiner Berater. Unser Klient ist Nebenkläger. Wir werden als Zeugen aufgerufen.«

Sie starrte Patrick so hasserfüllt an, dass es mir kalt den Rücken runterlief. »Das hast alles du in Gang gesetzt. Leugne es gar nicht erst. Das werde ich dir nie verzeihen.«

Der alte Herr war mittlerweile neben uns angekommen und ergriff den Arm der Frau. »Komm, Melanie. Das solltet ihr nicht hier besprechen. Patrick.« Er nickte kurz und wollte Melanie …

Verdammt! Melanie! Patricks Ex-Verlobte!

Ich bemühte mich um eine neutrale Miene, doch scheiterte wohl.

»Ganz genau«, erklärte Melanie mir mit hochgezogenen Augenbrauen. »Ich bin *die* Melanie. Ich nehme an, du bist seine neue Flamme? Dann habe ich eine Botschaft für dich: Dieser Kerl wird dir ein Messer in den Rücken jagen, sobald du zu einer firmeninternen Bedrohung werden könntest. Renn, solange du noch kannst.«

»Melanie«, sagte der ältere Herr nun schärfer. »Lass uns gehen!«

Mittlerweile war es verdächtig still im Laden geworden. Alle beobachteten das Streitgespräch im vorderen Bereich.

Patrick war noch immer sitzen geblieben, was mich wunderte. Ich wäre längst aufgestanden, um Stärke auszustrahlen. Womöglich wollte er der Szene keinen weiteren Zunder geben.

Der ältere Herr hatte Melanie mittlerweile dazu gebracht, ein paar Schritte zurück zu ihrem Tisch zu gehen. Am Zucken ihrer Schultern meinte ich zu erkennen, dass sie weinte. Patrick rieb sich indes die Stirn und drehte sich wieder zu mir. Obwohl ich es nicht wollte, starrte ich erst ihn an, danach die sich langsam entfernende Melanie und dann wieder ihn.

»Wir sollten gehen«, sagte Patrick leise.

»Aber …«, hob ich zum Protest an. Unser Essen war gerade erst gekommen, und ich hatte … Nein, der Hunger war mir ehrlich gesagt vergangen, trotzdem widerstrebte es mir, so leckere Speisen zurückgehen zu lassen.

Patrick war bereits aufgestanden, holte sein Portemonnaie aus der Hosentasche und ging nach hinten zur Theke, um direkt beim Kellner zu bezahlen. Dabei kam er unweigerlich an Melanie vorüber, die ihn mit Blicken lynchte.

Meine Achtung vor Patrick wuchs weiter, denn er schaffte es, eine Aura der Gelassenheit auszustrahlen. Er hatte sogar die Nerven, nach etwas zum Einpacken zu fragen, denn er kam mit zwei kleinen Pappschachteln zurück.

So schnell hatte ich noch nie Essen von A nach B geschaufelt.

Eine Minute später waren wir draußen und konnten aufatmen. Die kalte Oktoberluft strömte in meine Nase und sorgte dafür, dass mein Kopf sich klärte.

Im ersten Moment wollte ich etwas Nettes sagen, doch ich verbiss mir jedes Wort, als ich in Patricks Gesicht blickte. Seine Ruhe war wie weggeblasen, und ich sah echtes Bedauern, tiefe Traurigkeit und einen Hauch Ärger. Als er bemerkte, dass ich ihn ansah, glätteten sich seine Züge, und er drehte sich von mir weg, um zu seinem Auto zu eilen.

Verdammt. Ich hatte wirklich gar keine Lust, auf engem Raum mit einem vor sich hin brütenden Patrick zu sitzen. Und seien es nur fünf Minuten. »Lass uns ein Stückchen gehen«, schlug ich vor, bevor er die Straßenseite wechseln konnte.

Patrick zögerte einen Moment, sah auf die Pappschachteln in meinen Händen, anschließend in mein Gesicht. Ich bemühte mich um eine gelassene, freundliche Miene. Das gab vermutlich den Ausschlag. Er nickte und lief danach neben mir her. »Soll ich die nehmen?«, schlug er vor und deutete auf unser Essen.

»Lass mal. Die wärmen mir die Finger, und ich kann mich dran festkrallen.« Mein Spruch verpuffte leider. Patricks Miene blieb wie versteinert. Ich konnte sehen, wie es in seinem Hirn arbeitete. Vermutlich ging er gerade das Gespräch durch und überlegte, ob er diesen Zusammenprall hätte verhindern können. »Das war unschön«, sprach ich das aus, was niemand von uns bestreiten konnte.

»Und es tut mir wirklich sehr leid. Melanie geht sonst nie in solche Restaurants. Ihr Vater hat mir den Laden mal empfohlen, er fühlt sich in gehobeneren Lokalen nicht sonderlich wohl. Ich hätte wissen müssen, dass sie womöglich dort sind.«

»Du kannst nicht alles planen, Patrick.«

»Es ist Theos Lieblingslokal. Ich war nie mit Melanie dort, weil sie Pizza nicht mag, aber ihr Vater hat in den höchsten Tönen davon geschwärmt. Also ja. Das hätte sich vermeiden lassen.«

Deutlich hörte ich Patricks Ärger aus seinen Worten. Mir fiel keine Erwiderung ein, die er nicht abgeschmettert hätte. Offenbar wollte er sich gerade über sich selbst grämen. Dagegen zu halten brachte erst mal nichts. Wir gingen schweigend weiter. Ohne Ziel. Einfach nur laufen, bis ich unsere Schritte zu lenken begann.

Das war meine Heimatstadt. Hier kannte ich mich aus. Unwillkürlich schlug ich den Weg zum Stadtpark und zu unserem Studio ein. »Ich hab Hunger«, sagte ich zu Patrick, um ihn aus seinen unangenehmen Gedanken zu holen. »Der Duft von diesem Essen verknotet meinen Magen. In der Ruheoase gibt es Besteck, einen Esstisch und Stühle. Lass uns dahin gehen.« Ich deutete auf die breiten Fenster, die uns still und dunkel begrüßten. »Offenbar hat Bahar ihre Stunde bereits beendet. Wir haben das Studio für uns.«

Patrick wollte nicht. Das sah ich ihm ganz genau an. Vermutlich wollte er zurück nach Hause, sich an seinen Schreibtisch setzen und ein Gesprächsprotokoll erstellen oder was ein Manager nach einem derart unschönen Zusammenprall eben tat. Mir zuliebe nickte er und folgte mir durch das kleine gusseiserne Törchen zu der verwitterten Eingangstür. Jetzt musste ich ihm doch die Schachteln überreichen, damit ich den Schlüssel herauskramen konnte.

Ich zog die Tür auf und wollte das Licht anknipsen. »Wir …«, setzte ich an und kam nicht weiter, denn ein gigantischer Schatten sprang mich im Halbdunkel an und warf mich zu Boden. Unsanft landete ich auf dem Hosenboden. Mit einem gellenden Schrei riss ich die Hände hoch, um das Etwas abzuwehren, das mich da angefallen hatte. Ich war mir sicher, dass mein letztes Stündlein geschlagen hatte. In der Dunkelheit blitzten scharfe Reißzähne direkt vor meinen Augen auf, und ich roch den Gestank aus dem Maul eines Untiers. Gänsehaut kroch über meinen gesamten Körper, bis …

… ich endlich kapierte, dass ich nicht zerrissen, sondern abgeschleckt wurde. Quer durchs Gesicht, inklusive Zunge im Ohr.

»Bääääh«, keuchte ich und blinzelte, weil Patrick endlich den Lichtschalter gefunden hatte.

Gleich darauf packte er den riesigen Hund am Halsband und zog ihn von mir runter. »Was zur Hölle …?«, hob er an. »Aus! Schluss! Benimm dich!«

Die Strenge in seiner Stimme wirkte. Zwar wedelte der Hund noch immer wie wild mit dem Schwanz und vibrierte vor Glück über unsere Anwesenheit, hatte sich aber auf seinen Hintern gesetzt und beruhigte sich langsam.

Ich setzte mich ächzend auf und musterte das Vieh. »Maya«, knurrte ich wütend.

»Maya? Seltsamer Name für einen Rüden«, stellte Patrick verwirrt fest, während er den Hund streichelte, ihn aber weiterhin am Halsband hielt, damit er sich nicht wieder auf mich stürzen konnte.

»Maya ist meine kleine Schwester, und das hier ist ihr neuestes Chaosprojekt.« Ich drehte mich um, starrte in die noch im Dunkeln liegenden Trainingsräume. Einzig der Empfangsraum war mit Licht erfüllt. »Maya?«, rief ich mit wenig Hoffnung. Keine Antwort.

Und endlich begriff ich, was hier los war.

Der seit Wochen spurlos verschwundene Schlüssel, den Bahar garantiert nicht verlegt hatte.

Die mysteriösen Haare auf unseren Dekokissen.

Die Alarmanlage, die ständig ausgeschaltet war und angeblich nicht richtig funktionierte.

»Unfassbar!«, grummelte ich und rappelte mich endlich auf. Ich lief zur Theke und warf einen Blick auf die Alarmanlage. Ausgeschaltet. Wie vermutet.

Patrick saß mittlerweile neben dem Hund auf dem Boden, und das Tier hatte sich quer über seine Beine gelegt, unendlich glücklich, nicht mehr allein in diesen Räumen zu sein.

Mit vor Wut zitternden Fingern zog ich mein Handy hervor und rief Maya an. Mailbox. Also rief ich noch mal an. Und noch mal. Und noch mal. Bis sie endlich ranging und dabei verdächtig genervt klang.

»Merle, verdammt! Ich bin beschäftigt!«

»Vermutlich mit einem Kerl?«, entgegnete ich giftig. »In meiner Wohnung?«

»Das ist unsere Wohnung!«

»Soviel ich weiß, warte ich noch immer auf deinen Anteil, den du mir überweisen wolltest. Und so lange ist es MEINE Wohnung.«

»Müssen wir das jetzt diskutieren?«

»Ja, müssen wir! Ich bin gerade ahnungslos in der Ruheoase von deinem Hund angefallen worden. Maya! Was macht das Vieh hier?«

Eine kurze Pause entstand, und ich meinte ein leises »Sorry« zu hören. Vermutlich hatte Maya das zu ihrer Bettbekanntschaft gesagt und nicht zu mir. Ich hörte sie rumoren. Sie stand auf. »Das mit Brutus und meinen … Bekanntschaften … funktioniert nicht so gut«, flüsterte sie in den Hörer. »Der hockt immer neben uns und starrt uns bei du weißt schon was an.«

»Beim Sex mit deinen One-Night-Stands?«, half ich ihr auf die Sprünge.

»Ja, genau. Er sitzt da und winselt. Einmal ist er sogar auf den Rücken eines Typs gesprungen. Das war vielleicht peinlich. Jedenfalls bringe ich ihn jetzt immer woanders unter.«

»Woanders? Nette Umschreibung für unser Achtsamkeitsstudio. Verdammt, Maya! Das ist nicht dein Ernst.«

»Was denn? Ist doch nichts passiert.«

Ich starrte den hechelnden Hund an. Mein Magen zog sich bei seinem Anblick zusammen. »Sag das mal Brutus. Der findet es grässlich, zurückgelassen zu werden.«

»Ach, der packt das schon.«

»Meine Kissen aber nicht. Hol das Vieh ab!«

»Das geht nicht. Echt nicht.«

»Klar, geht das. Schmeiß deine Bekanntschaft raus und komm hierher.«

»Du übertreibst mal wieder, Schwesterherz. Jetzt bist du doch da und leistest Brutus Gesellschaft, bis ich ihn abholen komme. Ich muss Schluss machen. Hab dich lieb!«

Zack! Und schon hatte sie aufgelegt. Ungläubig starrte ich mein Handydisplay an. Echt jetzt?

»Deine Schwester muss wirklich 'ne Nummer sein.« Patrick schüttelte missbilligend den Kopf. »Armes Kerlchen. Hat sie dich für Sex abgeschoben?« Er knuddelte Brutus so fest, dass der vor Behagen grunzte und schnaufte.

»Sie will ihn wirklich hierlassen, bis sie fertig ist«, erklärte ich fassungslos.

»Erst mal sind wir ja da. Wenn sie nach dem Essen nicht zurück ist, nehmen wir ihn mit. Der dreht sonst durch.«

»Wir ... Meinst du das ernst?«

»Klar. Wir hatten immer Hunde. Im Tesla wird es etwas unbequem mit dem Riesen, aber ist ja nur eine kurze Fahrt. Er heißt wirklich Brutus?«

»Offenbar.«

»So ein brutaler Name für so ein hübsches Kerlchen.« Ein letztes Mal knuddelte er das Tier, dann schob er es von sich und stand auf. Erst jetzt bemerkte ich, dass er die Pappschachteln auf dem Boden abgestellt hatte. Die sammelte er rasch auf, bevor Brutus sich darauf stürzen konnte.

»Alles in Ordnung bei dir, Merle?«, fragte er, weil ich noch immer völlig reglos am Empfang stand.

»Mir tut der Hintern weh, weil ich draufgeplumpst bin. Außerdem bin ich wütend auf Maya, verwirrt wegen Melanie und schrecklich hungrig.«

»In dem Fall sollten wir erst mal etwas essen. Danach sehen wir klarer.« Er hielt mir auffordernd die Hand hin, und ich nahm sie instinktiv. Er hielt sie ein klein wenig länger als nötig. »Der Abend fing so schön an, jetzt lass ihn uns nett beenden«, erklärte er leise.

Ich nickte, während sein Daumen ganz leicht über meine Hand strich. Eigentlich war es nur eine so winzig kleine Bewegung, und trotzdem machte sie etwas mit mir. Ich wollte mehr davon. Unbedingt und ganz dringend! Leider löste sich Patrick bereits von mir. »Essen wir an der Theke?«

»Nein, wir haben eine kleine Teeküche mit Tisch und Stühlen. Hier rechts.« Ich ging vor und zeigte Patrick den gemütlichen Raum, von dem man auf die dunkle Straße blickte.

Patrick nahm mir wortlos die Jacke ab, hängte sie an einen Haken in der Ecke, zog einen Stuhl zurück und sah mich auffordernd an. »Die Dame«, sagte er, weil ich mich nicht rührte.

Ich setzte mich und sah ihm dabei zu, wie er sich den Mantel auszog und auf der Suche nach Besteck sämtliche Schubladen aufzog. Brutus saß direkt neben ihm und starrte ihn an. »Hunger, Kumpel?«, fragte Patrick, als er den treuen Hundeblick mit der stummen Aufforderung darin bemerkte. »Sorry. Aber das ist unser Essen.«

Er schob das Tier zur Seite und setzte sich zu mir. Ich stand noch mal auf und zapfte Leitungswasser in zwei Gläser ab. »Eine andere Getränkeauswahl haben wir nicht.«

»Wir essen aus Pappschachteln. Da geht auch stilles Wasser aus dem Kran.« Er beobachtete mich dabei, wie ich mich umständlich setzte und mir seufzend eine Gabel nahm. »Nicht über deine Schwester ärgern«, sagte er und legte eine Hand auf meine. Als er bemerkte, was er da tat, zog er sie hastig zurück. »Entschuldige. Irgendwie habe ich momentan das Bedürfnis, dich in den Arm zu nehmen. Falls dich das stört, sag es bitte – von wegen professioneller Distanz und so. Dann arbeite ich daran, mich zusammenzureißen.«

Um ein Haar wäre ich aufgesprungen, um mich ihm an den Hals zu werfen, aber nein … nur mit größter Mühe zwang ich mich, ruhig sitzen zu bleiben. »Zwischen wollen, sollen und dürfen gibt es gerade eine harte Diskussion«, antwortete ich zaghaft. Betont gut gelaunt öffnete ich die Pappschachtel mit meinen Gnocchi mit Spinat und Pinienkernen, um seinen Augen nicht begegnen zu müssen. Nope. Das bildete ich mir definitiv nicht ein. Er verschlang nicht sein Essen, sondern mich mit Blicken.

Schließlich senkte er die Augen und stach lustlos mit der Gabel in seine Pasta Gamberetti. »Das mit deiner Schwester und dem Hund ist nicht in Ordnung«, sagte er. »Ihr wohnt zu zweit in einer Einzimmerwohnung, und dann holt sie sich so ein großes Tier?«

»Es soll nur eine vorübergehende Lösung sein. Brutus hat sein Zuhause verloren, und Maya hat ihn genommen, bevor er im Tierheim landet. Eigentlich ist sie eine gute Seele, nur denkt sie nie nach.« Dass ich meine Schwester verteidigte, war wieder typisch. Ich konnte nicht anders. Maya war Familie, und die hielt zusammen.

Patrick ließ das Thema ruhen, pikte eine Garnele auf und musterte mich eindringlich. »Ich habe den Eindruck, ich schulde dir eine Erklärung wegen Melanie«, sagte er vorsichtig. »Vor allem wegen ihrer Warnung.«

»Dass du mich fertigmachen wirst, sobald ich deiner Firma gefährlich werden könnte?« Ich schnaubte. »Keine Sorge. Ich bin nicht inkognito von der Steuerfahndung oder der Staatsanwalt-schaft. Wobei mich schon interessiert, warum die gegen Melanie ermittelt.« Fragend zog ich eine Augenbraue in die Höhe.

Prompt ließ Patrick seine Gabel sinken. »Melanie und ich waren schon drei Jahre zusammen und seit zwei Monaten verlobt, als sie sich geschäftlich an meinen Vater gewandt hat. Das Unternehmen, bei dem sie arbeitete, suchte jemanden für seine Cybersicherheit. Der Klient war für uns eine Nummer zu groß, aber Melanie wollte den Deal unbedingt vermitteln. Sie arbeitet auch in der IT-Bran-che und erhoffte sich dadurch einen Karrieresprung. Mein Vater wischte meine Bedenken zur Seite und ging auf den Deal ein. Me-lanie wurde unsere Vermittlerin. Damals war ich nicht im Unter-nehmen tätig, sodass ich die sich anbahnende Katastrophe zu spät bemerkte. Jedenfalls ging beim Kunden ordentlich was schief. Me-lanie geriet unter Druck, Papa unter Beschuss, und ein Drama jagte das nächste. So gestresst war mein Vater vermutlich noch nie in seinem Leben. Es ging um Millionen.«

Einen langen Moment schwieg er, dann räusperte er sich. »Während einer Krisensitzung mit genau diesem Kunden bekam Papa den Herzinfarkt, von dem er sich nicht wieder erholte. Er starb – mitten im größten Sturm für die Firma. Ich musste wohl oder übel das Ruder übernehmen und feststellen, dass es gar nicht unbedingt um den Fehler ging, den unser Unternehmen gemacht hatte. Denn Melanie wurden Insidergeschäfte vorgeworfen. Als meine Verlobte gehörte sie quasi zu unserer Familie, gleichzeitig war sie Angestellte bei unserem Kunden. Sie hatte Aktien von ih-rem Arbeitgeber gekauft und die einen Tag vor Bekanntwerden un-seres Fehlers eilig wieder verkauft. Am selben Tag hatte sie eine dritte Partei vorgewarnt – bei der sie sich kurz zuvor um eine Ma-nagementstelle beworben hatte.«

Müde fuhr sich Patrick über das Gesicht. »Es war ein einziges

Chaos. Die Börsenaufsicht wurde informiert, gegen Melanie wurde ermittelt und meine Rolle genau unter die Lupe genommen. Und all das geschah, während wir Papas Beerdigung planen mussten. Das war schlimm. Ich setzte einen drauf, indem ich mich von Melanie trennte. Irgendwie haben wir es geschafft, all das vor der Presse zu verheimlichen, aber sobald der Prozess beginnt, wird es hässlich. Eigentlich bete ich nur, dass es für die Journalisten zu lange her ist und dadurch uninteressant. Börsenthemen interessieren die Mehrheit der Bevölkerung nicht, weil das so kompliziert ist. Für Melanie sieht es böse aus. Was sie von meiner Rolle in diesem Drama hält, hast du ja gesehen und gehört. Sie fühlt sich von mir hintergangen, denn ich habe ihrer Ansicht nach den Ruf des Unternehmens über sie und unsere Liebe gestellt. Dass ich mich nicht von ihr getrennt habe, weil sie einen Fehler begangen hat, versteht sie einfach nicht. Ich habe mich getrennt, weil sie diesen Fehler nie zugegeben hat und sich trotz allem als Opfer sieht.« Kaum hatte er den Satz gesagt, schüttelte er betrübt den Kopf. »Jetzt habe ich den Abend völlig ruiniert.«

»Nein. Ich verstehe nun so einiges.«

»Ach ja? Für mich ist es nach wie vor ein einziges Durcheinander. Die letzten vier Jahre hetze ich den Ereignissen hinterher und versuche mich an Schadensbegrenzung, ohne den Alltag überhaupt in Angriff nehmen zu können. Zum Glück hat unser Kunde erstaunlich menschlich reagiert, nachdem Vater zusammengebrochen ist. Die Firma hat von einer Klage gegen uns abgesehen, solange wir den entstandenen Schaden begleichen und gegen Melanie aussagen. Allein diese Entscheidung hat mich gefühlt ein Jahr Schlaf gekostet. Aber als Chef muss ich eben solche Beschlüsse treffen, ohne meine persönlichen Befindlichkeiten in den Vordergrund zu stellen. Es war hart, und es hat mich verändert. An der Spitze ist es einsam. Wie einsam, bemerke ich erst jetzt.«

Ich überlegte, ob ich es laut aussprechen sollte. Schließlich gab ich mir einen Ruck. »Um ehrlich zu sein, erschrecke ich jedes Mal, wenn ich dich in deiner Rolle als Firmenboss erlebe. Es ist, als stünde da ein komplett anderer Mensch vor mir. Reizbar, aggressiv und extrem bestimmend. Hast du eigentlich bemerkt, dass die Leute Angst vor dir haben?«

Patrick starrte mich einen langen Moment an, und ich befürchtete schon, übers Ziel hinausgeschossen zu sein. Da nickte er endlich. »Ich weiß. Es ist meine Art, mit dem Druck umzugehen. Bevor Diskussionen aufkommen können, ersticke ich sie im Vorfeld. Es schockiert mich, dass du das so schnell erkannt hast.«

Etwas hilflos zuckte ich mit den Schultern. »Ich mag dich im Alltag sehr. Da fällt es auf, wenn du plötzlich ins Handy brüllst oder deine Untergebenen ansiehst, als würdest du sie feuern wollen. Achtsamkeit bezieht sich nicht nur auf einen selbst, sondern auch auf die Mitmenschen. Nächstenliebe ist erst möglich, wenn man sich selbst lieben und schätzen kann. Ich glaube, das hast du aus dem Blick verloren. Du betreibst Raubbau an deinem Körper und an deinem Geist. Du bist schlecht zu dir selbst – und das färbt auch auf den Umgang mit deinen Mitarbeitern ab.«

So wie Patricks Augen blitzten, wusste ich, dass er verärgert war. Sich womöglich angegriffen fühlte. Doch in dieser Sekunde erkannte ich auch etwas, für das ich bisher blind gewesen war: Achtsamkeit war ein so wichtiger Aspekt meines Lebens, dass die Einstellung zu einem festen Teil von mir geworden war. Wem das nicht passte, der hatte in meinem Leben keinen Platz.

Oder es zumindest schwer mit mir. Wie mein Vater. Und manchmal eben auch Patrick.

Ich räusperte mich leise, als mir die unangenehme Stille zwischen uns bewusst wurde. Bevor ich das Wort Achtsamkeit in den Mund genommen hatte, waren wir uns sehr nahegekommen. Patrick hatte sich mir gegenüber geöffnet. Jetzt hatte er dicht gemacht.

»Wann immer ich dich über das Unternehmen reden höre, vernehme ich Kritik an dir selbst. Du hasst deinen Job und schämst dich dafür, weil er dein Leben ausfüllen sollte, es aber nicht tut. Du bist ruppig zu deinen Mitarbeitern, und das quält dich, weil du eigentlich ein verständnisvoller, sehr zugewandter Mensch bist, der gut zuhören kann. Du spürst, dass der Arbeits-Patrick ganz anders ist als der Patrick, der du gerne sein möchtest. Das zerreißt dich auf Dauer. Um deine Arbeit erledigen zu können, musst du dieser Arbeits-Patrick sein – und dadurch verlierst du dich selbst. Du hast den Kontakt zu deinem wahren Ich verloren, und weil du ein sensibler Mensch bist, spürst du das ganz genau. Du weißt, dass etwas nicht in Ordnung ist, und hast gleichzeitig keine Ahnung, wie du dich wieder befreien kannst. Und bevor du mit den Augen rollst und meine Worte zurückweist: Das ist kein esoterisches Gerede. Das ist der Kern des Problems.«

Diesmal hielt ich Patricks kritischem Blick stand. Für ihn. Für mich. Denn das, was ich zu sagen hatte, war zu wichtig, um es zur Seite zu wischen. Das war mein Beruf. Darin war ich richtig gut.

Ich hatte nur verlernt, auf mein Können zu vertrauen. Auch ich hatte meine Selbstliebe ein Stück weit verloren. Hatte erlaubt, dass mich andere belächelten, und mir angewöhnt, meinen Job nicht länger zu verteidigen.

Bevor das Schweigen unangenehmer werden konnte, legte Brutus seinen riesigen Kopf auf Patricks Oberschenkel und brummte so tief, dass es durch den ganzen Raum hallte. Mit einem Schlag entspannte Patrick sich und streichelte lieber den Hund, statt mich in Grund und Boden zu starren. Der brummelte vor Wonne noch viel tiefer.

»Du hast recht«, sagte er leise. »Und wie gehe ich jetzt den Kern des Problems an?«

»Nächstenliebe beginnt bei dir selbst. Ich weiß, der Satz klingt furchtbar abgedroschen, aber er ist so wichtig. Du musst wieder Freundschaft mit dir selbst schließen und dich weniger streng beurteilen. Mir gegenüber bist du auch sanft und aufgeschlossen. Du hast mir sofort die Hand gereicht, als ich wegen Maya aufgewühlt war. Das solltest du mal bei dir selbst versuchen.«

Patrick zog spöttisch eine Augenbraue in die Höhe. »Mich selbst umarmen?«

»Wenn es hilft. Für den Anfang reicht es auch zu erkennen, wie streng dein innerer Kritiker ist. Du musst liebevoller mit dir selbst umgehen. Gelassener mit anderen. Hör wieder auf deine innere Stimme und lern, den leise vor sich hin grummelnden Skeptiker in dir zu hinterfragen und eine gütige Gegenstimme zu kultivieren.«

Jetzt wirkte Patrick nachdenklich. Ich ließ ihm die Zeit, meine Worte zu erfassen, und hielt die Stille zwischen uns aus, bis er tief einatmete. »Stimmt. Ich bin hart zu meinen Mitarbeitern und noch viel härter zu mir selbst. Das muss ich ändern. Mich allerdings selbst mental zu umarmen – da fehlt mir die Vorstellungskraft.«

»Und wenn ich das für dich tue?«

»Das könnte helfen.« Zum ersten Mal, seitdem wir hier saßen, lächelte Patrick so, dass es auch seine Augen erreichte. Und er sah mich beinahe liebevoll an.

Einen Augenblick zögerte ich, weil ich selbst nicht so genau wusste, was richtig war. Mein Verstand protestierte, während mein Herz nach mehr verlangte. Schließlich stand ich auf und umarmte den sitzenden Patrick – und zwar mit vollem Körpereinsatz. Nicht nur so ein halbherziges Armdrumrumschlingen, sondern mit beiden Armen und Ranpressen. »Ich glaub, das hast du dir mittlerweile verdient«, flüsterte ich an seinem Hals. »Du Held der Beinahtreppenstürze, Verteidiger gegen Schlangen und Bezwinger der Bestien.«

Er lehnte sich gegen mich, zog mich nun ebenfalls in die Umarmung hinein. »Ich will es mir nicht verdienen. Ich will, dass du es willst.«

Der Hund grunzte empört, als ich ihn dadurch gegen Patricks Beine drückte, doch das ignorierte ich, weil Patrick meine Umarmung so intensiv erwiderte, als müsste er sich wirklich an mir festhalten.

»Glaub mir. Du ahnst gar nicht, wie sehr ich diese Umarmung genieße, und dennoch ist es ein schmaler Grat. Ich will dir nahe sein, und gleichzeitig will ich dir helfen. Als Achtsamkeitstrainerin. Allerdings will ich dich damit auch nicht nerven«, sagte ich leise in Patricks Ohr.

»Ist mir klar. Und du nervst mich nicht. Ich bin nur genervt von mir selbst, weil du mir die Wahrheit so schonungslos unter die Nase reibst und ich mich wie ein Schüler fühle, der die Aufgabe eigentlich hätte lösen können und selbst Schuld an der Sechs auf dem Zeugnis hat.«

»Womit wir wieder beim inneren Kritiker sind.«

Patrick seufzte. »Stimmt.«

Als ich mich aufrichten wollte, kam er ebenfalls auf die Beine und blieb dicht vor mir stehen. Der Hund hatte sich mittlerweile zurückgezogen und saß neben uns, gähnte.

Patrick hingegen wirkte hellwach. Langsam hob er die Hände und legte sie mir rechts und links auf die Wangen, strich sanft darüber. »Habe ich dir wirklich das Gefühl gegeben, dass ich deine Arbeit belächle?«, fragte er vorsichtig.

Mein Gehirn war viel zu abgelenkt von dem Gefühl seiner Finger auf meiner Haut, als dass ich eine überlegte Antwort hätte geben können. »Schon ein bisschen«, rutschte es mir heraus.

»Das tut mir leid. Ich werde an mir arbeiten.«

Auch dazu hätte ich noch viel zu sagen gehabt, doch ich schwieg, schloss die Augen und ließ mich in den Moment fallen. Sein vorsichtiges Streicheln. Seine Nähe. Sein Geruch. Die Wärme seines Körpers. All das prasselte auf mich ein und sorgte für absolutes Chaos in meinem Kopf und völlige Euphorie in meinem Herzen.

»Ist das wieder so ein Moment zwischen uns?«, flüsterte Patrick nach einer ganzen Weile, während ich die Augen geschlossen hielt, ganz in mich versank.

Ich brachte es nicht über mich, ihn anzusehen und mich der Realität zu stellen. »Ja«, hauchte ich lediglich.

Bildete ich mir das nur ein, oder spürte ich seinen Atem dichter auf der Haut?

Ich hätte die Augen öffnen können, stattdessen spürte ich ihm nach. Weiterhin hielt er mein Gesicht umfangen. Streichelte es. Oh Gott. Würde er mich jetzt küssen? Und wie sollte ich darauf reagieren?

Jetzt sah ich ihn doch an und war erstaunt, wie nah er mir wirklich war. Seine Augen blickten direkt in meine. Als unsere Blicke sich begegneten, lächelte er zart. Beinahe entschuldigend.

»Beim dritten Moment werde ich dich küssen«, warnte er mich ernst vor. »Professionalität hin oder her.«

»Eine gute Idee.«

Wir grinsten einander verschwörerisch an, woraufhin mein Herzschlag sich beschleunigte und mein Kopf ganz furchtbar heiß wurde. Gleichzeitig kribbelte und krabbelte es in meinem Magen, als hätte sich dort ein Bienenschwarm eine neue Wabe gebaut. Ich spürte eine Wärme, die meine Körpermitte erfasste und sich von dort bis in die Gliedmaßen ausbreitete. Ein schönes Gefühl. Mir wurden die Knie weich.

Plötzlich machte Patrick einen großen Schritt zurück, bis er gegen den Stuhl stieß. Dort blieb er stehen, um tief durchzuatmen. »Ich werde an meinem emotionalen Sumpf arbeiten«, erklärte er feierlich. »Und dann einen dritten Moment provozieren. Versprochen.«

Seine Worte gingen mir direkt ins Herz und entfachten dort ein Feuerwerk. Ich hätte es unterbinden sollen, doch ich kostete den Moment aus, der sich so wertvoll und flüchtig anfühlte wie der teuerste Duft auf Erden.

Schließlich lösten wir uns vollständig voneinander. »Wir sollten zurückfahren«, sagte ich leise.

»Und der Hund?«

»Der kommt mit.«

Mir war es etwas unangenehm, dass wir Brutus tatsächlich in Patricks Auto quetschen mussten. Meiner Schwester schrieb ich lediglich eine knappe Nachricht. Bald hockte das gigantische Vieh einigermaßen unglücklich im Fußraum vor mir, während ich die Beine anziehen musste, weil es sonst nicht gepasst hätte.

Zum Glück war die Fahrt nicht lang. Dank des Hundes hatten wir auch genug Gesprächsstoff, was uns davor bewahrte, in einen Moment-Moment zu fallen. Wir redeten über Hunderassen, Hundesabber, Hundegewohnheiten und Hundesteuern.

Erst als wir im Haus waren, wurde es ein wenig komisch. Brutus tappte wie selbstverständlich die Treppe zu uns hoch, weigerte sich aber, in mein Zimmer zu gehen. Zu Patrick wollte er auch nicht. Ratlos sah er zwischen uns hin und her.

»Für einen von uns musst du dich entscheiden, Kumpel«, sagte Patrick amüsiert. »Oder du legst dich hier in den Flur. Warte. Ich hole das alte Körbchen von Buddy raus.«

Er ging in sein Zimmer und kam gleich darauf mit einem gigantischen Kissen zurück, das er direkt vor Brutus' Nase platzierte.

Der schnüffelte daran, setzte zögernd eine Pfote auf den Stoff und drehte sich danach viermal im Kreis, ehe er sich niederließ.

»Buddy? Hieß so euer verstorbener Hund?«, fragte ich.

»Ja. Ich hab es noch nicht übers Herz gebracht, sein Körbchen einzumotten. Zum Glück. Vielleicht hab ich auch immer mit dem Gedanken gespielt, mir einen neuen anzuschaffen.«

Wir sahen uns im Halbdunkel schweigend an. Um niemanden zu stören, hatten wir lediglich die gedimmte Deckenleuchte eingeschaltet, sodass ich Patrick nur schemenhaft erkennen konnte.

»Brutus stünde zur Verfügung«, sprach ich das Offensichtliche aus, doch Patrick schüttelte den Kopf.

»Brutus ist für meine Mutter zu groß, und ich … ich hab ja kaum Zeit für fünfzehn Minuten Achtsamkeit am Tag. Wie soll ich mich da um einen Hund kümmern? Das funktioniert nicht.«

Ich bemühte mich, mir meine Enttäuschung nicht anmerken zu lassen. Tatsächlich war ich bei der Idee, dass Brutus hier einziehen könnte, ganz aufgeregt geworden. Schade. Aber womöglich hatte Patrick recht.

»Überleg es dir«, sagte ich und hob eine Hand. »Gute Nacht. Bis morgen früh im Fitnessraum?«

»Bis morgen früh.« Er winkte kurz zurück und ging in sein Zimmer. Mir fiel sofort auf, dass er die Tür nicht wie sonst schloss, sondern einen Spalt offen ließ. Vermutlich, damit Brutus zu ihm konnte, falls er Angst bekam.

Allein diese kleine Geste sorgte für begeistertes Kribbeln in meinem Magen. Verdammt. Als Arbeitsmensch war Patrick wirklich ein schwieriger Fall, aber privat war er … perfekt. Wunderbar. Charmant.

Mit einem Lächeln ging ich in mein Zimmer und ließ genau wie er die Tür etwas auf, sodass Brutus die Wahl hatte. Der wirkte ausgesprochen zufrieden auf seinem gigantischen Kissen, das fast den kompletten Flur ausfüllte.

Ich lauschte seinem leisen Schnarchen, während ich mich auszog, in mein Bett krabbelte und es zum ersten Mal seit Langem ausgesprochen schade fand, dass die andere Seite so leer war.

SECHZEHN

Aus der Altenhauener Tageszeitung

Der Erbe des Unternehmens hat offenbar kein Glück in der Liebe. Seine Verlobte Melanie B. verriet Interna, um sich einen neuen Job zu angeln. Seine neue Freundin Merle S. überredete seine Mutter zu einem Achtsamkeitstraining, das sie womöglich nicht überleben wird. Hannelore Andlau (74) liegt nach einem schweren Sturz im Krankenhaus und ringt um ihr Leben. Wird Patrick Andlau seine Konsequenzen aus diesem Drama ziehen?

Zwei Wochen zuvor

Patrick richtete ab diesem Abend sein Leben neu aus. Es war, als hätte er nur auf einen guten Grund gewartet, um seine zuvor geschmiedeten Pläne umzusetzen.

Den Sonntagmorgen verbrachten wir mit Brutus im Freien, der nicht fassen konnte, wie viel Platz er zum Rennen hatte und wie viel Aufmerksamkeit er hier bekam. Auch Frau Andlau zeigte ihre Freude über die Anwesenheit eines neuen Hundes.

»Du bist ein ganz Feiner, nicht wahr, Kumpel?«, sagte sie immer wieder zu ihm und kraulte ihn dabei von vorne bis hinten durch. So langsam beschlich mich der Verdacht, dass Brutus nicht so schnell zu Maya zurückkehren würde. Die hatte sich nach wie vor nicht gemeldet.

Gegen Mittag verschwand Patrick zum Arbeiten, doch er begrenzte das auf vier Stunden, um in der frühen Dämmerung mit Brutus und mir durch die Gegend zu streifen. Angeblich musste er den Wisentzaun kontrollieren. Ich war mir allerdings ziemlich sicher, dass er nur einen Vorwand gesucht hatte, um mit uns loszuziehen.

Am Abend hatte ich mich mit Ella und Bahar in der Ruheoase verabredet, um unsere Social-Media-Aktivitäten zu besprechen. Daher erübrigte sich die Frage nach einem gemütlichen Kaminfeuer. Ich war nicht böse drum, weil es sich nach Samstagabend bestimmt noch persönlicher angefühlt hätte. Brutus ließ ich bei Patrick, und der große Hund machte es sich prompt unter dessen Schreibtisch bequem. Dort lag bereits ein weiterer Korb, der nur auf ihn gewartet hatte.

»Bis morgen früh um sieben«, sagte ich zu Patrick, bevor ich ging.

»Ich bin da«, erwiderte der mit einem Lächeln und beugte sich gleich darauf wieder über seine Papiere. Ich verließ das Haus mit einem leisen Sirren im Magen, das ich nicht so recht einordnen konnte.

Erst als ich bei meinen Freundinnen angekommen war, begriff ich es. Es war Vorfreude auf den nächsten Tag, an dem ich Patrick wiedersehen würde.

Natürlich versuchten Bahar und Ella, mich auszufragen, doch ich ignorierte ihre Bohrerei. Von Maya hatte ich lediglich eine kurze Nachricht bekommen.

Maya: Ist Brutus versorgt?

Merle: Ach? Ist dir auch mal aufgefallen, dass dir ein gigantischer Hund abhandengekommen ist? Der ist bei Patrick. Hast du morgen Zeit? Wir müssen reden!

Dass ich darauf keine Antwort erhielt, war klar. Maya würde nun alles tun, um das Treffen hinauszuzögern. Je weiter die Ursache eines heftigen Streits in der Vergangenheit lag, desto mehr hegte sie die Hoffnung, dass meine Wut verrauchte. Normalerweise kam sie mit der Taktik gut durch, doch diesmal war sie übers Ziel hinausgeschossen.

Sie hatte den Schlüssel unseres Studios geklaut, um für ihre One-Night-Stands ihren Hund auszuquartieren. Das ließ mich sprachlos zurück. Wie ich das Bahar beibringen sollte, war mir ein Rätsel. Die war ohnehin schon so schlecht auf meine Familie zu sprechen, dass ich ihr ungern weitere Munition lieferte.

Wenigstens war der Sonntagabend extrem lustig. Ich entspannte mich im Beisein meiner Freundinnen mehr und mehr, radelte danach gut gelaunt im Dunkeln mit guter Radbeleuchtung zurück und fand Brutus wie in der Nacht zuvor im Flur vor Patricks und meinem Zimmer wieder. Patricks Tür stand erneut einen Spalt offen. Es brannte noch Licht im Zimmer, und der Schein sorgte dafür, dass Brutus' Augen ganz sanft glitzerten.

»Gute Nacht«, rief ich halblaut und kraulte den Hund.

»Gute Nacht«, antwortete Patrick sofort, woraufhin in meinem Magen wieder das Sirren und Surren begann. Für einen winzigen

Moment war ich versucht, an der Tür zu klopfen und mich mit Patrick zu unterhalten, wagte das dann aber doch nicht. Womöglich lag er schon im Bett, nur in Boxershorts oder nackt. Wobei ... würde er in dem Fall die Tür offen lassen?

Ich haderte kurz mit mir, bis die Vernunft die Oberhand gewann. Nein. Das würde mich erneut auf gefährliches Terrain führen. Also schlich ich in mein Zimmer und schlief ein, fast ohne an meinen unerreichbaren Chef zu denken.

Am nächsten Morgen wurde ich von einer Hundezunge in meinem Ohr geweckt. Mit einem Quieken saß ich senkrecht im Bett, während Brutus schwanzwedelnd halb auf meiner Matratze hing und begeistert grunzte.

»Du Fiesling«, schimpfte ich mit ihm. »Bäääh!«

»Brutus! Hierher!«, hörte ich gleich darauf Patrick. Verwirrt blickte ich zur Tür und stellte fest, dass sie sperrangelweit offen stand. Offenbar hatte der Hund sie aufgeschoben. Im Türrahmen stand ein sportlich angezogener Patrick, der bedauernd die Schultern hob.

»Entschuldige. Ich konnte ihn nicht mehr aufhalten. Er hat mich auf die gleiche Weise geweckt. Brutus! Komm!« Auffordernd winkte er mit der Hand, woraufhin der Hund aus meinem Zimmer schoss. »Bis gleich«, rief Patrick mir zu, ehe er die Tür rasch hinter sich schloss.

Ich blieb noch einen Moment verschlafen sitzen und sah an mir runter. So. Dann hatte der Mann meiner heimlichen Träume mich also in meinem verwaschenen Hello-Kitty-Schlafanzug gesehen. Ohne BH. Mit vermutlich hoffnungslos verwuschelten Haaren und Kissenabdruck im Gesicht.

Mit einem leisen Stöhnen ließ ich mich zurück aufs Bett fallen und musste trotzdem grinsen. So wie Patrick geguckt hatte, schien ihn mein Anblick nicht gestört zu haben. Im Gegenteil. Er hatte mich so bezaubernd angelächelt, dass ich ab sofort jeden Morgen auf diese Weise geweckt werden wollte. Selbst wenn das eine Hundezunge im Ohr bedeutete.

✦ ✦ ✦

Auch in der kommenden Woche hielt Patrick sich an seine neuen Vorsätze. Morgens ließ er sich deutlich mehr Zeit, um nicht nur mit mir zu meditieren, sondern auch seinen Kaffee in Ruhe zu genießen. Regelmäßig ging er eine Runde mit Brutus in den Garten und spielte mit ihm Ball. Erst im Anschluss fuhr er zur Arbeit. Montag und Dienstag schaffte er es sogar zur Mittagssession. Die Abende blieben unvorhersehbar. Manchmal kam er schon um fünf, meistens erst um halb neun oder noch später. Aber es waren die kleinen Schritte, die zählten.

Er wirkte insgesamt zufriedener. Gelassener. Nur zu gerne hätte ich das auf mein fulminantes Achtsamkeitstraining geschoben, doch um ehrlich zu sein, funktionierte meine Methode normalerweise nicht so schnell. Meditation und Aufmerksamkeitslenkung musste man lernen. Die Technik sickerte in einen hinein und wurde erst Teil des Selbst, wenn man sie trainierte. Eine Hundert-Kilo-Hantel konnte man ja auch nicht schon am ersten Tag stemmen. Wirkliche Erfolge ließen sich im Achtsamkeitsbereich fast immer erst nach acht Wochen verzeichnen. Dass Patrick sich bereits in Woche drei verändert hatte, lag bestimmt an seinem eigenen Umdenken. Das Achtsamkeitstraining hatte ihm die Augen geöffnet, den Rest erledigte er. Vermutlich war er von Natur aus gar kein Workaholic und hatte das selbst erkannt.

»Die Stellenausschreibungen sind draußen«, sagte er Mittwochmorgen, nachdem wir unseren Kaffee in aller Stille genossen hatten. Was das anging, waren wir mittlerweile ein perfekt aufeinander abgestimmtes Team. Patrick ignorierte nicht mehr nur seinen Kaffeevollautomaten, sondern auch die Kaffeemaschine. Er hatte sich eine kleine Mühle besorgt, mit der er fünf Minuten lang in stoischer Ruhe seine Bohnen mahlte, bevor er den Kaffee in einem Handfilter zubereitete. Dafür benutzte er sogar eine kleine Waage. Ich bemühte mich, nicht im Weg zu stehen.

»Ähh … welche Stellenausschreibungen?«, fragte ich nach einer langen Pause. Statt mich auf das Gespräch zu konzentrieren, hatte ich ihm dabei zugesehen, wie er unsere Kaffeetassen in die Spülmaschine gestellt hatte. Und ja. Ich gab es nicht gerne zu. Ich hatte dabei seinen Po eingehend betrachtet. Ups.

»Für die Ufologen«, antwortete Patrick und drehte sich um. Falls er sich wunderte, warum mein Kopf knallrot anlief, ließ er es sich nicht anmerken. »Die neuen Geschäftsführer, die mich entlasten sollen.«

»Oh, äh, ja klar. Toll!«, stammelte ich und fächerte mir unauffällig etwas Luft zu. Mann! Die Anziehung zwischen uns wurde immer stärker.

»Hast du morgen schon was vor?«, fragte er, während er sich lässig rückwärts an die Küchenzeile lehnte und die Arme verschränkte. Ob ihm bewusst war, dass sich dabei sein Bizeps anspannte?

»Was ist denn morgen?«, hakte ich nach, als ich wieder einen klaren Gedanken fassen konnte.

»Halloween. Mama verwandelt unseren Garten gemeinsam mit den Angestellten immer in einen echten Horrorwald und sammelt damit Geld für den guten Zweck. Die Vorbereitungen sind schon seit Wochen abgeschlossen. Scharen von Leuten kommen hierher. Ich wollte mich als Blindschleiche verkleiden. Oder wahlweise als Wisent, um arme Achtsamkeitstrainerinnen zu Tode zu erschrecken.«

»Haha«, machte ich trocken, musste dann aber lachen. »Ich hab morgen am frühen Nachmittag einen Kurs und am Abend zwei. Die gehen bis zwanzig Uhr. Danach stünde ich deiner Mama zur Verfügung. Zum Beispiel als geifernde Achtsamkeitstrainerin, die arme Manager fressen will.«

»Solange ich derjenige sein darf, den du fängst.« Kaum hatte er das gesagt, runzelte er die Stirn. »Der Spruch war dämlich. Fast so dämlich wie der mit dem Callgirl.«

Als ich an unsere erste Begegnung zurückdachte, kam mir das fast wie in einem anderen Leben vor. Ich trat näher an ihn heran, ohne genau zu wissen, was ich eigentlich vorhatte. Er reagierte darauf, indem er die verschränkten Arme ausstreckte, als wollte er mich zu einer Umarmung einladen.

Ich war ausgehungert nach Berührungen. Meine letzte Beziehung war viel zu lange her, meine Familie bestand aus emotionalen Steinen, und meine Freundinnen waren kein richtiger Ersatz für diese Art von Nähe. Mein ganzer Körper lechzte danach, mich an ihn zu drücken, egal, ob das klug war oder nicht.

Dass ich es nicht tat, lag einzig und allein an Frau Andlaus Erscheinen in der Küche. Sie sah müde und abgeschlagen aus. Ihr Sauerstoffgerät trug sie in einer kleinen Tasche an ihrer Seite, und zum ersten Mal sah ich sie mit einer Krücke. Als sie uns bemerkte, lächelte sie herzlich und wirkte sofort um Jahre jünger.

»Ihr seid ja noch da«, stellte sie fest und sah mit neugierig blitzenden Augen zwischen uns hin und her. Ob sie die flirrende Atmosphäre zwischen uns registriert hatte?

Brutus kam mit einem Schnaufen unter dem Tisch hervor, wo er nach Krümeln gesucht hatte. Mittlerweile hatte er kapiert, dass er bei Frau Andlau nicht so stürmisch sein durfte. Er begrüßte sie mit einem wilden Schwanzwedeln und hob den Kopf so hoch, dass sie ihn bequem tätscheln konnte.

»Wir haben gerade über Halloween gesprochen«, sagte Patrick und hauchte seiner Mutter einen Kuss auf die Wange. Dabei warf er mir einen kurzen Blick zu, der eindeutig ein wenig Bedauern ausdrückte. Jap. Er hatte mich zu einer Umarmung eingeladen. Kein Zweifel. Und er fand es genauso schade wie ich, dass es nicht dazu gekommen war. »Ich hab für morgen Nachmittag meine Termine abgesagt, damit ich helfen kann.«

»Ach, das.« Frau Andlau wirkte mit einem Schlag traurig. »Ich glaube, das muss ich absagen. So schlecht zu Fuß, wie ich bin, wäre ich mit den vielen Menschen überfordert. Ich dachte außerdem, dass du keine Zeit hast. War da nicht ein enorm wichtiger Termin?«

»Den hab ich verschoben. Mama, wir können Halloween bei uns nicht absagen. Das Event stand gestern schon in der Zeitung. So oder so werden eine Menge Leute auftauchen. Sollten die feststellen, dass hier nichts los ist, reißen die uns vor Wut die Büsche aus und verwandeln unseren Garten in einen Klopapierfriedhof. Außerdem liebst du Halloween. Dein Hexenkostüm wird trauern, wenn du es im Schrank hängen lässt.«

»Ich könnte morgens helfen«, schlug ich vor. »Später löst mich Patrick ab.«

Frau Andlau nickte langsam. Dann sah sie neugierig erst ihren Sohn, danach mich an. »Und was habt ihr zwei heute noch so vor?«, fragte sie.

»Ich geh arbeiten«, antwortete Patrick.

»Ich auch. Darf Brutus hierbleiben?«

»Ich bestehe darauf«, antwortete Frau Andlau mit einem Lächeln und nahm den Hund beim Halsband, sodass wir uns in Ruhe im Hausflur die Schuhe anziehen konnten. Als wir auf den Kiesweg traten, rechnete ich damit, dass sich Patrick wie immer nach rechts Richtung Parkplatz wenden würde, doch er ging neben mir her zur Fahrradgarage.

»Sag bloß, du reaktivierst heute dein Mountainbike?«, fragte ich erstaunt.

»Was denkst du, warum ich Jeans trage? Damit kann ich mich im Büro nicht blicken lassen, aber ich habe dort gestern Ersatz-Anzüge gebunkert. Es ist ein Versuch.« Er zwinkerte mir zu und verwandelte mein Gehirn in Mus. Das musste er dringend bleiben lassen, wenn ich nicht völlig verblöden sollte.

Irgendwie war ich aufgeregt, als wir losfuhren. Wie ein Schulmädchen, das zum ersten Mal von seinem Schwarm begleitet wurde. Patrick hingegen strahlte eine Gelassenheit aus, um die ich ihn beneidete.

Wir radelten zusammen bis zum Ortseingangsschild, dann trennten sich unsere Wege. »Bis heute Mittag«, rief er mir zu und winkte. Ich winkte viel zu euphorisch zurück und hätte mich um ein Haar auf der regennassen Straße langgelegt.

Als ich bei unserem Studio ankam, waren Bahar und Ella bereits da. Ich sollte heute zunächst den Empfang übernehmen. Gegen elf hatte ich die erste Stunde, und Ella löste mich ab.

Kurz bevor mein Kurs startete, piepste mein Handy. Bestimmt Patrick, der für Mittag den Termin bestätigte oder absagte. Aber nein. Es war meine mich anschweigende Schwester.

Maya: Da ist ein Brief für dich vom Vermieter angekommen. Ich hab ihn mal aufgemacht, weil du dich ja hier nicht blicken lässt.

Gleich darauf trudelte ein recht schludrig abfotografierter Brief ein, und mir rutschte der Magen bis zu den Knien.

Außerordentliche Kündigung stand da im Betreff. Und weiter: *Da Sie auf meine letzten Briefe nicht reagiert haben, in denen ich den unhaltbaren Wohnzustand angemahnt habe, sehe ich mich gezwungen, den Miet-*

vertrag aufzuheben. Hundehaltung ist in unserer Mietordnung ausdrücklich
verboten.

Ich fluchte, als ich das las, und rief unverzüglich Maya an. Die ging natürlich nicht ran. Stattdessen schrieb sie mir eine Nachricht.

Maya: Ich arbeite.

Merle: Uns wurde gekündigt???
Welche anderen Briefe meint der Vermieter, Maya?
Ich hab keine bekommen.
Sag jetzt nicht wieder, dass ich nie da bin.
Zwischendurch bin ich immer mal wieder
rübergefahren, um die Blumen zu gießen. Die wären
sonst längst tot. Da lagen aber keine Briefe.

Maya: Könnte sein, dass da welche vom Vermieter
waren und ich sie verlegt habe.
Ich wollte nicht, dass du dich so wie jetzt umsonst
aufregst. Die Sache mit Brutus hat sich doch erledigt.
Also ist die Kündigung auch nur eine Formsache, die
du bestimmt schnell geregelt kriegst.

Im ersten Moment wollte ich harsch zurückschreiben, dass sie sich gefälligst zu kümmern hatte, dann erkannte ich den Fehler. Maya würde es nicht tun und das Problem verschleppen. So wie mein Vater, der einfach nicht einsah, dass drei Eisenbahngeschäfte in dieser Stadt keine gute Idee waren. In dieser Hinsicht war Maya wie er. Beide lagerten ihre Probleme lieber auf andere aus, als sie zu lösen. Wenn ich meine Wohnung behalten wollte, musste ich das selbst in die Hand nehmen.

»Ich muss kurz telefonieren. Kannst du meine Teilnehmer in Empfang nehmen?«, bat ich Ella und wartete die Antwort gar nicht erst ab. Schon war ich in der Küche verschwunden und rief mit klopfendem Herzen meinen Vermieter an. Der nahm nach dem dritten Klingeln ab und klang überrascht.

»Ich hätte nicht gedacht, dass Sie sich noch mal bei mir melden, Frau Seibert. Nachdem Sie sich seit Wochen totstellen.«

»Ihre Briefe haben mich nicht erreicht. Warum haben Sie denn nicht angerufen?«, entgegnete ich.

»Habe ich doch. Warten Sie mal … Das scheint eine andere Nummer zu sein.« Er las die Zahlen laut vor, die er in seinen Unterlagen notiert hatte.

»Das ist meine Schwester. Die jüngere Frau Seibert«, erläuterte ich und überlegte zugleich, wieso ihm die falsche Nummer vorlag. Hatte Maya sich irgendwann als ich ausgegeben? Das wäre selbst für sie ziemlich krass.

Wobei … allmählich fragte ich mich schon, wie viel kriminelle Energie in meiner Schwester steckte. Hatte ich das all die Jahre nicht sehen wollen, oder hatte sie sich derart verändert? Hoffentlich irrte ich mich, und alles war ein Missverständnis.

»Hören Sie, das Problem mit dem Hund ist geregelt. Meine Schwester hatte gegen meinen Willen übergangsweise ein Haustier, aber wir haben eine neue Bleibe gefunden«, fing ich an, wurde jedoch von meinem Vermieter unterbrochen.

»Wenn es nur der Hund wäre, könnte ich darüber hinwegsehen, aber die anderen Mieter beschweren sich in letzter Zeit nur noch über Sie. Zu viele unbekannte Männer im Hausflur, ständig ist der Müll falsch sortiert, und letztens gab es Ärger wegen Haschischgeruch. Nie hängen Sie Ihre Wäsche an die für Sie vorgesehene Leine, haben trotz mehrmaliger Bitte den Schuhhaufen im Flur nicht weggeräumt und lassen Ihr Fahrrad vor den Briefkästen stehen, sodass der Postbote die Briefe in einem Haufen auf die Treppe legen muss. Vom jaulenden Hund ganz zu schweigen. All das hätten wir wahrscheinlich regeln können, aber jetzt, wo Sie nicht mal die Miete bezahlt haben, reicht es mir langsam.«

»Ich hab nicht gezahlt?«, rief ich schockiert. »Aber Sie buchen sonst immer ab!«

»Ja, natürlich. Unsere Abbuchung lief ins Leere. Ihr Konto war nicht gedeckt.«

Mir stockte fast das Herz, als ich das hörte. Ich hob mehrmals zu sprechen an, doch mir fehlten die Worte.

»Sie wirken überrascht«, sagte der Vermieter vorsichtig. »Dabei habe ich Ihnen Briefe geschrieben und versucht, Sie anzurufen. Es tut mir wirklich leid, die Kündigung bleibt bestehen. Bis zum Monatsende müssen Sie ausgezogen sein.«

»Bis zum … Monatsende?«, hauchte ich kraftlos. »Also bis morgen?«

Mein Ex-Vermieter seufzte tief. »Normalerweise ja. Ich habe Ihnen fristgerecht gekündigt, aber da ich noch keinen Nachmieter habe, will ich Ihnen ein wenig entgegenkommen. Bin ja kein Unmensch. Ziehen Sie bitte so schnell wie möglich aus, spätestens bis Ende November. Je früher, desto besser. Wie mir die anderen Mieter berichtet haben, sind Sie ja ohnehin schon dabei.«

»Ich … was?« Mein Hirn kam einfach nicht hinterher.

»Mir haben zwei Parteien im Haus erzählt, dass Sie bereits Möbel und einen Teil der Küche herausgeschleppt haben, was ich mit Verlaub irritierend finde, da die Küche uns gehört.«

Ach. Du. Scheiße.

Meine Schläfen begannen zu pochen, mein Herz schlug viel zu schnell, und mir wurde am ganzen Körper heiß, als ich die Wahrheit erkannte.

Maya hatte alles gewusst, das Problem verschleppt und war still und heimlich ausgezogen, um mir nicht über den Weg laufen zu müssen.

»Ich verstehe«, sagte ich steif zu meinem Vermieter. »Natürlich ziehe ich, so schnell es geht, aus. Und bitte entschuldigen Sie die Probleme mit uns.«

»Nun ja. Ganz so schnell können wir nicht auseinandergehen. Sie schulden mir weiterhin eine Monatsmiete. Zwei, wenn Sie bis November wohnen bleiben, wobei wir uns da bestimmt einigen können. Sollten Sie bis Ende nächster Woche raus sein, erlasse ich Ihnen die Miete, da wir uns schon so lange kennen und es früher nie Probleme mit Ihnen gab.«

»Danke.« Zu mehr war ich nicht fähig. Ich legte einfach auf, setzte mich wie in Trance an den Küchentisch und sammelte all meinen Mut, um meine Kontoübersicht zu öffnen.

Normalerweise hatte ich meine Finanzen fest im Griff, weil ich sparsam wie ein Mäuschen lebte, doch in den letzten Wochen war so viel los gewesen. Hatte ich den Überblick verloren? Wieso war die Miete nicht abgebucht worden? Ich hatte ja gewusst, dass ich knapp bei Kasse war …

Jap. Ich war knapp bei Kasse. Knapper als knapp. Total im Minus. Ungläubig scrollte ich durch die Abbuchungen auf meinem Konto.

Die Ratenzahlung für den Kredit war abgebucht worden. In einer Höhe, bei der mir sofort mulmig wurde. Die Zahl fett und rot markiert zu sehen, jagte mir eine Gänsehaut über den Körper. Was fehlte, war die versprochene Zahlung meines Papas. Er hatte garantiert, mir das Geld vor der Abbuchung zu überweisen.

Dazu kam eine schrecklich hohe Kreditkartenabrechnung, die ich mir nicht erklären konnte.

Nein!

Ich dachte sofort an den Schlüssel der Ruheoase, den Maya ganz offensichtlich gemopst hatte. Und natürlich an meine verschwundene Geldbörse, die plötzlich wiederaufgetaucht war, als wäre nichts passiert. Ich hatte nicht nachgeschaut, ob jede Karte an ihrem Platz war, schließlich hatte ich gemeint, die Börse nur verlegt zu haben. Hastig zog ich sie hervor und durchforstete sie. Je länger ich suchte, desto kälter wurde mir. Ich suchte noch immer vergebens, als sich die Küchentür öffnete und Bahar erschien.

»Deine Teilnehmer warten.« Als sie mein Gesicht sah, zog sie erschrocken eine Braue in die Höhe. »Was ist los?«

»Ich … Bahar … kannst du übernehmen und eine Runde Yoga und Achtsamkeit einschieben?«, bat ich sie tonlos und bemerkte selbst, wie sehr meine Stimme zitterte.

»Ist jemand gestorben?« Bahar kam zwei Schritte in den Raum, woraufhin ich die Arme hob, um sie auf Abstand zu halten.

»Womöglich stirbt gleich jemand durch meine Hand, sollte sich meine Befürchtung bewahrheiten. Ich muss da etwas klären. Würdest du übernehmen? Bitte!«

»Natürlich! Mach ich. Kann Ella dir helfen – wobei auch immer?«

Ich schüttelte den Kopf und war dankbar, als meine Freundin die Tür hinter sich schloss. Sie kannte mich lange genug. Gerade brauchte ich Zeit für mich.

Schon schnappte ich mir mein Handy und tippte wütend eine Nachricht an Maya.

Merle: Wo bist du? Hast du meine Kreditkarte geklaut? Hast du darüber dein Leben finanziert? Maya! Wir stehen auf der Straße, verdammt! Melde dich gefälligst, damit wir das klären können. Ich will meine Kreditkarte zurück. Sofort!

Natürlich meldete sie sich nicht. Zehn Minuten starrte ich mein schweigendes Handy an, dann stand ich auf und riss die Tür auf. »Ella«, sagte ich zu meiner Freundin, die hinter dem Tresen wartete und mich mit großen besorgten Augen musterte. »Ich muss weg. Zu den Kursen am Nachmittag bin ich wieder zurück.«

»Was ist los?« Schneller als der Blitz war Ella hinter der Theke hervorgeschossen, während ich mir hastig Schuhe und Jacke anzog. »Komm schon, Merle. Rede mit mir!«

»Wie es scheint, bin ich obdachlos, pleite und hoch verschuldet. Alles dank der Familie. Bitte sag jetzt nicht, dass du mich gewarnt hast. Ich weiß. Aber ...« Zum ersten Mal seit meiner Entdeckung traten mir Tränen in die Augen, doch ich kämpfte sie vehement zurück.

»So was würde ich nie sagen«, erklärte Ella. Trotzdem hatte ich ihre und Bahars eindringliche Warnungen im Ohr. Sie hatten recht gehabt. Mit allem.

»Ich muss das klären«, sagte ich kraftlos, woraufhin Ella sich mir in den Weg stellte und mich fest umarmte.

»Ruf an, wenn wir dir helfen können. Egal, mit was. Wir kriegen das hin!«

Ich drückte sie so fest an mich, dass sich Worte erübrigten. Dann schob ich das E-Bike, das ich zur Sicherheit immer im Studio abstellte, auf die Straße und radelte zum ersten der drei Läden meines Vaters. Dort fand ich lediglich Mama vor, die offenbar die Stellung hielt. Normalerweise war das Mayas Job.

»Wo ist Maya?«, fragte ich Mama ohne eine Begrüßung.

»Die hat gekündigt.« Sie sagte es so, als hätte ich das wissen müssen.

»Was? Wieso? Wann?«

»Sie hat diesen gut bezahlten Job im Hotel. Da hat sie ihre Schichten aufgestockt. Für uns ist das natürlich schwierig, aber wir schaffen das irgendwie. Apropos. Hat Papa dich erreicht? Er wollte dich fragen, ob du morgen mithelfen könntest, die Läden für Halloween zu schmücken.«

Ich starrte Mama lange wortlos an, dann sprudelte alles einfach aus mir heraus: Mayas Aktion mit unserer Wohnung, meine verschwundene Kreditkarte und Papas fehlende Überweisung.

»Dafür gibt es bestimmt eine gute Erklärung«, versuchte Mama mich zu beruhigen.

»Nein, Mama, die gibt es nicht. Papa wird sagen, dass er mir das Geld später zahlen wird, Maya wird das alles nicht so ernst nehmen, und ich … ich bin total verzweifelt.«

»Ach, mein Mädchen.« Endlich kam Bewegung in Mama. Sie trat hinter der Kasse hervor und nahm mich in die Arme, allerdings nicht so fest wie Ella, sondern eher wie eine Stange Dynamit. Vorsichtig. »Alles wird gut«, gurrte sie, doch diesmal ließ ich mich davon nicht einlullen.

»Wo steckt Papa?«

»Der ist im Geschäft in der Saarlandstraße. Aber, Merle, so aufgebracht, wie du bist, streitest du dich ohnehin nur mit ihm. Das bringt nichts. Außerdem hat Papa schon genug Sorgen.«

»Der hat Sorgen?«, brüllte ich. »Und was ist mit mir?«

Völlig aufgebracht stürmte ich aus dem Laden und radelte quer durch die Stadt zu Papa. Es war ein Wunder, dass ich nicht totgefahren wurde, da ich kaum auf meine Umgebung achtete. Verschwitzt und kochend vor Wut stürmte ich in die Filiale.

Papa unterhielt sich gerade mit einem älteren Herrn über die Vor- und Nachteile verschiedener Schienengrößen. Ich musste also warten und beruhigte mich in dieser Zeit zumindest ein wenig.

Als der Kunde weg war, wandte Papa sich mir zu. So wie er guckte, wusste er genau, worum es ging. Vermutlich hatte ihn Mama mit einer Textnachricht vorgewarnt.

»Du bekommst dein Geld, sobald ich wieder liquide bin«, sagte er, bevor ich überhaupt zu einer Begrüßung ansetzen konnte.

»Papa! Ich bin hoffnungslos im Minus.«

»Genau wie ich.«

»Bloß kann ich nichts dafür. Du hast es versprochen!«

»Und ich werde mein Wort halten. Bestimmt. Bald kommt eine neue Lok raus, von der alle total begeistert sind. Meine Stammkunden lecken sich die Finger danach. Das wird gut Geld reinbringen.«

Ich starrte ihn an und fragte mich, wie oft ich diese Worte in ähnlicher Weise gehört hatte. Selten waren seine Vorhersagen eingetroffen. »Du musst zwei von drei Läden schließen«, sprach ich nun endlich aus, was mir schon lange auf der Seele brannte. »Behalte den Shop hier. Der läuft am besten. Die anderen fressen nur Geld für Miete, Strom und Lager. Verkleiner dich. Dann wirst du auch wieder Gewinn machen.«

»Das geht nicht. Die Shops sind in der gesamten Stadt perfekt verteilt, und ich kann auf keinen davon verzichten. Genau aus diesem Grund habe ich mich vergrößert. Da steckt Strategie hinter. Gute, langjährige Planung. Es dauert nur ein wenig länger, bis sich alles rentiert. Zu diesem Zeitpunkt aufzugeben wäre fatal und völliger Blödsinn.«

Er wollte sich nicht die Blöße geben, gescheitert zu sein. Das stand unausgesprochen zwischen uns. Das Familienerbe zu retten war nur eine Ausrede. Eine Erklärung, um die Wahrheit zu verdecken: Es ging hier einzig und allein um seine Ehre, die er mit allen Mitteln verteidigte. Mittlerweile hing da aber auch meine Zukunft mit dran. »Du musst deinen Stolz überwinden, Papa. Wenn du es nicht für dich tust, dann zumindest für mich.«

Papa verschränkte die Arme vor der Brust. »Und schon geht es wieder um dich«, brummte er verstimmt.

Bei dieser Dreistigkeit blieb mir die Spucke weg. Wie vom Donner gerührt starrte ich Papa an und begriff endlich, dass er sich niemals verändern würde. Egal, wie sehr ich mir das auch wünschte. Er war eben ein Narzisst, der alle anderen um sich herum für Narzissten hielt.

Die Situation überforderte mich völlig, und meine Augen brannten von ungeweinten Tränen, also trat ich den Rückzug an. Und zwar genauso, wie mein Vater es immer wieder getan hatte: Schweigend.

Weil Worte nicht ausdrücken konnten, wie verletzt ich war.

Bloß wollte ich ihn damit nicht bestrafen, sondern mich selbst schützen.

SIEBZEHN

Merle: Patrick! Du musst mir glauben. Dass Melanie deine Verlobte war und jetzt gegen sie ermittelt wird, hat die Presse nicht von mir. Ich schweige gegenüber jeder Presseanfrage. Ich schwöre es dir!

Zwei Wochen zuvor

Diesmal schob ich das E-Bike zur Sicherheit, da mein Kopf von den vielen Dingen schwirrte, die ich in der letzten Stunde erfahren, begriffen und erkannt hatte. Da war kein Platz für Verkehrsregeln.

Wie von selbst führte mich mein Weg zu meinem alten Zuhause. Ich kettete das Rad an und öffnete die Haustür, lauschte. Momentan hatte ich keine Energie, mich einer neugierigen Nachbarsbefragung zu stellen. Zum Glück war der Hausflur leer. Also huschte ich in den zweiten Stock und betrat wenig später die ziemlich ausgeräumte Wohnung.

Mein Bett war noch da, genau wie der altersschwache Schrank und der fransig gelaufene Teppich davor. Ansonsten herrschte gähnende Leere.

Maya war wirklich ausgezogen, ohne mir ein Wort davon zu sagen. Selbst den Herd und den Kühlschrank hatte sie mitgehen lassen, und ja: Das war schlecht, denn die Küche gehörte dem Vermieter.

Mir gaben die Beine nach, und ich ließ mich einfach an Ort und Stelle zu Boden sinken. Mit letzter Kraft schubste ich die Wohnungstür ins Schloss und starrte mein so fremd wirkendes Zimmer an. Mayas Unordnung war verschwunden. Dadurch wirkte die Szene fast surreal.

Ich weiß nicht, wie lange ich dort hockte. Sehr lange. Erst nachdem mein Handy zum vierten Mal in meiner Tasche vibrierte, raffte ich mich auf und zog es hervor. Vermutlich weitere schlechte Nachrichten.

> *Patrick: Habe ich was falsch notiert, und wir waren*
> *gar nicht zur Mittagszeit verabredet?*

Die Nachricht hatte er mir vor einer Stunde geschrieben. Danach hatte er dreimal angerufen und vor fünf Minuten eine weitere Nachricht geschrieben.

> *Patrick: Wo steckst du, Merle? Ich mach mir Sorgen.*
> *Bitte antworte ganz kurz, dann weiß ich Bescheid.*
> *Entschuldige, falls das zu Stalker-mäßig*
> *rüberkommt.*

Aus irgendeinem Grund war das zu viel für meine angespannten Nerven. Ich fing an zu heulen. Und zwar so richtig. Schluchzend hockte ich in meiner Wohnung, klammerte mich an das Handy und wusste nicht mehr ein noch aus. In meiner Not wollte ich erst Bahar oder Ella anrufen, doch ich ließ es bleiben. Gerade konnte ich nicht von ihnen hören, wie grässlich sich meine Familie benommen hatte. Das war mir nur allzu klar. Trotz allem waren sie noch immer meine

Familie, und es fiel mir wahnsinnig schwer, sie nicht zu verteidigen. Schließlich wählte ich eine Nummer, die mich selbst überraschte.

»Ich lebe noch«, sagte ich leise, sobald Patrick abgenommen hatte. »Entschuldige mein Abtauchen.«

Ein kurzes ratloses Schweigen antwortete mir. »Du klingst nicht gut. Weinst du?«

Ich bemühte mich wirklich, mich zusammenzureißen. Vergebens. »Vielleicht«, schluchzte ich.

»Wo bist du?«

»In meiner Wohnung.« Meine Stimme kiekste seltsam am Ende des Satzes. Das hier war nicht mehr meine Wohnung. Schon lange nicht mehr.

»Gib mir zwanzig Minuten, dann fahre ich los. Ich muss hier erst noch was regeln.«

»Nein, nein! Du brauchst nicht zu kommen. Ich …«

»Merle! Wenn du dich selbst so hören würdest, wie ich dich gerade höre, würdest du verstehen, dass ich hier alles stehen und liegen lassen.«

Ich nannte ihm die Adresse, stammelte einen Abschiedsgruß und blieb so lange reglos sitzen, bis es klingelte. Nur mit Mühe raffte ich mich auf und betätigte den Summer. Gleich darauf hörte ich Schritte im Flur, also öffnete ich die Tür und rief halblaut: »Zweiter Stock.« Patrick eilte die Stufen hinauf und tauchte nur Sekunden später vor mir auf.

Sobald er mein verheultes Gesicht sah, nahm er mich in die Arme und schob mich rückwärts in die Wohnung. Mit einem Fuß schloss er die Tür und hielt mich eine kleine Ewigkeit fest. Ich nutzte die Chance, um mich ganz in seine Wärme zu kuscheln und seinen Duft zu genießen.

So durcheinander, wie ich war, durfte ich das wohl ausnahmsweise.

»Was ist los?«, fragte Patrick vorsichtig. »Deine Wohnung sieht ... merkwürdig leer aus.«

Müde löste ich mich aus seinen Armen und drehte mich um, betrachtete das seltsame Bild vor mir. Im ersten Moment stand mir mein Stolz im Weg, und ich wollte Patricks besorgte Nachfrage beiseitewischen wie die vielen Fragen von Bahar und Ella. Die hatten mittlerweile die Geduld verloren und mich mit Textnachrichten zugebombt.

Doch mit irgendwem musste ich reden. Sonst platzte ich.

Also zog ich Patrick langsam zu meinem Bett rüber, und wir setzten uns auf die viel zu weiche Matratze. Sie war billig gewesen. Wie billig, wurde mir erst jetzt bewusst, nachdem ich drei Wochen auf einer vernünftigen Unterlage geschlafen hatte. Eigentlich sah hier alles schäbig aus, und ich schämte mich. Für den abgewetzten Teppich. Den alten, schiefen Schrank. Für die Wollmäuse in der Ecke, die Maya natürlich hiergelassen hatte, obwohl sie sonst alles mitgenommen hatte – auch das Kehrblech. Ich schämte mich sogar für meinen emotionalen Ausnahmezustand.

Schließlich atmete ich tief durch und erzählte Patrick stockend alles, ohne irgendetwas zu beschönigen. Gegenüber Bahar und Ella hatte ich immer alles abgeschwächt, damit sie mir keine Ratschläge erteilten, die ich nicht hören wollte. Im Grunde genommen hatten sie recht und meinten es nur gut mit mir, doch bislang war ich nicht bereit gewesen, das einzusehen.

Bis heute.

»Was mache ich denn jetzt? Der Kredit ist viel zu hoch, als dass ich ihn allein abstottern könnte. Wenn Papa nicht zahlt, bin ich erledigt. Und die Kreditkartenabrechnung? Maya ist ja selbst arm wie eine Kirchenmaus. Keine Ahnung, wohin sie gezogen ist. Sie meldet sich nicht. Ich kann doch unmöglich meine eigene Familie verklagen. Die reden nie wieder ein Wort mit mir.«

In meinem Kopf hörte ich Bahar und Ella sagen, dass ich auf Gespräche mit Papa auch gut verzichten konnte. Nur war es nicht so einfach. Mein Herz wollte unbedingt weiter ein Teil der Seibert-Familie bleiben. Mich von Papa und Maya loszusagen, nur wegen Geld, fühlte sich falsch an. Vermutlich hatten beide genau wie ich mit dem Rücken zur Wand gestanden. Verzweiflungstaten. Zumindest hoffte ich das.

Patrick überlegte eine ganze Weile. Wahrscheinlich suchte er nach einer diplomatischen Antwort. Erst da bemerkte ich, dass er meine Hand in seiner hielt, während wir nebeneinander auf der durchhängenden Matratze saßen. Weil Patrick schwerer war als ich, rutschte ich langsam gegen ihn.

»Darf ich die Bankverträge mal sehen?«, fragte er ruhig. »Ich weiß, das sind sensible Daten, aber mit solchen Sachen kenne ich mich aus. Und was die Wohnung angeht … Besonders viel steht hier ja nicht mehr rum. Der Umzug dürfte schnell erledigt sein.« Er sah sich noch mal in dem recht leeren Raum um. »Kannst du die Möbel irgendwo einlagern? Ich würde dir ja unsere Fahrradgarage anbieten, aber so wie ich dich kenne, wirst du das ablehnen.«

Da hatte er recht. Es war mir schon unangenehm, ihm überhaupt von meiner Notlage erzählt zu haben. Nie war mir der Unterschied zwischen seinem feinen Anzug und meiner abgetragenen Jacke bewusster gewesen.

»Bahars Eltern haben ein Haus. Da ist bestimmt ein Plätzchen für meine Möbel«, sagte ich leise. »Und wo wohne ich dann?«

»Unsere Vereinbarung läuft noch eineinhalb Wochen. Mir tut das Achtsamkeitstraining so gut, dass ich dich auch weiterhin buchen werde. Das hilft dir nicht nur mit deiner Wohnsituation und der Ratenzahlung, sondern auch mit dem dritten Problem. Dem Kreditkartenbetrug deiner Schwester.«

Beim Wort Betrug zog sich alles in mir zusammen. Aber vermutlich hatte er recht: Es war Betrug. Nur hätte ich das Maya niemals zugetraut. Natürlich lebte sie in den Tag hinein. Natürlich war sie unzuverlässig und verträumt und auch ein wenig eigensüchtig. Das hier war allerdings eine ganz andere Hausnummer.

Eine einzelne Träne lief über meine rechte Wange. Patrick hob die Hand und wischte sie sanft fort. »Wir haben dir zu Beginn deiner Tätigkeit eine Abschlagszahlung geleistet. Ich kann Mama bitten, die restliche Rechnung sofort zu begleichen. Das wird das Minus ein wenig schmälern. In einer Woche hätten wir ja sowieso bezahlt. Danach können wir direkt den Anschlussvertrag festmachen. Außerdem habe ich interessante Gespräche über Achtsamkeit im Arbeitsalltag geführt. Frau Petersen vom Empfang und mein neuer CFO sind Feuer und Flamme für die Idee, diese Firmenpolitik auch bei uns einzuführen.« Er sah mich erwartungsvoll an.

Doch ich fühlte mich immer schlechter. »Das kann ich nicht annehmen.«

Patrick wirkte überrascht. »Wieso denn nicht?«

»Weil ... Patrick. Jetzt mal ehrlich. Du sitzt hier und hältst meine Hand. Da ist etwas zwischen uns, das wir beide nicht länger leugnen können. Etwas, das über eine normale Beziehung zwischen Trainerin und Klient hinausgeht. Es fühlt sich falsch an, wenn ich dein Angebot annehme. Auf keinen Fall will ich diese ... Situation zwischen uns ausnutzen.«

Patrick starrte mich an, als hätte ich ihm kräftig in den Magen geboxt. Trotzdem ließ er mich nicht los. »Das nennt man Netzwerken, Merle«, sagte er vorsichtig. »Ich will dich nicht engagieren, weil ich total verrückt nach dir bin – wobei ich das, nur fürs Protokoll, definitiv bin –, sondern weil du ein wunderbarer Mensch bist und richtig gute Arbeit leistest. Mich von einem achtsameren Leben zu überzeugen ist eine echte Leistung. Und du hast mich überzeugt.«

»Ich habe dich mit gemütlichen Kaminfeuerabenden, kuriosen Spaziergängen und einem Streuner bestochen«, hielt ich dagegen. »Nicht mit meiner Expertise.«

»Quatsch. Seit drei Wochen redest du sanft, aber beharrlich auf mich ein, dass sich etwas ändern muss in meinem Leben. Dass ich achtsamer mit mir umgehen sollte. Und mit jedem einzelnen Wort hast du mich überzeugt. Du hast mir Wege aufgezeigt, Arbeit abzugeben, und mich damit jetzt schon zu einem besseren Chef gemacht. Ich will nicht behaupten, dass ich all das komplett verinnerlicht habe. Aber wir sind am Anfang unseres Trainings – und ich hoffe auf viele weitere Stunden mit dir als Achtsamkeitscoach. Dass ich dich gerade am liebsten küssen würde, steht auf einem völlig anderen Blatt. Das hat nichts mit deinen Qualitäten als Trainerin zu tun, sondern mit deiner bezaubernden Person. Was deine Professionalität angeht, hast du mich voll überzeugt. Was das Küssen angeht ... Ich arbeite dran, dich zu überzeugen, dass das eine sehr, sehr gute Idee ist.«

Ich hätte nie gedacht, dass mein Herz sich so leicht und so schwer zugleich anfühlen könnte. Und obwohl sich alles in mir sträubte, die nächsten Worte auszusprechen, wusste ich, dass ich keine Wahl hatte. »Genau das bezweifle ich. Wie soll ich von dir Geld annehmen, wenn wir gleichzeitig rumknutschen? Das eine schließt das andere aus. Sonst werde ich doch noch zum Callgirl.«

»Das ist etwas völlig anderes.« Patrick wirkte ehrlich entsetzt. »Ich bezahle dich nicht fürs Küssen, sondern für Achtsamkeitstraining.«

»Das wird nach außen hin aber ganz anders wirken.«

»Scheiß auf die Außenwirkung.«

Er meinte es ernst. Total ernst. Und irgendwie färbte diese Überzeugung für einen Moment auf mich ab. Vielleicht lag es an dem zärtlichen Ausdruck in seinen Augen oder an seiner Hand auf meiner Wange oder an seinem Knie, das ganz leicht meins berührte. Vielleicht an seiner Wärme und dem Duft, den er verströmte und wegen dem ich ohnehin nicht richtig denken konnte.

Jedenfalls küsste ich ihn. Und wie!

Kein sanftes Lippen-an-Lippen. Keine vorsichtige Annäherung. Kein achtsames Herantasten. Nö. Ich presste mich so abrupt an ihn, dass er nicht damit gerechnet hatte.

Seine Lippen waren im ersten Moment fest verschlossen, doch sie wurden sofort weich und anschmiegsam, als sein Hirn erfasst hatte, was los war.

Nämlich, dass ich mich regelrecht auf ihn warf. Diesmal war er es, der das Gleichgewicht verlor. Gleich darauf lag ich halb auf ihm, meine Lippen noch immer drängend auf seinen, woraufhin er den Kuss erwiderte.

Oh ja. Dieser Mann brachte mich nicht nur mit Worten und mit seinem Aussehen um den Verstand, sondern auch mit seiner Art zu küssen. In Büchern hatte ich davon gelesen, was ein richtig guter Kuss mit einem anstellen konnte. Dass das Herz jubilierte. Der Körper Feuer fing. Der Magen voller Schmetterlinge war, inklusive dem berühmten Prickeln auf der Haut.

Bislang hatte ich gedacht, dass das alles total übertrieben sein musste. Bis ich Patrick küsste.

Mein Herz jubilierte. Mein Körper stand in Flammen. Tausend Schmetterlinge flatterten kreuz und quer durch meinen Magen, und meine Haut schrie: Berühr mich! Das volle Programm und noch viel mehr.

Dass seine Hand sich irgendwie unter meinen Pullover gemogelt hatte und nun auf nackter Haut lag, tat vermutlich sein Übriges. Als ich dann auch noch seine Zunge an meiner spürte, war es ganz um mich geschehen.

Verdammt. Ich wollte diesen Mann schon seit drei Wochen,

hatte viel zu lange keinen guten Sex mehr gehabt und sehnte mich nach Berührungen. Wer hätte mich da stoppen sollen?

Patrick.

Er stoppte mich und sich, indem er mich ein wenig von sich schob und tief einatmete.

»Das ist keine gute Idee«, erklärte er mir zu meinem Entsetzen. Als er die Enttäuschung über die Zurückweisung in meinen Augen erkannte, erklärte er sich sofort. »Dein emotionales Durcheinander darf ich nicht ausnutzen.«

»Bitte. Nutz mich aus«, entgegnete ich völlig verwirrt.

»Merle.« Um Patricks Augenwinkel entstanden diese süßen kleinen Fältchen. Eine Mischung aus liebevoller Ermahnung und fürsorglicher Strenge im Blick. »Eben noch hast du mir ausführlich erklärt, dass du mich unbedingt auf Abstand halten musst. Im Namen deiner Professionalität und deiner finanziellen Unabhängigkeit. Und dann küsst du mich einfach? Das klingt durchaus nach emotionaler Verwirrung.«

»Ich dachte, ich teste mal, ob wir kusstechnisch überhaupt zusammenpassen. Wenn das nicht der Fall gewesen wäre, hätten wir uns das ganze Drama sparen können.«

Das nahm ihm kurz den Wind aus den Segeln. »Und wie ist dein Urteil?«

»Wir haben ein Problem. Ein großes Problem.«

»Also hat dir der Kuss gefallen?«

»Ja«, sagte ich leise und hauchte weitere rechts und links neben seinen Mund. Der letzte traf seine Lippen. »Er war genauso, wie ich mir das vorgestellt habe. Und noch viel besser.«

Um ein Haar hätte ich ihn zu einer zweiten Runde wilder Knutscherei gebracht, doch bevor es wieder zu heiß werden konnte, schob er mich erneut von sich. »Ich will dich«, stellte er klar. »Und zwar so was von. Ich finde dich charmant, wahnsinnig anziehend und unfassbar niedlich. Du bist wunderschön und absolut faszinierend. Leider sind deine Argumente nicht von der Hand zu weisen, daher muss ich – so schwer mir das gerade fällt – erst mal die Notbremse ziehen. Bis wir eine Lösung für deine Wohnsituation und für das Minus auf deinem Konto gefunden haben, sollten wir die Finger voneinander lassen, damit dein Ruf als Trainerin nicht leidet. Nicht meine Meinung, aber zumindest deine von fünf Minuten zuvor.«

Ich hätte ihm nur zu gerne gezeigt, was ich von meinen Worten von nur fünf Minuten zuvor jetzt hielt, doch ein leises, nerviges Stimmchen in meinem Inneren sagte mir, dass er recht hatte. Meine Bedenken waren nicht fort, bloß weil Patrick ein verdammt guter Küsser war. Im Gegenteil. Das machte es nur noch schwieriger, einen kühlen Kopf zu bewahren.

Und den brauchte ich im Moment dringender denn je.

Schweren Herzens stand ich auf, um zu meinem Schrank zu gehen. Unten verwahrte ich die Ordner. Beim letzten Besuch in meiner Wohnung, als ich die nun spurlos verschwundenen Blumen gegossen hatte, hatte ich die Bankunterlagen ordentlich abgeheftet. Ich zog sie heraus, ging zurück zu Patrick, setzte mich mit gebührendem Abstand zu ihm und reichte ihm die Papiere. »Wenn das kein Liebeskiller ist, weiß ich es auch nicht«, erklärte ich trocken.

Er nahm die Unterlagen an sich und rückte sich auf der Matratze ein wenig zurecht. Für ihn war die Unterbrechung einer derart heißen Kusseinlage garantiert noch schwieriger als für mich. Armer Kerl. Dass er es trotzdem durchgezogen hatte, sagte viel aus. Er gab wirklich acht auf mich.

Maaaaann! Und diesen Kerl wollte ich wirklich auf Abstand halten?

Während ich grübelte, ob ich Patricks Achtsamkeitstraining nicht in meine Freizeit verlegen sollte, damit ich weiter mit ihm herumknutschen konnte, wirkte er mit jeder Seite, die er umblätterte, wütender. »Dieser Kredit ist eine Frechheit«, grummelte er. »Du musst deinen Vater wirklich lieben, wenn du dich darauf eingelassen hast.«

Ja, das tat ich. Leider. Ich liebte ihn. Das machte es umso schwerer, ihn so weit aus meinem Leben zu verbannen, dass ich nicht ständig kurz vor einer Privatinsolvenz stand.

»Und?«, fragte ich bange, weil Patrick nur schweigend hin und her blätterte.

»Ich krieg dich da raus, aber für deinen Vater sieht es richtig übel aus. Wie viele Geschäfte hat er? Drei?«

Ich nickte. »Und bis auf das Hauptgeschäft laufen alle mies. Sie ziehen das gesamte Unternehmen runter. Ich glaube, Papa ist kurz vor der Insolvenz, sonst hätte er mich niemals um diesen Kredit gebeten. Das hätte sein grenzenloses Selbstbewusstsein gar nicht zugelassen.«

Patrick schüttelte langsam den Kopf. »Wenn das so ist, wird dieses bisschen Geld aus dem Kredit ihn nicht retten. Es ist nur ein Tropfen auf den heißen Stein. Für dich und die Ruheoase bedeutet es hingegen den Untergang. Das muss er einfach einsehen.«

»Der sieht gar nichts ein. Dafür ist er zu stolz.«

»Mit Stolz kenne ich mich zufällig gut aus. Ich war auch über Jahre zu stolz, um einzusehen, dass ich mit meiner Aufgabe als alleiniger Geschäftsführer hoffnungslos überfordert war. Das wäre jeder gewesen. Es musste nur eine ganz bestimmte Achtsamkeitstrainerin in mein Leben treten, damit ich das einsah. Kannst du diesen Zauber nicht auf deinen Vater anwenden?«

»Papa ist immun gegen jedwedes Achtsamkeitsgerede. Das bringt ihn nur so richtig auf die Palme. Zu ihm werde ich nie im Leben durchdringen. Du bist da ganz anders. Du hörst zu. Papa hört nur sich selbst gern reden.«

»Klingt ja nach einem reizenden Typen.« Kaum hatte Patrick das gesagt, hob er hastig die Hände. »Entschuldige. Sag nichts. Ich weiß. Familie ist Familie. Nur fürchte ich, dass du dich jetzt entscheiden musst. Vermutlich hast du durch deine erste fehlende Rate bereits einen fetten Schufa-Eintrag. Kein Vermieter dieser Welt wird dir eine Wohnung geben. Du musst aus diesem Vertrag raus, wenn du nicht untergehen willst.«

Ich dachte an Ella und Bahar, die darauf vertrauten, dass ich meinen Anteil zur Ruheoase beitrug. Sofort wurde mir schlecht. Auf keinen Fall durfte ich es dazu kommen lassen, dass sie die Leidtragenden waren. Ich musste etwas unternehmen. Unbedingt.

»Ich lasse mir etwas einfallen«, sagte ich entschlossen, woraufhin Patrick mich eindringlich fixierte.

»Lass mich dir helfen«, antwortete er.

Im ersten Moment wollte ich abwiegeln. Das war eine Familienangelegenheit, die ich klären musste. Meine Sache.

Dann fiel mir wieder ein, wieso ich hier in einer halb ausgeräumten Bude saß – und ich zögerte. »Kannst du das denn?«, fragte ich vorsichtig.

»Ja.« Er sagte das mit solcher Vehemenz, dass ich ihm sofort glaubte. »Allerdings werde ich mit deinem Vater sprechen müssen. Das könnte für alle Beteiligten unangenehm werden.«

Das passte mir nicht. Genau das hatte ich all die Jahre vermeiden wollen: Ein anderer wollte sich für mich einsetzen, damit Papa endlich ein Einsehen hatte. Wenn ich Patrick vorschickte, würde Papa mich niemals für voll nehmen. Nie!

Patrick wusste genau, was in meinem Kopf vor sich ging, denn er legte vorsichtig eine Hand auf meinen Unterarm. »Hilfe anzunehmen ist keine Schande, Merle. Das hast du mir selbst eindrucksvoll bewiesen. Du hast mir geholfen. Ich möchte mich dafür revanchieren. Bitte. Du verstehst etwas vom Leben, der inneren Balance und von Ruhepolen. Ich kenne mich mit Krediten, Narzissten und Bankberatern aus. Zusammen erobern wir die Welt.«

Das zauberte ein vorsichtiges Lächeln in mein Gesicht, und ich nickte, noch ehe ich es richtig fassen konnte. Zu meiner Überraschung fühlte es sich überhaupt nicht falsch an.

ACHTZEHN

Patrick: Liebe Merle, ich will dir so gerne glauben. Nein, ich glaube dir, dass du nichts verraten hast. Aber was ist mit dem Rest deiner Familie? Deinem Papa und deiner Schwester traue ich mittlerweile alles zu!

Zwei Wochen zuvor

Patrick schleppte mich trotz meiner Bedenken sofort zu meinem Bankberater. Nie im Leben hätte ich so kurzfristig einen Termin bekommen, doch bei einem Andlau war das offenbar anders. Ein wenig ärgerte ich mich über die Ungerechtigkeit. Und doch war ich froh, Patrick an meiner Seite zu haben.

Mann! Wenn er sein Managergesicht aufsetzte, wurde selbst mir angst und bange. Dabei war ich es nicht mal, die gerade seinen gesamten Ärger abbekam. Ich konnte zusehen, wie der Berater hinter seinem Schreibtisch immer kleiner wurde. Zwischendurch warf er mir einen hilflosen Blick zu, den ich nur mit einem Achselzucken erwiderte. Sorry, Kumpel. Da musste er allein durch.

Patrick kam mit Widerrufsfristen, die eigentlich verstrichen waren. Zwei Wochen waren üblich. Wir waren knapp drüber. Zunächst stellte sich der Bankberater quer, bis Patrick sich leicht über den Tisch beugte und wie beiläufig den Namen seiner Firma fallen ließ. Offenbar ein sehr, sehr, sehr guter Kunde dieser Bank.

»Ich bin entsetzt, wie bei Ihnen Kulanz gelebt wird«, erklärte er mit einer Stimme, die Eis erneut hätte gefrieren lassen können.

Der Berater verstand die unausgesprochene Drohung sofort. »Ich müsste mit meinem Chef sprechen, ob sich da was machen lässt«, knickte er ein. »Wobei Frau Seiberts Vater Schwierigkeiten bekommen wird, wenn wir den Kreditzusatz auflösen.«

»Mit dem rede ich im Anschluss«, knurrte Patrick und stand auf. »Ich rufe Sie später wegen der Einzelheiten an. In der Zwischenzeit haben Sie die Gelegenheit, mit Ihrem Chef zu sprechen, und ich kann mit Herrn Seibert die Details vereinbaren.«

Wir gaben einander die Hände. Zwanzig Sekunden später stand ich aufgewühlt auf dem Bürgersteig und sah zu Patrick auf. »Ich will nicht, dass Papa Privatinsolvenz anmelden muss«, brachte ich schwach heraus.

»Das will niemand. Die Bank schon mal gar nicht. Aber wenn er nichts ändert, wird er sich noch mehr verschulden. Das ist seine Sache, solange er dich nicht mitreißt.« Patrick warf mir einen eindringlichen Blick zu. »Familie ist wichtig. Die eigenen Träume aber auch. Du musst versuchen, beides irgendwie in Einklang zu bringen. Geht das nicht, solltest du abwägen. Ich habe mich damals für den falschen Weg entschieden und mich vollständig aufgegeben. Letztlich ist es deine Entscheidung, doch ich würde mir wünschen, dass du klüger bist als ich.«

»Wer ist hier noch mal die Achtsamkeitstrainerin?«, murmelte ich zu mir selbst. Dann dachte ich eine Weile über seine Worte nach, während wir zu seinem Auto gingen. Es war ein anderer Firmenwagen, den ich nicht kannte. Natürlich. Heute Morgen war er schließlich mit dem Fahrrad zur Firma gefahren. Erst als wir losfuhren, bemerkte ich, dass er mir nicht gesagt hatte, wohin es ging. »Was hast du vor?«

Er musste nicht antworten. Als wir in die Saarlandstraße einbogen, wusste ich die Antwort längst. Patrick wollte alles so schnell wie möglich regeln, bevor ich kalte Füße bekam. Offenbar hatte er dafür bereits im Vorfeld recherchiert und wusste genau, wohin wir mussten.

Wie durch ein Wunder fand er sofort einen Parkplatz. Patrick öffnete für mich die Tür, weil ich mich nicht gerührt hatte. »Na, komm, Merle. Wir müssen jetzt mit deinem Vater reden, sonst wird der Bankberater …«

»Merle!« Der Klang meines Namens zerriss die Ruhe in der Straße. Mein Vater. Schrecklich zornig.

Hastig stieg ich aus. Papa hatte sich längst vor uns aufgebaut und blitzte mich böse an.

»Du willst den Kredit platzen lassen? Was denkst du dir dabei?«, schnauzte er mich an. »Mein Kumpel hat gerade angerufen und mir von eurem Auftritt bei ihm erzählt. Hat er dir den Floh ins Ohr gesetzt?« Er deutete anklagend auf Patrick.

Der machte Anstalten, sich schützend vor mich zu stellen. Doch das hier musste ich selbst regeln. Nicht nur, damit Papa mich endlich ernst nahm, sondern vor allem für meinen eigenen Seelenfrieden.

»Du hast mir keine Wahl gelassen, Papa. Natürlich wollte ich dir helfen. Deshalb habe ich mich ja auf den Deal eingelassen. Und was machst du? Lässt mich hängen. Da bin ich gezwungen, Konsequenzen zu ziehen. Es geht nicht nur um meinen finanziellen Ruin. Bahar und Ella hängen auch mit drin. Wenn mein Kredit platzt, wird es schwierig für die beiden. Ganz zu schweigen davon, dass ich gar nicht einsehe, meinen Traum von der Ruheoase deiner Sturheit zu opfern. Gib zwei der drei Läden auf. Du findest ohnehin keine Mitarbeiter mehr. Maya ist weg, ich will das nicht mehr, und Mama ist völlig fertig von der vielen Arbeit und dem Druck. Also ja, Papa. Ich muss dich zwingen, einen Schritt in die eine oder andere Richtung zu machen, ohne dass du mich mit runterziehst. Ich werde diesen Zusatzkredit heute auflösen. Um mich und dich zu schützen.«

»Mäuschen! Hier geht es um unser Familienvermächtnis! Um …«

»Es geht hier um deinen Stolz!«, überbrüllte ich ihn. »Maya und ich lieben Mama und dich, aber nicht diese verdammten Geschäfte. Hör auf, uns deswegen unter Druck zu setzen. Was ist das für ein Vermächtnis, wenn man zu Lebzeiten deswegen vor Sorgen kaum schlafen kann? Du musst endlich erkennen, dass du dich verrannt hast.«

Papa schaute mich zornig an und wandte sich übergangslos an Patrick. »Haben Sie ihr das eingeredet?«, fauchte er ihn an.

»Nein«, sagte er trocken. Nur das. Dieses eine Wort nahm Papa mehr Wind aus den Segeln, als wenn Patrick sich auf eine wilde Diskussion mit ihm eingelassen hätte.

Papa starrte ihn wütend in Grund und Boden, doch er erwiderte den Blick mit stoischer Gelassenheit. Also nahm Papa wieder mich aufs Korn. »Wenn es hart auf hart kommt, ist es nur die Familie, die dir bedingungslos den Rücken stärkt. Denk an meine Worte, wenn dich der feine Herr neben dir fallen lässt.« Mit dieser düsteren Prophezeiung drehte er sich um und verschwand im Laden.

Ich blickte ihm einen langen Moment hinterher, bis Patrick mir sanft eine Hand auf die Schulter legte. »Soll ich dich zu Bahar und Ella in die Oase bringen? Ich glaube, die können dir jetzt am besten zur Seite stehen.«

Daraufhin drehte ich mich zu ihm um und legte ihm die Arme

um die Taille, drückte mich an ihn. Er erwiderte die Umarmung liebevoll.

»Kannst du dem Bankberater sagen, dass ich die Kreditaufstockung wirklich widerrufe?«, murmelte ich in seine Anzugjacke hinein. Kaum hatte ich das gesagt, wurde mir kalt. »Aber was mache ich, wenn sie mir den Kredit jetzt ganz aufkündigen? Immerhin scheine ich mich mit Papas Kumpel angelegt zu haben.«

»Das wird er nicht wagen. Es geht ja nur um den Zusatz. Langfristig brauchst du aber definitiv einen anderen Berater.« Er schob mich etwas von sich, damit er mich ansehen konnte. »Und du musst mit deiner Schwester sprechen.« So sanft, wie er es sagte, wusste er genau um die Tragweite. Ich bemühte mich verzweifelt, tapfer dreinzublicken, doch seinem Gesichtsausdruck nach zu schließen klappte das nicht. Er zog mich erneut in seine Arme und hielt mich, bis ich mich ein klein wenig entspannte.

Zumindest so weit, wie es in dieser Situation überhaupt ging.

✦✦✦

Patrick brachte mich zu meiner Wohnung, damit ich das E-Bike holen konnte. Mittlerweile war es früher Nachmittag geworden. Unsere Wege trennten sich. Er musste dringend zurück zur Firma, ich musste in die Ruheoase, weil meine nächste Übungseinheit begann.

Als Ella mich reinkommen sah, stürzte sie sich regelrecht auf mich, umarmte mich immer wieder und versicherte mir, dass alles gut werden würde – egal, was geschehen war. Bahar nickte dazu, reichte mir einen Schokoriegel und streichelte mir den Rücken.

»Ich erzähle euch gleich die Einzelheiten. Sobald die Stunden vorbei sind«, versprach ich kauend und beruhigte mich dabei ein klein wenig. Wie genau ich das Training hinter mich brachte, konnte ich nicht sagen. Ich baute mehr Meditationen ein als sonst üblich, um mich selbst zu regulieren.

Als endlich die letzte Kundin gegangen war, setzten meine Freundinnen und ich uns zusammen, zündeten eine Kerze in der Mitte an und ließen die Stille auf uns wirken. Ich wurde ruhiger. Fokussierter. Danach erzählte ich ihnen alles. Als ich zu Patricks Einsatz kam, pfiff Ella leise.

»Er ist also nicht nur reich und sexy, sondern zusätzlich durchsetzungsfähig und fürsorglich. Wenn du ihn nicht willst ... ich nehm ihn.«

Wir kicherten ein wenig hysterisch, bis Bahar wieder ernst wurde. »Trotzdem, das mit Maya ist wirklich schlimm. Wie hoch ist die Rechnung denn? Und hast du deine Kreditkarte gesperrt?«

»Ja, hab ich. Es sind fast dreitausend Euro. Das haut ein Loch in mein ohnehin gebeuteltes Konto.«

»Ich rede mit Nils. Wir haben genug Rücklagen durch die Erbschaft von Oma. Einen Tausender bekomme ich zusammengekratzt.«

»Nein, Bahar, ich ...«

»Merle! Im Gegensatz zu deinem Vater weiß ich dich zu schätzen. Und ich weiß auch, dass ich jeden Cent von dir wiederbekommen werde. Unter Freunden soll man sich bekanntlich kein Geld leihen, aber du bist mehr als eine Freundin. Du bist Herzensfamilie. Also lass mich dir helfen, bevor Patrick dir die dreitausend Euro einfach überweist und du deswegen durchdrehst. Von neuen Lovern sollte man sich nämlich definitiv nichts leihen. Das gibt nur Drama.«

»Patrick ist nicht mein ...«

»Also ich könnte fünfhundert Euro beisteuern«, mischte Ella sich ein. »Falls das hilft.«

Da gab ich auf. Gerührt zog ich meine Freundinnen in meine Arme und knuddelte sie. »Ihr seid die Besten«, murmelte ich.

Die nächsten Kundinnen unterbrachen unser gemütliches Beisammensein. Bis zwanzig Uhr war ich ganz mit meiner Arbeit beschäftigt.

»Nils und ich haben überwiesen. Es lebe deine Kreditwürdigkeit«, sagte Bahar zum Abschied und winkte.

»Ich auch«, zwitscherte Ella vergnügt und war draußen, ehe ich protestieren konnte.

»Und du kannst deine Möbel bei meinen Eltern unterstellen. Mama ist ganz aufgeregt, weil sie hofft, dass du vielleicht sogar in mein Mädchenzimmer einziehst. Endlich wieder jemand zum Bemuttern«, setzte Bahar einen drauf. »Morgen früh fährt Nils mit seinen Kollegen bei dir vorbei und packt die Sachen ein. Gegen neun? Du hast ja keinen Termin so früh.«

»Äh … ja?«, sagte ich zögernd, und schon war Bahar weg. Ich sah ihnen schweigend hinterher und kämpfte mit den Tränen. Was würde ich nur ohne meine Freundinnen machen?

Ein letztes Mal schrieb ich Maya, diesmal in einem etwas sanfteren Ton. Vielleicht bewegte sie das dazu, sich bei mir zu melden. Dann verriegelte ich die Ruheoase und erinnerte mich dabei, dass ich Maya dringend die Schlüssel abnehmen musste. Nicht dass sie eines Tages unser Equipment verhökerte. Mittlerweile traute ich ihr echt alles zu.

Gleich bin ich zu Hause, dachte ich, als ich mich auf den Fahrradsattel schwang – und blieb abrupt stehen. Verdammt. Ich hatte ernsthaft das Andlau-Anwesen als mein Zuhause bezeichnet. Was sagte das denn jetzt bitte aus?

Mit zusammengekniffenen Augen horchte ich in mich hinein und versuchte zu ergründen, ob das nur ein Ausrutscher war oder ein wirkliches Gefühl. Tatsache. Schon nach drei Wochen fühlte sich das kleine Zimmer viel heimischer an, als es meine Wohnung je getan hatte. Mein Elternhaus zählte für mich ohnehin nicht als

Zuhause. Mit Papa zusammenzuwohnen war immer ein Minenfeld gewesen.

Schockiert stellte ich fest, dass ich heimatlos war. Der Schlafplatz bei meinem Arbeitgeber war eher mein Zuhause als meine eigenen vier Wände. Was war da nur schiefgelaufen?

Vielleicht war es Schicksal, dass ich gezwungen war, meine elende Wohnung aufzulösen. Neu zu beginnen. Neu anzusetzen. Mich wieder wohlzufühlen. Das musste doch möglich sein.

NEUNZEHN

Merle: Papa! Wie war das, dass dein Schreiberling-Freund nichts mehr gegen mich schreiben wird? Heute schon mal in die Tageszeitung geguckt? Was hast du dem denn bloß erzählt????

Knapp eine Woche zuvor

Nachdenklich radelte ich weiter und fiel fast vom Sattel, als ich durch die Toreinfahrt bog. Der Garten sah … krass aus. Sonst strahlte er absolute Gemütlichkeit und Ruhe aus. Jetzt entdeckte ich überall schwarze Spinnweben, in denen riesige Plastikviecher hockten. Ein Skelett winkte mir mit rot glühenden Augen aus dem Springbrunnen zu, und in den Beeten waren Grabsteine platziert. Alles wurde von unzähligen Lampions und leuchtenden Kürbisköpfen erhellt. Rotes Licht beschien die Bäume und tauchte die düstere Szenerie in ein unheilvolles Spektakel aus Dunkelheit, Schatten und Blut. Oooookay.

Mittendrin stand eine vergnügt dirigierende Frau Andlau, die gerade rief: »Der Kunstblutbrunnen soll neben der Guillotine stehen! Ja! Genau da!«

Auch Brutus war in seinem Element. Vergnügt sprang er um die Gärtner herum, rannte rüber zu Kai, dem Jagdaufseher, zurück zu den Gärtnern und schließlich zu mir, um mich schwanzwedelnd zu begrüßen.

Ich stieg vom Rad und schob es staunend bis zu Frau Andlau.

Sie strahlte mich an. »Da sind Sie ja. Gerade rechtzeitig. Patrick hat mich versetzt, Sie dürfen gerne seinen Platz einnehmen.«

»Ich fürchte, er verspätet sich wegen mir. Ich habe heute seine Hilfe gebraucht, wodurch er in seinem Zeitplan durcheinandergeraten ist. Tut mir leid.«

Frau Andlaus Gesicht glühte prompt vor Neugierde. »Er hat Ihnen geholfen? Das ist ja spannend. Sie dürfen meinen Sohn jederzeit ablenken, von daher verzeihe ich Ihnen nur zu gerne«, erklärte sie genüsslich. Als sie meine strenge Miene sah, lenkte sie rasch vom Thema ab. »Was meinen Sie? Soll die Folterwerkstatt in den Gartenschuppen oder besser in die Garage?«

»Äh …«, brachte ich schwach hervor.

»Im Gartenschuppen ist es wohl besser. Das ist nicht so abgelegen. Bringen Sie das Rad ruhig in die Garage. Dort kann auch das Gartenzeug untergebracht werden. Hach. Jetzt, wo es losgeht, bin ich voller Elan.«

Offensichtlich. Ich konnte ein Schmunzeln nicht unterdrücken, verstaute das E-Bike in der Garage und half im Anschluss den zwei Gärtnern dabei, die vielen Gerätschaften umzusiedeln.

»Frau Andlau wird jedes Jahr manischer«, lachte der Ältere der beiden in sich hinein. »Demnächst lässt sie hier einen kleinen Fluss ausbaggern, damit das Kunstblut besser fließen kann.«

»Bring sie nicht auf dumme Ideen«, ermahnte ihn der Jüngere. »Ist schon beeindruckend, nicht wahr?«

Das war es. Und unheimlich. In meinem ganzen Leben hatte ich noch nie so viele Skelette, Totenkopfschädel und blutige Schaufensterpuppen gesehen. Als sogar eine Laienschauspielgruppe auftauchte, die sich für den nächsten Tag letzte Instruktionen von der

Schirmherrin des Grauens abholen wollte, bekam ich einen Vorgeschmack auf das, was mich an Halloween erwartete.

Ich hatte mittlerweile meinen Platz neben Frau Andlau gefunden. Mit ihrem Krückstock in der Hand und dem Sauerstoffgerät an der Seite konnte sie schlecht ihr Klemmbrett halten. Ich war dafür zuständig, die vielen Punkte abzuarbeiten, Leute anzurufen und dafür zu sorgen, dass sich die aufgeregte ältere Dame zwischendurch auch mal setzte. Denise Feuermann kam immer wieder vorbei, brachte ihr einen Tee, Kekse, schließlich sogar Abendbrot, eine wärmere Jacke, Mütze und Schal. Ich ging leer aus, mal abgesehen von bösen Blicken. Hatte Denise in den letzten Jahren hier gestanden und das Zepter geführt? Hoffentlich nicht!

Gegen zweiundzwanzig Uhr war ich kurz davor, Frau Andlau höchstpersönlich ins Haus zu schleppen und den Feierabend einzuläuten. Es war viel zu kalt hier draußen. Zum Glück blieb mir die Diskussion erspart, denn Patrick kam im Stockdunkeln angeradelt. Er brachte sein Fahrrad weg, wurde beinahe von Brutus umgerissen und kam mit einem breiten Grinsen zu uns. Erst gab er Frau Andlau einen Kuss auf die Wange, dann lächelte er mich warm an.

»Sieht toll aus«, sagte er und sah dabei seltsamerweise mich an.

Mir schoss das Blut in die Wangen, und ich hoffte, dass ihm das entging. Dunkel genug war es ja.

»Nicht wahr? Diesmal habe ich auch den Galgen aus dem Museum ergattern können. Die Puppe hängt schon.« Frau Andlau sagte das mit so viel Begeisterung, dass wir lachen mussten.

»Spektakulär«, merkte Patrick an. »Den Rest bekommen unsere Helfer allein hin. Geh ins Haus, Mama. Es ist viel zu kalt.«

»Hör auf, mich zu bemuttern«, ermahnte ihn Frau Andlau, setzte sich aber zu meiner Überraschung tatsächlich in Gang. »Meinetwegen, ich gehe ins Bett. Ihr zwei bleibt bitte hier und überwacht die Dekorateure. Da fehlt Klopapier im Baum.«

Wir winkten ihr hinterher, dann sah ich Patrick ernst an. »Deine Mutter hat sich zu schnell verdrückt.«

»Definitiv. Sie wollte uns ein wenig Privatsphäre gönnen.« Er knuffte mir sanft in die Seite, weshalb ich beinahe über Brutus gefallen wäre, der sich dicht neben meinen Schuhen niedergelassen hatte. Mahnend blinzelnd sah er zu mir hoch.

Bevor ich etwas erwidern konnte, gesellten sich Kai und die Gärtner zu uns. Wir besprachen die Klopapier-Sache und entschieden uns dagegen, nachzulegen. »Macht Feierabend«, riet Patrick, woraufhin die Männer sich zum Gehen wandten und Brutus verwirrt aufsprang und Kai hinterherlief, der ihn zurückschickte.

»Soll ich Brutus morgen früh bei meiner Morgenrunde mitnehmen?«, rief er Patrick zu.

»Klar. Ich lass ihn raus zu dir.« Er hielt den Hund fest, damit der nicht hinter den Männern herjagen konnte, und wandte sich Richtung Haus. Ich folgte ihm. Kurz vor der Terrasse ließ er Brutus frei und hielt mir seine Hand entgegen. »Wie war der Rest des Tags?«

Mein Herz beschleunigte sich bei dieser schlichten Geste. Sie war so vertraut. So liebevoll. Beinahe wie von selbst legte ich meine Hand in seine und ging dicht neben ihm her. Im Gleichschritt. Als hätten wir nie etwas anderes getan.

»Meine Möbel werden morgen früh von Bahars Freund abgeholt und bei ihrer Familie eingelagert. Außerdem haben die drei gesammelt, um mein finanzielles Loch zu schmälern. Mein Tag endete also ganz gut, würde ich sagen.«

»Du hast wirklich tolle Freunde.«

Wir betraten das Herrenhaus, entledigten uns unserer Jacken und Schuhe und folgten Brutus die Treppe hinauf. Der Hund lag schon im Körbchen und sah uns erwartungsvoll an. Bevor ich überhaupt unsicher werden konnte, hatte mich Patrick bereits an sich gezogen und küsste mich liebevoll. »Schlaf gut«, flüsterte er an meinen Lippen. »Und träum was Schöneres als von Guillotinen, Leichen und Blut.«

Am liebsten träume ich von dir, schoss es mir durch den Kopf, aber ich gab diesen albernen Spruch zum Glück nicht von mir. Um nicht doch in Versuchung zu geraten, erwiderte ich seinen Kuss und verschwand schnell in mein Zimmer, bevor das Flirren zwischen uns hitziger werden konnte. Ich schloss sogar die Tür, um mich von innen dranzulehnen. Hilfe, war der Kerl verführerisch.

Ich lauschte. Offenbar war Patrick in seinen Raum gegangen. Nachdenklich blickte ich in die Dunkelheit und spürte in mich hinein, versuchte, die Gefühle zu entwirren, die in mir tobten.

Zu meiner Überraschung fehlte die mir sonst so vertraute dumpfe Unsicherheit. Stattdessen war da Glück. Zufriedenheit. Das Gefühl, am richtigen Ort zu sein. Behaglichkeit. Und der wahnsinnige Drang nach mehr von Patrick. Ich zögerte nur ein paar Sekunden. Mein Leben war ohnehin schon völlig aus der Bahn geraten. Das einzig Gute dabei war Patrick. Warum sollte ich mir nicht noch eine Dosis von ihm gönnen?

Also öffnete ich wieder die Tür, streichelte den verwirrt grunzenden Hund und machte die entscheidenden Schritte zu Patricks Tür, die einen Spaltbreit geöffnet war. Trotzdem klopfte ich.

»Komm ruhig rein. Ich bin wach und diesmal sittsam angezogen.« Ich hörte sein breites Grinsen, auch ohne es zu sehen.

Mit wild klopfendem Herzen schob ich die Tür auf und schlüpfte hinein. Danach machte ich sie vehement hinter mir zu und drehte mich mit angehaltenem Atem zu ihm um.

Patrick stand neben einer Kommode und hatte sich gerade seine Uhr vom Handgelenk gezogen. Als er mich sah, legte er sie rasch zur Seite und trat auf mich zu. Einen Schritt. Dann sah er mich abwartend an. Also machte ich ebenfalls einen Schritt nach vorne. Patrick verstand, und seine Augen leuchteten auf. Sein Lächeln vertiefte sich, als er einen großen Schritt machte, sodass mich mein nächster Schritt direkt in seine Arme trug. Er umfing mich, als würde ich dorthin gehören. Seine Lippen legten sich auf eine Weise auf meine, die mein Inneres zum Singen brachte. Sanft und zuvorkommend. Fordernd und zugleich höflich. So wie Patrick eben war.

Er führte seine Hand unter mein Shirt, ließ sie auf meinen Rücken wandern und schob seine Finger unter meinen Hosenbund. Nur einen Zentimeter weit, aber es reichte, um die Hitze in meinem Magen explodieren zu lassen.

Ich drückte mich an ihn und spürte genau, wie sehr er mich wollte. Jetzt würde ich ihn nicht in die Verlegenheit bringen, damit allein klarzukommen. Aufzuhören kam nicht infrage.

Um das klarzustellen, schob ich gleich beide Hände unter seinen Pullover, woraufhin sein Kuss heißer und sinnlicher wurde. Seine Zunge konnte Dinge, die ich nicht für möglich gehalten hätte. Wärme prickelte über meine Haut und sorgte dafür, dass ich alles um mich herum vergaß. Alles, außer diesem sagenhaften Empfinden von seinen Fingern auf meiner Haut. Seinem Atem in meinem Gesicht. Seiner Wärme überall auf mir.

Mit jeder Berührung, mit jedem Kuss gab er mir das Gefühl, das Wichtigste auf der Welt zu sein. Nur er und ich zählten. Nur das Wir. Gerade lebten wir Achtsamkeit in jedem Atemzug. Fühlten den Moment. Waren ganz bei uns. Er bei mir und ich bei ihm.

Zum ersten Mal seit langer Zeit fühlte ich mich behütet. Verstanden. Geschützt und geliebt. So, wie ich war, und nicht, wie ich sein sollte. Vor allem begriff ich, was ich schon bei unserem ersten Treffen gespürt und nicht in Worte hatte fassen können.

Er war derjenige. Der, auf den ich die ganze Zeit gewartet hatte, ohne es zu wissen.

ZWANZIG

Papa: Meine liebe Merle, ich schwöre dir, dass ich nichts mit dem Zeitungsartikel zu tun habe. Wirklich nicht. Habe schon meinem Journalisten-Ex-Freund klargemacht, dass unsere Kartenspiele Geschichte sind, und bei meinem Rechtsanwalt nachgefragt, ob eine Verleumdungsklage möglich wäre. Dieser Artikel ist ruf- und geschäftsschädigend. Deine Mutter und ich verfassen gerade einen Kommentar der Extraklasse. So etwas lassen wir Seiberts uns nicht bieten.

Wenige Tage zuvor

Ich wachte von einem sanften Streicheln auf. Finger, die über meine Schulterblätter strichen, Kreise auf meinem Rücken zogen und mir durch die Haare wuschelten.

»Aufstehen«, flüsterte Patrick in mein Ohr. »Es gibt wie immer viel zu tun.«

Ich antwortete mit einem Gähnen, rekelte mich zufrieden wie eine Katze, um mich danach, so fest ich konnte, an seine warme Seite zu schmiegen. Nackte Haut an nackter Haut. »Wir könnten das Achtsamkeitstraining ausfallen lassen«, murmelte ich mit geschlossenen Augen und versteckte meine Nase an seiner Halsbeuge. Ich wollte nicht in diese komplizierte Welt zurückkehren, sondern lieber hier im Bett bleiben. Ich spürte, wie er den Kopf drehte und mir einen Kuss auf die Stirn gab. Ehe ich ihn daran hindern konnte, hatte er sich auf die Seite gedreht, und ich verlor meinen kuscheligen Halt.

»Brutus kratzt schon seit geraumer Zeit an der Tür, und draußen habe ich Kai rufen hören. Wenn ich den Hund nicht gleich rauslasse, steht hier in fünf Minuten ein besorgter Jäger im Zimmer.«

»Dieses Haus ist eindeutig zu voll.« Endlich öffnete ich die Augen und stellte fest, dass Patrick sich weiterhin über mich beugte. Seine Lippen schwebten über meinen, und ich konnte das hellere Braun in seinen dunklen Augen ausmachen. »Musst du gleich arbeiten?«

»Ja. Reformationstag hin oder her. Und du?«

»Ich hab zwei Kurse. Danach muss ich auf deine Mama aufpassen, damit sie nicht im Blutbrunnen nackt baden geht.«

Wir kicherten wie zwei Kinder, dann wurde Patrick wieder ernst und küsste mich fast so leidenschaftlich wie gestern Abend. Um ein Haar waren wir versucht, es drauf ankommen zu lassen, doch dann hörten wir Kais Stimme erschreckend nah.

»Brutus! Hör auf zu jaulen und komm runter. Was ist denn mit deinem Herrchen los? Wo steckt der?«

Patrick fluchte leise und beeilte sich, aus dem Bett zu klettern. Noch im Gehen zog er sich Boxershorts und ein Hemd über und öffnete die Tür. Beinahe wäre Brutus ins Zimmer gestürmt, um mich zu begrüßen. Zum Glück hielt Patrick ihn auf, zog ihn kommentarlos aus dem Raum und schloss hinter sich die Tür.

»Ich hab verschlafen«, rief Patrick zu Kai hinunter.

»Du und verschlafen? Dass ich so was noch erlebe.«

Sobald ich Patricks Schritte auf der Treppe hörte, richtete ich mich auf und suchte im Halbdunkeln nach meinen Sachen vom Vortag. Ich zog mir gerade das Shirt über den Kopf, als Patrick zurückkam. Er lehnte sich an die Tür und sah mir dabei zu, wie ich meine Kleidung zurechtzupfte und langsam auf ihn zuschlenderte. Einen Moment badete ich in seinem warmen Blick, dann schlang ich meine Arme um seinen Hals.

»An unseren Morgenritualen müssen wir dringend arbeiten«, erklärte ich streng.

»Wohl wahr. Aber als ich Kai gestern versprochen habe, Brutus rauszulassen, konnte ich ja auch nicht ahnen, wie der Abend endet.« Er stahl mir einen Kuss und blickte mich ernst an. »Ich hätte gerne eine Wiederholung«, stellte er klar.

Sofort entspannte ich mich. Das war das Schöne an Patrick. Er formulierte sehr direkt, was er fühlte oder wollte. »Ich auch«, antwortete ich ohne Zögern.

»Nur Mama darf davon nichts mitbekommen, sonst verschickt sie direkt die Verlobungsanzeigen«, ergänzte Patrick todernst.

»So schlimm ist sie nun auch wieder nicht.«

Patrick zog als Antwort eine Augenbraue in die Höhe. »Sehen wir uns gleich unten beim Kaffee? Oder wahlweise unter der Dusche? Diesmal wäre ich auch gewillt, mein Bad mit dir zu teilen.«

Das war ein verführerisches Angebot. Ich zog ihn bereits hinter mir her, wohl wissend, dass ich Neuland betrat. Weder Patrick noch ich suchten einen One-Night-Stand, das war uns absolut klar. Wir wollten mehr voneinander – und wir versicherten uns das, indem wir gemeinsam in den Morgen starteten.

Nach dem Frühstück blieben wir in der Küche sitzen, nebeneinander in der nur schwach wärmenden Morgensonne. Nebel lag über den Wiesen, sodass die Sonnenstrahlen es schwer hatten. Ich genoss jede Sekunde und war mir sicher, dass Patrick ähnlich empfand.

Seine Mutter ließ sich bis neun Uhr nicht blicken, was ungewöhnlich war. Vermutlich hatte die alte Dame längst spitzbekommen, dass sie stören könnte, und hielt sich fern. Patrick ging sie suchen, während ich mir die Schuhe anzog. Als ich ihn mit einem schiefen Grinsen zurückkommen sah, zog ich mahnend eine Augenbraue in die Höhe. »Wie schlecht hast du die vergangene Nacht vor ihr verheimlicht?«

»Äh. Vermutlich sehr schlecht. Sie lässt dich grüßen.«

»Patrick!«

Er verdrehte die Augen und zog sich seine Schuhe an. Wir liefen nebeneinander nach draußen. Mir entging dabei keineswegs, dass Patrick für den Bruchteil einer Sekunde seine Hand in meine schob, ehe er sich selbst stoppte.

Wir holten die Räder aus der vollgestellten Garage und radelten an erhängten, erstochenen und vergifteten Schaufensterpuppen vorbei zur Arbeit. Mannomann! Was sollte das heute Abend für eine Show geben?

✦ ✦ ✦

Es war ein Meisterwerk des Gruselns. Obwohl ich bei den Vorbereitungen geholfen hatte, erwischten mich die fiesen Laiendarsteller mehr als einmal und ließen mich laut kreischend zur Seite hüpfen. Ich hatte einen Heidenspaß, vor allem, als Patrick endlich dazukam.

Er wirkte gestresst und abgekämpft und gab sich große Mühe, seiner als Hexe verkleideten Mutter zuliebe fröhlich zu wirken. Mittlerweile kannte ich ihn aber zu gut. Ich verpasste ihm zwischendurch ein kurzes Achtsamkeitstraining, immerhin wurde ich dafür bezahlt und nahm meinen Job ernst. Wobei unsere Umgebung selbst mich auf eine harte Probe stellte. Es war beinahe unmöglich, zwischen klappernden Skeletten zur Ruhe zu kommen.

Allmählich trudelten die ersten Besucher ein. Bevor wir uns versahen, hatte Frau Andlau uns eine Aufgabe zugeteilt. Wir mussten Blutbonbons an Kinder verteilen und Eintrittskarten abreißen. Die Einnahmen wurden gespendet.

»Hat das mit dem Auszug eigentlich geklappt?«, fragte Patrick mich in einem ruhigen Moment.

»Ja. Wenn Nils etwas zusagt, ist das absolut verbindlich. Die Wohnung ist leer und sieht schrecklich aus. Zum Glück haben wir nichts angebohrt oder kaputt gemacht. Eigentlich muss ich nur noch durchwischen und den Rest der Küche auftreiben, den Maya hat mitgehen lassen.«

»Hat sie sich denn immer noch nicht gemeldet?«

Ich schüttelte schweigend den Kopf und blinzelte eine Träne weg. Die Sache mit meiner Schwester lag mir schwer im Magen. Andere Familien hätten sich nun besorgt untereinander kurzgeschlossen, aber ich zögerte, bei meiner Mutter anzurufen. Das würde unweigerlich auch meinen Vater auf den Plan rufen, und auf dessen Einmischung konnte ich getrost verzichten. Trotzdem war mir klar, dass ich langfristig nicht drum herumkam.

»Morgen ist Allerheiligen. Musst du da arbeiten?«, wechselte ich das Thema.

»Ich fahre kurz ins Büro wegen Papierkram. Danach gehöre ich ganz dir.« Er sagte es in einem Tonfall, der so was von eindeutig war.

Mir schoss die Röte ins Gesicht, und ich konnte nicht anders, als ihn anzustrahlen. Patricks Blick wurde liebevoll, und vermutlich hätte er mich vor allen Leuten geküsst, wenn ich nicht hastig einen kleinen Schritt zurück getan hätte.

»Ich glaube, wir sollten das noch nicht zur Schau stellen«, hielt ich ihn auf. »Arbeit und Liebe vertragen sich oft nicht so gut.«

»Wem sagst du das.«

»Ich bin nicht Melanie!«, stellte ich empört klar.

»Weiß ich doch. So hab ich es auch nicht gemeint.«

Bevor ich nachfragen konnte, wie er es gemeint hatte, kamen gleich drei Familien zu uns, um sich Bonbons abzuholen. Ich sah mir das Spektakel an und genoss das Wissen, dass Patrick direkt neben mir stand und mich in unbeobachteten Momenten zart berührte.

Ich war froh, als wir gegen drei Uhr nachts ins Bett fallen konnten. Dank der Lage unserer Zimmer mussten wir nicht mal so tun, als würden wir in verschiedene Räume gehen. Ich folgte Patrick direkt, und es fühlte sich unfassbar richtig an.

»Deine Mutter hat das sicher genau geplant«, formulierte ich das aus, was Patrick vermutlich gerade dachte.

»Mag sein. Nur möchte ich gerade ungern an meine Mutter denken.« Schweigend zog er mich in die Arme und hielt mich einfach nur fest. »Ich weiß, dass du verunsichert bist«, flüsterte er in mein Ohr. »Das bin ich auch ein wenig. Aber nur wegen des Drumherums. Was dich angeht, habe ich keine Zweifel. Nicht eine Sekunde. Das fühlt sich perfekt an.«

Ich wusste, was er meinte, also nickte ich lediglich zu seinen Worten und küsste ihn. Er hatte recht. Es fühlte sich perfekt an.

Hoffentlich nicht zu perfekt, um wahr zu sein.

◆ ◆ ◆

Die ersten Probleme tauchten schon am nächsten Tag auf. Obwohl Patrick sich fest vorgenommen hatte, sich morgens Zeit zu nehmen, ließ es sich nicht umsetzen. Er war nicht freiwillig ein

Workaholic, er wurde in diese Rolle gedrängt. Er schaffte es nur zu einem kurzen Mittagessen, bei dem wir das Achtsamkeitstraining vergaßen und die meiste Zeit rumknutschten. Ja, ich weiß. Das war genau das, was ich vermeiden wollte. Aber verdammte Axt noch mal! Der Kerl war Verführung auf zwei Beinen, wir waren verrückt nacheinander, und in den letzten Wochen hatten wir wirklich genug gearbeitet. Da brachte uns ein wenig küssen nicht um.

Als er sich wieder in sein Arbeitszimmer verkrümelte, schrieb ich meinen Freundinnen und gestand ihnen, dass ich meine Prinzipien über Bord geworfen und mit Patrick etwas angefangen hatte.

Bahar und Ella antworteten mit einer Menge Emojis, vielen Nachfragen und der Aufforderung, schnellstmöglich ins Studio zu kommen, damit ich ihnen alles erzählen konnte.

Doch erst mal hatte ich versprochen, den Garten mit aufzuräumen. Frau Andlau saß in zwei Decken eingemummelt auf einem Stuhl in der Mitte und dirigierte. Sie wirkte fröhlich, aber auch mitgenommen. Die letzten Tage waren anstrengend gewesen. Zum Glück kam Annegret Meyer, die medizinisch-technische Assistentin, wenig später vorbei und scheuchte sie ins Warme.

Als schließlich alles aufgeräumt war, fuhr ich in die Ruheoase, um dort nach dem Rechten zu sehen. Wir hatten heute am Feiertag keine Kurse. Trotzdem waren Ella und Bahar da und brüteten über Papieren, die sie hastig und ertappt wegräumten, sobald ich eintrat.

»Was ist los?«, fragte ich scharf.

»Nichts, nichts«, erwiderte Ella viel zu schnell.

»Nur Papierkram«, erklärte Bahar eine Spur zu quietschig.

Sofort rutschte mir mein Magen sonst wohin. »Oh nein! Ist was mit unserer Miete? Haben wir wegen meinem Zahlungsverzug Probleme?«

»Es ist alles gut«, versicherte mir Bahar. »Mach dir keinen Kopf.

Darum ging es nicht. Wir versuchen gerade, deine Schwester aufzutreiben. Sie kann nicht deine Kreditkarte überziehen, deine Wohnung ausräumen und dann so tun, als wäre nichts. Wir haben ein bisschen rumtelefoniert und wissen mittlerweile, dass sie bei einer Freundin untergekommen ist.«

»Wo?«, fragte ich rasch.

Bahar nannte mir den Namen und die Anschrift. Sofort drehte ich mich auf dem Absatz um und verließ die Ruheoase mit großen Schritten. Meine Freundinnen eilten mir hinterher.

»Merle! Was hast du vor?«, rief Bahar.

»Ich kläre das jetzt ein für alle Mal. Der Welpenschutz für meine Schwester war gestern. Heute will ich Antworten!«

Ella schloss zu mir auf. »Ich begrüße deine Entschlossenheit, aber lass uns erst mal überlegen, was du ihr sagen willst.«

»Ich schreie sie an.«

»Aha. Und was schreist du?«

»Egal, was. Auf den Tonfall kommt es an. Vielleicht kapiert sie endlich, dass sie nicht tun und lassen kann, was sie will.«

Mein Handy klingelte. Widerstrebend sah ich auf das Display. Mama. Einen Moment war ich versucht, sie zu ignorieren, doch da sie eigentlich nie anrief, ging ich lieber ran.

»Mama, das ist gerade ganz schlecht«, begrüßte ich sie.

»Maya sitzt hier und heult, und ich kapiere kein Wort. Habt ihr euch gestritten?«

Abrupt blieb ich stehen, woraufhin Bahar halb in mich reinlief. »Maya ist bei dir?«

»Ja. Sie sagt, du würdest sie hassen. Merle! Was hast du zu ihr gesagt? Sie ist wirklich ein Häuflein Elend.«

»*Sie* ist ein Häuflein Elend?«, empörte ich mich. »Erkundige dich mal, warum ich sauer bin. Sie hat meine Kreditkarte gestohlen und mein Konto überzogen.«

Das verschlug meiner Mutter kurz die Sprache. Dann hörte ich sie etwas fragen, vermutlich in Richtung Maya. Die antwortete halb schluchzend. Schließlich bezog Mama mich wieder ins Gespräch ein. »Maya sagt, dass das alles ein Missverständnis war.«

»Mama! Mehr als 2000 heimlich ausgegebene Euro sind kein Missverständnis. Wir haben die Wohnung verloren, weil die Miete nicht abgebucht werden konnte. Außerdem habe ich Schwierigkeiten mit der Bank.«

»Maya zahlt es zurück.«

»Wann?«

»Herrje, Merle! Jetzt reiß dich zusammen«, fauchte Mama völlig unerwartet in den Hörer. »Immer geht es dir nur ums Geld. Das hier ist Familie. Wir halten zusammen, wenn es schwierig wird.«

Als ihre Worte mich erreichten, passierte etwas in mir. Vielleicht ging ich in Schockstarre. Jedenfalls spürte ich, wie mir das Blut aus dem Kopf wich und ich keinen Muskel mehr rühren konnte. Mein Gehirn verweigerte jegliche Antwort, genau wie mein Mund. Ich war nicht mal mehr imstande, Wut oder Frust zu empfinden. Nur eine gähnende Leere.

Das Handy fiel mir aus der Hand, und ich stand einfach nur da und starrte blicklos ins Nichts.

»Merle?«, fragte Bahar vorsichtig. »Was ist los?«

»Ich … Mama … Maya … Geld.«

Wie ich in die Ruheoase zurückgekommen war, wusste ich hinterher nicht. Vermutlich hatten Bahar und Ella mir gut zugeredet und mich geschoben. Ich kam erst wieder richtig im Hier und Jetzt an, als eine meiner Freundinnen mir eine Decke über die Schultern legte und die andere mir eine Tasse Tee in die Hand drückte. Ich selbst saß auf einem Yogakissen in meinem Lieblingsraum mit dem schönen Teppich. Ein Klingeln an der Tür ließ mich aufhorchen.

»Wir sind hier!«, brüllte Bahar.

Gleich darauf tauchte Patrick vor mir auf. Er kniete sich hin und nahm mich ohne Umschweife in die Arme. Bahar brachte hastig den Tee in Sicherheit.

»Was ist los?«, fragte Patrick sanft.

Stockend klärte ich nicht nur ihn, sondern auch meine Freundinnen auf. Immer wieder brach mir die Stimme weg. Tränen gab es trotz allem nicht.

Kaum hatte ich geendet, sprang Bahar auf und rannte zum Ausgang. »Es reicht!«, brüllte sie. »Die mach ich zur Schnecke. Maya, deine Mama und deinen Papa – allesamt!«

Wir sahen ihr geschockt hinterher, bis Ella aufsprang und hinterlief. »Bahar, nicht! Das ist Merles Aufgabe!«

»Falsch! Das denken wir immer, aber jetzt mal ehrlich: Die hauen doch nur wieder geballt auf sie drauf. Ein so sanftmütiger Spatz wie Merle kommt nicht gegen diese Fieslinge an. Zumindest nicht, ohne aus der Familie verbannt zu werden. Was Merle braucht, ist jemand, der sich mit voller Rüstung vor sie wirft und denen mal den Marsch bläst. Diese verbohrten, ungerechten, narzisstischen, völlig verblendeten und weltfremden Oberarschlö …«

»Bahar! Reiß dich zusammen!« Ellas Ermahnung übertönte das Geschimpfe meiner Freundin.

Patrick sah mich einfach nur an und strich mir sanft über den Kopf. Den Nacken. Über die Wangen. »Was kann ich tun?«, fragte er, und allein, dass er fragte, bedeutete mir die Welt.

Ich umarmte ihn, so fest ich konnte, und hörte dabei, wie Bahar das Studio verließ und Ella ihr schimpfend folgte.

»Stellt Bahar deine Eltern wirklich zur Rede?«, hakte Patrick nach.

»Vermutlich.«

»Und wird es etwas bringen?«

»Nein. Sie hat das schon mal gemacht, als Papa mich noch während meiner Ausbildung aus dem Haus geschmissen hat, weil ich nicht länger im Laden arbeiten wollte. Danach habe ich bei ihr gewohnt, denn nichts auf der Welt stimmt Papa um. Auch eine stinkwütende Bahar nicht.« Ich löste mich etwas von ihm, um ihn ansehen zu können. »Tut mir leid, dass du deine Arbeit unterbrechen musstest. Hat Ella dich angerufen?«

Er nickte. »Anscheinend war meine Handynummer irgendwo im Vertrag notiert. Zum Glück ist heute Feiertag. Da bin ich flexibler. Merle.« Sein Gesichtsausdruck wechselte von liebevoll zu streng. »Ich bin immer gegen Rumbrüllen, doch Bahar hat nicht ganz unrecht. Deine Familie tritt dich mit Füßen.«

»Ich weiß«, flüsterte ich. »Es ist nur so schwer, sich von ihnen loszusagen.«

»Das verlange ich gar nicht, aber du musst mit ihnen reden. In Ruhe. Soll ich mitkommen? Dir Rückendeckung geben? Dann müssten wir Bahar schnell zurückpfeifen. Sonst ist ein friedliches Gespräch kaum möglich.«

Seufzend stand ich auf, klaubte mein Handy vom Boden und rief Ella an. Sie waren schon kurz vor meinem Elternhaus, wie Ella mir verzweifelt sagte, bevor sie mich an Bahar weitergab. Bahar wollte sich nicht zur Umkehr bewegen lassen.

Also gingen wir ihnen hinterher, Patricks Hand dabei fest in meiner freien. Bahar und ich telefonierten so lange, bis ich neben ihr auf dem Bürgersteig stand und sie streng ansah. »Ab hier übernehme ich«, sagte ich ins Telefon und ihr ins Gesicht.

Sie legte auf und machte eine einladende Handbewegung zum Haus meiner Eltern. »Gerne«, erklärte sie. »Aber soll ich mitkommen?«

Entschlossen schüttelte ich den Kopf. »Nein. Das muss ich allein machen.«

Widerwillig ließ ich Patrick los, trat an meinen Freundinnen vorbei und schob das Törchen auf, das die Straße vom Vorgarten trennte. War das Haus schon lange so verwittert und der Zaun so altersschwach? In meinen Erinnerungen hatte Mama früher alles immer tadellos in Ordnung gehalten.

In den kleinen Beeten rechts und links vom Weg entdeckte ich mehr Unkraut als Blumen, und die Klingel schien nicht zu funktionieren. Zumindest hörte ich nichts. Bevor ich klopfen konnte, ging die Tür trotzdem auf. Laut knarrend. Auch das hätte es früher nicht gegeben.

Mama stand vor mir und sah schrecklich müde und erledigt aus. »Bist du hier, um dich zu streiten?«, fragte sie abgekämpft.

»Nein. Aber ich will etwas klarstellen.«

»Dann komm rein.« Mama gab den Eingang frei und warf dabei einen Blick zu meinen Freundinnen und Patrick, die sich alle drei mit verschränkten Armen vor dem Törchen aufgebaut hatten. Meine stumme Rückendeckung. Ein tröstlicher Gedanke.

Der Flur wirkte dunkler als sonst, genau wie das Wohnzimmer. Als hätte sich eine ungewohnte Schwere im gesamten Haus ausgebreitet. »Ist Papa auch da?«, fragte ich und bemühte mich um einen festen Tonfall.

»Nein. Der nutzt den freien Tag, um in den Geschäften Ordnung zu schaffen.«

Natürlich. Papa arbeitete. Was sonst?

Ich blieb abrupt stehen, als ich Maya entdeckte. Sie sah winzig auf der überdimensionalen Couch meiner Eltern aus, völlig verheult. Schweigend setzte ich mich ein Stück von ihr entfernt hin, und wir starrten einander an. Wenn ich mich nicht irrte, zitterte Maya.

»Ich kann das mit dem Geld erklären«, brach es aus ihr heraus. »Alles!«

Das glaubte ich ihr sogar, nur machte es das nicht besser. »Ich kann nicht immer dein Chaos ausbaden«, stellte ich mit fester Stimme klar.

»Merle. Jetzt sei nicht gleich bockig«, schaltete sich Mama ein. »Hör dir erst mal an, was sie zu sagen hat.«

Erst wollte ich meine Mutter böse anfauchen, doch ich stoppte mich im letzten Moment und atmete erst mal tief ein und aus, ehe ich etwas sagte. »Dann erzähl mal, warum du mich beklaut hast.«

Maya warf Mama einen kurzen Blick zu, anschließend mir. »Ich hab das Geld Papa gegeben«, flüsterte sie beinahe unhörbar.

Bumm.

Ich hatte mit vielem gerechnet. Dass sie es verprasst hatte. Dass sie es einer in Geldnot geratenen Freundin gegeben hatte. Dass sie es für ein seltsames Lebensprojekt benötigte.

Aber nicht damit.

»Du ... WAS?«

Maya schniefte lautstark. »Papa ist in schrecklichen Schwierigkeiten und muss bald Insolvenz anmelden, wenn wir ihm nicht helfen. Mich hat er nicht mal um Unterstützung gefragt. ›Wie willst du denn helfen?‹, hat er mich nur angeraunzt. ›Merle macht das schon.‹ Wie sehr ich dieses Merle-macht-das-schon hasse! Ständig bekomme ich das zu hören. Dass du die Geschäfte übernehmen sollst, weil du so klug bist. Dass du jetzt ein eigenes Unternehmen gegründet hast und was aus dir machst. Dass du jederzeit einspringst, obwohl du viel um die Ohren hast. Merle hier, Merle da. Du bist die in den Himmel gelobte Lieblingstochter, gegen die ich eh nicht ankomme. Eigentlich hatte ich mich mit meiner Rolle als Schatten neben dir abgefunden, aber dann hast du dich wegen der Aufstockung des Kredits so aufgeregt, und Papa war beunruhigt deswegen. Also habe ich meine Chance gewittert und ihm ... Geld geborgt. Erst waren es nur dreihundert Euro, die ich mir mühsam zusammengespart hatte. Als ich den Stolz in seinen Augen gesehen habe, war das ein so unbeschreibliches Gefühl, dass ich das wiederholen wollte. Also hab ich … also … ich …«

»Also hast du mich bestohlen und Papa das Geld gegeben«, vervollständigte ich den Satz fassungslos.

Mama hatte sich mittlerweile uns gegenüber hingesetzt, sodass wir ein beinahe gleichschenkliges Dreieck bildeten. So weit wie möglich auseinander und trotzdem miteinander verbunden. Auch sie wirkte bekümmert. Offenbar kannte sie die Geschichte längst. »Maya wollte es dir zurückzahlen«, warf sie ein. »Nachdem Papa es ihr zurückgezahlt hat.«

»Nur ist es nie dazu gekommen«, riet ich.

Mama und Maya nickten unisono.

Wir blieben lange, wirklich sehr lange stumm sitzen, jede in Gedanken vertieft. Ich überlegte, wie ich reagieren und was ich tun sollte. Maya schniefte weiterhin leise vor sich hin, während Mama die verschlossenste Miene aller Zeiten aufgesetzt hatte.

Schließlich sah ich Mama fest an. »Papa muss die Geschäfte aufgeben. Er reißt uns alle mit in den Abgrund. Sieh nur, wohin er uns gebracht hat. Ich hab mich mit den Krediten völlig übernommen. Maya klaut, und du … du bist nur noch ein Schatten deiner selbst. Was ist mit deinem wunderschönen Garten geschehen? Mit dem Haus, das du sonst so liebevoll dekoriert hast?«

Mama winkte genervt ab. »Ich habe keine Zeit mehr für so was. Merle! Ich weiß, dass du die Geschäfte deines Vaters immer belächelt hast, aber davon leben wir. Was sollen wir denn machen, wenn wir sie aufgeben müssen? Wir würden das Haus verlieren. Einfach alles!«

»Das habt ihr doch schon fast! Wenn Papa Privatinsolvenz anmelden muss und du auch in die Geschäfte involviert bist, sieht es übel aus. Das weiß selbst ich als Laie. Ihr müsst langsam der Wahrheit ins Auge schauen. Ihr kommt da nicht mehr raus, egal, wie sehr ihr strampelt oder euch Geld von uns Kindern leiht. So sorgt ihr nur dafür, dass wir mit euch untergehen.«

»Wir sind eine Familie. Natürlich halten wir zusammen«, kam die übliche Antwort von Mama.

»Das hat nichts mit Zusammenhalt zu tun, wenn Papa zu stolz ist, rechtzeitig die Notbremse zu ziehen. Im Gegenteil. Ich helfe euch gerne durch die Privatinsolvenz, aber ich helfe euch nicht mehr dabei, dieses Groschengrab weiter auszubuddeln.«

»In dem Fall ist es wohl besser, wenn du gehst.« Mama sagte es mit so fester Stimme, dass kein Zweifel bestand. Sie meinte es ernst.

Einen Moment haderte ich mit mir. Dann stand ich auf. »Wie du willst.«

Auch in Maya kam Bewegung. Erschrocken fuhr sie hoch. »Nein, Merle! Komm schon! Du bist die Stimme der Vernunft in dieser Familie. Du kannst uns nicht alleinlassen.«

»Ich lasse euch nicht allein, ich werde rausgeschmissen«, stellte ich klar. Herausfordernd sah ich Mama an, doch die reagierte so, wie sie es immer tat. Sie huschte wie ein Geist an mir vorbei und verschwand. Schweigend sahen wir ihr nach.

»Schätze, das war Antwort genug«, sagte ich leise.

»Nein, nein, Merle. Mama meint das nicht so. Sie kann halt nicht streiten.«

»Es war ein Rausschmiss, Maya, und das weißt du genau.« Jetzt sah ich meine Schwester ernst an. »Du hast mir sehr wehgetan«, sagte ich. »Ich habe dir vertraut.«

Beschämt sah Maya auf den Boden. »Ich weiß. Wenn ich könnte, würde ich die Zeit zurückdrehen, aber ...«

»Bitte kein Aber. Ich weiß, wie manipulativ Papa ist und wie sehr wir beide uns danach sehnen, dass er stolz auf uns ist. Glaub mir. Als ich den Vertrag unterschrieben habe, habe ich das Gleiche gefühlt wie du, als du ihm das Geld gegeben hast. Genau davon müssen wir uns lösen. Papa ist ein Narzisst, und Mama duckt sich immer weg. Wir müssen diese Wahrheit anerkennen, sonst werden wir auf ewig in dieser schrecklichen Spirale feststecken. Wir müssen unsere Gewissensbisse verbannen und ... du musst vernünftiger werden, Maya. Dich finanziell von Papa zu lösen ist so ein wichtiger Schritt. Das hätte ich dir viel eher sagen müssen. Dass du den Job im Hotel angenommen hast, macht mir Hoffnung.«

»Den hab ich nicht mehr. War zu belastend für mich. Viel zu viel Gerenne, und die Arbeitszeiten erst. Damit bin ich gar nicht klargekommen. Ich ... arbeite wieder bei Papa.«

Oh, Himmel noch eins. Doch statt sie genervt anzufahren, bemühte ich mich um einen freundlichen Tonfall. »Du findest einen neuen Job, nur such dir was. Dringend. Das mit Papas Geschäften geht nicht mehr lange gut.«

Zum nächsten Schritt musste ich mich überwinden. Mehr, als ich gedacht hätte. Ich trat auf meine Schwester zu und nahm sie in die Arme. Sie warf sich an mich, als wäre ich der letzte Rettungsanker. Etwa eine halbe Minute blieben wir so, eng umschlungen. Als wäre alles gut zwischen uns. Doch das war es nicht. Irgendetwas stimmte nicht, bloß bekam ich es nicht zu packen.

Schließlich löste ich mich von Maya und sah sie streng an. »Wehe, du klaust jemals wieder etwas, kapiert?«

Sie nickte und sah mir schweigend dabei zu, wie ich das Haus verließ. Mama ließ sich nicht blicken. Natürlich nicht. Erst als ich die Tür hinter mir schloss, begriff ich endlich, warum ich noch immer zornig auf Maya war.

Sie hatte sich nicht einmal bei mir entschuldigt.

EINUNDZWANZIG

Merle: Papa! Hör auf, alles schlimmer zu machen. Wehe, du ver-
klagst die Familie Andlau. Und wehe, du redest nur ein Sterbens-
wörtchen mit diesem Journalisten. Ich regle das ab sofort selbst.

Ein, zwei Tage zuvor

»Sie hätten direkt umdrehen und Ihre Schwester konfrontieren
müssen«, erklärte Frau Andlau am nächsten Tag, als wir auf der
Terrasse in der erstaunlich warmen Novembersonne saßen und
nach einer Runde Achtsamkeitsübungen neue Sämlinge in aufge-
schnittene Milchtüten setzten. Ich bezweifelte stark, dass da jemals
eine Paprika rauskommen würde, aber Frau Andlau hatte Spaß
daran.

Während unserer Arbeit war ich ins Reden gekommen und
hatte ihr alles erzählt. Patrick war trotz des Wochenendes zu einer
dringenden Sitzung gerufen worden. Er war seltsam wortkarg gewesen, also ging es garantiert um den ganz bestimmten Kunden,
der in diesem Hause selten erwähnt wurde. Zu viel Schmerz war
mit seinem Namen verbunden.

»Ja, ich weiß, dass ich bei meiner Schwester besser durchgreifen muss«, gab ich zu. »In meiner Familie wird selten offen gestritten. Wir werfen uns böse Blicke zu und warten zwei Wochen, bis sich die Gemüter beruhigt haben. Vergeben und vergessen ist die Devise.«

»Auf Dauer füllt man so ein Pulverfass.«

Ich nickte betrübt.

Frau Andlau warf mir über ihre Lesebrille einen fragenden Blick zu. »Verzeihung. Das war zu direkt, nicht wahr? Solch ein Urteil steht mir nicht zu.«

»Ach, das ist schon in Ordnung. Sie haben recht. Trotzdem bezweifle ich, dass mir eine Entschuldigung geholfen hätte. Maya wollte die Familie retten, und ich bin die Böse, die ihr auch noch eine Entschuldigung abringt.«

Daraufhin pfefferte Frau Andlau die kleine Hacke so fest in die Milchtüte, dass die glatt quer über den Tisch sauste. »Wissen Sie, was ich mir wünschen würde? Eine Stunde Zeit mit Ihren Eltern! Ich hätte da so einiges zu sagen«, empörte sie sich.

Ich hob beschwichtigend die Hände, legte die heruntergefallene Hacke wieder auf den Tisch und schob ihr die Milchtüte zu. »Patrick hat sich ganz ähnlich aufgeregt«, sagte ich amüsiert und bemerkte zu spät, dass ich damit gefährliches Terrain betrat.

Sofort huschte ein verschlagenes Grinsen über Frau Andlaus Gesicht. »Das kann ich mir denken«, sagte sie, während sie mich aufmerksam musterte.

Ich beugte mich hastig über meine Milchtüte und steckte kleine Samen in die Erde.

»Ach, kommen Sie schon. Ein paar Details habe ich verdient«, bat Frau Andlau. »Werfen Sie einer alten Frau kleine Brotkrumen Klatsch und Tratsch zu, damit sie glücklich wird.«

Ich wich ihrem Blick aus und murmelte nur: »Der Klatsch und Tratsch dürfte Sie durchaus erfreuen.«

»Toll«, meinte sie strahlend und stand mühsam auf. »Können wir ein paar Schritte gehen? Meine Knochen mögen langes Sitzen nicht. Wie wäre es mit einer kleinen Achtsamkeitsübung für unterwegs?«

Natürlich war ich dabei. Ich stützte sie bis zur Wiese und trug ihr Sauerstoffgerät.

Sie wandte sich mir zu, ihr Gesicht leuchtete vor Elan. »Ich habe gestern erst gesehen, wie Sie barfuß durch das Gras gewandelt sind und dabei diesen glücklichen Gesichtsausdruck hatten. Das will ich auch«, erklärte sie.

Ehe ich mich's versah, zog sie sich ihre Schuhe aus. Ich hielt sie krampfhaft fest, damit sie nicht stürzte. »Nur dass ich keine orthopädischen Schuhe brauche, um laufen zu können«, hielt ich dagegen. »Außerdem ist es November. Das ist doch viel zu kalt zum Barfußlaufen.«

»Papperlapapp. Heute ist ein milder Tag, und ich bin fest entschlossen, meine Dosis Ruhe und Entspannung zu bekommen. Außerdem bin ich neugierig wie ein Rehkitz.«

Ich enthielt mich jeden weiteren Kommentars. Wer war ich, meiner Auftraggeberin etwas zu verbieten? Sie war schließlich nur etwas fußlahm und ansonsten topfit im Kopf.

Endlich hatte sie auch ihre Socken ausgezogen und straffte sich. »Bereit für mentales Training«, informierte sie mich, während ihr Sauerstoffgerät leise Pfeifgeräusche von sich gab.

Oh Mann.

Ich hatte ein ungutes Gefühl im Magen, leitete aber trotzdem die Achtsamkeitsübung an. Langsames Gehen mit allen Sinnen. Frau Andlau hielt meine Hand fest in ihrer, während ich sicherheitshalber die andere Hand unter ihre Achsel geschoben hatte. Nicht auszudenken, wenn der Mutter meines … äh … Liebhabers? Freundes? Arbeitgebers? … wenn Patricks Mutter etwas passierte.

Wir schafften etwa fünf Minuten, dann bemerkte ich, dass etwas nicht in Ordnung war. Frau Andlaus Brustkorb hob und senkte sich angestrengt. Sie wurde mit jeder Sekunde blasser.

»Frau Andlau?«, fragte ich alarmiert, als sie leicht schwankte.

Mittlerweile hatte sie die Augen geöffnet und sah mich traurig an. »Ich glaube, die Zeiten des jungen Rehs sind Geschichte«, informierte sie mich und deutete vor sich auf den Teich. »Aber wo wir schon mal unterwegs sind, würde ich mich gerne dort drüben auf die Bank setzen. Mein alter Lieblingsplatz, nur schaffe ich den Weg nicht mehr so gut.«

»Ehrlich gesagt bezweifle ich, dass Sie es heute bis dorthin schaffen.«

»Ach. Wo ein Wille ist, ist auch ein Weg.«

Die alte Dame setzte sich entschlossen in Gang. Mir blieb nichts anderes übrig, als sie zu stützen. Um den Teich hatte Kai zum Schutz der kleineren Halloween-Gäste einen Jägerzaun mit einem Törchen errichtet. Drei Stufen führten hinab auf einen schmalen Kiesweg, der rund um das Wasser verlief und an dem sich auch die Bank befand.

Mit einer Hand öffnete ich das Törchen, und Frau Andlau setzte einen nackten Fuß auf die erste Stufe. »Moment«, sagte ich noch. »Ich habe Sie nicht richtig sicher.«

Was dann geschah, ging ich im Nachhinein immer und immer wieder im Geiste durch.

Frau Andlau wollte so schnell wie möglich zur Bank. Zum rettenden Ziel. Statt kurz zu warten, wie ich sie gebeten hatte, ging sie los. Dabei vergaß sie zwei Stufen und trat beim nächsten Schritt ins Leere.

Es kam, wie es kommen musste. Frau Andlau verlor das Gleichgewicht und fiel nach vorne. Ich federte den schlimmsten Sturz im letzten Moment ab und konnte trotzdem nicht verhindern, dass sie auf den Kiesweg aufschlug.

Wir schrien zeitgleich los. Sie vor Schmerz, ich vor Schock. Einen kurzen Moment kugelte sie sich zusammen und fluchte leise, danach lag sie ganz still.

»Frau Andlau?«, rief ich und beugte mich über sie. Als ich sie schüttelte, regte sie sich nicht. »Frau Andlau!« Jetzt geriet ich in Panik. Nein, nein, nein. Sie war ohnmächtig geworden. Ob vor Schreck oder weil der Sturz weit schlimmer war als gedacht, ließ sich nicht feststellen. Wenigstens atmete sie, wenn auch schwach. Das Sauerstoffgerät hatte den Unfall heil überstanden, da ich es getragen hatte. Rasch schob ich ihr den Schlauch wieder unter die Nase. Vielleicht half das.

Verzweifelt sah ich mich nach Hilfe um, doch die Gärtner hatten nach den langen Arbeitstagen frei. Patrick war ins Büro gefahren, und wo Denise Feuermann steckte, wusste ich nicht. Ich hatte sie heute noch gar nicht gesehen. Brutus streunte mit Kai durch die Wälder.

Verdammt. Wieso nur hatten wir uns so weit von der Terrasse entfernt? Dann kam die nächste Erkenntnis: Ich hatte mein Handy nicht dabei. Das lag unerreichbar auf dem Pflanztisch.

»Frau Andlau!« Ich klatschte ihr mehrmals gegen die blutleeren Wangen. Keine Reaktion. Erst da begriff ich, wie ernst die Lage wirklich war.

Ich musste sofort den Rettungswagen rufen. Hilfe alarmieren. Doch dafür musste ich die Verletzte zurücklassen. Rasch brachte ich Frau Andlau in die stabile Seitenlage und rannte danach wie der Teufel vom Teich zur Terrasse. Dort angekommen, riss ich mein Handy an mich, rannte ins Haus, wählte dabei und brüllte, so laut ich konnte, nach Denise Feuermann. Keine Antwort. Es tutete in der Leitung. Noch ehe jemand abheben konnte, hatte ich bereits drei Decken an mich gerissen, die ordentlich in einem Korb lagen. Schon raste ich zurück zu Frau Andlau und wurde erst langsamer, als die Notrufzentrale meinen Anruf entgegennahm und ich die nötigen Angaben herunterrasselte.

»Wir sind hinten im Garten am Teich«, beendete ich meinen Redeschwall.

»Kann jemand die Rettungskräfte zu Ihnen führen?«

»Dann müsste ich die Verletzte allein lassen. Hier ist sonst niemand.«

Die Dame in der Notrufzentrale beruhigte mich und versicherte mir, dass die Sanitäter uns auch so finden würden. Mittlerweile war ich wieder bei Frau Andlau angekommen und hockte mich neben sie. Dem Himmel sei Dank. Sie atmete. Hastig breitete ich die Decken über ihr aus, um sie vor der kalten Herbstluft zu schützen.

Die nächsten Minuten waren die bislang schlimmsten meines Lebens.

Es dauerte eine gefühlte Ewigkeit, bis der Rettungswagen kam und die Sanitäter uns fanden. Sanft, aber bestimmt drückten sie mich zur Seite, damit sie ihre Arbeit erledigen konnten. Ein Notarzt wurde verständigt.

Ich stand stocksteif daneben und sah zu, wie Frau Andlau auf eine Liege gehievt und in den Krankenwagen geschoben wurde. Erst als der Sanitäter mich fragte, ob ich mitfahren wolle, kam ich wieder im Hier und Jetzt an.

»Ja, natürlich!«

Ich sollte mich nach vorne neben den Fahrer setzen. Gleich darauf brausten wir mit Blaulicht vom Hof. Ich sah gerade noch, wie Kai aus dem Wald gerannt kam, mit Brutus an der Seite. Offenbar hatte er die Sirenen gehört und war so schnell es ging zurückgekehrt. Ich winkte ihm verzweifelt zu, und schon waren wir außer Sichtweite.

Jetzt erinnerte ich mich daran, dass ich Patrick Bescheid geben musste. »Darf ich telefonieren?«, fragte ich den konzentriert fahrenden Sanitäter neben mir.

»Klar.«

Ich wählte Patricks Handynummer, doch er ging nicht ran. Danach versuchte ich es über die Zentrale der Firma. Ärgerlicherweise war da am Wochenende niemand. Also testete ich eine Durchwahl, die ich in einer der ersten Mails von Frau Andlau entdeckte. Kein Erfolg. In meiner Not schrieb ich Patrick eine kurze Nachricht:

Merle: Ruf zurück! Deine Mama ist gestürzt. Sind
auf dem Weg ins Krankenhaus.

Den gleichen Text verschickte ich per Mail und rief gerade zum fünften Mal auf seinem Handy an, als wir die Einfahrt zum Krankenhaus hochfuhren. Nun gab ich meine Kontaktversuche auf, steckte mein Handy weg und sah zu, wie die reglose Frau Andlau vom Krankenwagen bis in ein Behandlungszimmer geschoben wurde. Hier durfte ich nicht mit rein. Stattdessen reichte man mir eine Kladde mit Papierkram, den ich nicht ausfüllen konnte.

»Haben Sie die Krankenkarte dabei?«, fragte mich ein freundlicher Mann am Empfang.

»Nein. Es ging alles so schnell.«

»Das macht erst mal nichts. Kann jemand anderes die Unterlagen ausfüllen und die Karte bringen?«

Ich nickte wie in Trance, nahm wieder mein Handy zur Hand und versuchte es erneut bei Patrick. Geh ran, dachte ich verzweifelt.

Weil ich wieder keinen Erfolg hatte, rief ich schließlich Kai an. Zum Glück hatten wir an Halloween unsere Nummern ausgetauscht. Er versicherte mir, zügig alles zusammenzusuchen, inklu-

sive Anziehsachen für Frau Andlau und der Patientenverfügung.
Bei dem letzten Wort wurde mir ganz übel.

Die nächste halbe Stunde war ich zum Nichtstun verdammt.
Nervös wartete ich darauf, dass irgendjemand kam. Dann tauchte
keuchend Kai auf, der Frau Andlaus Tasche dabeihatte und dem
jungen Mann am Empfang alle möglichen Unterlagen überreichte.

»Wie geht es ihr?«, fragte er.

»Sind Sie der Sohn?«, entgegnete der Mann.

»Nein. Ich bin ein Angestellter, der sich große Sorgen um seine
Chefin macht.«

»Dann darf ich Ihnen nichts sagen. Bitte setzen Sie sich zu der
anderen Dame. Haben Sie vielleicht den Sohn erreicht? Seine Mutter wird gerade für die OP vorbereitet. Es ist wichtig, dass er hier-
herkommt.«

Kai schüttelte den Kopf und kam zu mir herüber, setzte sich
neben mich auf einen Plastikstuhl. »Was ist denn passiert?«, fragte
er mit weit aufgerissenen Augen. »Ist sie beim Spaziergang zusammengebrochen? Und warum lagen ihre Schuhe im Gras? Brutus
hat sie mir gebracht, zusammen mit Socken.«

Ich kämpfte mit den Tränen und berichtete stockend, was geschehen war. Kai kniff die Lippen zusammen, als ich endete. »Verdammt«, fluchte er leise. »Wir müssen Patrick erreichen.«

Also versuchten wir es erneut. Er auf dem Handy, ich bei sämtlichen Nummern, die ich online finden konnte. Als tatsächlich jemand abhob, war ich mehr als erstaunt.

»Ich bin hier aber nur die Putzkraft«, erklärte mir eine verwirrt
klingende Frau. »Nachdem es jetzt in so ziemlich jedem Büro hier
in meinem Umkreis gebimmelt hat, dachte ich, ich hebe dann doch
mal ab.«

»Danke!«, rief ich erleichtert. »Sie müssen Patrick Andlau für
mich ausfindig machen.«

»Den Chef? Den Chef-Chef von dem Laden hier?«

»Ja!«

»Der hat eine wichtige Konferenz. Notfallsitzung oder so. Da störe ich auf keinen Fall. Ich mag meinen Job.«

»Den verlieren Sie aber garantiert, wenn Sie Herrn Andlau nicht stören. Sagen Sie ihm, dass seine Mutter im Krankenhaus liegt und wir ihn hier brauchen.«

Den nun folgenden Fluch konnte man nur als deftig bezeichnen. Gleich darauf war die Leitung tot. Offenbar hatte die Putzkraft aufgelegt. Hoffentlich hielt sie ihr Wort und machte Patrick ausfindig.

Es dauerte eine Viertelstunde, bis endlich mein Handy klingelte. »Patrick!«, rief ich in den Hörer und hätte um ein Haar geweint.

»Was ist geschehen?« Patrick klang höchst alarmiert. Rasch klärte ich ihn auf. »Bin schon auf dem Weg«, sagte er und legte auf, noch ehe ich ihm sagen konnte, dass er vorsichtig fahren sollte.

Erst als Kai sanft eine warme Hand auf meine Finger legte, die krampfhaft mein Handy umklammerten, bemerkte ich, wie zusammengesunken ich auf meinem Stuhl hockte. »Das wird schon wieder«, sagte er mit einem zaghaften Lächeln. »Frau Andlau ist zäh wie eine alte Schuhsohle.«

Hoffentlich.

Wir schwiegen, bis wir endlich hastige Schritte auf dem Linoleumfußboden hörten. Patrick hielt geradewegs auf uns zu. Kai und ich standen zugleich auf und deuteten auf den Mann am Empfang, der in der Zwischenzeit vier weitere Patienten aufgenommen hatte und bei Patricks Anblick eine Kladde von weiter hinten hervorkramte.

Die beiden Männer sprachen miteinander. Verzweifelt versuchte ich, etwas zu verstehen, doch sie redeten zu leise. Meine Fingerknöchel wurden weiß, während ich mein Handy immer fester umklammerte. Endlich nickte Patrick, kam zu uns und setzte sich neben mich, sodass ich in der Mitte war.

»Die Ärzte sind sich einig, dass ihre Hüfte angebrochen ist. Sie wird gerade noch mal geröntgt, doch eine OP ist wohl unumgänglich. In Anbetracht ihres schwachen Herzens und ihrer Atemnot wird diese OP sehr gefährlich für sie, nur ohne geht es nicht.«

Bei diesen Worten blickte Patrick starr vor sich auf den Boden. Ich ließ mein Handy los und legte meine Hand auf seine. Er reagierte nicht darauf. Stattdessen stand er auf.

»Ich muss kurz telefonieren«, sagte er und ging ein paar Schritte von uns weg, während er bereits wählte.

Mich ließ er wie ein Häuflein Elend zurück. Das schlechte Gewissen hatte mich längst eingeholt. Wäre Frau Andlau auch gestolpert, wenn sie Schuhe getragen hätte? Warum waren wir so weit vom Haus weggegangen und dann auch noch zum Teich ausgewichen, als sie müde geworden war?

Ich hatte nicht richtig aufgepasst, und jetzt lag Frau Andlau im Krankenhaus und würde womöglich die anstehende OP nicht überleben. Ich war schuld. Ich allein.

Die nächsten drei Stunden waren einfach nur schrecklich. Patrick hielt es keine Sekunde auf dem Sitz neben mir aus, sodass ich nicht mit ihm sprechen konnte. Er telefonierte ständig. Vermutlich bereitete er sich auf den Ernstfall vor. Ich hingegen wünschte mir, ihn nur mal kurz in den Arm nehmen zu dürfen, um ihm zu sagen, wie unendlich leid mir alles tat. Aber selbst das ließ er nicht zu. Wann immer ich mich ihm vorsichtig annähern wollte, schüttelte er den Kopf und hob den Arm, um mich zu stoppen. Er wollte keine Umarmung. Keinen Trost. Keinen Halt.

Kai verließ uns nach vier Stunden, um den Rest der Belegschaft zu beruhigen. Ich versprach, sofort anzurufen, sobald ich etwas hörte. Als er weg war, kamen mir die zäh fließenden Minuten der Warterei noch schrecklicher vor. Müde sah ich dabei zu, wie Patrick zum bestimmt vierten Mal um die Ecke sah, ob sich im OP-Bereich etwas tat. Dorthin durften wir nicht, sodass wir von weiteren Informationen abgeschnitten waren.

Kraft meiner Gedanken versuchte ich, ihn zu mir zu holen. Kurz bevor er mich erreichte, klingelte sein Handy. Daraufhin warf der Mann am Empfang ihm einen bösen Blick zu, den Patrick einfach ignorierte. Leise telefonierend strebte er an mir vorbei Richtung Ausgang, während ich aufseufzte. Wieder nichts.

Erst in Stunde fünf setzte er sich endlich neben mich. Er sah blass und völlig erledigt aus. Als hätten die letzten Ereignisse alle Lebenskraft aus ihm herausgesaugt.

Ich saß stocksteif neben ihm und betete, dass er einen Schritt auf mich zumachte. Eine Drehung des Kopfes in meine Richtung. Ein Zucken der Hand. Ein Knie, das sich gegen meines lehnte. Doch nichts dergleichen geschah. Stattdessen stöhnte er leise, beugte sich nach vorne und verbarg das Gesicht in den Händen, die er auf dem Bein abgelegt hatte.

Ihn so zu sehen, brach mir fast das Herz, weshalb ich ihm zaghaft eine Hand auf den Rücken legte. Ihn zu streicheln traute ich mich nicht. Zumindest ließ er diese kleine Geste zu. Sein Schweigen zerrte an meinen Nerven.

»Es tut mir so leid«, flüsterte ich.

Erst da richtete er sich auf und blickte mich an, rang sich ein müdes Lächeln ab. Endlich, endlich legte er auch eine Hand auf mein Knie. Strich sanft darüber. »Mama ist zäh«, sagte er lediglich, woraufhin ich hörbar schluckte.

»Ja.« Mehr fiel mir nicht ein, weil ich den Eindruck hatte, mich mit jedem Wort um Kopf und Kragen zu reden. Ich wollte ihm so gerne alles erklären, aber bei meinem ersten Versuch hatte er den

Kopf geschüttelt und gesagt, dass er für derlei Informationen keine Kapazitäten hätte.

Sein Handy brummte erneut. Mittlerweile hatte er es auf Vibration gestellt. Er blickte aufs Display und verzog den Mund. So viel Widerwillen. So viel Frust. Er hasste es, seine Zeit auf diese Weise zu verbringen.

Und doch musste es wichtig sein, denn er stand auf. »Geh heim, Merle. Ich sag dir Bescheid, sobald ich etwas höre.«

»Nein. Auf keinen Fall. Ich lass dich hier nicht …«

»Geh. Heim.« Diesmal formulierte er es nicht mehr als Vorschlag, sondern ganz klar als Befehl.

Ich klappte meinen zum Protest geöffneten Mund wieder zu und starrte ihn an. »Bitte, Patrick. Lass mich einfach hier sitzen bleiben.«

»Ich telefoniere ohnehin die ganze Zeit. Mir dabei zuzugucken ist albern.«

»Das macht mir nichts aus«, beteuerte ich, aber Patrick schüttelte den Kopf.

»Geh bitte. Du stresst mich noch zusätzlich, wenn du mich mit diesem Blick ansiehst, als wäre meine Mutter bereits tot.«

Oh Gott. Sah ich ihn wirklich so an? Erschrocken riss ich die Augen auf. Er war längst zum Ausgang gegangen, um dort besser telefonieren zu können.

Und ich?

Ich stand auf und ging.

ZWEIUNDZWANZIG

Papa: Ich bin dein Vater. Es ist meine Aufgabe, dich zu beschützen.
Lass mich nur machen. Ich habe einen Plan.

Heute

Ich nahm mir ein Taxi, das mich direkt vor unserer Ruheoase rausließ. Ella und Bahar hatte ich während meiner Wartezeit im Krankenhaus über alles informiert. Daher war ich nicht überrascht, dass sie auf mich warteten. Bei meinem Eintreten nahmen sie mich sofort in die Arme.

»Wie geht es Frau Andlau?«

»Keine Ahnung. Patrick hat noch nichts geschrieben. Er hat mich aus dem Krankenhaus geschmissen. Wirklich richtig rausgeschmissen. Zwar nicht gebrüllt, aber es war eindeutig.«

»Sicher?«

»Ja. Das war unmissverständlich.«

Erst in Anwesenheit meiner Freundinnen ließ ich die Tränen laufen, die schon seit so langer Zeit in meinen Augen brannten. Nachdem ich mich etwas beruhigt hatte, zogen wir in die kleine Teeküche um und warteten dort. Als sich auch nach zwei Stunden nichts tat, wechselten wir in meinen Lieblingsraum und vergruben uns in den Yogakissen.

Ich schrieb Kai an, doch auch der hatte nichts gehört, wollte aber gleich wieder ins Krankenhaus fahren.

»Jetzt frag Patrick direkt. Nachher ist seine Mutter schon längst aus dem OP raus, und er hat nur vor lauter Geschäftstelefonaten vergessen, dich zu informieren«, befahl mir Bahar barscher, als sie normalerweise mit mir sprach. Zweifellos lagen auch ihre Nerven blank.

Zögerlich schrieb ich Patrick eine Textnachricht. Die blieb schrecklich lange ungelesen. Erst nach gut einer Stunde gingen die zwei Häkchen auf grün, und er tippte. Tippte. Stockte. Tippte … Dann wechselte sein Status abrupt. Er war wieder offline.

Ich stöhnte und verbarg mein Gesicht in den Kissen. »Das verzeiht er mir niemals«, jammerte ich.

Ella schüttelte den Kopf. »So wie ich das sehe, kannst du nichts dafür. Hast du ihr die Schuhe ausgezogen? Nein. Hast du ihr gesagt, dass sie warten soll? Ja. Also mach dich nicht verrückt.«

Aber ich machte mich verrückt. Und wie! So verrückt, dass mir ganz schlecht war. Vor allem, weil Patrick … aaaaah! Mein Handy piepte.

Patrick: OP überstanden. Liegt auf Intensivstation.
Noch nicht übern Berg. Darf gleich zu ihr.

Das waren einerseits ganz gute, andererseits auch wieder schlechte Neuigkeiten. Nicht über den Berg klang ernst. Hastig tippte ich eine Antwort. Löschte sie wieder. Tippte wieder eine Antwort. Löschte sie und ließ schließlich nur stehen:

Merle: Denk an euch.

Gleich drauf bereute ich die Floskel und wollte sie gerne wieder zurücknehmen, aber da hatte er sie schon gelesen und ließ sie unkommentiert stehen.

Als ich daraufhin in Panik geriet, nahm mir Bahar das Handy aus der Hand und legte es neben sich. »Merle«, ermahnte sie mich. »Atme erst mal tief durch. Der Mann hat gerade andere Sorgen, als wohlformulierte Textnachrichten zu schreiben. Der ist im puren Stress.«

Das stimmte. Sofort kam ich auf die Beine. »Ich muss zu ihm.«

Bevor ich einen Schritt tun konnte, versperrte Ella mir den Weg. »Er hat dich rausgeschmissen. Schon vergessen? Und ganz ehrlich: So wie du gerade drauf bist, bist du wirklich keine große Hilfe.«

»Ich … ich mache mir schreckliche Sorgen um Frau Andlau. Sie muss das überleben. Sie muss. So eine herzensgute, lebhafte Frau kann doch nicht von einem Tag auf den anderen sterben. Sie stand noch mitten im Leben. Ich habe grässliche Angst, dass sie nicht wieder auf die Beine kommt. Dass Patrick nie wieder ein Wort mit mir spricht. Dass er mich von sich stößt. Dass das, was wir gerade so vorsichtig begonnen haben, mit dem Sturz seiner Mutter endet. Ich will das nicht. Ich will für ihn und für sie da sein. Für beide kämpfen. Aber er will das nicht und … und das ist einfach ganz schrecklich.« Als ich zu schluchzen begann, nahm Ella mich fest in die Arme. »Ich mag ihn wirklich sehr«, heulte ich in ihr Shirt. »Und er war der erste Mann seit Ewigkeiten, bei dem ich gedacht habe: Ja! Das ist er! Verstehst du? Das ist er. Ich bin mir sicher. Und er darf nicht Vergangenheit werden.«

»Ach, Merle.« Ella strich mir beruhigend über den Rücken und wiegte mich wie ein Kind hin und her. Wenn ich mich nicht irrte, weinte sie ebenfalls. Auch Bahar war aufgestanden und schlang ihre Arme um uns beide.

»Wenn das so ist, müssen wir tatsächlich ins Krankenhaus«, erklärte Bahar. »Ich fahre!«

Also machten wir drei uns auf den Weg. Ich überredete meine Freundinnen, nicht mit reinzukommen. Eine Entourage hätte Patrick bestimmt nicht lustig gefunden. Aber als ich mich bis zur Intensivstation durchgefragt hatte, endete mein Weg vor der Tür.

»Momentan ist keine Besuchszeit«, erklärte mir eine freundliche Pflegerin. »Herr Andlau ist ebenfalls gegangen.«

»Wie geht es denn seiner Mutter?«

Die junge Frau zögerte kurz. Dann sah sie sich nach rechts und links um und sagte leise: »Sie ist noch nicht über den Berg. Mehr darf ich dazu nicht sagen. Bitte fragen Sie ihren Sohn.«

Weil mir klar war, dass ich hier nichts mehr erreichen konnte, und ich die Pflegerin nicht in Schwierigkeiten bringen wollte, trollte ich mich. Auf dem Weg zum Parkplatz zückte ich mein Handy und wollte im ersten Moment eine Nachricht tippen, entschied mich dann aber dagegen. Mutig rief ich Patrick an.

Es tutete und tutete und tutete, und ich war sicher, dass gleich die Mailbox rangehen würde, da hob Patrick ab.

»Merle«, sagte er zur Begrüßung. »Ich fürchte, es ist gerade schlecht.«

»Ich bin am Krankenhaus und suche dich. Wie geht es deiner Mutter?«, sagte ich rasch, weil ich genau spürte, dass mir die Zeit davonlief.

»Es geht ihr den Umständen entsprechend. Eine lange OP, die Betäubung, der Bruch. Das hat ihr arg zugesetzt. Die Ärzte halten sich mit Prognosen zurück. Es ist weiterhin ernst. Da mache ich mir nichts vor.«

»Und ... wie geht es dir?«, hakte ich vorsichtiger nach.

Er schwieg einen Moment, und ich hörte, wie ihn jemand im Hintergrund ansprach. »Ja, ich komme gleich. Fangen Sie schon mal an«, sagte er, und danach zu mir: »Ich kann gerade nichts dazu sagen. Lass uns später reden.«

»Aber wann ist später? Patrick! Du musst durchatmen, bitte! Egal, was gerade auf deiner Arbeit los ist. Nichts ist wichtiger als deine Gesundheit oder die deiner Mama.«

Die folgende Pause fühlte sich grässlich an. Zu spät erkannte ich, dass ich übers Ziel hinausgeschossen war. Momentan sprach ich mit dem Arbeits-Patrick, der so unter Strom stand, dass er für gut gemeinte Kommentare nicht zugänglich war. Der als Chef sein Unternehmen mit allen Kräften verteidigen würde.

»Für Mama kann ich nichts tun. Ob ich vor der Intensivstation herumsitze oder arbeite, damit hier nicht alles implodiert, ist völlig egal«, schnappte er in einem Tonfall, den er bei mir noch nie verwendet hatte. »Ich brauche nicht zusätzlich ein schlechtes Gewissen meiner Mutter gegenüber.«

»Das meinte ich auch nicht so«, versicherte ich eilig. »Ich mache mir nur schreckliche Sorgen um dich. Du …«

»Merle! Lass es gut sein. Ich habe keine Nerven für dein kleines Achtsamkeitsprojekt. Über alles andere sollten wir zu einem späteren Zeitpunkt reden.«

Und damit legte er auf.

Ich blieb mitten auf der Krankenhausauffahrt stehen und versuchte zu erfassen, was da gerade zwischen uns schiefgelaufen war. Wie konnte ein Gespräch nur so vollkommen aus der Spur geraten?

Sein »Wir müssen reden« war eindeutig gewesen. Jeder wusste, was ein »Wir müssen reden« bedeutete. Damit hatte er unsere Beziehung pulverisiert, ohne dass sie angefangen hatte.

Wie betäubt setzte ich mich zu meinen Freundinnen ins Auto, die mich mit Fragen bestürmten. Ich beantwortete sie mechanisch, woraufhin Ella sich auf dem vorderen Sitz zu mir umdrehte. »Patrick ist emotional gerade am Anschlag. Wahrscheinlich hat er es nicht so gemeint.«

»Aber er hat es so gesagt«, antwortete ich leise.

Bahar löste das angespannte Schweigen, indem sie losfuhr. »Du übernachtest heute bei mir«, bestimmte sie. »Wahrscheinlich kommt der Kerl ohnehin nicht heim, sondern arbeitet die Nacht durch. Was willst du in diesem gruseligen Haus hocken und dir Sorgen machen? Wir lenken dich ab.«

Die Idee missfiel mir genauso sehr, wie sie mich erleichterte. Eigentlich gab ich nicht schnell auf. Andererseits wollte ich auch niemandem meine Hilfe aufdrängen. Was das anging, hatte ich eindeutig bereits eine Grenze überschritten. Also musste ich einen Schritt zurück machen. Oder?

Meine Freundinnen gaben sich alle Mühe, mich aufzumuntern. Nils verkrümelte sich ins Schlafzimmer, während wir im Wohnzimmer hockten, Eis und Schokolade vertilgten und dabei über Bahars geplanten kleinen Balkongarten diskutierten. Trotzdem ging es mir nicht wirklich besser. Ich vermisste den freundlichen Patrick bis in die Seele.

Dass er sich schon seit Tagen, womöglich seit Wochen in mein Herz geschlichen hatte, war mir längst klar.

Warum nur verliebte ich mich ausgerechnet dann in einen Kerl, wenn mein und sein Leben völlig in die Brüche gingen? Allein das Drama mit meiner Familie hätte gereicht, um eine beginnende zarte Beziehung zwischen uns zu torpedieren. Und auch meine Zweifel wegen meiner beruflichen Abhängigkeit waren ein ernst zu nehmendes Hindernis gewesen. Aber jetzt? Es war geradezu unmöglich, dass unser Verhältnis sich nach dem Sturz seiner Mutter erholen konnte. Vor allem, weil Frau Andlau noch in Lebensgefahr schwebte. Weil ich dabei gewesen war. Weil ich auf sie hatte aufpassen sollen. Weil …

Ich schniefte so laut, dass mich meine Freundinnen von rechts und links in die Arme nahmen.

»Ich weiß«, sagte Bahar leise. »Das ist alles so richtig beschissen.«

»Wo wohne ich denn jetzt?«, hauchte ich schwach.

»In unserem Gästezimmer.«

»Ihr habt gar kein Gästezimmer. Das ist das Büro von Nils.«

»Dann muss Nils halt für unbestimmte Zeit auf Homeoffice verzichten. Glaub mir. Der macht das für dich. Er hat dich genauso lieb wie wir.« Prompt brüllte Bahar trotz der späten Stunde quer durch die ganze Wohnung: »Merle zieht bei uns ein. Du musst ab sofort wieder ins Büro fahren!«

Die Antwort kam postwendend: »Alles klar! Hab ich mir schon gedacht! Für Ella wäre auch noch Platz. Dass die zwei mit einziehen, war mir schon lange klar.«

Daraufhin kicherten wir so sehr, dass ich für einen kurzen Moment mein Lebensdrama vergaß.

✦ ✦ ✦

Die Realität holte mich am nächsten Morgen in Form einer fetten Schlagzeile ein. Meine Mutter schickte mir ein Foto von der Tageszeitung.

_____

»*DRAMA IM HAUSE ANDLAU – WIRD DIE FIRMENCHEFIN ÜBERLEBEN?*«

_____

Mal ganz abgesehen davon, dass Frau Andlau nicht mehr die Firmenchefin war, schrappte der Artikel mehrfach voll an der Wahrheit vorbei. Die Spekulationen ließen mir die Haare zu Berge stehen.

Laut einer Augenzeugin stürzte die alte Dame in Anwesenheit einer Angestellten des Hauses so schwer, dass sie notoperiert werden musste. Nach Angaben der Familie wurde die Angestellte bereits entlassen.

Bitte WAS? Fassungslos las ich die letzte Zeile gleich mehrere Male. Doch es wurde noch schlimmer.

Pikant an der ganzen Sache ist, dass der Sohn des Hauses eine Affäre mit ebenjener Angestellten angefangen haben soll. Und das ausgerechnet zu einem Zeitpunkt, an dem wegen Veruntreuung gegen seine Ex-Freundin ermittelt wird und die Gerichtsverhandlung bald beginnen soll.

Die Sätze las ich gleich fünf Mal. Vor allem, weil es so klang, als ob die Angestellte und die Ex-Freundin ein und dieselbe Person seien. Mama machte es auch nicht besser, als sie mir eine Textnachricht schrieb.

Mama: Offenbar kennt die Presse deinen Namen. Die haben Papa aus dem Bett geklingelt, weil dieser eine Journalist ihn vom Kartenspielen kennt. Er wollte wissen, ob du für ein Interview bereit bist. Was hast du da nur wieder angestellt, Merle? Papa ist fuchsteufelswild.

Das konnte ich mir denken. Vermutlich machte er sich Sorgen um seinen guten Ruf, um sein Ansehen bei seinen Freunden und um sein Geschäft. Dass ich aus der Zeitung von meiner Entlassung erfahren musste, daran hatte meine Familie vermutlich keine Sekunde gedacht. Okay. Das hatten sie auch wirklich nicht wissen können, aber ...

Ich war entlassen!

Bevor ich völlig durchdrehen konnte, besann ich mich auf meine Ausbildung. Ich legte mein Handy weg und konzentrierte mich, suchte meine Stärke in mir selbst und die Ruhe in meinem Atem. Das funktionierte für etwa zehn Minuten, bis Bahar ins Zimmer gepoltert kam, eine aufgeschlagene Zeitung in den Händen. Ihre Augen waren weit aufgerissen.

»Ich weiß es schon«, murmelte ich, bevor sie etwas sagen konnte.

»Scheiße, Merle! Das ist richtig scheiße! Die haben dich entlassen? Warum sagst du uns das nicht? Du hattest einen ganzen Abend Zeit dafür.«

»Ich weiß genauso viel wie du. Von Entlassung hat Patrick nichts gesagt.« Aus dem Augenwinkel sah ich, dass mein Handy aufleuchtete. Eine Nachricht. Von Patrick. Sofort schoss mein Puls in gefährliche Höhen, und ich schnappte mir das Handy.

Patrick: Ignorier den Artikel in der Zeitung. Sprich
bloß nicht mit der Presse. Ich arbeite an
Schadensbegrenzung.

Ignorieren? Wie sollte ich das denn ignorieren?

Merle: Ihr habt mich entlassen?

Keine Antwort. Den ganzen Morgen nicht. Auch nicht am Mittag. Bahar und Ella zerrten mich schließlich zur Arbeit, um mich auf andere Gedanken zu bringen. Trotzdem checkte ich gefühlt sekündlich meine Nachrichten.

Dabei kamen mir Papas Worte in den Sinn: »*Wenn es hart auf hart kommt, ist es nur die Familie, die dir bedingungslos den Rücken stärkt. Denk an meine Worte, wenn dich der feine Herr neben dir fallen lässt.*« Hatte Papa recht gehabt? Hatte sich Patrick von mir abgewendet, indem er mich ghostete und womöglich gerade den Gnadenstoß vorbereitete?

Nein! Das konnte ich mir nicht vorstellen. Und doch saßen Papas Worte wie üble Stacheln in meinem Fleisch und bohrten sich immer tiefer, je länger Patricks Schweigen anhielt.

Ich bekam mehrere anonyme Anrufe, die ich nicht annahm. Bis ich eine Mail von einem Journalisten erhielt:

Liebe Frau Seibert,

da ich Sie telefonisch nicht erreichen konnte, versuche ich es ein letztes Mal per Mail. Morgen werden wir einen längeren Artikel über die Geschehnisse im Hause Andlau veröffentlichen. Dazu würden wir gerne Ihre Sicht der Dinge hören.
Im Moment heißt der Artikel »Die unachtsame Achtsamkeitstrainerin«. Wie Sie sich bestimmt denken können, sind Sie damit gemeint. Bitte melden Sie sich bei mir für ein Statement. Es ist Ihre Chance, sich zu erklären.

Mit freundlichen Grüßen
Werner Schonmann
Altenhauener Tageszeitung

Jeder einzelne Satz fühlte sich an, als hätte mir jemand kräftig in den Magen geboxt. Panik breitete sich in mir aus, setzte sich in meinem Bauch fest und sorgte dafür, dass ich kaum atmen konnte. Ich ging mit sämtlichen Techniken dagegen an, bis es mir ein wenig besser ging. Trotzdem blieb das Problem bestehen. Die Journalisten hatten mich aufs Korn genommen.

Erst nach dem Mittag konnte ich mich zu einer Antwort aufraffen. Ich machte deutlich, dass ich zu keiner Stellungnahme bereit wäre, und bat Herrn Schonmann, von weiteren Kontaktanfragen abzusehen. Nach kurzer Überlegung fügte ich hinzu, dass man mich offenbar schon »als unachtsame Achtsamkeitstrainerin« vorverurteilt habe.

Die Antwort kam am späten Nachmittag. In ruppigem Tonfall teilte mir Herr Schonmann mit, dass er den Artikel dann ohne mein Statement veröffentlichen lassen würde. Verdammt!

Nur wenig später trudelte eine Mail von T&T Cyberprotection ein, die mich noch fassungsloser werden ließ. Man machte mich auf meine Verschwiegenheitsklausel aufmerksam und drohte mit Konsequenzen. Wow. Da ich aufgefordert wurde, Presseanfragen weiterzuleiten, tat ich das kommentarlos.

Als mein Kurs begann, war ich froh über die Ablenkung. Zwei Stunden mal nicht an mein Drama denken. Niemand im Kurs fragte mich nach der Familie Andlau. Mein Name war im ersten Zeitungsartikel nicht gefallen, doch das würde morgen vermutlich ganz anders aussehen.

Nach dem Achtsamkeitstraining entdeckte ich vier unbeantwortete Anrufe von Patrick und zwei Mitteilungen von Papa. Ich rief als Erstes Patrick zurück. Der ging nicht dran. Mann! Nervös schrieb ich ihm eine Nachricht:

> Merle: Hatte zwei Kurse. Jetzt bin ich wieder
> erreichbar. Wie geht es deiner Mama?

Denn mal im Ernst: Das eigentliche Problem war nicht ein schlecht recherchierter Zeitungsartikel, sondern die Gesundheit von Patricks Mama. Das durfte ich nicht außer Acht lassen.

Bevor ich es vergaß, schrieb ich Kai eine Nachricht und bat ihn, die Setzlinge zu gießen. Falls Frau Andlau wieder aus dem Krankenhaus kam, wäre sie bestimmt traurig, wenn ihre geliebten Pflanzen eingegangen wären.

Danach klickte ich die Nachrichten von meinem Vater an und bereitete mich aufs Schlimmste vor.

Was ich las, hätte ich mir in meinen grässlichsten Albträumen nicht ausmalen können. Papa erklärte der Familie Andlau den Krieg. Warum auch immer. Es klang so, als wollte er mit der Presse reden, um mich vor Schaden zu bewahren. Für eine Millisekunde fühlte ich mich geschmeichelt, beschützt und behütet, dann fiel mir ein, dass Papa das nicht aus Liebe zu mir tat, sondern um die Familienehre zu verteidigen. Und weil er sich furchtbar gerne stritt.

Ich rief Papa an, doch der ging nicht dran. Ich rief Mama an, doch die drückte mich weg. Ich rief sogar Maya an, doch da war die Leitung tot. Vermutlich hatte sie die Handyrechnung nicht bezahlt.

Und jetzt?

»Bahar! Ich brauche dein Auto«, brüllte ich meiner Freundin zu, die sofort aus einem der Yogaräume geschossen kam und mir kommentarlos den Schlüssel übergab. Sekunden später war ich auch schon unterwegs zu Papas Hauptfiliale. Meistens war er dort.

Zu meiner unendlichen Irritation fand ich dort nicht nur ihn vor, sondern auch Mama und Maya, die bei meinem Eintreten zusammenzuckten.

»Familiensitzung«, erklärte Papa, bevor ich fragen konnte.

»Und was bin ich? Die entfernte Verwandtschaft? Das schwarze Schaf? Habt ihr vergessen, mich einzuladen?«, schnappte ich noch im Eingang stehend zurück.

»Es geht um dich.«

Na, wenigstens war er ehrlich. Misstrauisch trat ich ein und ging zum Verkaufstresen, um den sich alle versammelt hatten. Maya sah mitgenommen aus.

»Was habt ihr getan?«, fragte ich mit einem furchtbar schlechten Gefühl im Magen. »Papa! Du hast doch wohl nicht mit der Presse geredet?«

»Was hätte ich denen denn sagen sollen? Meine eigene Tochter erzählt mir ja nichts. Was ist los, Merle? Was hast du Frau Andlau angetan? Und warum will man dich medial zerschmettern? Gegen dich wird ermittelt? Wegen Veruntreuung?«

Ich starrte Papa verdutzt an und musste tatsächlich lachen. Zugegebenermaßen ziemlich hysterisch, aber immerhin. Mama und Papa sahen mich ratlos an, während Maya auf mich zutrat und mich fest umarmte. »Egal, was passiert. Ich stehe hinter dir. Zur Not besuche ich dich auch im Gefängnis.«

Da blieb mir der Lacher im Hals stecken. »Leute! Da geht es um die Ex-Freundin von Patrick Andlau. Nicht um mich.«

»Aber wir dachten, du seist mit Patrick Andlau zusammen gewesen. Immerhin ist er hier aufgetaucht und hat mich zur Schnecke gemacht. Der Kerl wollte doch was von dir«, protestierte Papa.

»Dann halt die Ex-Ex-Freundin. Die Freundin vor mir … falls man mich überhaupt als ehemalige Freundin bezeichnen kann.« Ich vermied sorgsam das Wort »Verlobte«, da sich Patrick große Mühe gegeben hatte, diese Wahrheit zu vertuschen. Wer war ich, das ausgerechnet meinem redseligen Papa zu erzählen?

Mama, Papa und Maya sahen einen Moment verwirrt drein und redeten gleich darauf wie wild durcheinander. Ich sah mich gezwungen, um Ruhe zu rufen und sie danach aufzuklären. Vermutlich würden sie ab morgen tatsächlich Fragen zu den Geschehnissen beantworten müssen. Da war es nur richtig, wenn sie im Bilde waren.

»Ihr dürft auf keinen Fall etwas zur Presse sagen«, beschwor ich sie und sah dabei Papa streng an. »Du erst recht nicht!«

»Aber …«

»Nein, Papa! Ich habe eine Verschwiegenheitsklausel unterschrieben. Das fliegt mir alles um die Ohren, wenn du auch nur ein Wörtchen mit deinem komischen Kumpel sprichst. Ist das zufällig ein Herr Schonmann?«

»Ja. Mit dem spiele ich Karten.«

Ich überlegte. Dann sagte ich möglichst deutlich: »Du. Musst. Ihn. Zurückpfeifen. Der macht mich sonst fertig.« Das nächste Wort blieb mir fast im Halse stecken, doch es war vermutlich notwendig. »Bitte«, hauchte ich schwach.

Daraufhin richtete Papa sich auf, nickte wie ein Offizier und tippte sich ernsthaft gegen einen imaginären Hut. »Betrachte es als erledigt«, erklärte er und stapfte aus der Tür, bevor ich ihn aufhalten konnte.

»Nur verrat ihm nichts, Papa! Nicht mal die kleinste Kleinigkeit«, brüllte ich ihm hinterher. »Sag ihm nur, dass ich nichts für den Unfall kann.«

»Alles klar«, kam die Antwort, doch ich wurde das Gefühl nicht los, dass ich gerade die Höllenhunde auf Familie Andlau losgelassen hatte.

DREIUNDZWANZIG

Patrick: Merle, wir müssen reden. Dringend.

Heute

Was nun folgte, war ein reiner Nervenkrieg. Vermutlich war Papas Gespräch mit seinem Journalisten-Freund nicht ganz so gelaufen, wie er sich das vorgestellt hatte. Jedenfalls erschien am nächsten Tag der schlimmste Artikel aller Zeiten.

Melanie wurde darin als Patricks Verlobte geoutet, ich bekam auch mein Fett weg, und am Ende stand der CEO des größten Arbeitgebers der Region als ein Mann dar, der sein Liebesleben nicht auf die Reihe bekam und indirekt am Unfall seiner Mutter schuld war.

Die Presseabteilung tobte und drohte mir, Patrick zweifelte an mir und meiner Verschwiegenheit, und Papa … Papa machte alles nur noch schlimmer, indem er die Zeitung verklagen wollte.

Mittlerweile war natürlich auch in der Stadt klar, wer die ominöse Achtsamkeitstrainerin namens Merle S. sein musste. Die ersten Kundinnen fragten mich nach dem Vorfall, und ich musste sie darum bitten, alles für sich zu behalten. Bahar und Ella waren bereits von zwei überregionalen Zeitungen um ein Interview gebeten worden.

Gleichzeitig musste ich mir ernsthafte Sorgen um meine Zukunft als Achtsamkeitstrainerin machen. Ich bekam einen ordentlichen Shitstorm ab. Mein Schweigen machte es nicht sehr viel besser. »Die unachtsame Achtsamkeitstrainerin« schlug online ein wie eine Bombe. Der Artikel wurde so oft geteilt, dass mir ganz schwindelig wurde. Kleinlaut legte ich unseren gerade erst aufgesetzten Social-Media-Account wieder auf Eis und betete, dass uns niemand verlinkte. Als Merle S. war ich zum Glück nicht online aufzufinden, sodass mein privates Profil verschont wurde. Allerdings traute ich mich nicht mehr, auch nur das kleinste bisschen Werbung zu machen. Stattdessen zog ich meine Kurse durch und blieb so unauffällig, wie es nur irgendwie ging.

Sobald unser Studio im Zusammenhang mit den Geschehnissen rund um die Familie Andlau genannt würde, wäre es um uns geschehen. Da machten wir uns nichts vor.

Wir lebten also in ständiger Angst, wenn wir die verschiedenen Social-Media-Kanäle öffneten. Jetzt war es ein Segen, dass wir so unbekannt waren, dass wir kaum Follower hatten. Trotzdem.

Meine Existenzangst wuchs ins Unermessliche.

Dass ich keinen Folgevertrag mit Familie Andlau abschließen würde, war amtlich. Nur was machte ich in dem Fall mit den Schulden, die ich dank meiner Schwester angehäuft hatte?

Das alles bereitete mir Kopfweh, doch war das nicht mal das übelste Problem.

Natürlich war es schlimm, dass immer mehr Pressevertreter und das Boulevard auf die Story aufmerksam wurden. Es war schlimm, dass mein Name veröffentlicht und das Thema Achtsamkeitstraining auf diese Weise entstellt wurde.

Aber eigentlich ging es um eine liebenswerte alte Dame, die

schwer gestürzt war, und um ihren Sohn, der Angst hatte, sie deshalb zu verlieren.

Vier schreckliche Tage rang ich mit mir und meinen widerstreitenden Gefühlen.

Nur zu gerne wollte ich mich wie von Patrick gefordert verkriechen und ihm das Feld überlassen, doch ich wurde den Eindruck nicht los, es dadurch nur noch schlimmer zu machen. Gleichzeitig hatte ich Sehnsucht.

Nach ihm. Nach den Gesprächen. Nach seiner Nähe. Nach allem, was ihn ausmachte.

Leider brodelte die Angst vor einer Begegnung in mir. Was sollte ich ihm bloß sagen? Und wie würde er reagieren? Wenn er mich als Arbeits-Patrick anblaffte, wäre das der Todesstoß für mein ohnehin schon blutendes Herz. Mein Magen schmerzte jeden Tag, jede Stunde, jede Minute, und je länger es dauerte, desto sicherer war ich mir, dass ich nicht länger schweigen durfte.

Patrick hatte mir damals vor Augen geführt, dass ich Probleme nicht verschleppen durfte. Ich musste mich ihnen stellen, so unangenehm das auch war. Also befolgte ich seinen Rat und rief ihn an. Zäh. Stalkermäßig. Teilweise achtmal hintereinander. Irgendwann musste er einfach rangehen.

Wann immer ich Zeit hatte, versuchte ich es. Zwischen den Kursen. Beim Aufräumen. Auf der Heimfahrt zu Bahar. Auf dem Bett sitzend. Vorm Einschlafen ein letzter Versuch.

Und dann, endlich, bekam ich meine ersehnte Nachricht, wenn auch kürzer und knapper als gehofft.

Patrick: Merle, wir müssen reden. Dringend.

Mein Herz stockte einen Moment vor Schreck. Da waren wieder die gefürchteten drei Wörter hintereinander. Der Tod jeder Beziehung.

Merle: Ich bin froh, dass du antwortest. Wo steckst
du? Wo sollen wir miteinander reden?

Patrick: Ich stehe vor eurem Studio, aber da ist es
dunkel.

Jetzt saß ich senkrecht im Bett und schrie quer durch die Wohnung: »Bahar! Ich brauche dein Auto!«

»Was du brauchst, ist ein eigenes Auto«, brüllte Nils zurück. Die beiden hatten sich genau wie ich schon längst ins Bett verzogen.

Bahar und ich trafen uns nur drei Sekunden später im Flur. Während ich mir die Schuhe überzog und gleichzeitig tippte, suchte sie im Halbdunkel fluchend nach dem Schlüssel.

Merle: Bin gleich da. Bleib, wo du bist!

Ich gab Bahar rasch einen Kuss auf die Wange, schnappte mir den Schlüssel und war schon halb aus der Tür, als sie mir hinterherrief: »Merle! Du hast nur einen Schlafanzug an! Mit Einhorn vorne drauf!«

Hastig blickte ich an mir runter. Tatsache. »Dream Your Dreams« stand darunter. Na, wenn das nicht passend war. Dass ich trotz der Kälte keine Jacke mitnahm, war mir in der Sekunde so was von egal.

Gleich darauf bereute ich meinen heldenhaften Abgang, als ich bibbernd in das eisige Auto stieg. Die Fahrt war nicht lang genug, als dass mir die Heizung irgendwas genutzt hätte. Ich zitterte vor Kälte, vor Aufregung und vor Übermüdung. Normalerweise besaß ich einen gesegneten Schlaf, doch in letzter Zeit hatte sich das Drama in meinem Leben auch in meinen Träumen fortgesetzt.

Ich parkte halb auf der Straße, als ich eine dunkle Gestalt vor der Ruheoase stehen sah. Schwarzer Mantel. Dunkle Stoffhose. Stolze Haltung. Ganz klar Patrick.

Für einen winzigen Moment schrie mir mein gesunder Menschenverstand zu, erst mal durchzuatmen und zu überlegen, was ich dem Mann meiner Träume gleich sagen würde. Meine überschäumenden Gefühle waren stärker.

Ich stand schon mit klappernden Zähnen vor ihm, ehe ich überhaupt begriff, was ich da tat.

»Es tut mir so leid. So, so, so, so unendlich leid. Das wollte ich alles nicht. Deine Mama ist gestürzt, und ich konnte sie nicht halten. Vielleicht war ich unachtsam. Vielleicht war sie es auch. Vielleicht wir beide zusammen. So oder so hätte das wirklich nicht passieren dürfen, und es tut mir leid. Noch viel mehr tut es mir leid, dass du jetzt zusätzlich die Presse am Hals hast. Ich wünschte, du wärst da nicht mit reingezogen worden. Wirklich. Ich …«

Bevor ich weitersprudeln konnte, hatte Patrick einen Schritt auf mich zugemacht und öffnete seinen Mantel. Nur Sekunden später hüllte er mich darin ein, zog mich an sich und schlang seine Arme so um meinen Oberkörper, dass der warme Stoff sich wie ein schützender Kokon um mich legte. Ich war so überrumpelt, dass ich erst mal gar nichts kapierte und in sein Hemd weiterredete. Weitere Entschuldigungen und Erklärungen. Vermutlich konnte Patrick nicht mal verstehen, was ich da von mir gab.

Ich hörte aber seine leisen Worte direkt an meinem Ohr.

»Es ist nicht deine Schuld«, sagte er, und als ich verstummte, setzte er hinzu: »Mir tut es auch sehr leid. Statt mich schützend vor dich zu werfen, habe ich mich von meinen Beratern überschreien lassen. Dass ich das zugelassen habe, finde ich erschreckend.« Ich spürte seinen warmen Atem an meinen Schläfen und wurde ganz still, wartete. »Meine einzige Entschuldigung ist, dass ich unter Schock stand und einfach funktioniert habe, ohne großartig nachzudenken. Alle haben auf mich eingeredet. Jeder wollte was von mir. Ich hab die Listen stumpf abgearbeitet und war kurz vorm Durchdrehen. Es war wie ein Loch, in das ich geplumpst bin. Kein Halt. Keine Orientierung. Bis ich eine längst vergessene Tupperdose in meiner Tasche vorgefunden habe. Sie war leer, roch aber noch nach Erdbeeren, Mango und Banane. Außerdem klebte der Zettel vorne drauf, den du mir für meine erste Aufgabe geschrieben hattest: *Atme mal durch.* Genau das habe ich getan. Ich habe durchgeatmet und einfach alles um mich herum ignoriert. Und plötzlich war meine Orientierung zurück, und mir wurde bewusst, was ich da gerade machte. Dass ich schon wieder Hals über Kopf in die falsche Richtung stolperte. Fort von dem, was mich ausmacht. Fort von Mama, die mich eigentlich im Krankenhaus gebraucht hätte. Und vor allem fort von dir.«

Er schob mich zurück, damit er mich ansehen konnte. Sofort schoss der Wind in den schmalen Spalt zwischen uns, doch der Mantel lag warm auf meinem Rücken. Genau wie Patricks Hände, die mich schützten. Vor allem war es sein Lächeln, das mein Innerstes wärmte.

»Ich will mehr von diesen Tupperdosen in meinem Leben, egal, ob mit vergorenem Inhalt oder nicht. Ich will diese nervige Stimme in meinem Kopf hören, die mich zur Ruhe ermahnt. Die dafür sorgt, dass ich meinen Stift zur Seite lege und aus dem Fenster starre, um mich zu fragen, ob du gerade im Park gegenüber achtsam einen Fuß vor den anderen setzt. Ich will mehr Zeit mit dir. Mehr lachen. Mehr von diesem … wir. Du bist der faszinierendste Mensch, der mir je begegnet ist, und ich will dich nicht verlieren. Egal, was meine Berater sagen. Egal, was die Presse schreibt. Ich will dich. Falls du mich noch willst.«

Ich starrte ihn an und bemühte mich, seine wundersamen

Worte zu begreifen. Eigentlich hatte ich mich darauf vorbereitet, dass er einen Schlussstrich zwischen uns zog. Doch das Gegenteil war der Fall.

Wir waren uns nahe. So nahe wie vermutlich niemals zuvor.

»Natürlich will ich dich«, antwortete ich leise. »So sehr, dass es mir beinahe Angst macht!«

Daraufhin zog Patrick mich erneut an sich, so, dass meine Lippen seine finden konnten. Der Kuss schmeckte süß und eine winzige Spur verzweifelt. So viele Emotionen. So viel Unsicherheit. So viel Drama. Das war nicht spurlos an uns vorübergegangen. Doch jetzt, wo ich endlich wieder in seinen Armen war, hatte ich nicht mehr den Eindruck unterzugehen. Ich bekam wieder Auftrieb und genug Luft zum Atmen.

»Wie geht es deiner Mutter?«, flüsterte ich.

»Ein wenig besser, aber es wird noch ein langer Weg.« Zärtlich strich er mir über die Wangen und küsste mich auf den rechten Mundwinkel. »Du warst zwischendurch die Einzige, die den Fokus nicht verloren hat. Die mich nach meiner Mutter statt nach Schadensbegrenzung gefragt hat.« Er küsste mich kurz. »Es tut mir leid, dass ich auch nur eine Sekunde an dir gezweifelt habe. Natürlich ist mir klar, dass du nicht mit der Presse gesprochen hast. Meine Berater sahen das anders. Die Angestellten des Hauses habe ich für absolut vertrauenswürdig gehalten, weil sie bei dem Skandal rund um Melanie standhaft geschwiegen haben. Du warst die einzige Neue.«

»Ich habe nichts gesagt! Bei Papa bin ich mir nicht ganz sicher.« Aus Angst vor Patricks Reaktion zog ich den Kopf ein, doch der blieb gelassen.

»Weder du noch dein Papa waren das Leck. Das ist bewiesen.«

Überrascht riss ich die Augen auf. »Wer dann? Und woher weißt du das?«

»Ich kann recht überzeugend sein, wenn ich wütend bin. Statt mich auf dich einzuschießen wie alle anderen, habe ich überlegt, wer frustriert wegen deiner Ankunft war und dich gerne losgeworden wäre. Na? Fällt dir jemand ein?«

Da brauchte ich keine Sekunde zu überlegen. »Denise Feuermann?«, fragte ich ungläubig, woraufhin Patrick bestätigend nickte.

»Sie hat es mir gegenüber zugegeben. Ich fand schon damals ihre Reaktion auf Melanie seltsam. Natürlich war es empörend, was Melanie getan hatte, doch Denise war regelrecht außer sich vor Wut. Nach dem Unfall von Mama hat sie überall rumerzählt, dass du nicht aufgepasst hättest. Kai hat sie ein paarmal ermahnt und mich nach dem ersten Zeitungsartikel informiert. Wir haben dich nicht gefeuert. Nur fürs Protokoll. Es war nicht schwierig, eins und eins zusammenzuzählen. Als ich Denise mit meinem Verdacht konfrontiert habe, ist sie zusammengebrochen und hat mir alles erzählt. Am selben Abend hat sie gekündigt.«

Ich war für einen Moment sprachlos und hatte kurz Mitleid mit Denise. Immerhin hatte sie lange Jahre im Hause Andlau gearbeitet, und irgendwie war ich der Auslöser für ihre Kündigung. Das fühlte sich seltsam an. »Sie war in dich verliebt«, sagte ich leise.

»Ja, das ist mir während des Gesprächs auch klar geworden. Deshalb hab ich auch nicht nachgetreten und sie kommentarlos ziehen lassen. Sie bekommt ein gutes Arbeitszeugnis von uns. Mehr kann ich nicht tun. Mein Herz gehört nämlich einer anderen.« Er sah mich liebevoll an. »Ich vermute, du weißt, wen ich meine.«

»Ich würde es wirklich sehr gerne von dir hören«, antwortete ich mit einem breiten Grinsen. Trotz der kühlen Temperaturen war mir angenehm warm. Von innen und von außen.

Daraufhin brachte er seine Lippen ganz nah an mein Ohr und

flüsterte: »Ich liebe dich, Merle Seibert. Vom ersten Moment an hast du mich verzaubert, zwischendurch ein wenig kirre gemacht und mich dann ganz und gar in deinen Bann geschlagen. Ich liebe dich.«

Er küsste mich so sanft und vorsichtig, dass die unausgesprochene Frage nicht zu überhören war. »Ich liebe dich auch«, antwortete ich. »Falls du mir das mit deiner Mutter verzeihen kannst.«

Er runzelte die Stirn. »Sie war zwischendurch kurz wach und hat als Erstes nach dir gefragt. Sie erinnert sich an alles. Dass sie nicht auf deine Warnungen gehört hat, treibt sie um. Sie ärgert sich schrecklich über sich selbst. Dass du auch nur einen Hauch Schuld daran tragen könntest, ist weder ihr noch mir jemals in den Sinn gekommen. Wie kommst du denn darauf?«

Erst jetzt bemerkte ich, wie tonnenschwer der Stein gewesen war, der es sich auf meiner Seele gemütlich gemacht hatte. Mit einem Krachen purzelte er herunter. »Ich hätte sie aufhalten müssen, Achtsamkeitstraining hin oder her.«

Daraufhin schnaubte Patrick amüsiert. »Wir kennen doch beide meine Mama. Die hält nichts und niemand auf. Wenn sie zum Teich will, geht sie zum Teich. Und wenn sie ohne Schuhe laufen will, ist sie schneller barfuß, als du Achtsamkeit sagen kannst. Du bist nicht schuld – und das habe ich auch keine Sekunde geglaubt.«

Erst jetzt gestattete ich mir, vorsichtig ein- und auszuatmen. »Da bin ich froh.«

»Ich auch. Allerdings wäre ich noch glücklicher, wenn wir reingehen könnten. Du zitterst. Ist das wirklich ein Pyjama, mit dem du rausgegangen bist?«

»Ich hatte es eilig«, rechtfertigte ich mich und war gleichzeitig sehr angetan von seinem Vorschlag.

Mit bebenden Fingern schloss ich auf und wollte die Alarmanlage ausschalten, aber die war schon wieder nicht in Betrieb. Stirnrunzelnd sah ich mich um.

»Ist hier jemand?«, rief ich und staunte nicht schlecht, als eine hochgewachsene, gertenschlanke Gestalt aus dem Nebenraum trat. Maya. Meine Schwester. Gleich dahinter kam zu meiner unendlichen Überraschung Ella.

Die beiden zusammen in einem Raum? Das war schwer vorstellbar. Vor allem, weil sie seltsam befangen wirkten. Beinahe unangenehm überrascht.

»Was macht ihr zwei denn hier?«, fragte ich irritiert.

»Das könnten wir euch auch fragen.« Ella sah mit hochgezogenen Augenbrauen Patrick an. »Sind Sie zur Vernunft gekommen? Haben Sie endlich erkannt, was Sie an Merle haben?« Ihre Stimme war so scharf wie ein Filetiermesser.

Bevor ich dazwischengrätschen konnte, hatte Patrick schon genickt. »Ja und ja«, antwortete er gelassen. »Und keine Sorge. So schnell mache ich den gleichen Fehler nicht noch einmal. Ich lass sie nicht gehen. Nie wieder.« Er warf mir einen Blick zu, der mich glühen ließ.

Für einen Moment kam ich aus dem Takt, doch dann erinnerte ich mich an meine Schwester und meine Freundin, die um diese Uhrzeit im Studio nichts zu suchen hatten.

»Wir haben uns ausgesprochen«, erklärte ich. »Und ihr?«

»Äh … ja … also … äh …« Maya sah Ella ratlos an. »Sollen wir es ihr zeigen?«

»Es bleibt uns wohl keine Wahl. Ärgerlicherweise ist es noch nicht fertig. Wir hatten eigentlich gehofft, bis Sonntag Zeit zu haben. Aber …«

»Ella! Schluss mit den Geheimnissen! Was ist hier los?«, ging ich dazwischen. So langsam hatte ich die Nase voll von Andeutungen.

Daraufhin trat Ella zur Seite und machte eine einladende Hand-

bewegung in den Raum hinter sich, den dritten unserer Trainingsräume, den wir momentan kaum benutzten. Trotz seines wunderschönen Ausblicks hatte er sich für uns alle unfertig angefühlt. Als
würde er auf seine Bestimmung warten.

Misstrauisch trat ich an Ella vorbei und blieb abrupt stehen.
Der Raum war … nicht wiederzuerkennen. Statt der Yogakissen
entdeckte ich eine gemütliche Couch samt Tisch und einen Wohn-
zimmerschrank. Ganz in der Ecke stand ein Bett. Ein Paravent
schirmte es vor neugierigen Blicken ab. Die Teppiche. Die Bilder an
den Wänden. Selbst die Deko. All das kam mir bekannt vor.

Denn das waren meine Möbel, die eigentlich bei Bahars Eltern
in der Garage stehen sollten.

»Wir nutzen den Raum ja kaum«, sagte Ella leise. »Und weil du
vermutlich nicht sehr viel länger bei Bahar und Nils bleiben willst,
haben wir uns nach einer Alternative umgeschaut. Hier kannst du
erst mal wohnen und Geld zur Seite legen, bis du dir was Eigenes und Größeres leisten kannst. Der Vorteil ist natürlich, dass du
auf die Ruheoase aufpassen kannst, falls wieder kleine Schwestern
Schlüssel klauen und Hunde hier deponieren. Der Nachteil ist, dass
du quasi bei deiner Arbeit wohnst. Falls es dir nicht gefällt, finden
wir bestimmt etwas …«

Sie unterbrach sich, weil ich ihr stürmisch um den Hals fiel
und meine Schwester gleich mit in die Umarmung zog. »Das ist
soooo toll!«, schrie ich die beiden an, gab erst Ella einen Kuss,
danach meiner Schwester, danach wieder Ella. »Unfassbar, wie
gemütlich meine zusammengewürfelte Ausstattung aussieht,
wenn man sie mal ordentlich aufstellt. Ich liebe es! Wirklich! Ich
liebe es!«

Sofort entspannte Ella sich und wagte ein vorsichtiges Lächeln.
»Da bin ich froh. Wir waren uns nicht ganz sicher, ob du unsere Ei-
geninitiative gut findest oder ob du dich bevormundet fühlst. Auf

keinen Fall wollen wir dir den Eindruck vermitteln, dass wir über deinen Kopf hinweg bestimmen. Wirklich nicht.«

Ich hatte Freudentränen in den Augen. »Das ist unglaublich süß von euch. Danke!«, versicherte ich den beiden.

Maya war ganz rot im Gesicht und wirkte sehr zerknirscht. »Betrachte es als meine Entschuldigung. Es tut mir wirklich leid, was ich getan habe. So was Dummes mach ich nie wieder. Versprochen.«

Wow. Der Abend wurde immer wundersamer. Meine Schwester hatte sich entschuldigt! Bei mir! Das war noch nie vorgekommen.

»Entschuldigung angenommen«, sagte ich feierlich und setzte gleich eine strenge Miene auf. »Und du brauchst dir keine Hoffnung zu machen. Dieses Zimmer gehört einzig und allein mir. Du musst dir was anderes suchen. Als WG-Partnerin bist du wirklich eine Katastrophe.«

Daraufhin mussten wir beide lachen und umarmten einander so, wie Schwestern das tun sollten. Mit dem Körper und dem Herzen. »Papa hat die Möbel geschleppt«, flüsterte sie mir zu. »Ist das zu fassen? Er hat sogar seinen Lieferwagen dafür spendiert. Außerdem hat er mich gebeten, dir zu sagen, dass du mal aufs Konto gucken sollst.«

Jetzt war ich umso verwirrter. Und ein wenig beunruhigt. Unter den aufmerksamen Blicken der Anwesenden holte ich mein Handy und klickte meine Banking-App auf, die …

»Ich bin wieder im Plus«, sagte ich ungläubig. »Papa hat mir Geld überwiesen. Jeden Cent, den du mir geklaut hast.«

Bei meinem letzten Satz zuckte Maya zusammen, doch das musste sie sich einfach gefallen lassen. Als sie meinen fragenden Blick bemerkte, hob sie die Schultern. »Er hat den zweiten Lieferwagen verkauft, um wieder liquide zu werden. Und er wird zwei der drei Filialen schließen. Offenbar hat er tatsächlich verstanden, dass es so nicht weitergeht.«

Ich riss die Augen auf und konnte es nicht fassen. »Er … was?«

Maya nickte zu Patrick hinüber. »Dein Freund hier hat ihm heute Nachmittag einen Finanzierungsplan gebracht. Was auch immer darin stand, scheint ihn überzeugt zu haben. Erst war Papa sauer, weil dein Lover über Zahlen von familieninternen Finanzen verfügt, dann hat er sich den Plan angeschaut und seine Konsequenzen daraus gezogen. Vermutlich wirst du dir noch einiges anhören müssen, weil du ihm den Herrn CEO auf den Hals gehetzt hast, aber was zählt, ist das Ergebnis.«

Ich drehte mich zu Patrick um. »Das hast du getan?«

»Um ehrlich zu sein, war ich das nicht. Ich hab die Daten meinem CFO gegeben. Der kann das viel besser als ich. Damit bin ich zu deinem Vater, der mich gleich zur Schnecke gemacht hat. Er hat mir gesagt, ich sei undankbar und wüsste gar nicht, was ich an dir hätte. Ich sei nicht gut genug für dich. Geld sei nicht alles. Da kam eine Menge zusammen. Nachdem er sich etwas beruhigt hatte, ließ er sich überzeugen. Das Ergebnis siehst du auf deinem Bankkonto, und ich fürchte, du wirst es auch nächste Woche zu spüren bekommen. Da steht ein Räumungsverkauf an, der dir den letzten Nerv rauben wird.«

Patrick grinste schief und sorgte dadurch dafür, dass alles in mir verrutschte. Meine Zweifel und Zukunftsängste gingen einfach über Bord. Zurück blieben pure Erleichterung und Fassungslosigkeit. Dass sich mein Vater überzeugen ließ – das hätte ich niemals für möglich gehalten.

»Danke«, flüsterte ich ungläubig, woraufhin Patrick mich an sich zog und küsste.

»Boar. Sucht euch ein Zimmer«, grunzte Maya nach einer kleinen Ewigkeit.

»Ausgleichende Gerechtigkeit«, antwortete ich trocken. »Jetzt musst du das mal aushalten.«

Ich lachte meine Schwester schamlos aus und schob mich gleichzeitig unter Patricks Arm, der mich fest an sich heranzog. Ein schönes Gefühl, das ich leider nicht voll auskosten konnte, weil in diesem Moment eine völlig aufgelöste Bahar ins Zimmer gepoltert kam.

»Oh nein! Ich hab es verpasst«, stöhnte sie und fiel mir einfach um den Hals. »Ist es nicht cool geworden?«, quietschte sie und bemerkte erst dann, wer da neben mir stand. Überrascht ließ sie mich los und trat einen Schritt zurück. Bevor sie etwas zu Patricks Anwesenheit sagen konnte, kam ich ihr zuvor.

»Patrick und ich haben uns ausgesprochen. Kein Grund, ihn zu maßregeln. Das haben schon genug andere getan.« Ich lachte über Bahars enttäuschte Miene. »Ich hab dich lieb, Bahar. Und dich auch, Ella.« Sofort bildeten wir ein Dreieck aus ineinander verschlungenen Armen. Als ich das traurige Gesicht meiner Schwester sah, löste ich mich aus dem Knäuel und winkte sie ran. »Und dich natürlich auch.«

Sofort stürzte Maya zu uns und ließ sich umschlingen. Kurz bevor ich von meinen Freundinnen mitgerissen wurde, sah ich noch einmal zu Patrick, der uns lächelnd zusah.

»Ich liebe dich«, formte ich wortlos mit den Lippen und sah noch, wie er die Geste erwiderte. Dann hüpften wir auch schon in einem wilden Freudentanz ineinander verknäult herum und lachten und genossen das Leben.

Ganz ohne Angst vor der Zukunft.

VIERUNDZWANZIG

Ein halbes Jahr danach

»Also ich finde, du könntest hier wieder einziehen. Dein Zimmer bei uns ist viel schöner als das in der Ruheoase«, erklärte Hannelore mir mit geschlossenen Augen, während sie am Teich saß und einen alkoholfreien Cocktail schlürfte. Das leise Zischen der Sauerstoffflasche war dabei kaum zu vernehmen.

Ich verdrehte die Augen. Den Satz hatte sie in den letzten sechs Monaten schon einige Male von sich gegeben. »Für Patrick und mich ist es definitiv zu früh, um zusammenzuziehen«, antwortete ich wie immer.

»Es läuft doch fantastisch bei euch. Aber in Ordnung, ich nerve nächsten Monat wieder damit.«

Das brachte mich kurz ins Stocken. »Hast du dir etwa eine monatliche Erinnerung in deinen Kalender eingetragen?«, fragte ich misstrauisch und erntete ein vergnügtes Glucksen.

»Ein wenig Managerin steckt mir noch im Blut. Apropos Manager. Wo bleibt denn Patrick?« Missbilligend linste sie auf die Zeitanzeige am Handy. Es war kurz nach sechzehn Uhr. Noch vor ein paar Monaten wäre es völlig utopisch gewesen, Patrick um diese

Zeit zu erwarten. Mittlerweile fuhr er meist gegen vier den Computer herunter und machte Feierabend, um pünktlich zur Hunderunde mit Brutus heimzukommen. Wann immer ich konnte, schloss ich mich ihnen an – so wie heute. Und wenn Patrick nicht da war, setzte ich mich zu Hannelore, die mir längst das »Du« angeboten hatte und sich mir gegenüber so gluckenhaft wie eine Mutter benahm.

Gerade wollte ich Hannelore antworten, da tauchte der Vermisste wie aus dem Nichts vor uns auf. Schlammbespritzt. Völlig fertig. Hochrot im Gesicht, aber zufrieden grinsend.

»Bist du mit deinem Mountainbike wieder querfeldein gefahren? Lass das nicht den Waldbesitzer sehen«, schalt ihn seine Mutter.

»Wie gut, dass die Wälder uns gehören.« Patrick grinste schelmisch, sprang von seinem Rad und ließ es einfach ins Gras fallen. Seiner Mutter gab er einen sittsamen Kuss auf die Wange. Dann lehnte er sich zu mir. Allein daran, wie sich seine Lippen an meine schmiegten, erkannte ich, dass nicht nur die wilde Fahrt schuld an seiner Euphorie sein konnte.

»Was ist los?«, fragte ich, legte mein Sachbuch über Achtsamkeitstraining für Manager zur Seite und stand von meiner Liege auf.

»Ich hab einen neuen COO, und mein Assistent hat heute freiwillig gekündigt, weil er die Stelle haben wollte und es nicht geworden ist.« Patrick stieß eine geballte Faust gen Himmel. »Mein Wunschkandidat hat zugesagt und fängt nächsten Monat an. Damit hab ich alle offenen Stellen besetzt.«

»Bis auf die des Assistenten«, wandte seine Mutter ein.

Patrick winkte ab. »Ich befördere meine Vorzimmerdame. Die kann das eh besser als jeder andere. Und die Dame unten am Empfang bekommt dafür ihren Job, weil mir eine gewisse Achtsamkeitstrainerin von ihr vorgeschwärmt hat. Wer dann den Empfang betreut … das ist nicht mein Problem. Da soll sich der Personalchef einen Kopf drum machen. Wobei ich deine Schwester vorgeschlagen habe. Womöglich ist das was für sie. Eloquent ist sie ja.«

Ich freute mich für Verena, mit der ich mittlerweile per Du war und die mir eine neue Kundin nach der nächsten vorstellte. Mittlerweile nahm ich solche Hilfe an und akzeptierte, dass Netzwerken auf diese Weise funktionierte. Allerdings bezweifelte ich, dass Maya den Job als Empfangsdame annehmen würde. Wobei … vielleicht war das genau das Richtige für sie. Im Moment wohnte sie wieder bei Mama und Papa. Ein Umstand, der sie zur Verzweiflung trieb. Ein gut bezahlter Job wäre die Lösung.

Dass ich bei T&T Cyberprotection Achtsamkeitstrainings für ganze Teams gab, bereitete mir noch immer Bauchweh. Es fühlte sich wegen meiner Beziehung zu Patrick nicht richtig an. Auf der anderen Seite brauchte ich den Kunden, um in diesem Bereich Fuß zu fassen. Mir blieb also kaum eine Wahl.

Mittlerweile hatte sich der große Shitstorm wegen der »unachtsamen Achtsamkeitstrainerin« gelegt. Papa hatte es tatsächlich geschafft, meinen Namen aus sämtlichen Regionalzeitungen herauszuhalten. Selbst das »Merle S.« war aus dem Internet verschwunden. Offenbar zahlte es sich doch aus, mit den Journalisten der Umgebung Karten zu spielen. Sobald Frau Andlau wieder einigermaßen auf den Beinen gewesen war, hatte sie einen Leserinnenbrief über schlecht recherchierte Artikel und böse Verleumdungen verfasst. Danach war Ruhe eingekehrt.

Auch die Gerichtsverhandlung war weitgehend unbeachtet geblieben. Melanie war zu einer hohen Geldstrafe verdonnert worden und würde vermutlich nie wieder auch nur ein Wort mit ihrem Ex-Verlobten wechseln. Mir konnte das nur recht sein.

Wir machten kleine Schritte nach vorne. Patrick zog sich nach und nach aus dem Unternehmen zurück, sodass er zwar noch immer Überstunden schob, aber auch ein Privatleben pflegen konnte. Er ging wieder Fußball spielen, traf sich mit seinen alten Freunden, hatte sich einer Mountainbike-Truppe angeschlossen und sich auf lange Spaziergänge spezialisiert, vorzugsweise mit Brutus und mir an der Seite.

Den Hund hatte er mittlerweile fest adoptiert, wobei Brutus zur Hälfte auch Kai gehörte. Morgens streunte er mit dem Jäger durch die Wälder, nachmittags wartete er auf Patrick. Praktischerweise hatte sich der große Hund als prima Wisent-Schreck erwiesen. Seitdem Brutus den Zaun bewachte, war kein Bison-Verschnitt mehr ausgebrochen. Patrick vergötterte ihn schon allein deswegen. Einen glücklicheren Hund konnte man sich definitiv nicht vorstellen.

Apropos Brutus. Wo steckte der gerade? Ich sah mich um und entdeckte ihn ein Stück entfernt, wie er sehnsüchtig zu den vor uns aufragenden Wäldern hinübersah.

Patrick bemerkte die stumme Aufforderung ebenfalls. »Ich ziehe mir eben andere Sachen an. Dann können wir los!«

Er stahl sich einen Kuss von mir und war gleich darauf im Haus verschwunden. Schwer verliebt sah ich ihm hinterher, bis ich Hannelores Blick auf mir ruhen spürte. Fragend sah ich sie an.

»Ich hab ihn seit Jahren nicht mehr so glücklich gesehen«, erklärte die alte Dame. »Du bist wahrhaftig ein Einhorn. Das Glücks-Einhorn von Familie Andlau.«

»Darf ich damit werben?«

Hannelore nickte begeistert. »Unbedingt!«

Ich gesellte mich zu Brutus und wartete mit ihm auf Patricks Rückkehr. In der Zwischenzeit checkte ich meine Mails. Zwei neue Anmeldungen für meine Achtsamkeitskurse. Juchhu. Langsam nahm das Fahrt auf.

Ich öffnete Social Media.

Verwundert entdeckte ich ein Bild von meiner Mutter in ihrem Status, den sie normalerweise nie pflegte. Ich klickte es an und riss ungläubig die Augen auf.

Es zeigte Papa, der auf einer Liege in der Sonne lag. Er faulenzte. Am helllichten Tag! Unfassbar!

Merle: Geht es Papa gut? Ist er krank? Oder was macht er da?

Mama: Er übt das Nichtstun. Das ist schwerer, als man denkt, aber allmählich bekommt er den Dreh raus.

Merle: Trauert er noch immer seinen zwei Läden hinterher?

Mama: Jeden Tag weniger. Allerdings fängt er an, mich zu nerven. Ich bin es nicht mehr gewohnt, ihn länger als eine halbe Stunde um mich zu haben. Um ihm zu entgehen, beschäftige ich mich mit dem Garten und dem Haus. Die haben es nötig. Wie geht es dir?

Ich musste keine Sekunde überlegen und knipste einen Schnappschuss von Brutus, der mit heraushängender Zunge und wild schwanzwedelnd soeben unserem Herzensmenschen entgegenblickte. Glück pur.

Merle: Mir geht es so wie Brutus. Ganz wunderbar. Tiere sind die besten Achtsamkeitstrainer dieser Welt.

Kaum war Patrick bei mir angekommen, steckte ich das Handy weg und legte einen Arm um seine Taille. Beinahe sofort fanden wir in einen gemeinsamen Gehrhythmus, indem er ein paar kleinere und ich ein paar größere Schritte machte. So wie wir es in letzter Zeit immer zu tun pflegten.

Kaum waren wir im Wald angekommen, sah sich Patrick suchend um. »Welchen Baum umarmen wir denn jetzt?«, fragte er todernst.

Ich lachte nur. »Du bist mein Baum«, stellte ich klar. »Stolz, erhaben, mit vielen komplizierten Verästelungen, aber dank der starken Wurzeln unverwüstlich und sturmtrotzend. Darf ich dich umarmen?«

»Solange du mir keine Wisente auf den Hals hetzt, die meine Rinde abknabbern, immer wieder gerne.«

Er breitete die Arme aus, und ich flog an seine Brust, kuschelte mich an ihn und atmete seinen Duft ein. Lebte den Moment. War im Einklang mit mir und dieser Welt. Kam zur Ruhe.

Das war mein persönliches Glück. Mein absoluter Wohlfühlort. Mein rettender Hafen. Und diesmal war ich mir absolut sicher, ihn dauerhaft gefunden zu haben. Hier und jetzt lebten wir Achtsamkeit in jedem Atemzug. Denn er war ganz bei mir und ich bei ihm.